Jean-Christophe Rufin

de l'Académie française

Katiba

Gallimard

Médecin, engagé dans l'action humanitaire, Jean-Christophe Rufin a occupé plusieurs postes de responsabilité à l'étranger. Il a été ambassadeur de France au Sénégal.

Il a d'abord publié des essais consacrés aux questions internationales. Son premier roman, *L'Abyssin*, paraît en 1997. Son œuvre romanesque, avec *Asmara et les causes perdues*, *Globalia*, *La Salamandre* entre autres, ne cesse d'explorer la question de la rencontre des civilisations et du rapport entre monde développé et pays du Sud. Ses romans, traduits dans le monde entier, ont reçu de nombreux prix, dont le prix Goncourt 2001 pour *Rouge Brésil*. Il a été élu à l'Académie française en juin 2008. *Le parfum d'Adam*, publié en 2007, et *Katiba*, publié en 2010, sont les deux premiers volets de la série romanesque *Les enquêtes de Providence*.

Un chien a beau avoir quatre pattes,
il ne peut pas suivre deux chemins à la
fois.

Proverbe sénégalais

PREMIÈRE PARTIE

I

Sur les routes de Mauritanie, on ne risque pas trop de se tromper de chemin. La ligne de l'asphalte, violette sous le soleil, est droite sur des dizaines de kilomètres. Elle sépare des steppes minérales sur lesquelles on aperçoit de temps en temps une chèvre ou un gamin. Le vent promène des flaques de sable sur la chaussée. Par endroits, des aires de dégagement se forment sur les bords de la route, encombrées d'épaves de camions, de traces de feu, d'ossements blanchis.

Le malade guettait ces haltes.

Avec ses dix-huit ans, le gamin faisait la fierté de Rimini, sa ville natale. Champion d'Italie de saut en longueur, il avait une carrure d'athlète, les cheveux coupés ras, le regard bleu. Pourtant, à partir de la frontière marocaine, la dysenterie l'avait anéanti et il n'avait plus quitté la banquette arrière. Tous les dix kilomètres, il suppliait son cousin Luigi d'arrêter la voiture, pour se vider sur le bas-côté.

Le père du malade, chef de l'expédition, cinq traversées du Sahara à son actif, faisait équipe avec son frère Carlo dans une autre voiture. Ils avaient failli plusieurs fois perdre de vue le break des deux cousins. Ils les avaient finalement fait passer devant.

Un nouveau spasme arracha un gémissement au malade. Il se redressa, pitoyable, et repéra avec soulagement une zone le long de laquelle le talus de sable qui bordait la route avait disparu.

— Là, Luigi, maintenant. Je t'en prie !

Le conducteur tourna le volant brutalement et vira vers le désert. La voiture s'y engagea en soulevant la poussière. Un nuage l'enveloppa et pénétra par les vitres ouvertes. Le malade glissa dehors et disparut. Luigi entendit le 4 × 4 de son oncle s'arrêter derrière lui.

Luigi fixait la bouillie de sable qui se déposait en couche fine sur les vitres. Il découvrit alors qu'une autre voiture s'était garée devant la sienne. Elle émergeait lentement de la poussière. C'était une Renault hors d'âge, un ancien taxi, cabossé, repeint plusieurs fois de couleurs différentes, le pare-brise étoilé de chocs. Elle était occupée par trois hommes. Ils ne descendaient pas.

Luigi perçut derrière lui le bruit mat bien reconnaissable des portières du 4 × 4. Carlo, son père, avançait en souriant vers le véhicule inconnu, les mains en avant. C'était un Italien jovial, encore plus démonstratif quand il était en Afrique. Mais il s'arrêta net dans son élan, à quelques mètres du taxi. Les trois hommes étaient sortis en même temps de leur guimbarde. Luigi avait la vue brouillée. Il passa sa manche retroussée sur ses yeux. Les détails lui apparurent dans le désordre. D'abord un visage très jeune de Maure blanc, barbe et moustache naissantes, cheveux crépus coupés ras. Les autres avaient des traits africains et la peau très noire. Leurs vêtements étaient dépareillés. Deux étaient habillés à l'européenne : jeans, chemise à manches courtes. Le Maure était en boubou bleu, les manches relevées. Luigi remarqua la mitraillette en dernier.

Il sauta hors de l'habitacle. L'homme qui portait la tenue traditionnelle pointa l'arme vers lui.

— Pas bouger !

Le plus jeune avait parlé en français, avec un fort accent et une prononciation hésitante. Le silence du désert tomba sur la scène. Tout à coup, un spasme de vomissement, venu de l'arrière du break, fit sursauter les assaillants. Un des deux hommes en jeans avança jusqu'au malade et le saisit par le col pour l'amener devant les voitures. L'oncle de Luigi avait rejoint son frère et son fils. Ils étaient maintenant tous les quatre alignés, le malade par terre, à quatre pattes. Le Maure en boubou bleu les tenait en joue avec sa mitraillette. Ses yeux allaient rapidement de l'un à l'autre. Il avait l'air d'hésiter.

Soudain, un camion semi-remorque, que personne n'avait entendu arriver, passa à pleine vitesse sur la route. Le souffle rabattit sur eux une odeur tiède de diesel. Le jeune homme qui devait être le chef s'avança vers Carlo. Il avait quelque chose à la main qu'on distinguait mal. C'étaient deux bouts de fil électrique gainés de plastique. Il s'approcha de Carlo en les brandissant. Il parvenait à peine à dissimuler sa peur. Par contraste, les Italiens paraissaient calmes. Le malade, toujours au sol, secouait la tête doucement, comme un boxeur groggy.

— Vous, grommela le garçon qui tenait les fils électriques. Montez !

Il s'adressait à Carlo. Dans son français rudimentaire, le jeune homme n'exprimait pas ce qu'il voulait vraiment dire. Il s'attendait à ce que Carlo lui présente ses poignets pour les attacher. « Montez », comprit Luigi, veut dire « Montez les mains, levez-les, tenez-les en l'air pour que je les attache ».

Carlo regardait le jeune Maure dans les yeux. Soudain, il sembla revenir à lui. Son visage s'éclaira. Et ce fut le quiproquo, l'absurde malentendu des moments d'extrême tension. Il se dirigea vers sa propre voiture, pensant que c'était là que le Maure lui demandait de « monter ».

Le chef des assaillants cria quelque chose en arabe. Il croyait que l'Italien allait s'enfuir. L'homme qui tenait la mitraillette lâcha une rafale. Carlo tomba en avant. Son frère et Luigi firent un pas vers lui. Une deuxième salve les faucha en pleine poitrine.

Le malade se releva, subitement guéri par la colère. Le bruit d'un autre camion, porté par le vent, emplit le silence. Alors, le Maure tira une dernière fois.

Les trois hommes coururent jusqu'à leur voiture et reprirent à vive allure la route goudronnée.

II

Par les hautes croisées du Palais, on ne distinguait plus ni la Seine ni les arbres du quai d'Orsay. La nuit était tombée. Les dizaines d'ampoules des trois grands lustres éclairaient la pièce.

Willy frottait l'anse ouvragée d'un chandelier en argent. Il était le plus ancien maître d'hôtel du ministère. Après trente et un ans de service, l'uniforme noir lui était devenu une seconde peau. Il se tenait les épaules droites, le ventre en avant, les basques de l'habit à la verticale. Le doigt enroulé dans une serviette, il suivait les courbes compliquées des pieds de lion. Mais il ne prêtait aucune attention à ce travail. Dissimulé derrière le luminaire monumental, il observait.

Les serveurs étaient occupés à tirer un cordeau de part et d'autre de la table officielle pour aligner parfaitement la triple rangée des verres à pied ; une femme de ménage balayait le parquet pour ramasser les éclats d'une carafe brisée ; les fleuristes apportaient la composition du jour qu'ils allaient placer au centre de la table. Mais Willy ne s'intéressait à aucun d'eux. La personne qu'il observait était une jeune femme d'une trentaine d'années qui consultait le plan de table et disposait près des couverts de petits bristols à bordure dorée sur lesquels figuraient les noms des convives.

Elle était vêtue d'une robe stricte aux formes droites. Pourtant, l'ampleur de ses cheveux noirs soigneusement coiffés, l'intensité de son regard, noir aussi, ou peut-être l'expression de son visage démentaient la rigueur de sa tenue. De là venait sans doute l'impression étrange qui émanait d'elle et dont Willy se délectait. Elle lui faisait penser à ces volcans que recouvrent des prairies débonnaires mais qui peuvent cracher la lave à tout instant.

Jasmine releva la tête et aperçut Willy qui la guettait de loin. Elle n'aimait pas qu'on l'observe. Dans son travail, elle avait l'habitude d'être fixée par les hommes, souvent de manière très insistante. Les huissiers la regardaient, les cuisiniers la regardaient, les fleuristes, les sommeliers, les conseillers du ministre la regardaient... C'étaient des regards avides, des regards de désir ou de jalousie. Willy, lui, ne convoitait rien. Il la contemplait avec un plaisir d'esthète. Autrefois, il était homosexuel. Maintenant, comme il l'avouait lui-même, il n'était plus sexuel du tout.

Elle lui fit signe d'approcher. Rouge de confusion, il avança vers elle. La rondeur de son visage évoquait les plaisirs de la table et cette indulgence dont on fait, à tort ou à raison, la vertu des gros.

— Dis-moi si j'ai fait une erreur, demanda Jasmine.

Elle travaillait au ministère depuis à peine cinq mois. Willy avait l'ancienneté pour lui. Mais il cultivait un respect absolu pour les décisions de ses supérieurs et elle en faisait partie. Il chaussa méticuleusement ses lunettes, pour dissimuler son émotion.

— Tu as mis le directeur de Cabinet à côté de la femme du président de l'Assemblée nationale turkmène ? remarqua-t-il.

Les deux fleuristes étaient carrément juchés à quatre pattes sur la table et, avec des gestes millimétrés, ils redressaient les lys et les roses, fleur par fleur, en évitant de tacher la nappe. Jasmine admirait toujours cette rigoureuse ordonnance des tables françaises. Longtemps, elle avait réglé le quotidien des palais de la noblesse, avant de trouver refuge dans ceux de la République.

— Et alors ?

— Le président de l'Assemblée a un rang supérieur à celui du chef de gouvernement. Sa femme devrait être plus au centre, à côté du sénateur.

— Merci, je vais changer.

Jasmine se pencha et reprit les bristols pour les inverser. Au même instant, le chef adjoint du Protocole faisait son entrée dans les salons. Willy tressaillit. Il avait peur pour elle. C'était plus fort que lui. Il avait envie de la plaindre pour ce qu'il connaissait de sa vie. Si elle avait encore été une enfant, il aurait même pu la prendre dans ses bras, pour la protéger. En même temps, il avait l'impression déplaisante que l'essentiel lui échappait.

Cupelin, le chef adjoint du Protocole, venait vérifier le travail de celle qu'il appelait toujours « la nouvelle », avec un sourire mauvais. C'était un diplomate pour qui le protocole était un art mineur mais absolument fondamental. Il avait toujours manifesté envers Jasmine un mépris glacé, sans cacher que sa nomination lui avait été imposée.

Elle vérifia machinalement ses boucles d'oreilles, comme un soldat qui contrôle les boutons de son uniforme, et attendit, sans laisser paraître aucun trouble. Tout à coup, son portable sonna. Willy pensa qu'elle allait l'éteindre, car Cupelin approchait. Mais elle avait eu le temps de lire le numéro affiché et l'avait reconnu. Elle ouvrit l'appareil. Willy, qui était tout près d'elle, entendit vaguement la voix d'un homme. Il prononça une seule phrase. Jasmine referma l'appareil et se tourna vers Willy.

Tous les ors, toutes les lumières, tous les miroirs du Quai d'Orsay avaient disparu pour elle. Il semblait ne plus y avoir ni chef du Protocole, ni serveurs, ni fleuristes

— C'est parti, souffla-t-elle, les yeux grands ouverts, le visage brûlant.

Puis elle fit face à Cupelin, souriante et naturelle.

Le vieux maître d'hôtel s'éloigna en secouant la tête. Au fond, il ignorait qui elle était vraiment.

III

La sentinelle se redressa une dernière fois, les mains ouvertes vers le ciel. Puis l'homme rajusta lentement les dix mètres de toile de son chèche, comme il le faisait chaque fois, après la prière. Le disque rouge du soleil s'était dégagé de la poussière. À mesure de son ascension, il prenait une couleur plus claire. Bientôt, on le distinguerait à peine dans le ciel blanc de chaleur.

Un kilomètre au moins séparait le guetteur de son vis-à-vis, sur la berge opposée du canyon. L'autre venait d'accomplir des gestes identiques, la tête orientée dans la même direction, comme des centaines de millions de croyants dans le monde. Dans ce désert nu, absolument hostile à la vie, le moment de la prière convoquait toute une multitude autour du solitaire.

La sentinelle reprit sa kalachnikov, un modèle court à crosse-pistolet, écaillée par d'innombrables chocs. Il la reposa sur ses jambes croisées en tailleur. En contrebas, la gorge était en partie plongée dans l'obscurité. Quand les gardes, sur les crêtes, pliaient déjà l'échine sous la chaleur du désert, ceux d'en bas, dans la dernière ombre de la nuit glaciale, frissonnaient encore.

Dans l'air immobile du campement, on entendait grincer les portières des voitures. Elles étaient dissimulées sous un auvent naturel de la falaise. Les eaux torrentueuses de l'oued l'avaient creusé à la saison des pluies ; le reste de l'année, les vents chargés de sable qui remontaient la gorge achevaient de le polir. Sous cette protection, les véhicules étaient invisibles du ciel.

Un camp de combattants islamistes, qu'on appelle « katiba » en Afrique du Nord, change sans cesse de lieu et d'effectifs. En dehors des actions terroristes qu'elle mène, une katiba sert à l'entraînement de nouveaux maquisards, recrutés dans toute l'Afrique de l'Ouest. La plupart espèrent repartir dans leur pays, à l'issue de leur séjour, pour y mener le jihad.

Perdue dans l'immensité saharienne, cette katiba comptait un peu plus de cent cinquante hommes. Ils avaient disposé leur couchage sous le même auvent que les voitures. Des couvertures grossières, quelques peaux de bête, des sacs à dos couleur de terre étaient éparpillés sur le sol.

À distance, presque au milieu du lit de l'oued à sec, sous un bouquet d'acacias à tête plate, était tendue une large toile de tente bédouine. Des tapis posés à même le sable dépassaient sur les côtés. Elle servait de quartier général à Abou Moussa, le chef du groupe, qui portait le titre d'émir.

Dès la prière terminée, un va-et-vient inhabituel avait entraîné toute une agitation autour de cette tente. Les combattants considéraient ce manège avec curiosité. Selon leur origine, ils adoptaient une attitude différente à l'égard de l'émir et du groupe dirigeant. Les Arabes, en particulier algériens, observaient une discipline militaire stricte qui bannissait tout signe de curiosité. Les Mauritaniens, eux, venaient d'une culture de clan, où les sujets d'intérêt général étaient discutés en commun. Ils manifestaient une certaine mauvaise humeur.

Le Nigérian du groupe essayait, lui, de se glisser dans le saint des saints, sous prétexte de se rendre utile. Il apportait de l'eau, se mêlait à la corvée de bois et traînait dans la tente jusqu'à ce que l'émir ou quelqu'un de son entourage le repère et lui ordonne de déguerpir. Alors, les Maliens, qui avaient surveillé son jeu mais étaient restés à l'écart avec résignation, éclataient de rire et lui lançaient des quolibets en bambara.

Ce matin-là, il n'était de toute façon pas question de laisser traîner des oreilles indiscrètes. Tard dans la nuit, une vieille Jeep bâchée avait rejoint le camp. Elle arrivait du nord-est et il était possible qu'elle ait carrément traversé tout le Sahara.

Les deux occupants de la Jeep s'étaient présentés à la première heure devant la tente de l'émir pour y tenir une réunion avec lui et ses adjoints. Deux hommes de la garde personnelle d'Abou Moussa avaient pris position de chaque côté de la tente pour en interdire l'entrée.

À l'intérieur, le soleil filtré par les parois de toile rêche produisait une lumière laiteuse. Cinq hommes étaient assis sur leur tapis rouge de haute laine. En face de l'émir et de ses lieutenants se tenaient les deux voyageurs débarqués le soir précédent. Personne ne les avait jamais vus, en tout cas parmi les simples moudjahidines. Ils parlaient l'arabe avec l'accent algérien. L'un et l'autre portaient la barbe longue et la moustache taillée, comme le voulait la tradition islamique remise au goût du jour dans le maquis. Ils avaient pourtant des manières très différentes. Le plus grand était vêtu d'une épaisse veste militaire. Si l'on faisait abstraction de la djellaba qui dépassait dessous, on aurait cru un soldat. L'autre, avec ses petites lunettes rondes et ses mains longues et fines, était certainement un lettré. Il demeurait en léger retrait, derrière son camarade, comme s'il comptait sur lui pour le protéger.

Les deux sentinelles qui gardaient la tente en savaient un peu plus car ils entendaient tout. Cuisinés adroitement par les Maliens, ils avaient fini par lâcher que le plus grand des émissaires s'appelait Zyad et l'autre Ayman. Ils arrivaient d'une autre katiba. Grâce à quelques détails fournis involontairement, tout le monde avait compris que c'était la katiba du Constantinois, c'est-à-dire le maquis qu'il était convenu d'appeler la zone centre. C'était là qu'opérait Abdelmalek Droukdal, le chef suprême de tous les groupes jihadistes en Algérie. Il portait le titre d'émir général et avait autorité sur tous les émirs locaux.

Assis en face de Zyad et d'Ayman, Abou Moussa souriait. L'émir de la zone sud était un homme d'une trentaine d'années, ancien instituteur de village, proche encore de ses origines montagnardes. Ses yeux étaient profondément enfoncés dans les orbites. Il avait toujours l'air de sourire mais ses compagnons avaient appris à s'en méfier. Il souriait quand il était satisfait. Mais il souriait de la même manière quand il exécutait quelqu'un de ses propres mains. Il ouvrait grand la bouche en parlant et découvrait une denture entièrement métallique. Signe peut-être des aléas de sa fortune passée, seule la moitié environ de ses dents étaient en or. Pour les autres, on avait utilisé un alliage brillant qui ressemblait à de l'acier.

Un de ses lieutenants déposa au milieu du cercle une théière émaillée bleue et commença à servir les cinq petits verres, en faisant mousser. Mais Zyad semblait vouloir abréger cette cérémonie. Il interpella l'émir :

— Les dernières nouvelles ?

Abou Moussa fit danser son verre brûlant entre ses doigts, sans cesser de sourire.

— Ils ont appelé ce matin vers quatre heures.

Il jeta un bref regard à ses interlocuteurs. Avec ses cheveux plantés bas, ses yeux tapis dans l'ombre, son sourire énigmatique, il avait l'air d'un paysan rusé et cruel.

— Où sont-ils ?

— Au Sénégal. Ils ont traversé le fleuve sur une pirogue pendant la nuit.

— Ils suivent les procédures de sécurité quand ils appellent ?

Abou Moussa haussa les épaules.

— Les procédures ! Quinze jours de formation, qu'ils ont oubliés, probablement. Oui, si on veut. Ils suivent les procédures. Ils ouvrent leur téléphone portable le moins possible. Ils envoient des messages courts. Le b.a.-ba, quoi.

— C'est déjà pas mal.

Abou Moussa se redressa. Zyad put croire un instant qu'il allait lui jeter la théière à la figure.

— Pas mal ? Tu as vu comment ils s'y sont pris ?

La veille, grâce à l'antenne parabolique qu'ils montaient à chaque campement, toute la katiba avait suivi les journaux télévisés d'information continue : Al Jazira, la télévision algérienne, et France 24 en arabe.

— L'opération la plus désastreuse depuis longtemps : mal préparée, mal exécutée. Un ratage total. Au moins trois camions sont passés pendant qu'ils braquaient les Italiens sur le bas-côté. Les chauffeurs ont tout vu.

— Tu crois que la police peut démanteler le réseau ?

— À l'heure qu'il est, les flics mauritaniens savent exactement qui a tué les quatre touristes, qui a recruté les assassins et avec qui ils sont en relation. La police a même déjà diffusé leurs photos.

Ayman secoua la tête d'un air navré. Visiblement cette réaction eut le don d'énerver encore plus Abou Moussa.

— Ça n'a aucune importance ! Ils peuvent bien les embarquer tous. Le « réseau » de Nouakchott. Tu parles ! Trois incapables, voilà ce que c'est. Des amateurs, des gamins.

Ayman piqua du nez dans son verre de thé. Mais son compagnon n'avait pas envie de se laisser humilier sans répondre.

— Je suis sûr qu'ils n'ont pas tiré sans raison. Les types ont dû riposter. L'opération comportait des risques.

— Des risques ! Quatre imbéciles d'Italiens en vacances. Tu n'as pas suivi les reportages ? Aucun n'était armé. Il y en avait même un qui était malade. Il s'était mis à quatre pattes pour vomir. La vérité, c'est qu'ils ont perdu les pédales.

— C'était quoi, le contrat ?

— Quatre otages. En vitesse et en douceur, sans rien casser, sauf en cas de forte résistance.

— Même si ça ne s'est pas déroulé comme prévu,

l'affaire est relayée dans tous les médias. C'est bon pour la cause.

Abou Moussa regarda Ayman sans dissimuler son mépris.

— C'est bon pour la cause d'agir comme des amateurs ? Les consulats vont dire à leurs touristes de ne plus passer par là et voilà tout. Mais les gens qui savent, les flics, les militaires, les services de sécurité doivent bien rigoler. En montant des opérations comme ça, il ne faut pas s'attendre à ce qu'ils nous prennent au sérieux.

Le vent chaud s'insinuait sous les pans de la tente, en faisant mollement claquer la toile. La sueur perlait au front des cinq hommes. L'un des deux lieutenants d'Abou Moussa se leva pour chercher de l'eau à la gerba qui pendait à l'extérieur. C'était un grand Arabe des Aurès, avec une barbe rousse et des yeux verts. On l'appelait Nabil l'Afghan parce que, malgré son jeune âge, il avait combattu à Kandahar. Il rapporta une bouteille en plastique remplie aux deux tiers et la posa à côté de la théière vide.

— Nos gars, demanda Ayman de sa voix douce, enfin, ceux qui ont fait le coup, ils ont des chances de s'en sortir ?

— Je n'en sais rien et ça m'est égal.

— S'ils arrivent à repasser au Mali, ils peuvent remonter jusqu'ici ?

— Ça m'est égal, je te dis, répéta Abou Moussa.

Ils demeuraient là silencieux, tous les cinq, avec leurs turbans et leurs barbes, penchés sur une petite théière. Ils avaient tous connu une première vie. Ils avaient été militaires, enseignants, médecins. À l'époque, ils se rasaient chaque matin, enfilaient des costumes à l'européenne, nouaient des cravates. Désormais, la tenue islamique les réunissait. Les bons jours, ils ressentaient cette égalité comme le rejet des artifices de l'Occident, un retour à leur être authentique, à la paix du prophète. Mais aujourd'hui, avec cette violence palpable dans l'air, ces barbes et ces tuniques apparaissaient plutôt comme un uniforme, voire un déguisement qui cachait mal leur vérité individuelle, leurs fondamentales dissemblances.

Abou Moussa rompit le silence.

— J'ai rappelé Kader, prononça-t-il d'une voix grave.

Il fixa tour à tour les deux visiteurs. Un long silence s'imposa, à peine troublé par le bourdonnement d'un insecte qui tournait au sommet de la tente.

— Kader Bel Kader ? avança Ayman en rajustant ses lunettes.

Personne ne prêta attention à sa question. Chacun savait à quoi s'en tenir.

— Tu connais les ordres d'Abdelmalek ? dit Zyad.

La mention du chef suprême de l'organisation était d'ordinaire un rappel puissant à la discipline. Pas un combattant n'ignorait quelles sanctions il appliquait à ceux qui osaient défier son autorité.

Mais, malgré l'interpellation de Zyad, l'émir et ses hommes restaient calmes et déterminés. Zyad les dévisagea l'un après l'autre et ils soutinrent son regard. Il s'arrêta particulièrement sur le troisième personnage qui n'avait, depuis le début de l'entretien, ni parlé ni bougé. C'était un petit homme sec à la peau extrêmement ridée. Il avait l'air d'un vieillard, quoiqu'il eût à peine dépassé la cinquantaine. Sur ces cinquante années, il en

28

avait passé près de trente à vivre traqué, à la fois chasseur et gibier, dans l'inconfort et le danger, dans le froid des nuits du désert et la chaleur du soleil. Il avait fait partie du tout premier maquis algérien de Bouyali, au début des années quatre-vingt, et n'avait plus quitté la clandestinité. On l'appelait Saïf le sabre, sans doute parce qu'il aimait les objets tranchants et passait son temps à aiguiser son poignard. Il tuait exclusivement à l'arme blanche. Zyad eut la nette impression qu'il lui souriait.

— J'ai besoin de Kader, expliqua Abou Moussa sur un ton d'évidence. Ce que ces petits imbéciles ont été incapables d'accomplir, il l'aurait fait, lui, sans bavure.

— Tu connais les ordres ? insista Zyad. Abdelmalek ne veut plus que nous ayons le moindre contact avec Kader. C'est un trafiquant, il n'a rien à voir avec le jihad.

— La katiba doit être autonome, non ? objecta tranquillement Abou Moussa. C'est bien ce que le conseil suprême a décidé ?

Il tourna la tête de droite et de gauche, pour recueillir l'assentiment de ses acolytes. Puis il sourit de toute sa denture métallique.

— Par ici, il n'y a que deux moyens d'être autonome et de se procurer de l'argent : les enlèvements et les trafics.

— C'est exactement pour ça qu'on t'a aidé à monter un réseau en Mauritanie.

— Ne me parle plus de ton réseau. Il est mort ! Mort au premier coup, tellement ils étaient mauvais, ces pauvres gars. Un ramassis de fils à papa, des rêveurs, des drogués accrochés à leur cigarette. Tu vois le résultat. Première opération : pas un sou, quatre morts.

— Il faut leur laisser leur chance.

Mais Abou Moussa, la tête baissée, marmonnait pour lui-même.

— On n'improvise pas, dans ces trucs-là. Kader, lui, a fait ses preuves. Il connaît tous les passeurs qui font la route dans le désert. Il est plus malin qu'un renard. Les touristes italiens, ils l'auraient même suivi ! Je vous dis qu'il me les aurait tous rabattus ici, comme un troupeau de moutons. Et on en aurait tiré un bon prix.

— Abdelmalek ne veut plus de Kader, répéta Zyad en haussant la voix.

— Il le juge mal. Je suis sûr qu'il est sincèrement des nôtres.

— Ton jugement importe peu. Sa décision est définitive. Tu dois t'y soumettre.

D'un bond, Abou Moussa sauta sur Zyad et le saisit par le col. Ayman recula vers la paroi de toile. La denture de fer d'Abou Moussa claquait sous le nez de celui qu'il retenait d'une poigne ferme.

— Je ne veux pas que cette katiba crève, tu comprends ? Abdelmalek ne me laisse pas le choix. Soit je lui obéis et on est liquidés dans les deux mois. Soit je rappelle Kader.

Il relâcha d'un coup sa prise et Zyad recula sans le quitter des yeux. Il était étranglé non par le poing qui l'avait saisi mais par la colère. Il se releva lentement et Ayman l'imita aussitôt. Abou Moussa resta assis et fit un geste imperceptible pour que ses lieutenants ne quittent pas leur place.

— Réfléchis bien, Abou Moussa, dit Ayman de sa voix aiguë, en restant un peu en retrait de son compagnon. Tu mesures les conséquences de ton choix ?

Il attendit un instant la réponse mais Zyad, sans un mot, avait déjà quitté la tente à grandes enjambées. Il le rattrapa, en courant presque.

Abou Moussa resta assis à remuer quelques feuilles noires au fond de son verre de thé. Nabil avait suivi les deux émissaires pour s'assurer qu'ils quitteraient le camp sans incident. Leur Jeep avait été garnie d'eau, de vivres et de carburant : ils pouvaient partir sur-le-champ.

Les sentinelles distinguèrent longtemps le sillage de la voiture qui filait à pleine vitesse, cap au nord-est, et finit par disparaître derrière l'horizon.

IV

Jasmine avait mis plusieurs mois à trouver son appartement. À l'époque, elle n'avait pas encore de travail officiel. La grosse caution en liquide qu'elle proposait de déposer en garantie suscitait les soupçons. Elle avait fini par confier sa recherche à une agence spécialisée. Tout ce que Paris comptait de sans-papiers de luxe, de trafiquants engagés dans des affaires douteuses, de nouveaux riches venus de pays improbables se donnait rendez-vous dans cette officine. Des jeunes filles de bonne famille (ou pouvant le laisser croire) négociaient auprès des bailleurs. Les véritables clients ne se montraient que l'affaire conclue. Les loyers pratiqués étaient largement surévalués.

Jasmine avait choisi un studio avec mezzanine, situé derrière le Palais-Royal. L'immeuble Louis XIV était de belles proportions, avec un escalier monumental et un sol de comblanchien d'époque. Il y avait un an et demi qu'elle habitait cet appartement. Mais depuis qu'elle travaillait au Quai, elle n'avait plus guère le temps d'en profiter. Elle rentrait tard et partait tôt. Trois ou quatre fois par semaine, elle était retenue une partie de la nuit par des réceptions officielles.

C'était le cas ce soir-là. Un cocktail donné en l'honneur d'une délégation de parlementaires russes s'était éternisé jusqu'à vingt-trois heures. Elle avait hélé un taxi sur le pont Alexandre-III et était arrivée chez elle dix minutes plus tard. La petite rue était déserte. Elle ne vit surgir l'homme qu'après avoir composé son code et poussé la porte. Il s'engouffra à sa suite et se plaça aussitôt devant elle. Elle respirait rapidement en le dévisageant. Il devait plus ou moins s'attendre à ce qu'elle crie. Mais Jasmine reprit son sang-froid et demanda calmement :

— Qui êtes-vous ?

L'homme était grand. Il flottait dans un costume bleu mal coupé. Sa peau était sombre mais ses traits fins, ses lèvres minces. Jasmine reconnut immédiatement un Mauritanien.

— Je viens de la part de Kader.

Elle détourna la tête.

— Je croyais que c'était terminé, dit-elle en lui faisant de nouveau face.

— Il faut qu'on se parle. Je peux entrer ?

— Je suis fatiguée. Je n'ai rien à dire.

L'homme se tenait toujours devant Jasmine et lui barrait l'escalier. Elle le contourna et il ne fit aucun geste pour l'en empêcher. Quand la position se fut inversée, Jasmine, une main sur la rampe, se retourna.

— Bon, ne restez pas là. Montez.

Elle ouvrit sa porte palière et entra la première pour allumer. Le matin, elle était partie un peu vite. Une jupe froissée et un soutien-gorge traînaient sur une chaise. Elle les fit disparaître dans un coin. La porte de la salle de bains était ouverte, elle la referma.

— Asseyez-vous.

L'homme prit place sur un des deux fauteuils. Jasmine passa sous la mezzanine, derrière le comptoir qui séparait le séjour de la cuisine. Il n'y avait évidemment ni maître d'hôtel ni cuisinier, mais elle était imprégnée des réflexes du Protocole. Elle plaça deux verres et une carafe de jus de pamplemousse sur un plateau en argent armorié (cinquante euros, aux Puces de Vanves).

— Donc, vous êtes un ami de Kader ? dit-elle en posant le plateau sur la table basse, devant les fauteuils.

— C'est lui qui m'envoie.

Jasmine regarda l'homme et saisit la nuance. Dans la société de castes mauritanienne, chacun savait exactement quelle place il devait tenir et prenait garde à ne pas transgresser les limites imposées par la naissance. L'émissaire, quelle que soit sa proximité avec Kader, ne devait pas se sentir son égal. Il lui était insupportable de laisser utiliser le mot « ami ».

— Quel est votre nom ?

— Moktar.

— Un jus de fruit ?

Elle avait déjà commencé à en verser dans les verres. Elle nota qu'il avait perçu ce léger signe de nervosité.

— Comment va-t-il ?

— Il est en pleine forme, grâce à Dieu ! Il vous envoie ses amitiés.

— Rapportez-lui les miennes.

Toujours la lenteur du désert, même en plein Paris. Elle retint un bâillement. Quand elle rentrait le soir, elle filait à la salle de bains, ouvrait grands les robinets de la baignoire, versait un bouchon d'huile moussante dans le flot et se déshabillait. Ensuite, elle fumait en silence, assise par terre sur le tapis, puis montait dans la mezzanine pour se coucher.

— On va essayer de s'expliquer rapidement, dit-elle en posant son verre sur la table. Je travaille beaucoup et je suis fatiguée. Qu'est-ce que vous êtes venu me dire ?

Moktar se raidit mais marqua son irritation par un simple clignement d'yeux. Jasmine se demanda s'il vivait en France ou s'ils l'avaient envoyé pour l'occasion.

— Kader a besoin de vous. Il m'a dit que vous comprendriez.

Jasmine se tassa dans son fauteuil.

— Répondez-lui que je suis désolée mais que maintenant je ne peux plus.

Moktar, d'un geste ample, ramena un pan de sa veste trop large vers sa cuisse, comme s'il se drapait dans un boubou. Il fixa Jasmine et dit :

— Vous n'avez jamais regretté de répondre à ses appels, je crois ?

— Vos insinuations sont un peu lourdes. Je sais ce que je dois à Kader. À la mort de mon mari, il a été le seul à m'aider, c'est entendu. Je peux même avouer qu'il m'a sauvée. Voilà. Dites-lui ceci : « Je sais qu'il m'a sauvée. »

Elle se leva, marcha jusqu'au mur et se retourna vers lui.

— Mais ce que j'ai fait pour lui, je l'ai bien fait. J'ai rempli mon contrat et il a rempli le sien. Nous sommes absolument quittes. Je suis donc libre d'accepter ou de refuser. Et je refuse.

— Il a encore besoin de vous.

— Je comprends mais je ne peux plus l'aider. Vous allez le lui dire, n'est-ce pas ? J'ai un travail que j'aime, une maison. Elle est petite, mais elle me suffit et je m'y sens bien. Ma vie s'y reconstitue. Vous me suivez ?

Elle avait ri nerveusement en parlant de sa maison. Ces derniers mots, prononcés trop vite et trop haut, laissaient deviner qu'elle avait peur.

— Ce sont des raisons supplémentaires pour faire ce qu'il vous demande.

Le ton de Moktar était doux mais il contenait une menace.

— Que voulez-vous dire ?

— Eh bien, en somme, aujourd'hui... vous avez des choses à perdre.

Elle se figea. C'était l'évidence : Kader, d'un mot, pouvait faire s'effondrer le monde qu'elle venait de reconstruire. Elle se frotta les yeux comme si elle avait senti venir une larme. Un rictus déforma sa bouche, exprimant le dégoût, le regret de sa faiblesse, une impression d'impuissance et de défaite.

— Et que veut-il que je fasse, cette fois-ci ?

L'homme ne marqua sa victoire par aucun changement d'attitude ou d'intonation. Il prit peut-être un peu plus ostensiblement son temps pour répondre.

— Non, dit-il en secouant la main comme pour chasser un insecte. Rien à voir avec les voyages précédents. Rassurez-vous.

Jasmine haussa les épaules.

— Il a demandé si vous aviez gardé des fonctions dans cette association... « Les Enfants du Cap-Blanc », c'est bien ça ?

— Évidemment, vous êtes bien renseigné. Comme toujours. Oui, je suis encore membre, mais parmi d'autres.

— Pas n'importe quel membre, tout de même ! Cette association, c'est bien vous qui l'avez fondée ? D'ailleurs, elle n'a jamais regroupé beaucoup de monde, à part vous et la famille de votre mari.

— C'était lui le fondateur. Une de ses cousines de Strasbourg a pris la présidence, depuis que j'ai recommencé à travailler.

— Et quelle est votre fonction maintenant ?

— Je suis secrétaire générale adjointe, dit-elle, en haussant les épaules. Mais ça ne veut rien dire du tout. C'est une toute petite association.

— Elle monte des programmes de santé maternelle, c'est bien cela ?

— Oui. Maternelle et infantile.

Moktar hocha la tête et resta silencieux, comme s'il prenait le temps d'évaluer la sagesse d'un proverbe.

— Maternelle et infantile, je comprends. Voici ce que veut Kader : simplement que vous fassiez un dernier voyage en Mauritanie pour votre ONG. Un voyage de huit jours, dix au maximum.

— Quand ?

— Le plus tôt possible. Le temps que votre association vous donne un ordre de mission. Ça ne devrait pas être trop difficile.

Jasmine dévisageait l'homme. Elle cherchait à comprendre ce que l'on attendait exactement d'elle.

— Il n'y aura rien à transporter, cette fois.

— Alors, demandez à quelqu'un d'autre ! explosa-t-elle. Je viens de commencer un travail, vous entendez ? En prenant huit jours de vacances pour aller en Mauritanie, je cours le risque de me faire mettre à la porte.

L'impassibilité souriante de Moktar signifiait qu'il était bien informé. Il savait qu'une semaine d'absence, alors qu'elle venait de travailler cinq mois sans prendre de week-end et en sacrifiant ses soirées, ne lui causerait aucun préjudice.

— Répondez, insista-t-elle. Pourquoi faudrait-il que ce soit précisément *moi* ?

— Kader vous le dira lui-même.

Elle se calma d'un coup.

— Il veut me voir ?

— C'est ce que je m'efforce de vous expliquer, dit Moktar avec conviction, en plissant les yeux.

— Mais je croyais…

— Qu'il se cachait ? Que personne ne pouvait l'approcher ?

Jasmine hocha la tête.

— Vous avez raison : il ne peut pas se déplacer n'importe où. C'est pour cela qu'il vous demande d'aller jusqu'en Mauritanie. Mais, là-bas, vous le verrez.

Jasmine se releva, gagna son étroite cuisine et tira d'un placard un paquet de fruits secs. Elle prit le temps d'ouvrir le sachet qui résistait, de disposer son contenu dans un plat en céramique. Elle s'assit de nouveau devant Moktar.

— Où devrai-je aller, précisément ?

— À Nouakchott. Vous vous souvenez de l'hôpital pédiatrique ?

Elle cligna des yeux pour acquiescer.

— Ils ont lancé un programme de lutte contre la transmission du sida mère-enfant.

Moktar plongea sa main droite dans la poche

intérieure de sa large veste et en sortit un papier. Jasmine le saisit et le déplia.

— C'est une lettre de demande d'aide. Le dernier programme de votre association en Mauritanie date de 2007. L'équipe médicale de l'hôpital se souvient de vous et fait appel à votre générosité.

La lettre était datée du mois précédent. La signature était illisible et l'en-tête mentionnait cinq médecins en dessous du chef de service.

Devançant la question de Jasmine, Moktar lui tendit une autre feuille de papier.

— Le contact est le docteur Sid'Ahmed Vall. C'est lui qui a signé cette demande. Vous avez son adresse électronique et son téléphone ici. Prévenez-le de votre arrivée. Vous logerez à l'hôtel Qsar. Une réservation sera enregistrée à votre nom, dès que vous aurez donné vos dates.

Jasmine posa d'autres questions. La perspective d'un voyage semblait être devenue pour elle sinon agréable, du moins excitante. Elle évoqua sa première arrivée sur Nouakchott, avec son mari. L'avion avait tourné deux fois autour de la piste, volant au ras des dunes, à la limite du rivage et de la mer, dans une ambiance digne de Mermoz. C'était Moktar, maintenant, qui paraissait pressé et se levait.

— Vous avez certainement sommeil. Pardon de vous avoir dérangée.

En deux enjambées, dans le petit studio, il avait déjà atteint la porte.

— Kader sera content de savoir que vous venez.

Toujours cette assurance maure, insupportable et admirable, qui finalement arracha un sourire à Jasmine.

— Je ne vous ai pas encore donné ma réponse.

— Écrivez directement au docteur Vall. Il va tout préparer. Il mit la main sur son cœur et s'inclina. C'est alors qu'elle remarqua le fin collier de barbe, à peine une ombre, mais bien taillée et entretenue. Elle comprit qu'il ne fallait pas lui tendre la main. Elle le laissa sortir et referma derrière lui.

Un instant, elle resta ainsi, dos contre la porte, la tête appuyée sur le panneau de bois. Ce soir-là, elle fuma longtemps avant de se coucher.

V

Le nouveau campement de la katiba était situé au Mali. Mais rien dans le désert ne permettait de savoir qu'une frontière avait été franchie. La végétation était seulement un peu plus rare encore que du côté algérien. Le sol plat résonnait sous les pas. D'énormes rochers, hauts de plusieurs mètres, émergeaient de ce socle. L'érosion leur donnait un vague air de champignons. Une dizaine de tentes cette fois avaient été dressées à découvert. Pour les avions et les satellites, la zone avait l'aspect inoffensif d'un campement nomade.

Abou Moussa était nerveux. Il avait déambulé de groupe en groupe puis était rentré sous sa tente.

— Va chercher Saïf, ordonna-t-il à l'un de ses gardes du corps.

Quelques instants plus tard, l'homme revint, accompagné du vieux guerrier.

— Que disent les hommes ? lui demanda Abou Moussa sans le saluer.

— Ils sont calmes.

— Ils savent qu'on a rompu avec Abdelmalek ?

— Je pense qu'ils ont compris.

— Et alors ?

— Alors quoi ?

— Ils acceptent ?

Saïf avait l'air à la fois épuisé et indestructible. À chaque épreuve, la peur avait creusé une ride. Maintenant, sur son visage, il n'y avait plus de place pour la peur.

— Tu es leur chef. Ils te suivent.

Comme toujours, les paroles de Saïf étaient simples. Pourtant, elles donnaient l'impression à Abou Moussa de dissimuler un sens plus profond et caché. *Tu es leur chef.* Bien sûr, tous le considéraient comme le chef de cette katiba. Mais l'était-il vraiment ? Depuis qu'il avait rejoint le maquis, Abou Moussa avait toujours obéi à Abdelmalek. C'était de lui qu'il tenait sa charge à la tête du groupe saharien. Maintenant qu'ils avaient rompu, il se sentait à la fois tout puissant et orphelin, maître chez lui mais vulnérable. *Ils te suivent.* En effet, mais pour aller où, désormais ?

— Abdelmalek a-t-il des hommes à lui parmi nous ? demanda Abou Moussa.

— Si j'apprends quelque chose, dit Saïf sur un ton d'une grande dignité, je te préviendrai immédiatement.

Le soleil déclinait. Dans le camp, la nervosité était perceptible.

Tout le monde se rassembla dehors pour la prière. Un petit homme nommé Anouar se plaça en avant pour la conduire. Il était considéré comme le plus savant du groupe et servait de guide spirituel. Il avait plus de foi que de culture. Mais les hommes le respectaient.

Abou Moussa aimait entre toutes la prière du soir. Elle se déroulait au moment où la chaleur refluait. À l'horizon, le soleil se dissolvait dans la poussière rouge. Le temps était ralenti, l'éternité donnée pour un instant. L'unité dans laquelle toute chose allait un jour se fondre était pleinement révélée.

À peine la prière terminée, l'appel d'un des guetteurs retentit dans le camp. Il annonçait le passage du convoi et confirmait que c'était bien celui qu'ils attendaient. Quelques minutes plus tard, un groupe de Jeeps abordait le campement dans un fracas de moteurs.

La première voiture n'avait pas de portières. L'homme assis à l'avant sur le siège du passager sauta à terre. Il avança vers Abou Moussa et lui donna une longue accolade. Ils firent le tour des combattants rassemblés et les saluèrent. Puis, en se tenant par la main, ils allèrent jusqu'à la tente d'Abou Moussa. Nabil et Saïf les suivirent.

— Nous ne t'attendions pas si tôt, dit Abou Moussa. Tu as fait vite.

Son sourire, pour une fois, semblait exprimer un réel bonheur.

— Quand j'ai reçu ton appel, dit Kader, j'étais déjà en route.

Kader Bel Kader était un homme jeune, de grande taille, volubile, toujours en mouvement. Une barbe bouclait sur ses joues, si peu fournie qu'elle accentuait son allure juvénile. Un nez d'aigle et des yeux noirs brillants lui conféraient un air de noblesse qui en imposait aux hommes des tribus.

— J'étais au Nord-Niger quand j'ai appris qu'ils avaient raté l'attaque et tué les touristes. Tu m'avais annoncé que ce serait le signal.

L'émir hocha la tête.

— Dieu m'est témoin, reprit Kader, que j'espérais le contraire. Vraiment, j'aurais été heureux, malgré tout, s'ils avaient réussi. Mais j'étais sûr de ce qui allait se passer.

Il ne laissa pas à Abou Moussa le temps de répondre. Déjà, il était sur un autre sujet : une anecdote sur une caravane qu'il avait rencontrée au Niger et qui faisait le trafic de l'uranium. Comme son corps, l'esprit de Kader ne tenait pas en place. Il bondissait d'un sujet à l'autre et Abou Moussa prenait d'habitude un vif plaisir en sa compagnie. La démesure du désert isole plus encore que la mer. Les groupes qui y circulent, combattants, trafiquants, pasteurs nomades, commerçants, détachements militaires sont coupés du monde. Ils étouffent de solitude, dans la prison de l'immensité. Kader Bel Kader faisait profession de circuler entre ces groupes. Il leur apportait le témoignage de l'existence des autres. Il transportait avec lui un peu de ce qui manquait à chaque groupe : cigarettes de contrebande, haschich du Rif de la meilleure qualité, sel des côtes de Mauritanie, gadgets électroniques venus d'Asie et, bien sûr, armes de tout acabit. Il avait surtout une inépuisable provision d'histoires, longues ou courtes, anciennes ou récentes, vraies ou fausses. Grâce à elles, le désert devenait un village.

Mais Abou Moussa n'avait pas le cœur à les entendre ce jour-là. Kader s'arrêta et le regarda. Il tourna la tête du côté des lieutenants de l'émir. Nabil le fixait d'un air méfiant, hostile.

— Abdelmalek m'a envoyé Zyad, dit Abou Moussa lugubrement. Je l'ai prévenu que je t'avais rappelé.

— Il n'a pas perdu de temps.

— On est seuls, maintenant.

Il y avait dans cette phrase plus d'interrogation que d'affirmation. Abou Moussa avait agi conformément à ce qu'ils avaient prévu. Parvenu à ce point, il ne savait plus comment s'en sortir et avait terriblement besoin de conseils.

— J'ai gardé beaucoup d'amis dans le maquis nord, dit Kader, même si Abdelmalek lui-même ne veut plus me voir. Il paraît que ça ne va pas très fort, là-bas.

Il se lança dans une longue description de l'état sanitaire des combattants, des problèmes de ravitaillement et de sécurité de la zone nord. C'était un conteur avisé. Il savait captiver, mettre de la couleur dans son récit, de l'humour, du suspense. Mais il savait aussi discerner quand son interlocuteur commençait à se lasser. Soudain, il plongea vers l'avant et saisit la manche d'Abou Moussa.

— Abdelmalek est un mauvais chef ! Tu as bien fait de ne pas lui obéir.

Il lâcha la manche et se redressa, tout à coup concentré et le visage fermé.

— Qui est-il pour juger qui tu dois voir ou ne pas voir ? Il se défie de moi. Pourquoi ? Parce que je suis un commerçant. Et alors ? Un commerçant ne peut pas être un homme de foi ? Je ne crois pas que cela ait été l'avis du Prophète.

Il sourit de toutes ses dents. Il y avait en lui un air de franchise et de force qui emportait l'adhésion immédiate des hommes simples et rudes du désert.

— Je crains Dieu, je fais les cinq prières, je pratique la charité, je jeûne au Ramadan et un jour prochain, inch'Allah, je ferai le hajj. Toi aussi, n'est-ce pas ? Nous sommes d'aussi bons musulmans qu'Abdelmalek. Si nous exécutons le plan que je t'ai proposé, nous allons même lui montrer que nous sommes meilleurs. L'offrande que nous allons faire à Dieu, il est incapable de l'imaginer et encore plus de la mettre en pratique.

Kader se tut un instant et saisit son verre de thé, dans lequel le breuvage avait refroidi.

— La vérité, poursuivit-il doucement, c'est qu'il a peur. Il a peur de toi, il a peur de moi. Et il a bien raison car ce que nous allons accomplir va prouver sa nullité. Il est enfermé dans ses montagnes, cerné par l'armée, menacé par la population. Tandis que toi, Abou Moussa, tu es libre. Dieu n'a pas créé les frontières. Son peuple, il l'a répandu sur toute la terre. Maroc, Algérie, Mauritanie, Mali, Niger, Libye, ces pays inventés par les colons n'ont aucune existence pour Lui. Et pour toi non plus car ici tu es libre. Chaque jour, avec tes hommes, vous foulez aux pieds ces limites ridicules. Toi seul peux mener le vrai combat. Tu es le véritable héritier de l'esprit d'al-Qaida.

— Abdelmalek ne m'a pas laissé le choix, s'excusa Abou Moussa comme pour lui-même.

Kader se rembrunit soudain. D'un bond, il fut sur ses pieds et se mit à arpenter la tente. Enfin, il se planta devant Abou Moussa, en le dominant de sa haute stature.

— Abou Moussa, je te le dis solennellement : il faut que ton choix soit un vrai choix. Je ne veux pas que tu me rappelles parce que Abdelmalek ne t'a pas laissé d'autres possibilités. Entre lui et moi, ce sont deux conceptions différentes de l'action qui s'offrent à toi. Je veux que tu te détermines parce que tu es convaincu de suivre la bonne voie.

46

Nabil, qui depuis un long moment semblait contenir sa rage, ne put se retenir d'intervenir.

— Il n'y a qu'une seule voie, cracha-t-il. C'est celle que Dieu a tracée pour nous. Nous ne sommes pas des politiciens mécréants.

Kader jeta vers le jeune homme un regard noir. Il se reprit immédiatement et réussit à lui parler avec calme.

— Tu as cent fois raison, Nabil. Cependant, un combat ne se gagne que si l'on sait choisir ses armes, le jour et l'adversaire. Es-tu d'accord, Abou Moussa, avec la proposition que je t'ai faite ?

Abou Moussa allait répondre mais Kader l'interrompit :

— As-tu mesuré toutes les conséquences de ta décision ? Es-tu prêt à les assumer ? Es-tu certain de pouvoir entraîner tes hommes dans cette voie ? Es-tu capable d'éliminer sans pitié ceux qui voudraient en prendre une autre ? Réfléchis bien, Abou Moussa. Je ne te demande pas de me répondre tout de suite.

Ces mises en garde avaient produit leur effet : elles démontraient que Kader avait une claire vision de ce qu'il voulait. C'était la chose au monde qu'Abou Moussa désirait le plus acquérir. Il avait besoin avant tout d'un chemin à suivre, d'un but à atteindre. À cette condition-là seulement, il resterait un chef. *Ils te suivent*.

— Je suis d'accord, répondit-il fermement.

Et pour donner plus de poids à cet engagement, il ajouta :

— Tu peux lancer l'opération.

Kader marqua un temps, la tête un peu penchée, comme s'il consignait cette décision sur un grand registre mental. Puis, sans que rien ne pût le laisser prévoir, il éclata de rire.

— Rassure-toi.

Et en riant de plus belle, il ajouta :

— C'est déjà fait.

VI

Deux hommes étaient assis confortablement l'un en face de l'autre à une table isolée du meilleur restaurant français de Washington. Ils auraient pu passer pour de paisibles retraités des affaires ou de l'Administration qui évoquaient le bon vieux temps. Mais ni Archie ni son hôte n'étaient des retraités.

Archie se sentait même de plus en plus jeune, au point que, parfois, cela l'inquiétait. Une idée l'avait contrarié la semaine précédente : avoir la conviction de rajeunir était peut-être le premier signe du vieillissement. En tout cas, il avait la démarche plus souple, les gestes plus déliés, le corps plus svelte que dix ou quinze ans auparavant. Un polo blanc, sous son blazer à écusson, lui donnait l'air d'un yachtman en escale. Il dirigeait une des principales sociétés de renseignement privé, présente désormais sur quatre continents. L'agence portait le nom de la ville où elle avait été créée dix ans plus tôt : Providence, dans l'État de Rhode Island. Elle employait plusieurs centaines de personnes. Son siège était maintenant en Europe, où Archie, né à Brooklyn dans une famille

49

juive émigrée de Hongrie, s'était toujours senti chez lui. Anglomane enragé, il rêvait d'installer son agence à Londres, mais, pour des raisons fiscales et politiques, la Belgique offrait un meilleur environnement et il avait dû s'en contenter.

Archie n'avait plus à craindre qu'une loi quelconque ne le mette à la retraite : il était chez lui, seul maître à bord. Sa dernière inquiétude concernait seulement la crise économique : elle avait touché Providence de plein fouet. Andrew K. Hobbs, son interlocuteur, semblait partager le même pessimisme amer qui prenait pour lui un tour plus politique.

— J'ai misé tout ce que j'ai pu pendant la campagne présidentielle sur ce tocard de McCain, dit Hobbs en faisant pleurer son vin sur la paroi d'un verre ballon. Et quand il est allé chercher Sarah Palin pour la vice-présidence, j'ai même cru qu'il s'en sortirait… Elle est merveilleuse, Sarah Palin. Vous la regardez sur Fox News ?

— Les Républicains ont payé pour les erreurs de Bush, nota Archie en contemplant méchamment une cacahuète.

Son médecin lui avait interdit pas mal de choses. Il traitait les aliments prohibés en ennemis personnels. Son interlocuteur posa son verre et se pencha brusquement en avant.

— Écoutez, nous savons l'un et l'autre ce qu'il faut penser de George W. Cela dit, reconnaissons qu'on lui doit beaucoup. Je pense même, avec le temps, que c'était la belle époque. Votre agence n'aurait jamais prospéré comme elle l'a fait si vous n'aviez pas surfé sur la vague antiterroriste. Et ça, c'était Bush, n'est-ce pas ?

— Pas lui, son administration. Je sais ce que je vous dois, si c'est ce que vous suggérez.

— Il n'est pas question de moi. Je parle du pays. Tant que j'étais au Pentagone, je n'ai pensé qu'à cela : l'intérêt de l'Amérique. Et je continue maintenant, dehors, avec tous ceux qui se sont fait débarquer.

Un serveur noir apporta les entrées. Ils se turent pendant qu'il déposait les assiettes, remplissait les verres. Un instant plus tard, il revint avec une corbeille contenant une dizaine de sortes de pains. Ils en choisirent un avec mauvaise humeur. Le serveur finit par les laisser tranquilles.

— Obama brade notre sécurité, déclara sentencieusement Hobbs.

Une association d'idées s'était sans doute produite dans son esprit quand il avait vu approcher le serveur. À la façon dont il prononçait le nom du nouveau président, on comprenait qu'il y pensait souvent et sans aménité.

Hobbs était un homme au visage rond, au crâne chauve. Il était impossible de l'imaginer sans lunettes et il en portait en effet une paire, cerclée de métal. Leurs verres circulaires glissaient sur un nez large et plat. C'était un visage d'emprunt, adapté aux circonstances, comme un smoking loué pour une soirée de gala, aussi dépourvu de caractère et de personnalité. Seuls les yeux pâles, à l'iris bordé d'une fine ligne de cholestérol, semblaient habiter cette façade volontairement anonyme.

— Il est en train de reculer sur tous les fronts : retrait d'Irak, gesticulations au Yémen, statu quo en Afghanistan. Malheureusement, avec ce contexte de crise financière, les Américains ne s'en aperçoivent même pas.

— Au contraire, ils lui en sont reconnaissants, renchérit Archie, en attaquant la coquille Saint-Jacques qu'il avait à contrecœur dépouillée de sa sauce.

— Comme si les dangers qui nous menacent étaient atténués parce que nous sommes affaiblis ! C'est extraordinaire. Les gens croient que nos ennemis vont nous prendre en pitié.

— Heureusement, il y a eu ce type avec son slip piégé, ricana Archie.

— C'est encore pire, cracha Hobbs. Grâce à cette histoire, Obama a pu faire diversion. Mais tout ce qu'il propose, c'est de compliquer encore un peu plus la vie des honnêtes gens dans les aéroports !

Décidément, les fruits de mer sans sauce n'avaient pas de goût. Archie mâchait lugubrement.

— Il faut pourtant qu'il comprenne que la bataille contre le terrorisme ne se gagnera que sur le terrain. *Tous* les terrains. Les malheureux qui se débattent avec des barbus chez eux, nous devons les aider. Au lieu de ça, on ferme portes et fenêtres et on tend la main à l'Iran.

— Heureusement qu'il y a encore des patriotes comme vous qui veillent, lança Archie.

Il jeta un regard furtif vers son vis-à-vis, craignant que l'autre ne perçoive de l'ironie dans cette remarque. Mais, avec Hobbs, on pouvait utiliser la flatterie sans aucune modération. S'il n'était pas totalement dépourvu d'humour à propos des autres, il faisait preuve d'un aveuglement complet dès qu'il s'agissait de lui-même.

— Oui, confirma-t-il, heureusement !

Il but une longue rasade de sancerre et posa ses couverts.

— Alors, reprit-il, où en êtes-vous de notre affaire ?

— Le dispositif est en place.

— Vous n'avez pas perdu de temps.

Archie se retint de réagir. Pardi ! Pourquoi aurait-il perdu du temps avant d'engager une affaire bien rémunérée ? Les commandes qui faisaient vivre son agence les années précédentes étaient pratiquement tombées à zéro depuis le changement d'administration aux États-Unis.

— J'ai employé les grands moyens. Au siège, tout est directement suivi par Helmut, notre nouveau directeur des opérations. À tout instant, il dispose des services de nos différents départements : recherche, interception, décryptage, etc. Et il a des équipes volantes qui peuvent partir de nos bureaux en Europe ou en Afrique, pour aller à la pêche aux informations.

C'était toujours un plaisir pour Archie de faire étalage des ressources de l'agence. Il est vrai qu'en s'installant à la fin de la guerre froide, il n'imaginait pas un tel succès. Depuis l'affaire des écoterroristes, qu'il avait réglée avec brio[*], l'agence était devenue le symbole de ce nouvel espionnage privé, souple, efficace, échappant à tout contrôle et revendiquant pourtant une stricte déontologie, du moins à l'égard de ses commanditaires. Mais l'effondrement des commandes de l'État américain, dont elle était un sous-traitant prospère,

* Voir *Le parfum d'Adam*.

l'avait mise en quasi-chômage. L'opération que lui avait confiée Hobbs était loin d'occuper tout son monde. Mais Archie comptait bien la faire monter en puissance et c'était, pour lui, le principal objectif de ce déjeuner.

— Oui, répéta-t-il en hochant la tête, tout est prêt. Même si, jusqu'à présent, il faut reconnaître qu'il ne s'est pas encore passé grand-chose.

— Et… au contact, qui avez-vous mis ?

— Vous nous avez lancés sur la piste d'un groupe de médecins islamistes. Eh bien, pour les traiter nous avons choisi… un médecin, évidemment.

Archie saisit sa serviette amidonnée et s'essuya méticuleusement la bouche. Chaque fois qu'il évoquait cette partie de son activité, il avait la satisfaction de rendre hommage à son propre génie. Il cultivait trop le flegme britannique pour le laisser paraître et redoublait de précaution afin que ni sa voix ni ses expressions ne trahissent l'intense plaisir qu'il éprouvait.

— Vous savez que nous avons créé le premier département médical digne de ce nom dans une agence de renseignement moderne ? Oui, Providence dispose de laboratoires et maintenant aussi de médecins capables d'être envoyés sur le terrain comme de véritables agents. Ils sont entraînés à maîtriser les techniques spécialisées : filature, interceptions de communication et même… maniement d'armes.

Hobbs approuva d'un grognement. Il se débattait avec une queue de langouste passablement résistante.

— Je vois.

Il s'étira un peu vers le dossier de son siège, amolli par le vin et la chère.

— Vous ne trouvez pas ça un peu curieux, reprit Hobbs, que les islamistes recrutent autant dans les milieux médicaux ? Moi, c'est quelque chose que je comprends mal. Je voyais les barbus comme des obscurantistes, des types du Moyen Âge. Mais il paraît qu'au contraire ils ont beaucoup de succès chez les intellectuels, et spécialement les médecins.

— Je pense que notre agent pourra nous en dire plus, intervint Archie qui cherchait à revenir à son chef-d'œuvre.

— En tout cas, mon correspondant algérien est formel. Il y a beaucoup de médecins islamistes chez lui et dans toute la région. Bon, qu'est-ce que vous avez trouvé, pour le moment ?

Hobbs, au fond, était un vrai politique. Il se moquait pas mal des moyens. Ce qu'il voulait, c'était des résultats. Mais, sur les résultats, Archie était beaucoup moins loquace. Il lui fallait rester évasif et, malgré tout, optimiste.

— Écoutez, commença-t-il, c'est assez encourageant. Notre homme a réussi son intégration dans le groupe-cible. Il confirme ce que vous a dit votre informateur. C'est bel et bien un groupuscule politisé et fanatisé. Cela dit, pour l'heure… il ne s'y passe pas grand-chose.

— Et l'assassinat des touristes italiens ?

— Justement. Nous avons contrôlé le trafic téléphonique : aucun appel suspect vers le groupe, ni avant ni après. L'affaire s'est déroulée très loin et, en apparence, aucun de nos individus n'a été mêlé à la préparation ou à l'exécution. D'ailleurs, les auteurs de l'attentat sont en fuite et les Mauritaniens connaissent leur identité : ils ne sont liés ni de près ni de loin aux médecins que vous nous avez demandé de surveiller.

Hobbs se redressa. L'arrivée du plat principal, une côte d'agneau rosée, ne suscita de sa part qu'un coup d'œil blasé. *Depuis combien de temps n'est-il pas sorti de Washington ?* Le fait qu'un homme aussi sédentaire pût, depuis tant d'années, s'occuper des affaires du monde suscitait chez Archie, à part égale, admiration et révolte. Il avait toujours cru à la vitesse, au mouvement, au déplacement sur le terrain, à l'action. Cette foi naïve se brisait sur Hobbs comme la vague sur une digue de granit.

— Ça n'a aucune importance que vous n'ayez rien trouvé par rapport à l'attentat, commenta enfin Hobbs, une bouchée de viande lui déformant la joue. Mon contact algérien m'avait déjà prévenu.

Il déglutit péniblement et fit passer un peu de rouge par-dessus sa côtelette.

— Ce n'est pas ça qu'on attend, ajouta-t-il.

Archie jeta un coup d'œil autour de lui. Ils étaient loin des autres tables et l'endroit était sûr. Mais c'était une manière de donner plus de poids à sa question.

— Justement, dit-il d'une voix sourde. Est-ce que vous pourriez me dire exactement...

— Quoi ?

— Ce qu'on attend.

Hobbs gardait les yeux sur son assiette et paraissait ne pas avoir entendu.

— Parce que, voyez-vous, continua Archie, nos gars sont affûtés, rien ne leur échappe. Ils sont aux aguets jour et nuit. Ce groupe de médecins islamistes en Mauritanie, ils l'ont bien à l'œil. Il leur manque seulement une chose.

— Laquelle ? demanda Hobbs en haussant un sourcil.

— Savoir ce qu'ils cherchent.

Un instant passa. Ils se regardèrent dans les yeux. Vingt ans de complicité avaient fixé une fois pour toutes leurs rapports. Aucun aveu ne pouvait remettre en question le respect mêlé de crainte qu'Archie éprouvait pour Hobbs. Il était peut-être la seule personne au monde à susciter en lui un tel sentiment.

— Je sais que ça peut paraître bizarre, dit Hobbs sans ciller. On vous paie très cher pour ce travail. Pourtant je suis incapable de vous répondre.

— Vous ne savez pas ce que nous devons chercher ?

— Non.

Pour la première fois, Hobbs sourit. C'était une expression qui lui convenait mal et il en avait conscience. Son visage était fait pour rester immobile, comme ces buffles majestueux qui perdent toute élégance quand ils se déplacent.

— Je sais seulement que ça n'a pas d'importance, dit-il. Quand vous aurez trouvé, vous vous en rendrez compte tout de suite.

VII

Pendant six mois après la mort de son mari, Jasmine avait frappé à toutes les portes du ministère des Affaires étrangères. De la mission sociale au cabinet du ministre, elle avait consulté un grand nombre de gens. Elle faisait valoir le travail qu'avait accompli Hugues à Nouadhibou, les dépenses qu'il avait engagées sur ses propres fonds, le dénuement où elle se trouvait. On l'écoutait aimablement et avec un air de compassion. On lui prodiguait des conseils. Mais personne ne semblait disposé à la secourir.

Elle avait dû se débrouiller seule pour survivre. Ce n'était que récemment, grâce à un appui politique, que les portes du ministère s'étaient finalement ouvertes. Ceux qui avaient d'abord écarté la candidature de Jasmine l'avaient alors accueillie avec enthousiasme. Ainsi Jasmine avait-elle appris à ne pas faire fond sur les sourires aimables ni, au contraire, à trop s'effrayer des manifestations de mauvaise humeur. Sa survie au Quai d'Orsay ne dépendait que d'un rapport de forces.

Elle avait mis son week-end à profit pour reprendre contact avec les membres de l'association « Les Enfants du Cap-Blanc ». Aude, la sœur d'Hugues, lui avait répondu sur un ton pointu.

— Tu te préoccupes de l'association, maintenant ? C'est nouveau.

— Ces derniers mois, tu sais, j'ai commencé un nouveau travail... Il m'a fallu tout apprendre. J'ai des horaires impossibles.

— Heureusement, nous, pendant ce temps-là, on fait tourner la boutique.

La belle-sœur de Jasmine était mariée à un architecte de Strasbourg. Elle n'avait jamais vu d'un très bon œil l'union de son frère, qu'elle adulait, avec cette fille sortie de nulle part.

— Je t'en suis très reconnaissante. Cette ONG, c'est un peu Hugues...

— Bon, coupa Aude. Qu'est-ce que tu veux exactement ? On a une réunion du bureau vendredi à Vincennes. Si tu viens, les autres seront sûrement contents de te voir.

La semaine s'était passée pour Jasmine sans événement notable. Personne n'était revenu la voir le soir. Une série de dîners officiels avait occupé presque toutes ses soirées.

Quand elle avait intégré le Quai, Jasmine avait insisté pour être affectée au cérémonial. Le Protocole comptait deux autres services. Celui des privilèges diplomatiques et consulaires regroupait les plus gros effectifs ; elle le trouvait trop bureaucratique à son goût. Quant à la cellule PRO-LIT (logistique, interprétation, traduction), dédiée à l'organisation des conférences, elle lui semblait monotone. Le service du cérémonial était plus varié. Surtout, son personnel pouvait circuler dans tout le bâtiment, des cuisines aux combles, et même arpenter les grands salons tendus de rouge en pleine nuit, quand ils étaient déserts.

Ainsi, le jeudi soir, Jasmine s'était retrouvée avec Willy assise sur une banquette de velours dans une embrasure de fenêtre, en face de la porte du ministre. Deux immenses tapisseries représentaient des scènes champêtres. Des chasseurs festoyaient dans une auberge près d'un grand âtre. Dans la pénombre, les enfilades de pièces d'apparat étaient intensément poétiques.

— Willy, je vais partir en voyage.

— À la bonne heure ! dit le maître d'hôtel en bâillant. Il me semble que tu deviens raisonnable.

Le vieux serviteur fut interrompu par une quinte de toux.

— Tu prends beaucoup de risques à travailler comme ça. Quand tu bosses, tu déranges toujours plus ou moins quelqu'un. Quelqu'un qui ne fait rien, par exemple. Où veux-tu aller ?

— Je m'occupe d'une ONG. Je l'avais créée avec mon mari.

Willy baissa les yeux. Chaque fois que Jasmine évoquait son mari mort, il était ému aux larmes. Il pensait à sa propre mère, restée veuve après la guerre, et tout se mélangeait dans sa vieille tête.

— Et elle œuvre dans quoi, ton « ONG » ?

Le mot n'appartenait pas à son vocabulaire. Il le prononça sur le ton d'Arletty répétant « atmosphère ».

— Les enfants. Les mères et les enfants. Le sida. Enfin, tu vois…

Willy leva les yeux au ciel.

— Appelle ça des vacances et ne fais pas de manières. C'est pour aller où ?

— En Mauritanie.

— Il paraît que c'est très beau. Mais il y a des risques là-bas. Tu as entendu parler de ces touristes italiens qui se sont fait trouer la peau récemment ?

— Je ferai attention. De toute façon, je connais bien le pays.

— En tout cas, ici, ne leur dis pas où tu vas.

— Ils le sauront certainement.

— Pas sûr ! Si bizarre que ça puisse paraître, on est assez tranquille dans cette maison. Les gens à l'extérieur pensent que c'est bardé de contrôles, d'écoutes, et tout le toutime. Mais tu as vu ce vieux palais ? À part les gendarmes en bas, c'est un moulin.

— Ils font une enquête quand ils nous engagent.

— Il paraît ! Mais j'ai des doutes. Quand tu commences à travailler ici, on ne te demande rien. Et puis, un beau jour, tu reçois un papier qui te donne le droit de regarder les documents que tu lis déjà tous les jours. Non, crois-moi, personne ne va aller voir où tu passes tes vacances…

Le lendemain, Jasmine avait assisté à la réunion du Conseil d'administration des « Enfants du Cap-Blanc ». L'association, depuis qu'ils l'avaient créée, était restée modeste. Une affaire de copains. Certains avaient fait leurs études secondaires avec Hugues. D'autres amis avaient grossi les rangs. Un peu de mécénat, les cotisations des membres, une subvention du Conseil général du Haut-Rhin avaient étoffé le budget. L'association gérait seule trois petites missions et elle en partageait une quatrième avec une autre ONG alsacienne. Les nouveaux venus, des assureurs, un publicitaire, un avocat, avaient apporté leur sensibilité, leurs contacts, leurs coups de cœur. La polarité de l'action s'était déplacée vers l'Asie. Une mission était ouverte en Mongolie, une autre au Vietnam et la troisième au Sri Lanka. En Afrique ne subsistait qu'un modeste programme au Burundi.

Tout le monde se montra très heureux de voir Jasmine. On évita de lui parler d'Hugues mais il était présent dans les esprits. Personne ne fut surpris quand elle énonça sa proposition.

— Je voudrais rouvrir quelque chose en Mauritanie.

Il y eut un bref silence. Chacun pensait au disparu. Jasmine devina quelques larmes. Pour ne pas prolonger l'émotion, elle sortit la lettre que lui avait transmise Moktar.

— J'ai reçu une demande d'aide pour l'hôpital pédiatrique de Nouakchott.

Le document lui fut rendu sans commentaires, après avoir parcouru tout le groupe. La gêne, qui s'était emparée de la pièce, tenait surtout à l'idée que les uns et les autres se faisaient du tact. Que peut-on dire à une veuve qui s'apprête à retourner à l'endroit où elle a été heureuse et où son bonheur s'est brisé ? Finalement, la conversation roula sur des questions pratiques, sans charge émotionnelle. Il fut décidé que Jasmine, comme il était d'usage dans l'association, paierait son séjour mais recevrait une contribution pour le billet d'avion. Ce n'était pas un problème pour elle. Cependant, pour le principe, et aussi en prévision de ce qui viendrait après, elle négocia âprement cette participation. Compte tenu de sa connaissance des lieux, elle partirait seule pour cette mission exploratoire. Elle promettait toutefois de ne passer aucun accord avant d'en avoir discuté au retour avec le conseil.

L'ordre du jour appelait plusieurs autres points et Jasmine rentra chez elle épuisée, à deux heures du matin passées.

Il restait un dernier obstacle : obtenir l'autorisation de Cupelin, le directeur adjoint du Protocole, dont elle dépendait. Elle obtint un rendez-vous avec lui au début de la semaine suivante.

Le bureau du directeur adjoint était entièrement meublé en style Directoire. Dans des cadres en racines de bruyère s'ébattaient des chevaux de toutes races et pour tous usages. On ne savait si cette débauche équine correspondait à une passion ou si ces reproductions répondaient à l'idée que Cupelin se faisait du bon goût. Il était toujours habillé avec une élégance austère mais ce conformisme était artificiel. Le directeur adjoint du Protocole voulait à toute force paraître ce qu'il n'était pas. Pour cacher ses origines modestes, il avait construit son personnage sur une longue observation des modèles que lui avaient fournis les ambassadeurs. Malheureusement, il y avait quelques lacunes dans cette formation d'autodidacte. Ce jour-là, par exemple, entre l'ourlet à revers de son pantalon et ses chaussures Weston parfaitement assorties, il avait enfilé des chaussettes blanches, ornées de petits oursons jaunes.

Cette touche d'humanité ne changeait rien à l'attitude hautaine et méprisante du personnage. Mais elle permit à Jasmine de se sentir parfaitement à l'aise pour s'adresser à lui.

Comme Willy l'avait conseillé, elle parla directement de vacances. Cet aveu de faiblesse fut beaucoup mieux accueilli que tous les efforts qu'elle avait faits jusque-là pour se montrer zélée. En se rapprochant du groupe inoffensif des tire-au-flanc, elle donnait la preuve qu'il était inutile de la mater.

Ce fut presque aimablement que Cupelin la raccompagna jusqu'à la porte en lui tendant la main. Elle avait demandé dix jours, il lui en avait accordé quinze.

VIII

Pour rien au monde Dimitri ne se serait privé du plaisir de rentrer chez lui à Mobylette. Dans les rues poussiéreuses de Nouakchott, au milieu des taxis défoncés, des ânes, des charrettes à bras, c'était un exercice à haut risque. L'agence, bien entendu, le lui avait formellement interdit. Cela ne faisait qu'ajouter à son plaisir. Personne, à l'hôpital, ne comprenait qu'après avoir passé sa journée à soigner des accidentés de la circulation, il prenne le risque d'affronter sans protection le trafic chaotique de la capitale.

Mais Dimitri n'avait aucune intention de se justifier. Il avait acheté ce vieux cyclomoteur bleu la semaine de son arrivée. Il fallait pédaler cinq bonnes minutes sur la béquille avant que le moteur, dans un éternuement, ne chasse une fumée blanche et ne démarre. Les pieds posés sur le cadre, Dimitri lançait alors l'engin poussif sur le trottoir de la rue où il habitait. Il rejoignait la chaussée quand il avait atteint la vitesse de pointe, à peu près celle d'un homme marchant au pas.

Nouakchott n'avait de capitale que le nom. C'était plutôt un immense entrepôt de parpaings au milieu du désert. La ville avait pris son essor dans les années cinquante. À l'époque coloniale, le gouvernorat de Mauritanie était situé à Saint-Louis. Quand celle-ci était revenue en partage au Sénégal après l'indépendance, il avait fallu bâtir à la hâte une nouvelle capitale.

Un axe administratif, à partir du Palais présidentiel, en forme l'épine dorsale. Tout autour, les quartiers ont poussé selon les lignes d'un plan géométrique qu'aucun obstacle naturel ne limite, sinon le cordon dunaire qui sépare la ville de la mer. L'absence de monument, d'histoire, l'empreinte désordonnée des nomades qui se sont rassemblés dans cette coquille vide donnent au lieu un charme postmoderne qui avait immédiatement séduit Dimitri.

En un peu plus d'un mois de séjour, les Mauritaniens s'étaient habitués à le voir passer le nez en l'air, humant les odeurs de friture et de diesel, toujours souriant, la tignasse au vent. Les gens savaient qu'il était médecin à l'hôpital. Ils lui donnaient du docteur quand ils le croisaient. Mais il avait si peu le physique de l'emploi qu'ils accompagnaient souvent leur salut d'un éclat de rire.

Dimitri avait des traits virils, tout en angles, avec des mâchoires carrées, un grand front, un cou musclé mais ses yeux très bleus et ses cheveux blonds bouclés lui donnaient un air juvénile. Une fossette creusait son menton. Les enfants, qui ont moins de retenue que les adultes, aimaient y fourrer le doigt, tellement elle paraissait profonde. Sa barbe poussait dru et s'il ne la rasait pas de deux jours, ce qui arrivait souvent, il avait les joues toutes luisantes de poils clairs.

Personne, à Nouakchott, ne savait d'où il venait.

Son prénom de couverture, Dimitri, était un trait de génie d'Archie. Comment mieux camoufler un Canadien de Toronto qu'en lui attribuant un prénom russe ? Il n'était d'ailleurs pas totalement usurpé puisqu'il pouvait se prévaloir d'un grand-père ukrainien.

Il parlait le français avec l'accent québécois et, dans un centre de formation dont l'agence Providence disposait à Lanzarote, il avait appris l'espagnol avec l'accent français. Comme il travaillait pour une ONG humanitaire tchèque, créée par Providence à partir de son bureau de Prague, personne ne savait vraiment dans quelle catégorie le ranger. Il était tout simplement lui-même, le docteur Dimitri, avec sa Mobylette, son bob vert et son cigare éteint.

Il habitait dans une maison qu'avait louée l'association, derrière le grand marché. Il y occupait une chambre d'angle dont le plafond s'était en partie effondré lors des dernières pluies. Ils étaient quatre expatriés dans la maison : un logisticien et deux filles qui travaillaient, l'une pour la gestion financière de la mission et l'autre comme épidémiologiste. C'était elle qui appartenait à l'agence. Les deux autres avaient été recrutés sur « Reliefweb » et ignoraient tout des véritables buts de l'association. La fille de l'agence s'appelait Marion. Elle était guyanaise. Dimitri avait peu de contacts avec elle. Il envoyait lui-même ses rapports codés.

En fait de rapports, il n'avait pas eu grand-chose à rédiger jusqu'à présent. D'après le briefing qu'on lui avait fait au siège avant de partir, il devait infiltrer un groupe de médecins islamistes. À ce qu'il avait compris, c'était la première fois que l'agence travaillait sur ce sujet. Cela entraînait une certaine nervosité au sein de l'équipe dirigeante. On avait battu le rappel des meilleurs spécialistes mondiaux pour fournir aux agents impliqués dans l'opération la formation la plus complète possible. Pendant un stage, on leur avait farci la tête avec des noms de guerriers afghans, tchétchènes, de prêcheurs londoniens, d'ayatollahs persans. Dimitri avait dû assister à un défilé virtuel de tout ce que le Pakistan, l'Irak, la Syrie, le Liban comptaient d'illuminés et d'assassins.

Si bien qu'il crut d'abord à une erreur quand, à peine arrivé à Nouakchott, il rencontra les jeunes gens qu'on lui désignait comme cible. Vêtus de jeans, à peine barbus, formés à l'européenne, appliquant devant les malades des raisonnements parfaitement rationnels, aimables avec les étrangers et ne parlant jamais de politique, les cinq suspects correspondaient bien peu à ce qu'il imaginait.

Il avait noué immédiatement avec eux des liens faciles, centrés sur la pratique médicale. Fondamentalement, Dimitri était médecin. Tout au moins, dans la valse de ses identités, dans l'incessant questionnement qui le poussait à s'interroger sur ses désirs et à changer de passion, il constatait avec satisfaction qu'à Nouakchott, dans cet hôpital dénué de tout, il se sentait bien dans sa peau de médecin.

Le ministère de la Santé mauritanien sollicitait les associations occidentales pour envoyer des spécialistes dans le pays. L'idée n'était pas tant de pallier la pénurie de médecins hors du secteur privé que de compléter la formation des jeunes professionnels locaux. L'association fondée et contrôlée par Providence avait fait des offres de services ; les Mauritaniens les avaient acceptées avec enthousiasme.

Dimitri était réanimateur. Il était arrivé dans un hôpital où n'existait pas de service d'urgence digne de ce nom. En même temps qu'il essayait de mettre un peu d'ordre dans les procédures, il participait lui-même aux soins. Il avait d'abord pris des précautions pour ne pas froisser la susceptibilité locale en imposant ses méthodes. Mais il s'était rapidement rendu compte que c'était inutile : ses jeunes collègues de l'hôpital se montraient désireux d'apprendre de lui. Il avait passé des heures avec chacun d'eux, affairé autour d'enfants terrassés par des crises de paludisme neurologique, déshydratés par des diarrhées infectieuses, anémiés au dernier degré par la drépanocytose. Dans ces odeurs écœurantes de carrelage malpropre et de sang, de déjections et de corps souillés, il avait rapidement créé un lien humain très fort avec ces médecins démunis, mais bien formés et courageux.

Or, c'était exactement eux que Providence lui avait demandé de surveiller. Les « dangereux islamistes » étaient ces gamins dont il partageait les ingrates journées au milieu d'une humanité mourante et souffrante...

Sur cette base professionnelle, l'échange était facile. Pourtant, Dimitri se rendit vite compte qu'il serait difficile d'élargir la relation hors du champ professionnel. Ses collègues refusaient poliment ses invitations à déjeuner ou à boire un thé. Personne ne lui proposait de le rencontrer hors du travail. L'activité de ceux qu'il était censé observer lui échappait dès qu'ils sortaient de l'hôpital. Il les voyait prier sur des tapis dans la cour. Ils se rendaient tous à la mosquée le vendredi. Mais Dim ne savait ni où ils habitaient, ni à quoi ressemblait leur famille, ni surtout s'ils se rencontraient entre eux à l'extérieur. Il se doutait que d'autres membres des services de Providence, à commencer par Marion, travaillaient sur les mêmes cibles et traçaient sans doute leurs communications téléphoniques et leurs ordinateurs. Il devait néanmoins s'efforcer d'en savoir un peu plus et tenter de dépasser le pur cadre technique dans lequel il était cantonné. Mais il n'y parvenait pas.

En y réfléchissant, il se dit qu'il avait sans doute fait une erreur d'analyse. Il avait d'abord cru une amitié possible avec ces médecins car ils étaient tous des hommes. Curieusement, il était sans doute plus aisé de communiquer avec les femmes. Il remarqua en particulier l'une d'entre elles qui travaillait aux urgences comme infirmière. C'était une fille du Sud à la peau très noire. Les traits de son visage étaient d'une grande finesse. À l'extérieur, elle portait le voile léger dont les Mauritaniennes s'entourent le corps. Elle le rabattait soigneusement sur ses cheveux et autour de son cou, de manière pudique. Pendant le service, elle se coiffait d'un fichu blanc un peu démodé. Peut-être parce qu'elle payait son tribut, par cette apparence austère, aux règles de la bienséance musulmane, elle ne craignait pas les conversations avec Dimitri. Ils s'asseyaient de temps en temps autour d'un coin du bureau de consultation et, entre deux vagues de patients, profitaient du calme pour bavarder.

Aïssatou était une Soninké. Cette ethnie de la région du fleuve Sénégal s'honore de constituer la descendance du grand Empire du Ghana, qui connut son apogée au VIIIe siècle. Ce sont des musulmans très stricts, encadrés par des rites fortement enracinés. Ils ont préservé leurs traditions et l'autorité des chefs de clans et des marabouts. Aïssatou trouva un matin l'occasion d'expliquer à Dimitri que cet islam ancien était beaucoup plus modéré. Plus modéré que quoi ? Elle ne le désignait pas clairement mais il comprit qu'elle opposait cette religion bien ancrée à la fièvre islamiste de ceux qui s'étaient éloignés de leurs rites et de leur foi, pour y revenir aujourd'hui de façon désordonnée. Elle montrait par là sa différence avec les jeunes médecins de l'hôpital. Elle confirma que la plupart d'entre eux appartenaient à des familles venues récemment dans la capitale, coupées de leurs clans d'origine et qui avaient pris leurs distances avec les valeurs ancestrales. Jusqu'à la fin des années 1960, la Mauritanie était essentiellement un pays de nomades. Mais en quelques années, les grandes sécheresses avaient ramené la majorité de la population dans les villes. Les tentes avaient pourri, les troupeaux étaient morts. Les nouveaux sédentaires étaient des gens sans repères.

Elle apprit à Dimitri beaucoup de détails sur les clans du pays et les croyances maraboutiques. Il était persuadé qu'ils n'allaient pas tarder à pouvoir aborder des sujets plus délicats, directement en relation avec les questions qu'il se posait à propos de ses collègues. Mais quand il l'interrogea plus précisément sur les médecins du service, elle se montra évasive. Visiblement, elle avait peur d'en dire plus.

Un jour, comme ils étaient en conversation dans le poste de consultation, l'un d'eux fit irruption sans que Dimitri se fût aperçu de sa présence. Il ignorait pendant combien de temps l'homme avait pu les écouter. Leur conversation portait sur les guérisseurs de village. Elle n'avait a priori rien de compromettant. Mais Aïssatou marqua un certain trouble. Elle évita toute conversation les jours suivants.

DEUXIÈME PARTIE

I

Quand Jasmine eut arrêté la date de son voyage, elle envoya un courrier électronique à l'adresse indiquée par Moktar. Aucun accusé de réception ne lui parvint. Heureusement, elle connaissait Nouakchott et n'avait besoin de personne pour y séjourner.

Dès sa descente d'avion, elle reconnut tout. L'atmosphère sèche et chaude malgré l'heure tardive. Le sable en suspension dans l'air. L'impression qu'un vent rêche raclait la peau.

À l'époque où elle disposait d'un passeport diplomatique et où plusieurs douaniers savaient encore qui elle était, elle n'avait pas à subir les contrôles ni les files d'attente. Cette fois, elle dut patienter comme tout le monde, au milieu d'une petite colonne hétéroclite où se mêlaient hommes d'affaires, touristes, chasseurs et migrants de retour au pays.

Il était difficile, pour les Mauritaniens et même pour les voyageurs, de ranger Jasmine dans une de ces catégories. Elle ne portait ni l'accoutrement tropical des touristes, ni le jean de rigueur chez les coopérants, ni la tenue stricte des cadres en mission. Elle n'avait rien changé à son apparence habituelle : des vêtements décontractés mais classiques et chers, l'allure d'une fille de bonne famille qui, d'instinct, choisit toujours le bon goût, dans quelque registre qu'il s'exprime. Sa beauté n'en était que mieux mise en valeur. Il était difficile aussi de dire à quel monde elle appartenait. Les types physiques, en France, sont très divers et, si l'on reconnaît une Française, c'est plutôt à une certaine élégance d'attitude et de parure. Dans le contexte mauritanien, les yeux noirs de Jasmine et certains aspects de ses traits pouvaient évoquer le monde arabe. Mais, en Amérique latine, la référence aurait été indienne et, en Asie, on lui avait déjà demandé si elle n'avait pas de famille aux Philippines…

Elle récupéra sa valise parmi les dernières et réussit à s'échapper au bout d'une heure. Devant la sortie de l'aérogare, une meute de chauffeurs de taxi énervés se disputait les ultimes clients de la soirée. Jasmine patienta un peu pour s'assurer que personne ne se signalerait à elle. Voyant le hall presque vide, elle se décida pour un vieux chauffeur très maigre et très digne qui se tenait en arrière de la mêlée. Le choix était judicieux : les jeunes chauffeurs, prêts à s'entre-tuer les uns les autres, s'écartèrent avec respect et laissèrent le vieil homme saisir la valise de Jasmine et la porter, raide et silencieux, jusqu'à son taxi.

La Peugeot était assortie à son propriétaire : hors d'âge, majestueusement lente. Une radio essoufflée crachotait des versets du Coran dans une pluie de parasites, comme un message capté de l'au-delà. Jasmine attendit d'être à proximité de l'hôtel pour sortir sa botte secrète : une phrase aimable en arabe dialectal. Mais l'homme était probablement sourd et cette tentative pour nouer le contact tomba à plat.

L'hôtel Qsar n'avait pas changé mais personne à la réception ne la reconnut. Peut-être était-ce une coïncidence mais on lui attribua la même chambre que celle où ils étaient descendus, Hugues et elle, lors de leur arrivée dans le pays quelques années auparavant. Combien au juste ? Elle calcula mentalement, en regardant par la fenêtre le paysage de toits plats et de néons blafards dans la rue. Plus de trois ans qu'il était mort. Et ils avaient débarqué deux ans auparavant. Cela faisait donc déjà cinq ans. Elle se coucha et s'endormit presque aussitôt. Plusieurs mosquées toutes proches, dont l'appel se déclenchait à quelques minutes d'intervalle, la réveillèrent à six heures.

Elle descendit prendre le petit-déjeuner. Il ne faisait pas encore jour. Un serveur invisible s'affairait derrière les portes battantes de la cuisine. Une collection d'assiettes et de plats à moitié vides était déployée sur la table centrale qui servait de buffet. Le serveur se décida enfin à apporter le café et le thé. Il demanda à Jasmine si elle était déjà venue à Nouakchott et fut étonné de l'entendre répondre par l'affirmative. Il se lança alors dans une litanie de lamentations.

— Depuis ces attentats, gémit-il, les touristes viennent de moins en moins. Les affaires sont dures.

Avec sa veste blanche maculée de taches anciennes et ses manches effrangées, le vieil homme décrivait ce naufrage d'un air résigné.

Jasmine traîna autant qu'elle le put dans la salle à manger puis se dirigea vers le hall pour lire un journal. Il n'y en avait pas du jour et elle dut se contenter d'un quotidien daté de l'avant-veille. Il était mal imprimé et les photos à peine encrées. Aucune information n'évoquait quoi que ce fût pour un étranger, sauf une colonne, en dernière page, qui rapportait les nouvelles internationales, en commençant par celles du Mali.

Par la porte ouverte de l'hôtel, elle voyait circuler des piétons et des charrettes. Quelques enfants morveux se tenaient par les épaules, appuyés contre un des côtés de la porte, et la regardaient. Deux ou trois fois, le concierge se leva et ils s'enfuirent.

À dix heures et demie, elle avait épuisé tous les prétextes possibles pour rester au rez-de-chaussée. Elle regagna sa chambre, enfila des chaussures en toile montantes, dissimula ses papiers et son argent dans un des carreaux du faux plafond de la salle de bains et redescendit.

Elle repéra le groupe alors qu'elle était encore sur le palier du deuxième étage. Ils étaient quatre Maures, très jeunes, le teint cuivré, vêtus à l'européenne. Tous étaient barbus ou essayaient de l'être, mais d'une façon soignée, discrète. L'un d'entre eux jouait visiblement le rôle de chef.

Arrivée en bas, Jasmine se dirigea vers lui et le salua. Il se présenta comme le docteur Sid'Ahmed Vall, celui-là même dont lui avait parlé Moktar. Il prit la parole dans un français correct mais déformé par un accent qui le rendait parfois peu compréhensible.

— C'est nous qui vous avons envoyé la demande d'intervention, annonça-t-il fièrement en brandissant un papier.

Jasmine reconnut de loin la copie du document que lui avait remis Moktar.

— Nous sommes un groupe de jeunes médecins et nous essayons d'améliorer la situation de notre hôpital. On ne peut pas continuer à voir les enfants souffrir comme cela. Nous remercions votre association d'avoir répondu à notre appel.

Il y avait quelque chose de faux dans ces déclarations et dans toute la personne de Sid'Ahmed. Il débitait un discours préparé. Jasmine acquiesça. Elle s'attendait à ce qu'il l'emmène quelque part pour discuter, ou qu'au moins il propose de s'asseoir pour continuer cette présentation. Mais Sid'Ahmed s'obstinait à réciter son petit boniment d'une voix forte, debout au milieu du hall, pendant que ses acolytes dansaient d'un pied sur l'autre. Il tenait manifestement à ce que tout le monde l'entende.

— Nous allons nous relayer auprès de vous pendant votre mission. Il faut que vous puissiez voir tout ce qui ne va pas. On commencera par l'hôpital. Vous aurez aussi des rendez-vous avec les autorités...

Sur ce sujet, cependant, Sid'Ahmed glissa vite. Cette précision visait apparemment à rendre sa version crédible, surtout dans ce lieu public. Il marqua une pause et regarda autour de lui.

— ... et puis, reprit-il, nous irons voir des villages. Il faut sortir de Nouakchott pour évaluer vraiment la situation sanitaire dans le pays.

Jasmine cligna des yeux, pour montrer qu'elle acquiesçait en pleine connaissance de cause. Ces propos constituaient le cœur de ce que Sid'Ahmed avait à lui communiquer. Il fut rassuré de voir qu'elle l'avait compris.

— Maintenant, nous allons vous laisser vous préparer. Si vous êtes d'accord, nous passerons vous chercher vers quatorze heures pour visiter l'hôpital. Il n'y a pas de soins l'après-midi et nous serons plus tranquilles.

— Je suis à votre disposition.

Jasmine savait ce qui la gênait chez Sid'Ahmed : il orientait son regard légèrement au-dessus de sa tête, de sorte qu'il évitait ses yeux.

Les visiteurs s'inclinèrent et partirent dans une certaine bousculade. Sid'Ahmed, pour conforter son personnage, tenait à sortir le premier. Mais les autres n'avaient pas compris et il dut jouer des coudes pour s'imposer au milieu de ces lourdauds.

Quand ils eurent quitté la réception, Jasmine nota que le concierge derrière son comptoir, une femme de chambre appuyée à un balai, le jeune couple dans le restaurant grand ouvert ainsi que le vieux serveur avaient tous suivi la conversation. Elle sourit à la cantonade, récupéra sa clef au crochet et remonta dans sa chambre.

*

Deux membres du groupe passèrent la chercher à quatorze heures exactement dans le hall. Elle les surprit en arrivant de l'extérieur, car elle était allée déjeuner dans un petit bar, à deux rues de là.

Ils se rendirent à l'hôpital à pied puisqu'il était tout proche. La présence aux côtés de Jasmine des deux médecins suffit à éloigner les gamins qui venaient d'habitude offrir leurs services comme guides ou, tout simplement, mendier.

À l'hôpital, elle retrouva le même comité d'accueil complet qu'à l'hôtel, sous la direction de Sid'Ahmed. C'était vraiment une bande de gosses. Avec leurs blouses blanches et leur air grave de jeunes diplômés, ils pouvaient toujours parader. Le trouble que suscitait en eux la présence de Jasmine était comique.

Elle s'était munie d'un petit bloc et d'un stylo et faisait mine de prendre des notes. Ils la traînèrent dans tous les services. Partout flottait la même odeur surie de carrelage humide, avec un arrière-goût de sang et de terre. Elle était restée longtemps dans le département pédiatrique, véritable campement en dur avec des mères assises en tailleur sur des lits sans matelas et des enfants minuscules, perdus dans les profonds replis de leurs robes.

Jasmine fut assez soulagée de passer à un autre département. Ils terminèrent la visite par le service des urgences. Un palu cérébral venait d'arriver. Jasmine vit seulement tous les soignants s'affairer autour d'un corps allongé. Il lui sembla qu'il y avait un Blanc parmi eux mais personne ne prêta attention à elle. Une infirmière couverte d'un hijab parla en arabe à Sid'Ahmed. Il signifia à Jasmine qu'ils ne devaient pas rester là.

Ils se retrouvèrent dehors, étonnés de retrouver les couleurs de la nature et de la vie comme tous ceux qui sortent de l'univers hospitalier.

Sid'Ahmed se retourna vers sa troupe et désigna deux de ses collègues pour raccompagner Jasmine à l'hôtel. L'un d'eux lui adressa un étrange et inquiétant sourire.

II

Les agences de sécurité privées nées après la fin de la guerre froide interviennent dans différents domaines. Certaines activités sont parfaitement publiques et accessibles sur Internet : c'est le cas par exemple du déminage. Un autre secteur florissant est celui de la protection. Il va de la simple fourniture de gardes du corps jusqu'à la sécurisation complète d'installations industrielles en zones de conflit. Providence occupait ces créneaux avec profit mais Archie les considérait comme des activités vulgaires. Après toute une carrière au sein des services secrets, sa seule passion restait le renseignement. Même si ce n'était pas la branche la plus lucrative de la maison, l'espionnage était la seule qu'il considérât comme noble.

Dès qu'il en avait eu les moyens, Archie avait spécialisé les différents sièges de l'agence. Seule l'administration et la comptabilité étaient restées aux États-Unis. Les activités de protection avaient été implantées en Afrique du Sud, pour rester proches de la concurrence. Archie avait réservé au renseignement le vaisseau amiral de l'agence et l'avait placé en Belgique, à une trentaine de kilomètres au sud de Namur. Il avait racheté l'immense propriété de chasse d'un industriel luxembourgeois ruiné. Le vieux château, à l'entrée du domaine, était visité en été par les touristes. Il servait de témoin de moralité aux activités moins culturelles qui se déroulaient dans les grands immeubles modernes construits au milieu de la forêt.

Archie ne participait qu'exceptionnellement aux réunions opérationnelles. Sa présence ce matin-là n'en avait que plus de valeur. Les agents comprenaient maintenant qu'il attachait une importance particulière à l'opération dont il avait lui-même choisi le nom : « Zam-Zam ».

Ce nom saugrenu suscitait beaucoup d'ironie. Certains se demandaient même, à partir des informations glanées dans les services, s'il ne s'agissait pas d'un canular.

L'atmosphère de cette première grande réunion hebdomadaire était assez électrique. Archie, pour une fois, paraissait sur la défensive. En face de lui, Helmut Thorgau, le nouveau chef des opérations, un diplomate allemand de cinquante-sept ans, promu à cette fonction l'année précédente, gardait une attitude respectueuse. Il était parfaitement déférent mais ses réponses étaient si directes qu'on pouvait les juger insolentes.

À la question d'Archie « Où en sommes-nous ? », il avait sèchement répondu :

— Nulle part.

Toute l'assemblée avait ri. Un peu gêné, Helmut avait croisé ses deux mains aux doigts boudinés, en les posant silencieusement devant lui sur ses dossiers.

— Et Dimitri ? s'enquit Archie sans se démonter.

— Intégration parfaitement réussie dans son hôpital.

— Les barbus ?

— Tout juste un petit groupe de jeunes médecins assez religieux. Mais rien de particulièrement suspect dans leur comportement.

— Des interceptions ?

Helmut tourna le regard vers Tadeusz, le chef de la direction technique, département le plus vaste et le plus performant de l'agence. C'était un jeune Polonais qui semblait ne pas vouloir quitter l'adolescence. Il avait commencé comme hacker à l'époque où il habitait encore chez sa mère, à Lublin. Ses performances informatiques l'avaient amené aux portes de la prison et il avait dû accepter de mettre un temps son talent au service de la police. Il était entré à Providence dès sa fondation, attiré par la promesse d'Archie qu'il pourrait dormir et manger dans son bureau. Il s'était marié l'année précédente avec une fille du service de documentation, et maintenant, il rentrait chez lui trois fois par semaine, ce qui ne lui réussissait pas trop mal.

— Aucun numéro international n'a été appelé à partir de leurs portables. On a l'impression qu'ils ne savent même pas ce que c'est qu'un Thuraya.

Il comprit, à l'expression d'Archie, que celui-ci n'était peut-être pas très au fait des questions techniques, et précisa :

— Comme chacun sait, les Thurayas sont des téléphones reliés directement à un satellite sans aucun relais. L'entreprise qui les exploite est située dans les Émirats arabes unis.

Archie opina d'un air entendu. La leçon était

bonne à prendre mais autant que cela passe inaperçu. Il se tourna vers Sarah, une protestante d'Irlande du Nord, chargée du pilotage des agents de terrains. Ancienne des SAS, elle était, de fait, le véritable directeur des opérations car elle seule maîtrisait toutes les techniques de l'action secrète. Helmut était de quinze ans son aîné et son expérience était incontestable. Mais c'était un diplomate, un homme de dossiers. Sarah acceptait mal de lui être subordonnée pour diriger le secteur opérationnel de l'agence. Elle ne pouvait s'empêcher de voir dans cette anomalie hiérarchique une nouvelle manifestation de machisme. Et elle en rendait Archie responsable, non sans quelques raisons.

— Votre équipe à Nouakchott, l'interpella-t-il.

— Oui ?

Sarah évitait de regarder Archie en face. Son antipathie était incontrôlable quand elle était en sa présence.

— Est-ce qu'ils auraient repéré une autre surveillance autour de nos médecins ? De la part des Français ou des Mauritaniens, par exemple ?

— Après l'assassinat des touristes italiens, répondit Sarah en regardant les écrans devant elle, la police mauritanienne a facilement identifié les coupables, notamment grâce au témoignage des camionneurs. Les terroristes qui ont fait le coup étaient trois. Mal entraînés et peu armés, ils sont actuellement en fuite. Il ne semble pas qu'ils aient bénéficié de beaucoup de complicités. La police a tout de même arrêté quelques pauvres types et, en les tabassant, elle leur a fait avouer tout ce qu'on voulait. Mais on a vérifié : ni les coupables ni les membres de leur présumé réseau n'avaient rien à voir avec les médecins que nous surveillons. Et d'ailleurs, les Mauritaniens ne se sont même pas donné la peine de venir les interroger.

— En somme, vous n'avez rien découvert d'intéressant sur nos fameux médecins ? conclut Archie, en se tournant de nouveau vers Helmut.

— Rien, si ce n'est qu'ils sont manifestement très pieux et sans doute un peu intégristes sur les bords, façon Frères musulmans égyptiens. Mais des jeunes intellectuels séduits par l'islamisme, dans ces pays-là, il y en a partout. Ce n'est pas pour autant qu'ils posent des bombes.

Helmut avait énoncé sa remarque de façon neutre. Mais chacun savait qu'il était un grand spécialiste du monde arabo-musulman et son verdict n'en paraissait que plus sévère.

Archie accusa le coup. Heureusement, sa dernière opération de chirurgie esthétique, qui remontait à six mois, l'aidait à garder un visage absolument impassible.

— Tout va bien, dit-il enfin, sur un ton naturel et même enthousiaste. Le groupe que nous surveillons ne révèle rien de particulier ? Eh bien, continuons ! Vous connaissez le mot de Flaubert : « Pour qu'une chose soit intéressante, il suffit de la regarder longtemps. »

Il n'y avait rien de tel que les citations d'Archie pour désespérer son auditoire. Elles sentaient plus le dictionnaire que la culture, et il les livrait avec un air satisfait. Les anciens de Providence étaient habitués mais Helmut ne s'y faisait pas encore.

— Continuez à les observer, insista Archie. Ne changez rien au dispositif. Tout est parfait.

Il repoussa son fauteuil en arrière et sauta sur ses pieds avec une agilité inattendue. La pièce était située au dernier étage d'un des nouveaux bâtiments du campus de Providence. Archie n'avait jamais apprécié l'ambiance des salles de suivi opérationnel classiques : toujours dans des quatrièmes sous-sols avec des murs sombres et des écrans colorés. C'étaient à ses yeux des vestiges de la guerre froide, une époque où on luttait contre un ennemi à haute capacité technologique (en tout cas, on le croyait). Providence était l'agence d'une nouvelle ère : celle des menaces non étatiques, de la guerre inégale, du défi lancé par les irréguliers, les faibles, des gens incapables de rivaliser avec la technologie la plus sophistiquée (même s'ils pouvaient en acquérir certains attributs). Symbole de ces temps nouveaux : des réunions éclairées par la lumière du jour. Le soleil pâle des Ardennes traversait la pièce grâce à d'immenses baies vitrées.

— C'est une grosse partie que nous jouons là, vous savez ? reprit-il en arpentant la pièce, tout autour des personnes assises à la table de conférence. Pas seulement parce que c'est la dèche en ce moment. Non, c'est un vrai cap que nous avons franchi.

Il saisissait l'un après l'autre les dossiers des fauteuils, comme s'il en avait besoin pour s'appuyer. En réalité, c'était un moyen de secouer individuellement chacun des participants et de lui faire sentir sa présence derrière son dos.

— Après le 11 septembre, les services de renseignements américains ont passé un sale quart d'heure. Vous vous en souvenez ? Ils ont subi tout ce que ce pays a pu inventer en matière d'enquête parlementaire, de commissions *ad hoc*, sans parler des fouineurs de la presse. Avec une conséquence : les services officiels se sont concentrés sur une cible quasi exclusive, les terroristes islamistes. Les agences privées extérieures comme Providence ont hérité du reste. Et le reste nous a fait bien vivre.

Il était arrivé à la chaise d'Helmut. Il s'y arrêta et saisit le dossier à deux mains.

— J'étais sûr, pourtant, que ça ne durerait pas éternellement. Il y avait deux possibilités. Soit on continuerait dans la ligne de Bush. Avec la guerre contre le terrorisme tous azimuts, l'affaire finirait par prendre tellement d'ampleur qu'on nous appellerait à la rescousse. Ne serait-ce que pour nous confier ce que les services officiels n'ont plus le droit d'entreprendre (interrogatoires musclés, écoutes sauvages, détentions arbitraires, etc.). Soit on bifurquerait vers autre chose. C'est toujours comme ça, avec une nouvelle administration, n'est-ce pas ? On chercherait à oublier un peu les agités du monde islamique pour en revenir à d'autres sujets : la Chine, l'Amérique latine, la Russie, que sais-je… Et, dans ce cas, on nous refilerait les barbus. C'est avec cette idée que je vous ai embauché, Helmut.

Il ponctua cette remarque d'une petite secousse sur le fauteuil. Les bajoues d'Helmut battirent la mesure et il ouvrit de grands yeux mécontents.

— Eh bien, ça y est. Les Barbus, nous les avons !

Archie avait lâché le fauteuil et continuait son chemin. Helmut, furieux, rajusta son nœud papillon d'une main nerveuse et lança :

— Sauf que nous ne les avons pas pour les raisons que vous avez dites. Ce ne sont pas les Américains qui nous les ont refilés.

— Vous avez raison, Helmut. Comme toujours.

Archie agitait son index en l'air en souriant.

— En effet, ce qui se produit en ce moment est original et je ne l'avais pas prévu, même si, au fond, tout se rejoint. Ce n'est pas, comme vous le dites si bien, les Américains qui nous ont confié l'affaire. Ce sont des gens qui jugent que les Américains ne se seraient pas bien occupés d'eux. Ces gens pensent que s'ils avaient livré leurs renseignements aux services américains, ceux-ci auraient réagi comme nous étions tout à l'heure tentés de le faire : ils auraient regardé un peu ; ils n'auraient pas eu l'impression qu'il y avait grand-chose de grave et ils auraient abandonné. Eh bien, nous n'allons pas commettre cette erreur. Nous, nous allons mordre l'os qu'on nous a lancé et personne ne nous le fera lâcher.

Pour donner de la force à ces mots, Archie tenta une mimique qu'il utilisait souvent autrefois : celle du chien qui referme la gueule sur un bâton attrapé au vol et le serre de toutes ses forces. Mais il sentit un craquement du côté d'un bridge qu'il venait de faire poser, en haut à droite. Il reprit sa marche en se massant discrètement la mâchoire. Il avait presque terminé son tour et, parvenu à sa place, il se rassit.

— Pouvez-vous nous dire d'où vient le tuyau initial, exactement ? demanda Helmut.

— Des Algériens.

Helmut fit une moue.

— Qui, au juste, chez les Algériens ? C'est compliqué chez eux.

— Vous avez *encore* parfaitement raison. Disons que c'est la fraction des services algériens qui est habituée à travailler avec les États-Unis et que les États-Unis sont en train de laisser tomber.

Archie sortit un mouchoir et le passa sur sa bouche en y frottant la langue, histoire de voir s'il saignait. *Je suis sûr que je me suis cassé quelque chose.*

— Ces Algériens ont l'impression qu'à Washington la nouvelle administration n'a qu'une envie, c'est de minimiser la menace. Il est vrai que les Américains ont déjà pas mal de soucis avec les zones où ils sont engagés. Quand on vient leur exposer de nouveaux problèmes, on est assez mal reçu, apparemment. C'est ce qui est arrivé aux Algériens.

— Ils pourraient s'adresser aux Français ? dit Helmut.

— Justement pas. Ces gens-là, je l'ai dit, sont habitués à travailler avec les Américains. Ils ne veulent entendre parler de personne d'autre et surtout pas des Français. C'est pour cela qu'ils sont plutôt allés voir leurs anciens interlocuteurs à Washington, qui les ont orientés vers nous.

La conversation tournait au dialogue entre Archie et Helmut. Les autres perdaient un peu pied, regardaient par la fenêtre. Finalement, Sarah, à la satisfaction générale, intervint.

— Puisqu'on est tous là, vous pourriez peut-être en profiter pour nous décrire un peu plus la situation. Ce programme a démarré en catastrophe. On nous a seulement parlé de la Mauritanie et je ne comprends pas, par exemple, ce que les Algériens viennent faire là-dedans.

Archie fit mine de s'incliner.

— Nous avons la chance d'avoir un spécialiste. À vous, Helmut.

Le directeur des opérations se redressa. Il prit un air sévère, pour cacher le plaisir qu'il avait de pouvoir enfin étaler sa vraie compétence. C'était un arabisant qui, après avoir obtenu un diplôme de sciences politiques à Cologne, avait étudié en Égypte et à Columbia University. Il s'était d'abord spécialisé dans les mouvements nationalistes arabes, notamment le nassérisme et le Baath irakien. Il avait été en poste dans les ambassades d'Allemagne au Yémen et au Soudan. Son mariage avec une Copte égyptienne n'avait pas handicapé sa carrière pendant la guerre froide mais, depuis quelques années, il sentait qu'on le tenait en suspicion au ministère. Cette méfiance l'avait décidé à rejoindre une agence privée.

— La région de l'ouest du Sahara, qui va de la Mauritanie au Tchad, en passant par l'Algérie, le Mali et le Niger est grande comme l'Europe mais elle ne contient que du sable. Personne ne surveille les frontières et toutes sortes de gens, des Touaregs, des trafiquants, des islamistes, se promènent librement dans cet immense espace. Des groupes jihadistes nomadisent à travers cette région, au sud de l'Algérie et au nord du Mali. Ils mènent des opérations violentes (attaques terroristes, enlèvements) dans toute la zone, parfois loin de leur base qu'on appelle une katiba.

— Ces jihadistes sont des Algériens, c'est bien ça ?

— L'organisation, oui, est algérienne, mais on retrouve dans une katiba des combattants venus d'un peu partout.

— Pourtant, il paraît que ça va mieux en Algérie, intervint Tadeusz en rougissant. J'ai même un cousin qui a passé ses vacances là-bas.

— Le plus dur de la guerre civile est passé. Mais il y a toujours des mouvements armés. Ce sont les héritiers des GIA (les groupes islamistes armés), des salafistes pur jus. Il y a un peu plus de dix ans, ils ont failli disparaître. À un moment, ils avaient sombré dans la folie. Ils en étaient arrivés à considérer tous ceux qui ne les rejoignaient pas, y compris les enfants, les femmes, les paysans, comme des *takfir*, c'est-à-dire des mécréants, même s'ils étaient musulmans. Ils se sont mis à massacrer à grande échelle et la population a fini par les rejeter.

Plusieurs personnes autour de la table secouaient la tête d'un air perplexe. Archie en avait profité pour évacuer le petit bout de dent cassé dans son mouchoir.

— Ces dernières années, reprit Helmut, ces groupes se sont reformés sur une base plus modérée. C'est-à-dire qu'ils tuent toujours mais de façon ciblée et sans s'en prendre à la population. Leur spécialité, c'est plutôt l'enlèvement d'otages avec demande de rançon. Leur chef, un certain Abdelmalek Droukdal, se cache quelque part dans les montagnes du nord de l'Algérie et le gros de ses forces l'entoure. Mais il commande aussi, par l'intermédiaire d'émirs locaux, les katibas sahariennes, au sud du pays et dans les espaces désertiques voisins. Ce sont celles qui nous intéressent.

Helmut rajusta son nœud papillon, geste qui, chez lui, soulignait l'importance de ce qu'il allait dire.

— Surtout, il faut savoir qu'en 2006 ces maquis ont rejoint le courant jihadiste mondial. Le mouvement armé en Algérie a obtenu de Ben Laden le droit de porter le nom « al-Qaida au Maghreb islamique », que l'on désigne par ses initiales : AQMI. À l'époque, les Américains s'en sont inquiétés et ont commencé à s'intéresser à la question. Mais depuis lors, il y a eu l'élection présidentielle et...

Archie secoua la main comme un arbitre qui rassemble les joueurs pour annoncer une pénalité.

— Que ce soit clair : il n'est pas question pour nous de faire de la politique. Nous respectons toutes les opinions. Parmi vous, un certain nombre ont dû se réjouir de l'élection d'Obama. Dont acte. Seulement, il y a quand même la réalité. Et la réalité, c'est que les responsables de cette nouvelle administration ont changé de politique, en ce qui concerne le terrorisme, par rapport à Bush. Ont-ils raison, ont-ils tort ? Je n'en sais rien. Le fait est qu'ils veulent se dégager d'Irak et de partout ailleurs, sauf peut-être d'Afghanistan. Alors, quand on vient leur parler du Sahara, vous imaginez bien qu'ils haussent les épaules.

Helmut cachait mal qu'il était vexé d'avoir été interrompu.

— Je vous laisse finir, concéda Archie.

— Merci, j'avais terminé.

— Tu n'as pas expliqué le lien entre les services algériens et notre affaire, dit Sarah.

Archie et Helmut se regardèrent. Aucun des deux ne voulait plus faire de mauvaise manière à l'autre ; Archie conclut.

— En surveillant les groupes islamistes qui sont chez eux, les Algériens sont tombés sur un renseignement qui pouvait nous intéresser. Ce que d'habitude ils auraient communiqué aux services américains, ils sont allés le transmettre à leurs interlocuteurs de l'ancienne administration.

— Et qu'est-ce qu'ils leur ont dit, au juste ?

— Que quelque chose de sérieux se prépare depuis la Mauritanie. Quelque chose qui peut concerner directement ou indirectement les pays occidentaux. Ils ne savent ni où ni quoi ni quand. En tout cas, ils ne nous l'ont pas précisé. La seule chose dont ils soient sûrs, c'est qu'un groupe de médecins islamistes de Nouakchott sera dans le coup.

— Question idiote, intervint Sarah, pourquoi est-ce qu'ils ne les surveillent pas eux-mêmes ?

Archie fit des petits mouvements de dégustation avec la bouche. Un vieux tic, ravivé par cette stupide histoire de dent.

— Excellente question, vraiment. Et nous nous la sommes posée, figurez-vous. Helmut va vous donner les réponses.

— La première raison possible, qui ne tient guère, est que les Algériens n'ont pas les coudées très franches en Mauritanie. Ce pays est l'allié de leur vieil ennemi marocain. Je pense toutefois que, s'ils le voulaient, ils pourraient passer outre. Ils ont sûrement des agents dans la zone. La deuxième raison, qui paraît de loin la principale, c'est qu'ils ne veulent pas rester seuls avec leurs terroristes. L'Amérique les abandonne. Ils veulent montrer qu'il y a toujours un danger chez eux et que ce danger peut concerner l'Occident. En nous faisant participer à l'enquête, ils gardent un lien avec l'Amérique et avec ses services secrets qui ne les prennent plus au sérieux.

— Mais nous ne sommes pas les services secrets américains !

— Non, mais si nous découvrons quelque chose d'intéressant, nous pourrons les alerter. Et nous, on nous écoutera.

III

Les deux jeunes médecins marchaient doucement et Jasmine ne se pressait pas non plus.
Nouakchott n'est pourtant pas conçu pour flâner.
Les piétons y sont rares. Ils ne vont jamais loin,
sauf les nomades qui arrivent du désert et traversent la ville comme une oasis.

Parvenus à un croisement, près de l'entrée des
souks, le jeune homme qui avait regardé Jasmine
bizarrement les fit arrêter. Il se mit à discuter à
voix basse avec son confrère. Apparemment, il le
chargeait d'une course urgente. L'autre se faisait
prier. Il finit par accepter. Sans explication, ils
reprirent leur marche, mais à deux.

Jasmine avait mis à profit cet incident pour
observer le garçon. Il lui semblait qu'elle l'avait
rencontré auparavant mais elle ne parvenait toujours pas à se remémorer dans quelles circonstances. Sans doute aurait-elle bientôt l'explication.
S'il avait renvoyé l'autre en utilisant le premier
prétexte venu, c'était probablement qu'il voulait
lui parler seul à seule.

Ils marchèrent encore un peu en silence. L'hôtel

était proche. Soudain, à un croisement, l'étudiant lui fit signe de tourner à gauche.

— Plus court par là, dit-il sans la regarder.

Un instant, elle hésita. Puis elle le suivit et entra avec lui dans les ruelles du bazar.

*

La lumière de l'aube était encore un peu atténuée par un reste de bleu et d'ombre. Autour du puits, les bêtes et les hommes se bousculaient. Les pelages avaient encore un grain, les étoffes des plis. Mais dans moins d'une heure, tout serait blanc et lisse, sous le soleil du désert.

Kader avait quitté la katiba d'Abou Moussa le lendemain de la conversation décisive qui avait scellé leur alliance. Même s'ils poursuivaient désormais le même objectif et participaient à la même opération, il était préférable qu'ils ne restent pas ensemble. En cas d'attaque, cela augmentait leurs chances de survie. Surtout, leur contribution à l'action était de nature différente. La katiba combattante était un outil militaire. Kader, lui, devait rester mobile et continuer de contrôler la zone immense sur laquelle il avait progressivement établi son autorité.

Kader et ses compagnons avaient fait halte la veille près d'un point d'eau situé à l'ouest du plateau du Tanezrouft. Au réveil, il alla jusqu'au puits. Il se pencha sur le rebord et tendit la main vers l'outre qui en sortait. L'eau était fraîche, une des meilleures du désert. Il en but trois gorgées et fit de rapides ablutions. Ses deux compagnons mirent plus de soins à accomplir les gestes rituels. Mais la bousculade des nomades, les cris, le va-et-vient des gerbas ruisselantes les obligèrent à s'écarter. Un peu plus loin stationnaient une centaine de chameaux agenouillés et débâtés. À côté d'eux, des troupeaux de moutons bêlaient.

Ils longèrent les animaux. Plus loin, arrêtés en file indienne, deux rangées de camions formaient un interminable couloir. Dans la journée, les hommes se réfugieraient dans l'ombre de cette vallée de tôle. Mais, à cette heure d'ascension du soleil, ils étaient encore dispersés dans le désert proche et priaient.

Kader choisit une place et s'agenouilla à même le sol de poussière et de cailloux. Ses acolytes le suivirent. Anouar, par habitude et vanité, se mit un peu en avant, comme tous les vendredis, pour conduire la prière. C'était aussi l'occasion de faire une démonstration de rigueur et de piété. Du coup, Kader et son lieutenant se crurent tenus de l'imiter. D'ordinaire, ils priaient rapidement. Parfois, quand ils avaient le temps et que la chaleur imposait le repos, ils prolongeaient l'oraison par une rêverie vague et relâchée. Anouar, lui, accomplissait le rituel avec une énergie qui virait à l'emphase. C'était assez typique des gens revenus à la religion après s'en être longtemps tenus éloignés. Il était encore en génuflexion quand tous les caravaniers s'étaient déjà relevés et s'affairaient bruyamment autour des camions.

Kader aperçut le messager, debout sur sa droite, et il fut heureux de laisser Anouar à ses invocations. L'homme venait l'avertir que la liaison avec Nouakchott était établie.

*

Dimitri avait juste terminé l'examen d'un patient victime d'une encéphalite. C'était un adolescent maure aux membres longs et secs. Il gardait, dans l'inconscience du coma, le visage impassible et hautain des tribus de l'Atar.

L'urgence avait mobilisé l'attention du médecin. Il ne s'était pas rendu compte qu'il était seul dans la salle avec Aïssatou. Elle l'avait assisté silencieusement pendant toute l'opération. Maintenant il se relâchait et attrapait une compresse dans le tambour pour s'éponger le front. En relevant les yeux, il croisa ceux d'Aïssatou. Entre eux était étendu le malade inconscient.

— Il y a une femme avec eux, dit rapidement la jeune aide-soignante.

Elle jetait des coups d'œil vers la porte à doubles battants de la salle d'urgence. Par le hublot de verre, on ne voyait personne.

— Une femme ?

— Une Française. Elle est arrivée avant-hier. Ils lui ont fait visiter l'hôpital. Son association s'appelle « Les Enfants du Cap-Blanc ».

Dimitri n'était pas encore sorti de l'intense concentration imposée par l'opération. Il mit un moment à comprendre de quoi parlait la jeune fille.

— Elle loge à l'hôtel Qsar.

Il avait enfin retrouvé ses esprits. Il se redressa, allait poser une question. Mais, au même instant, Aïssatou baissa les yeux. Son visage se referma. Quelqu'un avait ouvert la porte de la salle et poussait un chariot branlant. Elle jeta les instruments usagés dans un haricot métallique. Le bruit répercuté par le carrelage des murs avait un timbre assourdissant de cymbales. Dimitri n'eut pas le temps d'échanger un regard avec l'infirmière. Elle se dirigeait déjà vers la sortie, en emportant le matériel.

Mais au moment où elle passait près de lui, elle murmura :

— Son nom est Jasmine.

*

Jasmine et l'étudiant s'étaient engagés dans une ruelle encombrée d'échoppes de fripiers. Les étalages débordaient en hauteur. Les étoffes suspendues de part et d'autre se touchaient presque, formaient une voûte de tissu. Les boutiques sentaient la cotonnade sèche et le colorant. Des marchands étaient assoupis contre les piles de coupons.

Soudain, l'étudiant s'arrêta devant une boutique semblable aux autres. Des sarouels blancs brodés d'arabesques beiges s'étalaient en devanture. Jasmine pénétra dans le magasin. Le marchand, sans rien dire, écarta le rideau de vêtements qui tapissaient le fond de l'échoppe. Il n'y avait rien d'hostile dans cet accueil. Jasmine entra sans résistance dans l'arrière-boutique. L'endroit était exigu. Deux tabourets s'y faisaient face. Sur une table de cuivre étaient préparés une théière et des verres colorés. Quand ils furent assis, le jeune médecin servit rapidement les deux verres. Le thé était brûlant, fort et très sucré.

— Vous m'avez reconnu ? demanda-t-il.

Il avait parlé en hassanya pour la tester. Par réflexe elle avait répondu non. Elle tressaillit. Les autres s'étaient adressés péniblement à elle dans un mauvais français et elle s'était gardée de leur laisser entendre qu'elle parlait leur langue.

Elle dévisagea intensément le garçon. Sa barbe fournie autour de la mâchoire lui creusait les joues et brouillait les repères, empêchant de mettre un nom sur ces traits en partie cachés.

— Farid, dit-il à voix basse, en se penchant en avant.

Puis, tout de suite, il se redressa.

— Les autres m'appellent maintenant Abou Omar.

Farid ! Jasmine s'éclaira. La mémoire lui revenait. Mais le doute laissait place à l'étonnement. Il y avait une telle différence entre celui qu'elle avait connu jadis et le garçon pieux qui se tenait devant elle...

— Comment va Hugues ? demanda-t-il.

Elle pâlit.

— Il est mort, répondit Jasmine.

Une peine intense se peignit sur le visage du jeune homme. Il ferma les yeux, releva le menton et murmura une invocation.

— Quel âge avais-tu quand tu venais à la maison ?

— Dix-sept ans.

— Hugues t'aimait beaucoup, dit-elle.

L'onction du dévot musulman avait maintenant quitté le visage de Farid. Il était redevenu le gamin pauvre de Nouadhibou, espiègle et un peu menteur.

Cependant Jasmine, en un instant, s'était rembrunie. Farid se dit qu'elle devait évaluer les risques qu'elle courait d'avoir été reconnue. Il voulut la rassurer mais l'heure de la prière était arrivée. Le marchand souleva la tenture tandis que la voix du muezzin retentissait. Farid sortit pour prier avec les autres dans la ruelle.

*

Helmut n'avait jamais travaillé dans le privé. Il avait d'abord trouvé la vie à Providence assez tranquille. La plupart de ses collaborateurs habitaient des maisons aux environs, dans la campagne belge. Ils élevaient des chevaux, jouaient au tennis, s'occupaient de leurs enfants. Helmut avait espéré reprendre ses cours à l'université. L'opinion assez condescendante qu'il avait toujours nourrie à propos du secteur privé semblait se confirmer.

Mais depuis le démarrage de l'opération Zam-Zam, il avait complètement changé d'avis. Providence, en période d'activité, était un outil redoutable qui sollicitait son personnel encore plus que la fonction publique. Dès qu'il y avait urgence, la mobilisation était immédiate. On aurait dit un bateau de l'America's Cup, penché, toutes voiles dehors, pour saisir la dernière énergie de la brise.

Le message de Dimitri était arrivé dans la nuit. Une demi-heure plus tard, Helmut était au bureau. Le bâtiment était entièrement allumé. Du parking, il distinguait déjà des silhouettes affairées à tous les étages. À minuit, toute l'unité opérationnelle était dans la salle de réunion. Sur le mur-écran était projetée une grande carte fixe de la zone Sahara-Maghreb-Afrique de l'Ouest.

Jorge appartenait au département que dirigeait Sarah. Il était l'officier traitant de Dimitri. Il commença par résumer ce que lui avait transmis son agent.

— On a travaillé sur les deux renseignements que nous a fournis Dim. Le nom d'une ONG apparemment basée en France : « Les Enfants du Cap-Blanc » et un prénom : Jasmine.

— Voyons ce que ça donne. Audrey ? demanda Sarah.

Responsable du renseignement de sources ouvertes, Audrey était une Française qui avait quitté Agen où elle était née pour faire des études d'informatique à Londres. Depuis qu'elle avait lu *Millenium*, elle avait modifié un peu son style. Elle trouvait qu'elle ressemblait trop à Lisbeth-la-punkette, reine des hackers. Pour sauver son amour-propre et se distinguer un peu, elle avait changé ses piercings de place : elle en avait deux sur le sourcil gauche et huit, en éventail, dans l'oreille droite. Elle portait une salopette en jean et des croquenots cirés.

— L'association « Les Enfants du Cap-Blanc » a été créée le 2 août 2005. Enregistrée à la Préfecture de Paris comme association à but non lucratif. Le nom fait référence à Saint-Exupéry, à Mermoz et à tous les pionniers de l'aviation : le Cap-Blanc était à l'époque coloniale un des lieux d'où partaient les avions de l'Aéropostale qui traversaient l'Atlantique.

— Merci pour le cours d'histoire, Audrey, ricana Helmut.

Elle était bonne fille mais n'aimait pas trop que ce porc se paie sa tête. Elle grogna et se replongea dans sa feuille.

— Il y avait trois membres fondateurs : Hugues Montclos, sa sœur Aude et sa femme.

Elle laissa passer un temps, leva les yeux en tripotant son piercing.

— Sa femme… Jasmine.

— Bingo ! fit Jorge

C'était un ancien de la *Guardia civil* espagnole. Mais il n'avait travaillé que six ans dans les services d'investigation. Archie l'avait débauché pour Providence l'année de ses trente-cinq ans.

— Jasmine Lacretelle, poursuivit Audrey, née le 8 juillet 1979, fiancée à Hugues Montclos le 1er mars 2003. Pas d'enfant. Veuve depuis le 15 décembre 2006.

— Veuve ! Il avait quel âge, ce Montclos ? demanda Helmut.

— Deux ans de plus qu'elle.

— Accident ? Suicide ? Quelque chose de suspect ?

— Apparemment une maladie. On fait des recherches.

— Son métier ?

— Diplomate. Écoutez bien, ça devient intéressant. Il travaillait à Nantes dans les services de l'État civil quand il a rencontré Jasmine. Ensuite, il a obtenu son premier poste : consul en Mauritanie.

— C'est là qu'ils ont fondé leur ONG ?

— Exact.

— Assez banal, fit Sarah. Des expatriés qui vivent en Afrique et veulent venir en aide à la population. Ils créent une association qui leur permet d'agir officiellement.

— Où étaient-ils exactement, en Mauritanie ? coupa Helmut.

Audrey fouilla dans ses papiers et déchiffra :

— À… Nou-a-dhi-bou.

Elle haussa son sourcil et le piercing le plus récent la piqua un peu. Helmut s'était levé. Il s'approcha de la carte et pointa le doigt vers la côte.

— C'est-à-dire au Cap-Blanc. C'est la presqu'île qu'on voit ici. Nouadhibou est un port situé dans l'anse. Tout près de la frontière avec l'ex-Sahara espagnol. Une zone stratégique. Depuis la décolonisation de l'ancien Rio de Oro par l'Espagne, les Marocains et les Mauritaniens se disputent le territoire. Un mouvement de guérilla soutenu par l'Algérie tente de faire valoir les droits des autochtones qui veulent un État indépendant.

— C'est commode, une ONG, insinua Sarah. Ça permet d'aller partout.

Audrey fit une moue.

— Désolée de te décevoir, mais avec cette association-là, il ne s'est pas passé grand-chose. Ils ont un site Internet bricolé, le genre de truc que peut fabriquer en un week-end un étudiant qui veut faire plaisir à sa tante. Si on comprend bien, l'association a été créée pendant que M. et Mme Montclos étaient en Mauritanie. Ils ont essayé de la pérenniser avec un site Internet. Ensuite, Hugues Montclos est mort et l'ONG a été reprise par la famille. Ils ont développé quelques petites missions, principalement en Asie. Mais ça reste très modeste.

Tadeusz intervint, toujours aussi timide et bafouillant, même si toutes ces années à Providence l'avaient un peu habitué à parler en public.

— Audrey m'avait donné la liste des membres de l'association. On a retrouvé quelques blogs à leur nom. L'actuelle présidente habite Strasbourg. C'est une ville dans l'est de la France.

Il se rendit compte que cette dernière précision était ridicule. Il rougit.

— Et en Mauritanie, ils ont gardé des activités ?

— Deux mois après la mort d'Hugues Montclos, sa sœur Aude a fait un voyage là-bas avec son mari pendant des vacances. Le compte rendu du voyage est en ligne sur le site. Ils ont apporté des médicaments à un dispensaire à quelques kilomètres au sud de Nouakchott. Depuis, ils correspondent avec les gens du dispensaire, publient des photos. Une fois par an, ils collectent des fonds en vendant des confitures dans une kermesse. Ensuite, ils envoient un mandat au directeur du dispensaire par Western Union.

— Et Jasmine n'y est plus retournée depuis quand ?

— Ils sont rentrés en 2006 et Hugues est mort à la fin de cette année-là.

— Et tout d'un coup, trois ans plus tard, elle repart là-bas. Ils l'ont annoncé sur leur site ?

— Oui, il y a une petite mention. Ils parlent d'un appui à l'hôpital pédiatrique de Nouakchott.

— Là où travaillent nos clients, précisa Jorge.

Il y eut un long silence. Tout le monde réfléchissait. Helmut intervint :

— Est-ce que l'on sait ce qu'a fait cette Jasmine depuis son retour en France ?

— On se renseigne, dit Audrey. Après la mort de son mari, il semble qu'elle ait traversé une période de galère. Elle a postulé à différents petits boulots. Mais j'en saurai plus dans la journée.

— On a ses coordonnées ?

— Un téléphone fixe à Paris, dit Tadeusz. Il ne répond pas et ne reçoit pas d'appel en ce moment. Elle a aussi un portable sur le réseau Orange-France. On l'a géolocalisé sur une borne relais de

Nouakchott. Donc, elle l'a avec elle, mais elle ne s'en sert pas.

Six heures après la réception du message de Dimitri, la moisson d'informations n'était pas négligeable. Helmut n'aimait pas les réunions longues. Celle-là arrivait à son terme.

— Je résume. On confirme à Dimitri qu'il a une piste. Tout n'est pas encore clair, mais l'arrivée de cette femme chez ces médecins islamistes est un événement qu'on ne peut pas négliger. D'autant plus qu'il n'y a pas grand-chose d'autre à se mettre sous la dent. On continue.

Helmut tenait à son rôle de général en chef. Il ne lui revenait pas de mener les troupes au combat. Pour la manœuvre, Sarah était là.

— Jorge, dit celle-ci, active la fille que nous avons à Nouakchott et fais venir quelqu'un du bureau de Dakar. Tout ce qu'on peut trouver sur cette Jasmine dans le pays, compris ? Et il faut aller voir dans le bled où ils habitaient..., Nouadhibou.

— Pour le bureau de Paris, dit Helmut, je veux tout récupérer sur l'activité de la dame depuis la mort de son mari. Où elle vit, où elle travaille, qui elle voit. Et on envoie Dim au contact.

Helmut regarda autour de lui comme pour guetter une réaction. Sarah avait pris sa tête des mauvais jours.

— Au contact... de la fille !

— Oui.

— Si c'est toi qui le demandes...

— Ça vient plutôt d'Archie, précisa Helmut, avec une certaine gêne. Il est rentré à Johannesburg et il m'a envoyé un message dès son arrivée.

IV

L'Afrique du Sud est une destination incontournable dans le monde du renseignement. La plupart des agences de sécurité privées sont nées là-bas et continuent de s'y développer, même si une législation plus stricte les contraint à délocaliser leurs activités sensibles.

La succursale qu'Archie avait ouverte à Johannesburg servait surtout pour les missions de protection : il avait signé quelques contrats intéressants avec des compagnies minières et pétrolières pour assurer leur sécurité. Mais cette activité brutale et triviale ne l'intéressait guère.

En revanche, les derniers étages du bâtiment de Johannesburg abritaient le département médical, sa création personnelle et le territoire préféré de son empire. Il avait tenu à ce que ce département ne soit pas intégré au centre opérationnel des Ardennes mais reste géographiquement distinct, peut-être pour en garder pleinement le contrôle.

Un homme avait été l'artisan de cette petite révolution. Ronald Wilkes dirigeait le département médical de Providence. Ce médecin avait été le

chef d'une unité de recherche en médecine aéro-
nautique. Archie l'avait d'abord jugé relativement
antipathique mais, après tout, il était à la recherche d'un chef d'équipe et pas d'une nourrice.

Wilkes avait méthodiquement recensé toutes
les situations où la médecine et, plus généralement,
les sciences de la vie, de la biologie à la psycho-
logie, pouvaient renforcer les nombreux champs
d'action de Providence. Il avait constitué un réseau
de consultants spécialisés dans les universités du
monde entier.

Archie ne voyait pas seulement la médecine
comme un registre de la police scientifique, mais
aussi comme un instrument direct d'intervention.
Il était par exemple très intéressant d'utiliser la
couverture médicale pour faire pénétrer un agent
au sein d'une structure fermée ou pour lui faire
côtoyer, sans éveiller de soupçons, une source ou
une cible.

Il fallait pour cela disposer d'un nouveau type
d'agents, dotés de deux compétences : connaissances étendues dans les domaines scientifiques et
capacités opérationnelles. Et plutôt que de chercher le mouton à cinq pattes, un médecin déjà
familier de l'action secrète, Archie avait jugé préférable de former quelqu'un spécifiquement.

Ce mutant était Dim, et l'opération Zam-Zam,
son baptême du feu.

*

Quand Farid était revenu dans l'arrière-bouti-
que du marchand après sa prière, il avait trouvé
Jasmine debout, impatiente de rentrer à l'hôtel.
Elle regardait sa montre.

— Encore un moment, s'il vous plaît.

— Il ne faudrait pas que tes amis s'aperçoivent...

Farid secoua la main.

— Je dirai que vous avez voulu faire des courses au souk. D'ailleurs, mon oncle vous a préparé un petit paquet.

Il lui tendit un bloc d'étoffes colorées, entourées d'une bande de papier kraft. Jasmine le prit et remercia sans chaleur. On la sentait sur ses gardes.

— Votre mari m'avait permis d'obtenir une bourse pour étudier en France. Vous vous en souvenez ? Je suis allé à Clermont-Ferrand. Mon père était pêcheur. Il vous apportait le poisson tous les jours à midi.

— Je me souviens très bien de lui. Sa femme était morte juste avant notre arrivée.

Farid s'éclaira.

— Voilà ! s'écria-t-il. C'est bien moi. Votre mari, vous savez, était un homme bon.

Il ferma les yeux et murmura une invocation.

— Je le voyais presque tous les jours. Il m'appelait son petit protégé.

— J'ai gardé l'idée que tu étais pourtant un peu voyou. Un marchand t'avait dénoncé parce que tu lui avais volé des fruits ou quelque chose de ce genre...

— Sans votre mari, c'est vrai, j'aurais pu mal tourner. Mais Dieu l'a mis sur ma route, que Sa toute-puissance soit célébrée.

Il releva l'un après l'autre les bords de son boubou au-dessus de ses épaules. Il le portait sur une chemise à manches longues boutonnées aux poignets.

— Savez-vous que je vous ai déjà revue ici ? dit-il joyeusement, en se penchant vers elle.

Il sentit qu'elle tressaillait. Il y vit un signe de surprise.

— Quand ? fit-elle.

Dans sa voix perçait une légère inquiétude.

— Il y a un peu plus d'un an, il me semble.

Elle secoua la tête.

— Impossible. Ce n'était pas moi.

Dans le regard de Jasmine, un éclat dur et froid retint Farid de protester. Il se contenta de marquer sa déception.

— J'aurais pourtant cru. C'était à l'aéroport...

— Tu m'auras confondue avec quelqu'un d'autre. À la maison, il passait beaucoup de monde, et moi, tu ne m'as pas vue souvent.

Il y eut un long silence. Farid était mal à l'aise. Heureusement, face aux incertitudes de la vie, désormais, il avait Dieu. Il se réfugia intérieurement dans une prière.

Jasmine s'impatienta de son silence. Elle se leva, saisit le paquet qu'il lui avait offert.

— Merci pour tout, dit-elle. Maintenant, il faut que je rentre.

*

Kader, debout en plein désert à bonne distance des camions, tenait le récepteur du Thuraya plaqué contre son oreille. Avec l'autre main, il formait un cornet autour de sa bouche, pour empêcher le vent de brouiller la communication.

— Le rendez-vous est dans deux jours, disait Sid'Ahmed. Tu trouveras la chèvre dans les ruines.

— Elle sera seule ?

— Non, nous serons trois bergers pour la garder.

Les codes utilisés pour les communications satellites étaient simples à percer. Mais ce type de liaison servait à transmettre des informations pratiques. Sans connaître le contexte, il n'était pas facile de savoir à quoi faisaient référence ces noms codés.

— C'est bien noté. J'y serai. Es-salam-aleykoum.

Il coupa la liaison et revint vers ses compagnons.

— Ce sera à la redoute. Dans deux jours.

Les autres secouèrent la tête.

— Allons boire le thé, déclara Kader.

Ils marchèrent jusqu'aux camions. Le long d'un semi-remorque, ils rejoignirent un petit vieillard, la tête et les épaules entourées d'un chèche noir. Il était assis dans le sable, à l'ombre de la cargaison. Kader s'installa près de lui et ses deux compagnons fermèrent le cercle. Sur un feu de brindilles allumé à même le sable, une théière marocaine cabossée et sans couvercle était posée de travers. Le vieux Maure versa le thé fumant dans de petites tasses et les tendit à ses hôtes.

— Dans deux jours à la redoute, répéta Kader en hochant la tête. Quand devrons-nous partir ?

— Tout dépend si l'on roule aussi dans la journée..., dit Béchir.

— Y a-t-il des patrouilles dans la région ?

— De l'armée ? Rarement et je le saurai avant de partir.

Béchir sourit de toutes ses dents. C'était un des plus anciens compagnons de Kader. Il avait installé les premiers campements du groupe et mené les premiers coups de main. Il faisait maintenant office de commandant pour le compte de Kader dans une immense zone du désert. Sa mission était de tenir à distance les forces de sécurité des pays qui se partageaient l'espace, en suivant des frontières virtuelles. Il lui fallait en attaquer certaines et en corrompre d'autres, pour les dissuader de s'aventurer dans les parages. Béchir devait aussi veiller à conclure des accords avec tous les mouvements rebelles ou criminels qui opéraient dans la zone. Ils étaient assurés de pouvoir y trouver refuge mais devaient mener leurs attaques en dehors du territoire et respecter l'intégrité des hommes qui se mettaient sous la protection de Kader. Dans l'espace qu'il contrôlait, Béchir laissait passer les commerçants et trafiquants de tout poil qui sillonnaient le désert. Ils étaient en sécurité dans la zone, moyennant le paiement d'une taxe. Elle leur paraissait bien légère en comparaison des profits qu'ils pouvaient espérer tirer de leurs cargaisons.

— Si l'on roule de jour comme de nuit, reprit-il, il suffira de partir ce soir après le coucher du soleil.

Kader leva sa tasse de thé à la santé de ses compagnons.

— Va pour ce soir.

Il s'apprêtait à la porter à ses lèvres, quand des cris retentirent à l'autre extrémité de la caravane. Béchir tendit l'oreille. L'affaire avait les apparences d'une bagarre de camionneurs. Mais au bout de quelques instants, par-dessus les clameurs, retentirent des salves de mitraillette. Les cris et les coups de feu redoublèrent. Kader sortit un pistolet de sa ceinture et s'élança.

Quand il entra « Chez Ray » à cinq heures de l'après-midi, Dimitri savait exactement ce qu'il allait trouver. Marion s'était chargée de la reconnaissance.

Deux poivrots, qui faisaient partie des habitués, étaient accoudés au bar et jouaient aux dés. C'étaient des contremaîtres de l'entreprise australienne qui construisait la nouvelle route côtière. Dans la petite cour, assis pensivement devant une bière, Dimitri reconnut un Français retraité qu'il avait soigné pour un abcès amibien. Trois jeunes routards qui parlaient espagnol occupaient une table de l'autre côté. Les deux filles s'éventaient. Elles le dévisagèrent en battant des cils et en chuchotant.

Dimitri s'arrêta un instant sur le seuil. Il fit mine de parcourir l'espace des yeux et s'arrêta sur ce qu'il cherchait. Jasmine était exactement à l'emplacement prévu. Elle tenait un livre sur les genoux. Devant elle, brillait la tache jaune pâle d'un citron pressé. Dimitri avança vers elle d'un pas décidé. Sans lui demander son avis, il prit un tabouret et s'assit à sa table.

— Je peux vous déranger une minute ?

Il avait répété la scène. En matière d'abordage de fille inconnue, ce n'était pas l'expérience qui lui manquait. Il prenait toujours le même air détendu et souriait, les yeux grands ouverts, braqués sur celle qu'il rencontrait. Avec sa tête de G.I. en crise philosophique et ses cheveux drus en bataille, il suscitait une sympathie et une confiance qui désarmaient les plus farouches.

Jasmine lui répondit simplement :

— Je vous en prie.

Elle ne semblait ni effrayée ni même surprise. Aucune hostilité, aucune méfiance ne transparaissait dans ses paroles. Dimitri perdit un peu de son assurance. Il avait la vague sensation de ne pas dominer la situation.

— Excusez-moi, dit-il avec une fausse autorité, c'est bien vous qui venez ici pour une ONG d'aide médicale ?

— En effet.

Jasmine le regardait intensément, avec un sourire énigmatique. Dimitri eut l'impression qu'elle en savait plus long que lui. Il perdit tout à coup sa confiance dans le petit boniment qu'il avait préparé.

— On m'a dit... que vous aviez visité l'hôpital. Je ne vous ai pas vue. Je devais être pris par une urgence quand vous êtes passée. Parce que je m'occupe des urgences, voyez-vous.

Elle souriait toujours. Raymond, le patron du bistrot, vint en traînant les pieds demander à Dimitri ce qu'il buvait. C'était un ancien soldat de la coloniale qui s'était fixé dans le pays il y avait plus de quarante ans. Son bar était fréquenté par tous les expatriés de la ville. Ils étaient sûrs d'y trouver de l'alcool, quelle que soit la rigueur des lois dans la république islamique de Mauritanie. La police n'entrait jamais chez Ray, sans doute parce qu'il en faisait discrètement partie.

— Comme madame, fit Dim, en montrant le verre de Jasmine.

Ray fit pivoter ses tongs sur le carrelage et repartit vers le comptoir.

— J'aurais bien aimé vous parler de l'hôpital, reprit-il. Je ne sais pas ce qu'on vous aura expliqué, mais il y a des besoins énormes. Et je connais la situation sanitaire du pays. Je peux vous guider. Si vous le souhaitez.

C'était misérable, il en avait conscience. Une entrée en matière aussi pauvre aurait pu suffire si son charme avait opéré. Mais il avait exagérément compté là-dessus. Jasmine gardait sa mimique impassible. Elle évoquait un entomologiste qui observe un papillon avant de le piquer sur une planche de liège.

— Qu'est-ce que vous voulez, exactement ?

Il eut un petit rire nerveux.

— Ce que je veux ? Mais je vous l'ai dit... les urgences... enfin, la situation des enfants.

Qu'est-ce qui le troublait à ce point ?

— Comment vous appelez-vous ? demanda-t-elle sans détourner ses yeux de ceux de Dimitri.

Rien n'avait changé ni dans son expression ni dans son regard. Pourtant, grâce à cette simple question, il se sentit un peu soulagé : elle acceptait la conversation. Elle cherchait à savoir son nom. D'ailleurs, évidemment, il aurait dû commencer par là.

— Dimitri, dit-il en souriant à pleines dents. Et vous, Jasmine, c'est ça ?

— Vous êtes bien renseigné. Vous avez fait une enquête ?

— Complète. Je sais où vous logez et combien vous avez apporté de valises.

— Combien ?

— Un sac. En cuir beige.

— Et à quoi cela vous sert-il de connaître des détails de ce genre ?

— Eh bien, à deviner combien de temps vous allez rester, par exemple.

— Votre pronostic ?

Elle souriait maintenant avec ses yeux. Son visage demeurait toujours énigmatique.

— Hum... je dirai une bonne semaine.

Jasmine hocha la tête en regardant autour d'elle, comme si elle prenait l'assistance à témoin. Puis elle le fixa avec soudain une expression dure, presque méchante.

— Dans ce bled, il ne doit pas y avoir grand-chose à se mettre sous la dent, pour un play-boy comme vous. Je comprends. Mais épargnez-moi vos techniques de drague qui pèsent quinze tonnes et allez droit au fait. Je vous répondrai.

Les Espagnoles gloussaient. Dimitri était sûr qu'elles avaient tout entendu. Quelque chose, dans sa tête, lui suggérait de répliquer à Jasmine sur le même ton, de lui lancer par exemple que, oui, il avait envie de passer la soirée avec elle. Mais il y avait la mission de Providence. Avec le micro-émetteur qu'il portait sur lui, ils entendaient tout et allaient analyser chaque mot de la conversation.

— D'accord, concéda-t-il, c'est vrai que ça ne me déplaît pas de parler à une fille aussi jolie que vous. Mais je ne vous ai pas abordée pour m'amuser. Je suis *vraiment* réanimateur à l'hôpital et j'ai *vraiment* besoin du soutien de votre ONG.

Elle s'était calmée mais conservait une mine grave, presque boudeuse.

— Mon association, expliqua-t-elle, a répondu à une demande transmise par des médecins mauritaniens de l'hôpital. Rien que pour fournir ce qu'il leur faut, nous devrons collecter beaucoup d'argent. Nous n'aurons pas les moyens de satisfaire d'autres demandes.

Dimitri la dévisageait. Elle oscillait entre plusieurs expressions, comme certains arbres qui changent de couleur, selon que le vent oriente leurs feuilles dans un sens ou un autre. Elle avait repris son air bien élevé, le regard modeste, la voix douce et le ton posé. Elle effleurait le rebord du verre de son doigt manucuré. Elle devait être la seule personne de tout Nouakchott à se promener dans les rues en arborant autour du cou un rang de perles. Pourtant, quelques instants plus tôt, ses yeux noirs brillaient avec une insolence ironique. Un accent dans sa voix — venu d'où ? — laissait paraître un tout autre personnage, habitué à un échange direct et sans pudeur avec les hommes.

— Il est possible, insista Dimitri, que certaines des commandes que vous avez reçues émanent de médecins qui travaillent dans le même département que moi. Nous pourrions les étudier ensemble. Il y a des priorités dont ils n'ont pas toujours conscience. Je vous aiderai à faire le tri...

Il continua un long moment à broder sur ce thème. Il était trop long, il s'enferrait. Mais il n'arrivait décidément ni à revenir à une posture naturelle ni à dérouler l'interrogatoire préparé par Providence. Il voyait le doigt manucuré frotter le verre de plus en plus vite et faire danser ensemble le glaçon et la rondelle de citron.

— Désolée, coupa enfin Jasmine, je ne peux rien pour vous. Il y a d'autres associations internationales ici. Voyez avec elles.

Elle fit un signe à Raymond pour demander l'addition. Il montra deux doigts et elle posa un billet sur la table.

— Vous partez ? Je vous accompagne ?

— Merci. On vient me chercher.

— On peut se revoir ? dit-il assez stupidement.

— Je quitte Nouakchott.

Dimitri était complètement désemparé. Il comprenait qu'il avait tout raté, qu'elle lui échappait.

Elle était presque à la sortie et il se tenait gauchement à côté d'elle. Il vit que son vieux patient le regardait. Ça lui était égal. Il voulait la suivre jusque dans la rue. Mais avant de franchir la porte, elle lui fit signe de rester à l'intérieur.

— Voulez-vous que je vous donne un conseil ? lâcha-t-elle en se tournant vers lui.

— Oui.

— Apprenez à mentir.

Elle disparut au-dehors. Il se demanda si le micro avait capté ces dernières paroles.

*

L'homme qui avait tiré à la mitraillette était allongé dans le sable derrière le puits. Les bêtes attachées, affolées par les détonations, ne pouvaient pas s'enfuir. Un chameau blessé, couché sur le flanc, agitait ses pattes en l'air en imitant un galop pathétique. Derrière ce rempart vivant et mouvant, le tireur parvenait à esquiver les coups de feu tirés depuis la caravane.

— Que se passe-t-il ? demanda Kader dès qu'il eut rejoint le groupe qui visait le tireur isolé.

Un de ses hommes rampa jusqu'à lui.

— On a surpris le type en train de rôder autour de ton pick-up.

— Qui est-ce ?

— Personne ne le connaît. Le vieux qui contrôle les camions ne l'avait jamais vu. On ne sait même pas avec qui il est venu.

— C'est nous qui l'avons pris il y a deux jours, intervint un grand Noir, la tête coiffée d'un bonnet de feutre gris. Il était debout le long de la piste à trente kilomètres d'ici. Il nous a raconté qu'il était tombé en panne.

— D'où veniez-vous ?

— Du Nord-Est. Tchad, Tassili, Hoggar.

Une balle ricocha contre le montant d'acier d'une remorque, tout près d'eux. Ils baissèrent la tête.

— Il n'a aucune chance, dit Béchir en se redressant.

Les tirs s'espaçaient du côté de la caravane. Kader vit que des hommes rampaient dans la poussière de part et d'autre du puits, pour prendre l'intrus à revers.

Le tireur s'était rendu compte du danger. Il visait alternativement ceux qui cherchaient à l'encercler. Un de ses coups toucha son but. Un homme qui rampait à découvert poussa un cri et s'immobilisa.

Un des combattants du groupe de Kader sortit une grenade de sa ceinture. Il s'avançait pour la jeter. Kader le retint.

— Il faut l'avoir vivant !

Un mouton blessé bêlait affreusement. Cinq ou six combattants rampaient maintenant en arc de cercle autour du puits. Le tireur n'avait plus rien à espérer. Il était clair depuis le début qu'il n'avait aucune chance de s'en sortir dans ce désert, sans véhicule et sans endroit où se dissimuler.

— Prenez-le vivant, cria Béchir, pendant une accalmie des tirs.

L'homme avait certainement entendu, tout comme ceux qui le tenaient en joue. Il y eut un moment de suspension du combat. Même les bêtes paraissaient retenir leurs cris. Puis tout à coup, l'homme traqué se mit debout, jeta son fusil à terre et leva les bras.

— Ne tirez pas, hurla Kader en se dressant.

Tous les tireurs gardaient leur arme pointée. Lentement, l'homme avança de deux pas.

Plusieurs membres du groupe de Kader surgirent de derrière les camions. Ils se dirigeaient vers l'inconnu et croyaient déjà le tenir.

Mais soudain, parvenu au bord du puits, il plongea dedans la tête la première et disparut.

V

Lorsqu'il s'était agi de recruter un médecin pour le former à l'action secrète, Wilkes avait discrètement consulté plusieurs de ses correspondants universitaires.

Une demi-douzaine de candidatures sérieuses lui étaient parvenues. Il n'y avait que des garçons dans la sélection, sans doute parce que les correspondants avaient spontanément assimilé action secrète et action militaire, en donnant à l'une comme à l'autre une connotation virile. Wilkes se promit, pour le recrutement suivant, de bien préciser que les candidatures féminines n'étaient pas à exclure.

Les profils retenus étaient assez similaires. C'étaient, pour la plupart, des étudiants en médecine en fin de cursus ou de jeunes diplômés. Tous avaient fait preuve, en parallèle, d'un goût prononcé pour l'action et la prise de risque. On trouvait parmi eux un guide de haute montagne, un ancien volontaire pour des missions chirurgicales en zone de guerre, un champion de rallye motocycliste et un engagé militaire qui avait servi deux ans en Bosnie avant de reprendre ses études. Leurs caractéristiques physiques étaient diverses, mais il existait entre tous un trait commun difficile à définir. Archie avait trouvé le bon qualificatif : il appelait cela le « regard vers l'horizon ». Hommes de droiture et de certitudes, il y avait en eux une soif commune d'obéissance, d'unité et de cohérence.

Et puis il y avait Dimitri. Son curriculum vitae avait des airs de chasse au trésor, mais sans trésor. Il donnait l'impression d'avoir tout fait par hasard. C'était d'ailleurs encore par hasard qu'il se trouvait parmi les candidats à ce poste mal défini et improbable de médecin-espion. Sa dernière petite amie était l'assistante d'un consultant de Wilkes. Elle avait mis Dim au courant de cette offre d'emploi et il avait envoyé sa candidature sans trop y penser.

Il était à ce moment-là résident en dernière année dans le service de réanimation d'un petit centre hospitalier du Vermont. Il n'avait rien à attendre pour sa carrière dans ce trou et n'était pas particulièrement attiré par la vie sauvage des grandes forêts. Il avait accepté ce poste pour une raison très personnelle : il voulait connaître les lieux où Soljenitsyne avait vécu pendant son exil américain. Il nourrissait une passion pour les romans russes et pour Soljenitsyne en particulier. Lorsque son amie lui avait parlé d'un emploi dans une agence de renseignement, il avait tout de suite pensé au *Premier Cercle*. Ça n'avait, évidemment, rien à voir. Mais toute l'existence de Dimitri était semée de ces malentendus poétiques. Ils avaient d'ailleurs commencé bien avant sa naissance. Son grand-père maternel était un marin ukrainien qui s'était mutiné dans le port de

Shanghai, avait épousé une Chinoise et était passé avec elle en Amérique. Du côté de son père, le mélange n'était pas moins improbable. Un pasteur baptiste de Nouvelle-Angleterre avait été envoyé dans la forêt primaire du Gabon pour y évangéliser les Fang. On ne savait pas combien d'âmes il avait sauvées mais, en tout cas, il avait ramené deux enfants aux États-Unis. Et tout laissait penser que c'étaient les siens. Dimitri était le produit de ces diverses rencontres.

Élevé par sa mère dans l'Ohio, il avait souffert très tôt de l'insupportable écart entre le grand brassage planétaire dont il était issu et la petite vie tranquille d'une bourgade du Middle-West. Il n'avait ni frère ni sœur. Son père, le fils métis du pasteur, avait plié bagage peu après sa naissance et enseignait les lettres modernes dans un autre État. Dimitri lui rendait visite avec sa mère de loin en loin. Puis les visites avaient fini par s'interrompre. À dix-huit ans, après des études secondaires extrêmement brillantes mais qui ne lui avaient apporté qu'un surcroît de morosité, Dimitri partit sur les routes à la recherche de lui-même. Trois ans à errer sans but, à rencontrer des filles, à tomber amoureux et à reprendre la route sans trop savoir pourquoi. Il s'était convaincu que la terre était ronde en revenant à son point de départ. Il n'avait jamais pu emporter qu'un ou deux livres dans son sac à dos et la lecture lui manquait. Il s'inscrivit à l'Université. Il commença par une première année en égyptologie car il avait été très impressionné par sa visite de la Vallée des Rois. Pour étudier les momies des pharaons, il poursuivit par des études de médecine.

Elles l'avaient passionné mais, maintenant, il s'ennuyait de nouveau ferme.

Archie avait été immédiatement séduit par ce CV. Il s'en était ouvert à Wilkes.

— Les autres sont des « durs ». Mais ce que je veux, voyez-vous, c'est une pâte ; un agent doit pouvoir prendre toutes les formes.

Ils avaient finalement retenu Dim pour suivre le cycle de formation aux techniques du renseignement. L'opération Zam-Zam était l'occasion pour lui de connaître son baptême du feu.

Penché au-dessus de la console audio à côté de Wilkes, Archie secouait la tête en tenant ses écouteurs.

— Faites-moi plaisir, voulez-vous, dit-il, sans chercher à cacher son excitation. Passez-moi encore une fois l'enregistrement de sa rencontre avec Jasmine.

*

Marion avait pris le vol de six heures du matin pour Nouadhibou. Le petit avion à hélices sautait dans les turbulences produites par la chaleur. À travers le hublot, elle avait aperçu le Cap-Blanc avant d'atterrir. Elle n'aurait pas été étonnée de voir Mermoz l'attendre sur le bord de la piste.

Nouadhibou fait partie, avec Dakar, Conakry ou Freetown, des villes africaines construites sur des presqu'îles. Elles tirent de cette position un semblant de confort : les vents y atténuent un peu la chaleur. Mais, à Nouadhibou, le sable des plages rejoint celui du désert. La ville a émergé du Sahara et on sent venir le temps où elle y retournera.

Un homme attendait Marion à l'aéroport, avec une petite pancarte à son nom. Il la fit entrer dans sa vieille Toyota bleue, marque de prestige, signe extérieur de richesse dans cette partie de l'Afrique. C'était un Mauritanien noir de haute stature, le crâne rasé, les oreilles rondes complètement décollées. Par son père, il était apparenté au secrétaire de l'antenne de Providence à Dakar. Oumar Ba était un homme d'une quarantaine d'années. Il dirigeait une petite agence à tout faire : tourisme, immobilier, assurance. Mais les affaires n'étaient pas brillantes. Les émoluments fixes de Providence, même modestes, lui permettaient d'entretenir sa famille nombreuse et la Toyota.

— J'ai commencé les recherches dès que vous m'avez appelé. On va tout de suite aller sur les lieux.

Il était très volubile et parlait en tenant la tête en arrière, comme s'il s'attendait à voir un danger tomber du ciel.

— Deux mots sur la ville. Vous savez que c'est avant tout un port. Un port de pêche. Vous distinguez au loin des chalutiers espagnols, chinois, coréens, français…

Ils longeaient l'océan. Oumar Ba vit que Marion regardait les bateaux rouillés qui s'alignaient dans l'eau, près du rivage.

— Non, ça, ce sont des épaves. Il y en a des centaines tout le long de la côte. Des centaines. Nouadhibou est aussi un cimetière marin, un port fantôme. Une poubelle, si vous préférez.

Oumar Ba s'était laissé pousser une pointe de barbe. On la distinguait à peine sur sa peau noire, mais quand il souriait en soulevant le menton,

elle lui donnait un air gentiment sardonique. Il
en jouait.

— C'est aussi un port minéralier, le débouché
du chemin de fer de Zouerate.

Il était visiblement heureux de faire visiter sa
ville. Mais Marion n'était pas venue en touriste et
elle le lui fit rapidement comprendre.

— Combien de temps avez-vous ?

— Il faut que je réunisse un maximum de renseignements avant demain soir.

— Vous les aurez, répondit Oumar.

Pour marquer sa détermination, il appuya sur
l'accélérateur. La voiture émit un gémissement
mais n'alla pas plus vite.

*

Le puits n'était pas très profond, dix mètres à
peine, mais étroit. L'homme, planté la tête la première dans l'eau, était mort noyé. La chute lui
avait ouvert le crâne et son visage avait raclé les
buses en ciment de la paroi.

— Quelqu'un le connaît-il ? demanda Béchir.

Kader avait posé les deux pieds de part et d'autre
de la tête ruisselante du mort. Il regardait intensément les traits défigurés de l'homme.

— C'est étrange…, murmura-t-il.

Il fit demi-tour et entraîna avec lui Béchir et
Anouar.

— J'ai l'impression de l'avoir déjà vu. Pas vous ?
Les deux autres secouèrent la tête.

— On l'a fouillé ?

— Il n'avait aucun papier sur lui. Juste une
liasse de dinars algériens et quelques billets en
francs CFA.

Kader resta silencieux un long moment. Anouar, de temps en temps, se retournait en direction du mort, comme s'il le surveillait.

— Il y a combien de temps que tu as rejoint le maquis d'Abdelmalek ? demanda-t-il à Anouar.

— Moi ? Trois ans. Pourquoi ?

— Tu connais tous les hommes de sa katiba ?

— Tous, non. Tu sais comment ça marche. Ils viennent. Ils sont formés aux techniques de combat, et ensuite, la plupart repartent dans leur pays.

Kader hocha la tête.

— Mais celui-là, tu es bien sûr que tu ne l'as jamais vu ?

Anouar revint à grands pas jusqu'au cadavre. Il s'agenouilla, défit le col et les pans d'étoffe qui collaient aux cheveux sanguinolents. L'homme avait les chairs boursouflées. Il avait fallu longtemps pour attacher des cordes à ses jambes et le tirer hors de l'eau. Un de ses yeux était ouvert, griffé d'écorchures et l'autre fermé par une ecchymose.

Anouar fixa ce visage supplicié. Puis il se retourna lentement et revint vers Kader.

— Si, peut-être, dit-il. Oui, je dirai même que j'en suis presque sûr.

— Quoi ?

— Il ressemble... à un des gardes du corps d'Abdelmalek. Un type de l'Oranais. Tout le monde le détestait parce que c'était un ancien flic. Il était obligé d'en rajouter pour prouver sa loyauté. Abdelmalek l'utilisait pour les missions les plus dangereuses.

Kader secoua la tête.

— C'est bien ce qu'il me semblait.

Puis se retournant vers Béchir.

— Peut-on appeler Abou Moussa à la radio ?

— J'ai essayé hier. Il ne répondait pas. Ce matin non plus.

— Curieux... On va faire une nouvelle tentative.

*

— C'était là.

La rue large, couverte de sable, était occupée par deux voitures garées sur les côtés. Cabossées et pleines de poussière, on ne pouvait pas savoir s'il s'agissait d'épaves. Un groupe de gamins et une jeune fille qui portait un bébé à la hanche observaient la scène sur le pas d'une porte. Marion, avec sa peau cuivrée de Guyanaise, suscitait beaucoup de curiosité. Oumar approcha du portail de fer peint en bleu et frappa plusieurs fois.

— Je connais le propriétaire, dit-il. Il habite la maison depuis que Jasmine et son mari sont partis.

Un vieillard avec une barbe semée de poils blancs entrouvrit la porte. Oumar lui dit quelques mots en hassanya.

— Le propriétaire est absent. C'est le gardien mais il me connaît. On peut visiter.

Derrière le mur d'enceinte en parpaings, une étroite bande de terrain encerclait la maison. Elle était emplie de plantes en pots, citronniers et bougainvilliers. Le gris du ciment disparaissait derrière le vert sombre de leurs feuilles luisantes.

— Ils sont restés ici deux ans à peine, dit Oumar. Je n'ai jamais rencontré des gens avec la main verte comme ça. Quand ils se sont installés, c'était béton sur sable, comme partout ailleurs. Ils ont planté, repiqué, arrosé. C'est devenu une oasis. Et la plupart des plantes ont survécu à leur départ, ce qui est encore plus extraordinaire.

Le vieux gardien tenait les côtés de son boubou bleu serrés contre lui. Il marchait devant en faisant traîner ses sandales. Ils montèrent quelques marches et arrivèrent sur un perron au sol de marbre.

— Vous voyez encore sur le mur la trace de l'écusson consulaire : RF, avec les palmes et les lauriers dorés. Hugues l'avait apporté dans ses valises.

Marion prenait des notes sur un petit carnet à spirales.

— Comment était-il, cet Hugues ?

Oumar sourit.

— Un grand type avec un long nez. La trentaine, sportif, souriant, chaleureux. Un mélange d'énergie et d'obéissance, comme souvent chez les Blancs. Son père était militaire, je crois. Il avait une obsession du drapeau. Tu vois le mât, là-bas ?

Près du portail, en retrait pour ne pas gêner l'entrée du garage, se dressait un pieu en bois d'eucalyptus un peu tordu.

— Tous les matins, il faisait le lever des couleurs. Et le soir, il redescendait le drapeau. Quand il s'absentait, il l'emportait avec lui. Il suffisait de voir le drapeau flotter sur le mât pour savoir qu'ils étaient là.

Le vieux serviteur tenait la porte de la maison ouverte et s'impatientait. Ils entrèrent. Des odeurs de cuisine flottaient dans l'obscurité de l'entrée.

— Je ne suis pas revenu ici depuis leur départ. Évidemment, ça n'a plus rien à voir. Il y avait des lampes partout. Jasmine collectionnait les tissus, les colliers, les tapis. Ils avaient accroché des tas de choses sur les murs. Par là, à droite, c'était le consulat.

Ils se dirigèrent de ce côté. Le serviteur ouvrit le bureau. La lumière du jour entrait par une grande fenêtre, en partie obstruée par un amoncellement de meubles. Par terre, des piles de papiers jaunissaient.

— Il est tombé malade brutalement ?

— Non. Ça a duré quelques semaines. Il était fatigué et il maigrissait. Quand ils se sont décidés à aller à Nouakchott, pour consulter, ils croyaient rentrer la semaine suivante. Mais le médecin de l'ambassade a exigé qu'il soit transféré à Paris. Il n'est jamais revenu.

— Ils ont abandonné toutes leurs affaires ?

— *Toutes* leurs affaires... Ils sont arrivés avec deux valises et ils les ont remportées ! Le reste, ils l'avaient acheté ici.

Marion s'était penchée et feuilletait un dossier d'état civil.

— Ce sont des pièces consulaires, ajouta Oumar, en devançant sa question. L'ambassade aurait dû les récupérer mais elle ne l'a jamais fait.

— Pourquoi ?

— Parce qu'ils n'ont pas renvoyé de consul après lui.

Leur guide les mena de l'autre côté, vers les pièces d'habitation. L'ameublement du salon était resté en place. Les propriétaires actuels avaient seulement ajouté une énorme télévision. Elle était allumée sur un programme de chansons mauritaniennes. Mais le son était coupé.

— Donc le consulat n'a duré que le temps de leur séjour ? insista Marion.

— Oui. Hugues l'a ouvert et personne ne l'a repris après son départ.

— C'était un poste sur mesure pour lui ? Une faveur ?

— Vous parlez ! Non, c'était plutôt le genre de bureau qu'on ouvre pour des raisons politiques. J'aime beaucoup Nouadhibou mais franchement, est-ce qu'il y a besoin d'un consulat de France ici ?

— Alors pourquoi en avoir ouvert un ?

Oumar ignora la question. Sur l'invitation du serviteur, il s'installa dans le canapé défoncé et fit asseoir Marion en face de lui sur un fauteuil. Son regard balayait la pièce. Il semblait se remémorer les temps heureux et souriait.

— Ils étaient arrivés en mai. C'était la saison des vents de sable. Il faisait une chaleur épouvantable. Il n'y avait rien dans cette maison, même pas de carrelage sur le sol. Mais ils étaient si heureux ! Fiancés depuis trois mois, tout le temps à s'embrasser, à se regarder amoureusement, à se tenir par la main. Et une énergie ! Debout avec le premier appel du muezzin — il y a une mosquée à cinquante mètres. Elle courait la ville pour tout acheter. Ce n'est pas facile, ici. Allez trouver des robinets mélangeurs, un évier en inox, des tringles à rideaux... Il y en a sûrement mais il faut savoir où. Après, on marchande. Et on doit louer une charrette pour rapporter les paquets.

Marion, à son tour, regardait le salon. C'était un lieu sinistre, en vérité, sans climatisation, sans lumière. Seuls des amoureux pouvaient y voir, malgré tout, un cocon, un nid. Les restes de meubles, les plantes dans le jardin, la peinture aux tons gais qui s'écaillait sur les murs montraient qu'ils avaient fait de leur mieux pour se sentir chez eux.

— Je n'ai jamais vu un garçon comme Hugues, reprit Oumar. Il savait tout faire. Gâcher le ciment, étaler les enduits, scier, visser la plomberie. Et, en même temps, un intellectuel qui lisait, organisait ses dossiers, tapait sur son ordinateur.

Le vieux serviteur, d'autorité, était revenu avec des verres de thé déjà versé : un fond noir, un doigt de mousse, beaucoup de sucre. Ils burent.

— C'était après une visite du ministre des Affaires étrangères, se souvenait Oumar. Depuis l'indépendance, la Mauritanie ne reçoit pas si souvent de visites officielles... Les Français avaient dû se presser le citron pour lui trouver une nouvelle à annoncer. Et finalement il avait sorti cette proposition : ouvrir un consulat à Nouadhibou. Deux mois après, ils envoyaient Hugues, sans le moindre sou, pour mettre le bureau sur pied.

— Il y a des Français dans la zone ?

— Quelques-uns. Des binationaux, des pêcheurs, une poignée de commerçants, des gens du chemin de fer. À peine une centaine. Pas de quoi occuper un consulat.

— Alors, à quoi s'occupait-il ?

— Hugues m'avait dit un jour que le consulat devait servir aussi de tête de pont pour diverses missions. Surveillance de l'émigration clandestine : il y a beaucoup de pirogues qui partent d'ici pour rejoindre l'Europe. Coopération culturelle. Vous savez comme les Français aiment exporter leur langue. Hugues avait le projet de relancer la petite Alliance française qui somnolait. Un soir, il avait même organisé une projection de cinéma, le long des hangars de l'aéroport. *Les Tontons flingueurs*, vous l'avez vu ?

Marion secoua la tête.

— Vous êtes vraiment sûr que c'était pour ça qu'on l'avait envoyé ?

— On ne peut pas toujours comprendre les Français, n'est-ce pas ? Quand je les observais qui mettaient toute leur énergie pour construire cette résidence — ils disaient toujours la « Résidence » — et ce consulat, je me posais la même question. Tout ça pour passer *Les Tontons flingueurs* à des Bédouins... ?

— On est tout près du Sahara-Occidental ici ?

— La frontière est à quelques kilomètres, en effet.

— C'est une question qui n'est toujours pas réglée, il me semble. Le Maroc, l'Algérie, le Polisario, tout le monde continue à se disputer le territoire. Vous ne croyez pas que... ?

— Bien sûr, on a tout de suite eu des soupçons. On a pensé que c'était une couverture, que cette affaire de consulat était juste là pour servir d'alibi et mener d'autres opérations. Mais on n'a jamais eu la moindre preuve et, franchement, je n'y crois pas du tout. D'ailleurs, les Mauritaniens les avaient à l'œil. J'ai un cousin, à la sûreté. On en a parlé souvent : ils n'ont jamais rien trouvé sur eux.

Marion réfléchissait.

— Parmi les gens qu'ils voyaient, certains étaient-ils liés au conflit sahraoui ?

— Je ne sais pas exactement qui ils voyaient. La seule chose que je puisse dire, c'est qu'ils invitaient beaucoup de monde. Très vite, leur maison est devenue un point de rassemblement. On y était toujours le bienvenu. Il y avait du thé et même, à partir d'une certaine heure et pour les gens de confiance, de l'alcool.

— Ils sont restés combien de temps ?

— Un an et dix mois, de juin 2004 à début avril 2006 précisément.

Oumar but le deuxième thé qu'avait déposé le vieux domestique.

— C'est vraiment triste, conclut-il pensivement en hochant la tête.

Et Marion resta silencieuse aussi. Elle n'avait plus que des questions qu'elle s'adressait à elle-même.

*

À l'hôpital, Dimitri avait dû s'attaquer à une véritable épidémie de problèmes respiratoires, comme toujours à cette saison. Aïssatou travaillait en silence, les yeux baissés. Depuis qu'elle l'avait mis sur la piste de Jasmine, ils ne s'étaient plus parlé seul à seule. Dimitri aurait bien voulu lui raconter ce qu'il avait découvert et l'interroger. Mais il la sentait sur ses gardes. Lui-même avait observé les regards soupçonneux des garçons de salle et même des patients. Peut-être interprétait-il mal ce qu'il voyait. Peut-être était-il pris lui aussi dans le réseau serré de surveillance et de méfiance qui semblait faire le quotidien du monde maure.

Pourtant, il avait la nette impression qu'elle avait un message à lui confier et qu'elle attendait le moment.

À quinze heures, lorsqu'elle termina son service, il la vit entourer son corps d'un fin voile jaune et vert. Elle disparut sans lui faire un signe. Il poursuivit son travail. Vers dix-huit heures, il avait l'habitude de repasser chez lui pour se reposer un peu. La prière occupait la ville. C'était un instant de relâchement. La chaleur retombait. Les premières ombres rampaient sur le sol.

Alors qu'il arrivait chez lui et arrêtait sa Mobylette, Dimitri vit un break aux vitres fumées ralentir près de lui. Derrière le pare-brise, un grand Noir au visage plat le scruta. Puis la voiture s'arrêta. Par la portière arrière, une silhouette familière lui indiquait de monter. Dimitri s'assura d'un coup d'œil que personne ne l'avait vu. Il sauta dans le break. Aïssatou était assise à l'arrière. Elle avait ouvert son voile. Dessous, elle était vêtue à l'européenne, chemisier blanc boutonné jusqu'en haut, pantalon de toile.

— On peut parler, dit-elle en désignant le conducteur.

L'homme se retourna un instant et sourit. Il avait la même couleur de peau qu'Aïssatou.

— On va faire le tour du pâté de maisons et, ensuite, mon frère vous déposera, annonça-t-elle.

Les vitres fumées obscurcissaient la cabine. Avec le jour déclinant, il était impossible pour les passants de deviner qui se trouvait à l'intérieur.

— Jasmine est partie ce matin à l'aube, commença Aïssatou.

Elle gardait les yeux droit devant elle, sans jamais les diriger vers Dimitri.

— Ils sont venus la chercher à cinq heures. Trois hommes dans une Mercedes noire.

— Où l'ont-ils emmenée ?

— Je n'en sais rien. Ils ont pris la route d'Atar, vers le nord-est.

— Elle avait des bagages ?

— Un sac à main.

Aïssatou se tourna vers Dimitri et le fixa intensément.

— Soyez prudent.

— Comment avez-vous su que je m'intéresserais à elle ?

— Vous surveillez les médecins de l'hôpital, n'est-ce pas ? Il la scruta. Elle soutint son regard. Son visage était impassible.

— Pour qui travaillez-vous ? demanda Dimitri.

Il regretta aussitôt sa question. Aïssatou lui jeta un coup d'œil mauvais. D'un geste machinal, elle releva son voile.

— Travailler..., répéta-elle sur un ton méprisant.

Dimitri comprit son erreur. Il raisonnait selon un schéma trop simple pour ce pays de tribus et de races mêlées. Les moteurs de la haine et de la trahison y étaient mus par une énergie propre qui se nourrissait de siècles d'esclavage, de guerres intestines et de rancunes. Aïssatou ne « travaillait » pour personne. Elle avait senti qu'il agissait contre les médecins maures islamistes qu'elle détestait ; cela avait suffi pour qu'elle cherchât à l'aider. Et maintenant, il l'avait insultée.

— Excusez-moi, dit-il.

Il ouvrit grands ses yeux clairs et sourit. Sa seule excuse était d'avouer son ignorance d'étranger.

— Si elle revient, je vous avertirai. Mon frère viendra vous parler.

Aïssatou enroula le voile autour de sa tête. Ils avaient achevé leur tour et, au coin de sa rue, Dimitri descendit. Il maintint un instant la portière ouverte.

— Merci, dit-il.

Les yeux de l'infirmière reflétaient le néon vert d'une boutique et brillaient.

VI

Un peu à l'écart des camions, sous une tente bédouine, les hommes de Kader avaient installé un véritable bureau. Les camionneurs venaient y payer leur tribut, suivant le règlement qu'avait imposé Béchir.

Quand Kader et ses deux acolytes arrivèrent dans la tente, ils trouvèrent un trafiquant de cigarettes en train de négocier âprement sa contribution. Sur un signe de Béchir, l'homme qui servait de trésorier congédia sèchement le camionneur.

Derrière un pan de toile attaché aux piquets de la tente était disposé un matériel de communication sophistiqué. La station de téléphone satellitaire était reliée à Internet. Trois ordinateurs portables pouvaient être connectés en même temps. L'ensemble fonctionnait grâce à de petits panneaux solaires à fort rendement. Un réseau de radios VHF couvrait les différents groupes de la milice de Kader. Suspendue par des ficelles, une carte plastifiée semée de punaises colorées localisait les correspondants déployés sur le terrain. Deux jeunes spécialistes des télécommunications avaient récemment rejoint le groupe. Ils se relayaient devant le poste. L'un d'eux était un Peul originaire de Kanel, à la frontière du Sénégal et du Mali. Il avait étudié en France.

— Yahia, lui dit Kader, est-ce que tu peux établir une liaison avec Abou Moussa ?

Le jeune homme regarda sa montre, une Rolex en or volée à des otages, dont il était très fier.

— J'ai essayé il y a deux heures — toujours aucune réponse.

— Ils doivent être en déplacement, dit Béchir.

— Rappelle.

L'opérateur composa le numéro et mit l'appareil sur haut-parleur. La sonnerie retentit. Personne ne décrochait. Au bout d'un long moment, Yahia leva les yeux vers Kader pour guetter sa décision.

— Insiste.

La sonnerie continuait de retentir dans le vide. Puis soudain quelqu'un répondit. Une voix essoufflée, peu familière des codes, qui mit du temps à décrypter celui indiqué par Yahia pour désigner la station de Kader. Après avoir consulté quelqu'un à ses côtés, le correspondant finit par donner son propre nom de code : c'était effectivement la station d'Abou Moussa. Kader fit comprendre que c'était à lui en personne qu'il voulait parler. Bientôt la voix de l'émir retentit, avec son accent caractéristique.

Kader saisit l'appareil.

— Que se passe-t-il ? Il y a deux jours qu'on n'a plus le contact avec vous...

Abou Moussa le coupa d'un rire amer.

— Et vous auriez bien pu ne plus jamais l'avoir.

Kader débrancha le haut-parleur. D'un signe, il

demanda à Béchir d'évacuer tout le monde hors de la tente.

— Tu avais raison, reprit Abou Moussa. Ils avaient des agents chez nous.

Sa voix était essoufflée. Il parlait vite.

— Explique-toi.

— Avant-hier soir, trois de mes hommes ont été tués dans leur sommeil. Et si je n'avais pas eu du mal à m'endormir, j'y serais passé aussi.

Kader jeta un coup d'œil autour de lui, comme si quelqu'un avait pu les entendre. Abou Moussa avait parlé sans précautions. Il fallait que la situation soit grave. Chacun savait que de nombreux services secrets écoutaient.

— Qui a monté le coup ?

— Vous le connaissez. Il était très proche de moi.

Kader pensa à Nabil l'Afghan, le lieutenant d'Abou Moussa.

— Non, Nabil ne m'aurait jamais fait ça. Mais l'autre...

C'était donc Saïf, avec sa tête de sphinx, ses années de maquis, son abnégation. Tout cela était au service de la trahison, ou, au moins, d'une fidélité supérieure. À Abdelmalek.

— Combien étaient-ils avec lui ?

— Vingt. Le chien est parti avec vingt autres gars. Ils ont volé deux pick-up, un camion et pas mal d'armes. Ils avaient bien préparé leur coup.

— Où sont-ils, maintenant ?

— Ils se sont dirigés vers l'est. Avec le matériel qu'ils ont, transmetteurs, GPS, armement, ils peuvent facilement reconstituer une autre meute.

— Ils sont pilotés d'en haut ?

— C'est probable. Et je pense que nos amis vont les envoyer rôder près de nous, pour finir le travail.

— Moi aussi, j'ai failli y passer aujourd'hui.

Kader raconta sommairement l'épisode du puits. Abou Moussa éclata du même rire amer puis resta silencieux.

— Écoute, ajouta Kader.

— Oui.

— C'est normal, tout ça. On ne va pas se laisser impressionner. C'était même prévisible. À partir du moment où tu as fait le choix de me suivre... on pouvait se douter qu'ils allaient riposter. Il faut faire attention, c'est tout. Mais on ne doit rien changer aux plans. Rien.

— Anouar est toujours avec toi ?

— Il est ici et, ce soir, nous partons au contact. Nous avons parlé avec Nouakchott. Elle arrive.

— Soyez prudents.

— Toi aussi. Prochain point demain midi.

— Inch' Allah.

*

Malgré l'attachement que montrait Archie pour la branche « renseignement » de Providence, nombre d'employés de ce secteur avaient craint, pendant la période de vaches maigres des mois précédents, qu'il ne finisse par renoncer à cette activité. Chacun guettait le moindre espoir de reprise. Et l'opération Zam-Zam commençait à ressembler à un espoir.

Le meilleur signe de cet intérêt était que tout le monde arrivait en retard aux réunions. Ce n'était pas le genre de retard qui procède de la paresse.

Les agents débarquaient essoufflés, une pile de dossiers sous le bras. On devinait qu'ils avaient travaillé jusqu'à la dernière minute pour rapporter le plus de renseignements possible.

— Il manque encore Audrey, dit Helmut en ouvrant la réunion du matin. Tant pis, on démarre quand même. À toi, Sarah ?

Penchée sur une feuille devant elle, Sarah refaisait son chignon. Elle planta un stylo-bille en travers pour le fixer.

— Je vous résume ce qu'ont découvert les équipes qu'on a mises sur les traces de Jasmine, en Mauritanie et en France.

Elle surveillait la porte. Enfin Audrey arriva. Ils étaient maintenant tous au complet et elle pouvait lancer son gros pavé dans la mare.

— Jasmine Lacretelle, veuve Montclos, travaille maintenant au ministère français des Affaires étrangères. Elle est employée à la direction du Protocole, service du cérémonial.

Elle jeta un petit coup d'œil circulaire pour noter son effet.

— C'est-à-dire ? fit Helmut.

— C'est-à-dire qu'elle a accès aux ministres, aux délégations étrangères en visite, qu'elle entre partout au Quai d'Orsay et chez le Premier ministre, qu'elle peut déposer n'importe quel colis piégé sous une table…

— Tu vas vite en besogne…, dit Jorge en éclatant de rire.

Il avait été le premier à réagir. On ne savait jamais trop pourquoi il riait. C'était une manifestation de sa joie de vivre, une sorte d'exclamation communicative. Maintenant tout le monde y allait de son petit commentaire. Le moral était bon.

Helmut sortit un mouchoir et s'épongea le front. La sudation, chez lui, mesurait exactement l'intensité de sa pensée. Ce n'était pas ragoûtant mais c'était commode.

— Quand est-elle entrée dans ce ministère ? demanda-t-il.

— Il y a cinq mois.

— Donc après la mort de son mari ?

— Bien après. Il est mort il y a plus de deux ans.

— Il était diplomate aussi, remarqua Audrey.

La conversation risquait de partir dans tous les sens. Sarah agita la main.

— Laissez-la s'expliquer, dit Helmut.

— Merci. Retour en arrière, si vous permettez : Jasmine a été élevée à Montaigu. C'est une petite ville en Charentes. Elle est allée faire ses études à Nantes. Deux années de philosophie à la faculté. Elle gardait des enfants le soir pour gagner sa vie. Elle a rencontré son mari chez un couple pour lequel elle travaillait. Coup de foudre. Lui est diplomate. Petite carrière. Petit concours. Mais il est passionné. Il rêve d'Asie, d'Amérique. En attendant, il travaille à l'État civil. C'est un service du ministère des Affaires étrangères et il est situé à Nantes. On y délivre les actes d'état civil concernant les Français nés à l'étranger, ce genre de choses. Pas drôle…

Helmut poussa un grognement. Il n'aimait pas que l'on critique l'Administration, même française.

— Au bout de deux ans à Nantes, Hugues, par un copain, trouve à se faire muter à Paris au cabinet d'un secrétaire d'État. Il occupe un poste très modeste, mais peu lui importe. Il sait qu'en sortant de là, en général, on est récompensé. Le gouvernement change l'année suivante. Avant de dissoudre son cabinet, le ministre décroche pour Hugues un poste à l'étranger. Inespéré.

— Bravo ! Tu as fait un travail formidable, fit Audrey en tripotant son piercing.

— Merci. Notre bureau de Paris avait besoin de se dégourdir les jambes...

Ces deux-là étaient spécialisées dans les renvois d'ascenseur, type comité d'admiration mutuelle. Sarah avait d'ailleurs tendance à ne mettre aucune limite à ce qu'elle considérait comme un combat pour l'égalité des sexes. Elle signalait toujours la qualité du travail des filles de son service ou de l'agence en général. Et Audrey lui avait emboîté le pas.

— Le poste qu'Hugues s'est vu proposer n'était pas mirobolant, reprit-elle. Ouvrir un petit consulat dans un coin perdu d'Afrique, très chaud, sans moyens. C'est le genre de sinécure dont aucun diplomate ne rêve. Mais Hugues estime que, s'il n'accepte pas, il aura peu de chance d'obtenir autre chose. Il restera dans un obscur bureau à Paris. Donc, il accepte.

— Avec l'accord de sa femme ? demanda Jorge, qui pensait en savoir assez long sur les règles du jeu dans le couple.

Il avait déjà divorcé deux fois, malgré son jeune âge.

— Apparemment, la fille était très amoureuse. Elle voulait que son homme soit heureux. S'il trouvait nécessaire de partir, elle le suivrait.

— Ce n'est pas l'idée que je me fais des Françaises..., commenta Jorge.

— On évite de partir sur ce sujet, OK ? coupa Audrey, toujours vigilante pour traquer la moindre expression du sexisme.

— Nous reviendrons sur son profil tout à l'heure, trancha Helmut.

— On peut dire ça comme ça, conclut Audrey.

— En tout cas, poursuivit Sarah, ils partent pour Nouadhibou. C'est un coin paumé. Trois mois à l'hôtel sans climatisation. Deux crises de palu et une dysenterie grave chacun. Ils se battent pour trouver une maison. L'État français ne veut pas payer. Quand ils ont versé la caution et le loyer d'avance, il ne leur reste rien pour les travaux. L'ambassade à Nouakchott ne se presse pas pour leur envoyer des fonds. On leur annonce qu'ils devront attendre l'exercice budgétaire suivant avant de planter un clou.

— Tu plaisantes ?

— Non, j'ai deux sources là-dessus, dit Sarah en fouillant ses papiers. Le bureau de Paris et Marion qui a fait un super boulot sur place. Cette fille est vraiment géniale…

— OK, OK, on continue.

— Bon, ils décident qu'ils ne peuvent pas attendre ; ils rassemblent leurs économies. Et ils se retroussent les manches. M. le Consul et Madame prennent la pioche, le marteau, le pinceau. Ils engagent deux gamins pour les aider et un vieux avec un mulet pour apporter les matériaux les plus lourds. Ils sont vite très appréciés par la population. Quand il invite l'ambassadeur de France pour la première réception, Hugues lui vole la vedette. Et les Mauritaniens adorent Jasmine. Ils l'appellent « la princesse de Nouadhibou ». Pendant six mois, ce sera le grand bonheur. La maison est presque terminée. Jasmine et Hugues reçoivent tout le monde, connaissent tout le monde, aident tout le monde.

— C'est pour ça qu'ils créent une ONG ?

— Ta puissance de déduction m'a toujours fascinée, Jorge.

Le petit jeu entre Sarah et lui faisait partie de la maison. Avec sa voix de baryton et son air fier d'hidalgo, Jorge était la cible rêvée pour les militantes antimachistes. Leurs attaques le mettaient en joie. Tout le monde s'amusait à compter les points.

— Donc, à Nouadhibou, le bonheur, reprit Sarah. Mais tout de suite après, le drame. Des maux de tête, une fatigue soudaine, des hémorragies : Hugues a une grave maladie du sang. Il ne veut pas partir. Le mal évolue vite et se complique. Quand Jasmine le ramène en France, il est très faible. Quelques mois après, il meurt. La suite est un mélange d'hypothèses et de faits. Il y a encore pas mal de points à éclaircir.

Sarah, en tapotant sur son ordinateur portable, avait affiché deux photos, celle de Jasmine et celle d'Hugues. Elle les transféra sur les grands écrans. Hugues, le front haut, les yeux gris acier, un sourire naïf, avait un petit côté « gendre idéal ». Par comparaison, Jasmine n'en apparaissait que plus dure et plus inquiétante. Elle souriait mais ses yeux noirs étaient froids.

— Je résume : après la mort d'Hugues Montclos, la chose la plus bizarre, c'est le changement de style de Jasmine.

— Explique.

— À leur retour à Paris, ils n'avaient aucune réserve, on peut même dire plus un rond. Pendant la maladie d'Hugues, Jasmine a pris une chambre dans un hôtel miteux près de l'hôpital. À sa mort, elle a eu tout juste de quoi payer les obsèques. Ils n'avaient aucune épargne, pas d'assurance-vie. Rien. Elle est allée voir l'administration du ministère des Affaires étrangères pour demander une aide. On sait qu'elle a remué ciel et terre à ce moment-là. Sans succès. Hugues avait travaillé peu de temps. Et, surtout, ils n'avaient pas été au-delà des fiançailles. Leur idée, semble-t-il, était d'organiser un grand mariage à leur retour en France. Hugues s'était démené pour obtenir un passeport diplomatique à Jasmine, en lui attribuant des fonctions fictives de « secrétaire du consul ». Mais elle n'était pas officiellement sa conjointe. Elle ne bénéficiait d'aucune pension après son retour en France. Malgré ses demandes répétées, le ministère ne lui a jamais non plus proposé de travail. Elle s'est finalement inscrite au chômage.

— Personne n'a voulu l'aider ! s'indigna Audrey. Malgré tout ce qu'ils avaient fait à Nouadhibou ?

— Malgré ou à cause. Apparemment, l'ambassadeur à Nouakchott n'avait jamais porté dans son cœur ces deux jeunes fous qui jouaient les vice-rois dans leur province. Ils étaient un peu trop populaires à son goût.

— C'est partout pareil, grommela Helmut qui se souvenait de ses dernières années de service public.

— Le fait est que Jasmine s'est retrouvée sans le sou. Et c'est là que les choses deviennent à la fois obscures et intéressantes. Quelques mois après la mort de son mari, et alors qu'elle était toujours sans travail et sans ressources, Jasmine a changé de train de vie. Elle a loué un appartement certes petit mais très bien situé et hors de prix. Elle a commencé à s'habiller chez Prada, à porter des bijoux, à rouler en Mini-Cooper dernier modèle.

— Un amant ?

— Peut-être mais on n'a encore rien trouvé. À vrai dire, on ne connaît pas l'entourage de Jasmine ni les soutiens dont elle a pu bénéficier. On sait que la famille de son mari était du genre catho bon teint et semble n'avoir jamais apprécié leurs relations. Sur sa famille à elle, c'est plus flou. En Charentes, elle résidait chez une tante du côté paternel qui est morte il y a deux ans. On ignore tout des parents.

— Pourquoi entre-t-elle au Quai d'Orsay ? demanda Audrey, les sourcils froncés. Tu as bien dit qu'ils ne voulaient pas d'elle.

— En effet, après la mort de son mari, elle a supplié les diplomates de lui confier un boulot. N'importe lequel, pour survivre. Sans succès. Pendant près de deux ans, elle s'est débrouillée seule. D'abord difficilement, ensuite plutôt très bien, comme je viens de vous l'expliquer. Et c'est récemment, *alors qu'elle n'avait apparemment plus besoin de rien*, qu'ils l'ont engagée au Protocole.

— Et l'association ? intervint Jorge. Elle aurait pu piquer dans la caisse de l'association ?

— Bien sûr, riposta Sarah, on a évidemment cherché si elle n'avait pas pu détourner de l'argent de ce côté-là. Or c'est le contraire. Je viens de recevoir les « rapports moraux » de l'association, où figurent aussi les comptes. Sur les deux dernières années, Jasmine a été la plus grosse *donatrice*. Elle a régulièrement versé des sommes conséquentes.

— Bizarre, dit Helmut.

— Il y a plus bizarre encore.

Sarah avait un petit sourire qui laissait entendre qu'elle allait abattre une carte maîtresse.

— Elle est retournée en Mauritanie.

— Depuis la mort de son mari ?

— Un an après.

— Et l'association n'en a pas parlé sur son site ?

— Pas un mot. Alors qu'elle a mentionné son voyage actuel.

Quand Helmut était surpris, il avait une expression caractéristique, la bouche fermée et une courte expiration, comme s'il venait de recevoir un uppercut. Rien au monde ne pouvait faire plus plaisir à Sarah.

— Mais enfin, à la dernière réunion, vous nous aviez raconté qu'elle n'était jamais retournée là-bas…

— Nous avons donné la date de son retour avec son mari, mais nous ne savions pas en effet si elle y était revenue. Cela dit, nous avions des doutes et nous avons spécifiquement interrogé le bureau de Paris là-dessus.

— Combien de fois Jasmine est-elle allée là-bas ?

— Au moins une fois. Peut-être plus.

— On sait qui elle a rencontré ?

— J'ai demandé à Marion de bosser sur la question. En tout cas, c'est sûr qu'elle ne connaissait pas les médecins qui l'ont reçue cette fois-ci.

— Tiens, justement, sur ceux-là, où en est-on ? fit Helmut.

Audrey se redressa sur son siège, lâcha son piercing et s'éclaircit la voix.

— Depuis l'arrivée de Jasmine, intense activité. Ils appellent beaucoup. On a la preuve qu'ils utilisent des techniques de protection des communications de type jihadiste. L'un d'entre eux doit se balader avec un sac à dos plein de portables différents et au moins avec une cinquantaine de puces.

— On a fait monter de Dakar un technicien avec du matériel d'interception, précisa Tadeusz. Il a commencé à travailler hier soir sur des numéros fournis par Dim.

— Résultat ?

— Au début, comme on vous l'avait dit, c'était le calme plat. Mais depuis l'arrivée de Jasmine, ça bouge. Ces jeunes gens paraissent avoir découvert tout à coup les vertus du téléphone. On a beaucoup travaillé hier et on commence à avoir une idée assez précise des numéros appelés.

— Ils correspondent à quoi ?

— À des Thurayas, pour la plupart.

— Vous pouvez les écouter ?

— Pas encore. Mais on y travaille. D'ici peu, ça devrait être possible.

— Et vous avez identifié les numéros ?

— On n'est pas équipés pour ça, coupa Audrey. On n'a pas de base de données sur les numéros utilisés par les terroristes dans la région.

— Combien de temps cela vous prendra-t-il d'en construire une ?

— Entre deux et trois ans, répondit-elle, satisfaite de son insolence et des rires qu'elle déclencha.

— Alors, il n'y a pas de solution, prononça Helmut lugubrement.

Le silence se prolongea. Audrey regardait autour d'elle.

— C'est-à-dire…, hasarda-t-elle.

— Vas-y, l'encouragea Helmut. Tout le monde est de la maison. Il n'y a aucune fuite possible. On joue cartes sur table.

149

— Eh bien, je sais que notre enquête doit rester secrète et qu'aucun service officiel ne doit être dans le coup.

Helmut hocha la tête.

— Mais, j'ai une copine, Pat, en Angleterre, qui travaille au MI6. Elle a accès à pas mal de choses. Elle pourrait sûrement m'aider pour les numéros.

— Tu donnerais quelle raison ?

— L'affaire de vente de matériel de sécurité aux pirates somaliens que les Anglais nous ont sous-traitée…, c'est toujours en cours, non ?

— Le Belgo-Israélo-Croate et sa bande ? Ça n'a pas donné grand-chose. Mais, oui, on continue de le surveiller.

— Je pourrais dire à Pat qu'on a des listes d'appels à vérifier pour lui.

Audrey attendit. Helmut se leva et elle alla se planter près de la fenêtre. Il sortit son portable et composa un numéro. Il s'éloigna, parla à voix basse, attendit et revint.

— J'ai eu Archie. Il considère que c'est OK. Tu peux appeler ta copine.

— Tant mieux, dit Audrey. Parce que je l'ai déjà fait ce matin.

Helmut soupira, de nouveau accablé par les rieurs. Il se rassit bruyamment et capitula :

— Alors, le résultat ?

— Les numéros correspondent à des Thurayas utilisés au Nord-Mali et dans la zone saharienne par un groupe appartenant à la mouvance al-Qaida au Maghreb islamique. Certains de ces numéros étaient déjà employés lors de l'enlèvement de l'otage anglais assassiné l'an dernier.

Le silence se fit. On entendait claquer les touches du clavier sur lequel Tadeusz prenait des notes. Sarah mâchait un chewing-gum.

— Je résume, dit Helmut d'une voix forte en posant les deux mains à plat sur la table. Une femme travaillant au cœur du ministère français des Affaires étrangères voyage en Mauritanie. Elle répond à l'invitation de médecins islamistes ayant des connexions directes avec les groupes radicaux armés du Sahara. Elle quitte Nouak-chott avec eux pour aller rencontrer on ne sait qui dans le désert.

Il ponctua cette première déclaration en frappant des deux mains sur la table vernie.

— À ce stade, deux hypothèses. Soit elle ne sait rien. Elle a été entraînée dans un piège par quelqu'un qu'elle a connu quand elle était en Mauritanie.

Jorge secouait la tête.

— Peu probable parce que...

— Laisse-moi finir. Soit elle agit en connaissance de cause. La question alors est de comprendre si elle est volontaire ou non. En apparence, elle l'est. Que sait-elle des gens de ce groupe ? Quels projets ont-ils pour elle ? Il y a encore des zones d'ombre dans sa vie. Est-ce que son mari et elle avaient des sympathies pour les islamistes quand ils étaient en poste ?

— Apparemment aucune, intervint Sarah.

— Il y a un détail qui m'intrigue : c'est ce voyage après la mort de son mari. Qu'est-elle allée faire en Mauritanie à ce moment-là ? Qui a-t-elle vu ? Est-ce que cela a un lien avec l'argent dont elle a disposé tout à coup ?

Tout le monde réfléchissait. Zam-Zam tenait décidément ses promesses.

— Nous avons d'abord besoin d'un profilage plus approfondi. Fait par un professionnel.

Sarah encaissa la critique implicite.

— Je vais appeler Wilkes à Johannesburg pour qu'il nous trouve quelqu'un de bien.

Cette fois, le claquement des paumes était redoublé. C'était le signal de fin de réunion. Plus personne n'avait jamais la parole après ce signal.

— Prochain point demain matin, sauf urgence, conclut Helmut.

VII

Assis à l'avant de la Mercedes noire à côté du chauffeur, Farid réfléchissait en regardant la route rectiligne qui s'enfonçait vers le désert.

Il était revenu à la foi depuis trois ans et, bien sûr, il considérait que c'était ce qu'il avait fait de mieux. Mais la rencontre avec Jasmine l'avait ramené à un temps où il pensait autrement. Cela le troublait. Mentalement, il retraçait le chemin qui l'avait conduit jusqu'à sa situation actuelle. Et il tentait de se convaincre qu'à chaque étape il avait eu raison.

D'abord, il y avait eu le départ précipité d'Hugues et de Jasmine. Il s'était cru abandonné, trahi peut-être. Ses chances de quitter la Mauritanie étaient devenues bien faibles sans leur appui. Il se sentait étranger chez lui. Ses amis d'enfance étaient pasteurs ou bergers. Ils n'avaient plus rien en commun. Il avait essayé de demander un visa pour la France. Depuis la fermeture du consulat de Nouadhibou, les documents étaient envoyés à Nouakchott. Ils avaient été réexpédiés avec un refus, sans explication. Il avait passé un an dans une grande solitude. Puis il avait rencontré Sid'Ahmed Vall et son groupe.

C'étaient des étudiants en médecine comme lui. Ils partageaient la même culture. Mais eux, grâce à la religion, avaient gardé contact avec le pays. Ils allaient à la mosquée. Ils pouvaient échanger avec les gens du peuple sur ce registre spirituel. Ils formaient une communauté solidaire. Il les avait rejoints. Cela l'avait tout de suite apaisé.

Et maintenant, ils étaient embarqués dans cette voiture brinquebalante, vitres ouvertes pour laisser entrer le vent chaud. Sid'Ahmed était au volant. Et derrière, qui aurait pu imaginer ça ? Jasmine était assise entre lui et un autre membre du groupe.

Farid ne s'était jamais posé de questions sur leurs activités. Mais maintenant qu'ils partaient pour une destination inconnue avec une femme qui ressemblait plus ou moins à un otage, il se demandait à quoi il était mêlé.

Sid'Ahmed était un curieux personnage. Son père était un Noir de Rosso, sur le fleuve Sénégal. Et sa mère, allez savoir pourquoi, une Australienne aux yeux bleus. Le mélange donnait un jeune homme mince au teint brun clair qui, étrangement, avait tout à fait l'air d'un Maure des meilleures tribus. Mais l'ambiguïté ne résistait pas une seconde pour un vrai Maure. Quoi qu'il fît, Sid'Ahmed était un hors-caste. Son parcours était le symétrique de celui de Farid. Étudiant à Londres et à Paris, il avait d'abord appartenu au monde occidental. C'était là-bas qu'il avait été sensible à des prêches militants et renoué avec la religion. Il lui avait fallu beaucoup d'efforts pour organiser son retour en Mauritanie et y poursuivre ses études. Rapidement, il avait constitué un petit groupe pieux. Il en était le chef. Lui seul savait — s'il le savait — ce qu'ils étaient en train de faire.

Le désert se déroulait devant eux sans aucune variété. De temps en temps, ils apercevaient un village de tentes. Des nomades faisaient paître leurs troupeaux. Parfois, le long de la route, surgissait un transformateur électrique. Ils avaient été arrêtés à deux barrages de l'armée. Leurs papiers étaient en règle. Jasmine avait montré un ordre de mission en arabe avec le tampon de son ONG. Elle avait l'air parfaitement à l'aise. Pourtant Farid connaissait les consignes. Ils ne devaient jamais la laisser seule. Elle était sous surveillance. En avait-elle conscience ?

Quand ils s'arrêtèrent pour la prière, elle resta dans la voiture. Elle ne pouvait pas ne pas avoir remarqué que Sid'Ahmed avait verrouillé les portières.

Ils sortirent ensuite des sandwichs du coffre et mangèrent en silence. Puis ils reprirent la route. Farid aurait donné n'importe quoi pour pouvoir parler à Jasmine. Mais elle gardait la même attitude que lui. Elle mettait le plus grand soin à paraître ne pas le connaître. Ils remontèrent en voiture et poursuivirent le voyage.

*

Le GPS avait changé la vie du désert. Depuis la prise d'otages de l'année précédente, Kader avait assez de moyens pour en équiper tous les véhicules de sa bande. À vrai dire, il avait fait un choix

tactique qui nécessitait à tout moment une loca-
lisation précise de ses hommes. À la différence
d'une katiba qui se déplace en troupe compacte,
avec des systèmes d'avant-postes et de guetteurs,
le groupe de Kader était constitué d'éléments dispersés. Chacun suivait son programme. Les uns
collectaient les taxes sur les camions qui traversaient la zone. Les autres assuraient la sécurité
dans le périmètre qu'ils avaient choisi de contrôler. Et d'autres encore remplissaient des missions
de liaison ou de ravitaillement. Dans certains
postes fixes équipés pour les transmissions, une
connexion Internet était accessible, à partir de la
liaison téléphonique satellite.

À ce réseau vivant s'ajoutait un maillage de
points « dormants » répartis dans toute la zone,
sur les trajets essentiels. Des fûts d'essence et d'eau
enfouis dans le sable permettaient de couvrir de
grandes distances sans transporter trop de réserves. Des points d'alimentation, dissimulés sous
des tentes bédouines, offraient de quoi se restaurer. Et un habile dispositif de caches permettait
de changer de véhicule si nécessaire.

Kader, Béchir et Anouar étaient partis du puits
des camionneurs à bord d'un pick-up Toyota. Ils
l'échangèrent en plein désert contre une Mercedes
verte. Elle les attendait sur la berge d'un oued à
sec, sous une bâche kaki.

La Mercedes est la voiture mauritanienne par
excellence, surtout dans les villes. Les taxis alle-
mands, revendus d'abord en Albanie, après avoir
parcouru un million de kilomètres, partent ensuite
mener une troisième vie en Mauritanie. Là, ils
deviennent virtuellement immortels. Comme ces
oiseaux qui se nourrissent de cadavres, les Mer-

cedes ont le ventre plein de pièces détachées, cannibalisées sur des modèles encore plus anciens.

Dans leur voiture verte qui ressemblait à un taxi de Nouakchott, le petit groupe de Kader avait tout à fait l'air d'une troupe d'honnêtes villageois, en route pour le marché.

— Alors, comme ça, il y a trois ans que tu as rejoint la katiba d'Abou Moussa ?

Kader, le coude dehors, se curait les dents de la main gauche avec un petit bout de bois. Il interrogeait Anouar, assis sur la banquette arrière. Reste incongru de confort, un petit miroir dans le pare-soleil permettait à Kader de regarder le passager derrière lui. Anouar serrait un chapelet dans ses mains, et passait son temps à marmonner, en se balançant. Il arrêta de psalmodier.

— Oui.

— Et tu viens d'où ?

— D'Annaba.

— Qu'est-ce que tu faisais, avant ?

— Vendeur de souvenirs. Je tenais la boutique de mon frère dans les souks.

— Tu as toujours été croyant ?

— Croyant, oui ! se récria Anouar. Mais je m'étais écarté de Dieu. Tu me croiras si tu veux : à une époque, même, je buvais. Heureusement, Dieu (qu'Il soit éternellement glorifié) m'a puni, pour me sauver. Il a voulu que j'aie un accident de voiture. Je me suis retrouvé à l'hôpital. Et c'est là qu'un frère m'a remis dans la voie. En sortant, j'étais changé. Je récitais les prières, je mangeais hallal, tout.

— Tu as rejoint la katiba juste après ?

— Pas du tout ! Je ne connaissais même pas l'existence de ces camps.

157

— Ça s'est fait comment ?

— Par hasard, je dirai. Mais je sais bien que ce n'est pas le hasard. C'est Dieu qui a tout décidé.

— Décidé quoi ?

— Il y a eu un assassinat dans le quartier. Des gens du GIA ont tué un flic. La police a fait une rafle. Ils m'ont torturé pendant trois jours.

Kader levait les yeux pour croiser ceux d'Anouar dans le miroir, mais ce dernier l'évitait.

— En sortant de là, j'étais comme un chien enragé. Avec un ami, on a décidé de rejoindre le maquis. Il avait des contacts là-bas. On est passé dans la montagne et on a trouvé une katiba du nord. Ils m'ont formé, pour les armes. Mais je ne suis pas très bon, tu as vu ? Je ne cours pas vite. J'ai une mauvaise vue. En revanche, j'aime bien l'étude, et là, il y avait de quoi faire. La plupart des gens dans ces camps n'ont pas beaucoup de connaissances islamiques. Moi, je sais à peu près le Coran par cœur et pas mal de Hadith aussi. Je ne suis pas un savant, loin s'en faut. Mais par rapport aux autres... Enfin, je suis devenu l'imam du maquis.

— Et pourquoi es-tu descendu dans le Sahara ?

— Parce que, au printemps dernier, trois vrais imams sont arrivés au nord. En revanche, chez Abou Moussa, il n'y avait personne. Alors, on m'a envoyé à lui.

Kader resta silencieux et cracha le cure-dent par la portière.

— Tu sais qu'Abdelmalek a interdit toute relation avec moi ?

— Je sais.

— Et tu restes avec Abou Moussa, même s'il a désobéi.

Anouar ferma les yeux. Quand il les rouvrit, Kader vit que, derrière ses paupières, il les avait levés vers le ciel.

— Je pense qu'il a raison. Il n'a pas le choix, s'il veut survivre.

— Et tu connais mes idées, pour l'action ?

— Je les connais et je les approuve.

Anouar fit tourner son chapelet autour de son poignet.

— Je ne suis peut-être pas un bon guerrier mais, vois-tu, Kader, j'ai une haute idée du jihad. Nous devons sortir de nos montagnes, revenir au grand combat, aux vrais ennemis. Tu es le seul à l'avoir compris. Voilà pourquoi je soutiens le choix d'Abou Moussa.

Kader hocha la tête. Puis resta silencieux. Le désert était rigoureusement monotone. Béchir conduisait les yeux fixés sur un point de l'horizon que rien ne distinguait des autres. Anouar reprit ses prières.

*

Dans la salle des opérations de Providence, la carte satellite s'affichait sur un grand écran. Le point rouge qui se déplaçait au centre correspondait à la géolocalisation de Sid'Ahmed. Un des techniciens envoyés par Providence dans la zone avait réussi à placer un mouchard sous la voiture du médecin.

Au début de la traque, le point avait suivi la route d'Atar, vers le nord-est. Puis il avait bifurqué brutalement plein est. À l'évidence, la voiture avait rejoint une piste qu'on distinguait comme un trait clair sur le sable. Plus loin, le sol devenait uniformément gris. Le point s'enfonçait dans la profondeur d'un vide absolu.

— Mais qu'est-ce qu'elle va faire par là-bas, notre petite veuve de consul ? dit Sarah.

Tout le monde, dans la salle, fixait l'écran en silence.

VIII

Marion avait bien noté les consignes. Elle en avait appris assez sur la vie de Jasmine à Nouadhibou avec Hugues. Il lui fallait maintenant s'intéresser plutôt à ses voyages en Mauritanie ces dernières années. Pour cela, le mieux était de rentrer le plus rapidement possible à Nouakchott. Mais il n'y avait que trois vols par semaine. Il lui restait encore une journée et demie à passer dans le Nord.

Oumar lui avait déjà précisé que Jasmine n'était jamais revenue dans la ville depuis son départ avec Hugues. À tout hasard, elle lui demanda s'il ne connaissait personne qui l'aurait rencontrée ailleurs en Mauritanie. Oumar n'avait rien répondu. Mais l'après-midi même, il lui avait proposé de rendre visite à quelqu'un qui aurait peut-être des choses intéressantes à raconter.

Abdallah Ould Cheikh les attendait sur le pas de sa porte. C'était un homme maigre, au port aristocratique, les cheveux blancs, très drus, coiffés en arrière. Il était vêtu d'un costume à l'occidentale de bonne coupe, quoiqu'un peu élimé. Oumar le taquina sur ses vêtements.

— On te voit toujours en boubou, depuis que tu as pris ta retraite. Mais pour une jolie fille, tu t'es remis en fonctionnaire !

L'homme tendit le cou et pinça les lèvres, avec un air de chameau vexé.

— Entrez, je vous en prie.

Le salon était meublé de banquettes basses et de coussins en cuir. Aux murs, Ould Cheikh avait accroché, soigneusement encadrés, quelques souvenirs de sa carrière administrative.

— Vous avez vu celle-ci ? fit Oumar en pointant le doigt vers une des photos. Mon Abdou lui-même, en grand uniforme.

Marion se pencha pour regarder.

— Armée ? fit-elle.

— Quarante ans dans la police de l'air et des frontières ! corrigea Ould Cheikh, offensé. J'ai commencé du temps des Français.

Il répondit encore à quelques questions polies sur les photos, posées par Marion. Puis ils s'assirent. Un serviteur apporta du thé.

— C'est vraiment le hasard, commença Oumar en soufflant sur son verre. La semaine dernière, on a parlé d'elle, pas vrai, Abdou ?

— De qui ?

— De Jasmine.

C'était apparemment leur jeu. Oumar bousculait le vieux policier. L'autre se laissait faire de mauvaise grâce, mais adorait ça.

— En quoi cela concerne-t-il madame ?

— C'est vrai, je ne t'ai pas expliqué. Marion est une amie de Jasmine. Elle est venue ici chercher des renseignements pour l'aider. Il faut que tu saches que Jasmine est en danger.

Ould Cheikh déglutit son thé avec lenteur. Sa pomme d'Adam montait et descendait sous la fine peau de son cou.

— Quel genre de danger ?

— De mauvaises fréquentations, tu comprends. Il faut la sortir de là et ses amis essaient de l'aider. Est-ce que tu peux raconter à Marion ce que tu m'as expliqué l'autre jour ?

— Tu le lui as répété ! s'indigna Ould Cheikh.

— Non. Je veux que ce soit toi-même qui le lui apprennes.

Le vieillard posa son verre. Une grosse bulle de mousse creva au fond. Machinalement, il tira sur les poignets de sa chemise et se redressa.

— Je les ai connus ici, tous les deux, commença-t-il. Monsieur le consul a aidé mon dernier fils. C'est un garçon brillant. Il est professeur maintenant. Monsieur le consul lui a trouvé une bourse et un visa pour étudier en France. C'était un homme de cœur. Dieu le tienne à jamais en Sa garde.

Oumar l'accompagna dans son invocation.

— Mon fils m'avait beaucoup parlé de Monsieur le consul et de sa femme dans ses lettres. J'habitais Nouakchott. Je ne les ai rencontrés que deux fois, pendant mes vacances, que je prenais toujours ici. Et puis je les ai vus partir. Il a même fallu que je les aide à l'aéroport de Nouakchott. Ils n'avaient pas beaucoup de valises. Mais Monsieur le consul était très fatigué.

Il soupira.

— Oui, souffla-t-il. C'est la volonté de Dieu.

— Comment avez-vous su qu'il était mort ?

Ould Cheikh jeta un coup d'œil à Oumar. Celui-ci cligna des paupières pour le rassurer.

— Quand je l'ai revue, fit-il d'une voix sourde.

— Qui donc ?

— Jasmine. C'était l'année suivante, au mois de septembre. Je m'en souviens parfaitement. Il avait beaucoup plu la veille. Le bureau des douanes était bien climatisé. Je m'étais réfugié là et j'en sortais le moins possible, pour éviter la moiteur de dehors. Quand un vol arrivait ou partait, j'allais me mettre dans la guérite pour tamponner les passeports. D'abord, je ne l'ai pas reconnue, mais quand j'ai lu son nom…

— Elle arrivait ou elle partait ?

— Elle partait.

— Quand était-elle entrée dans le pays ?

— Un jour où je n'étais pas de service. Une semaine plus tôt.

— Et qu'est-ce qu'elle avait fait pendant ce temps ?

— Je ne le lui ai pas demandé.

— Vous n'avez pas parlé ?

— Si, mais pas de cela. D'ailleurs, il y avait la queue derrière elle. Nous avons juste échangé quelques mots. C'est à ce moment-là qu'elle m'a appris la mort de son mari.

— Pendant ce séjour, est-elle venue à Nouadhibou ? demanda Marion en regardant Oumar.

— À ma connaissance, elle n'est *jamais* revenue à Nouadhibou. Aucune des trois fois.

— Trois fois ?

Elle se tournait maintenant vers le policier.

— Oui, confirma-t-il. Je l'ai contrôlée trois fois, soit à l'arrivée, soit au départ et une fois les deux.

— Pour des séjours de combien de temps ?

— Très courts. De plus en plus courts. Le dernier a duré moins de trois jours.

Le serviteur avait rapporté du thé. Marion réfléchissait.

— Le passeport ?

— Eh bien ?

— C'était toujours un document diplomatique ?

Marion perçut encore un coup d'œil entre les deux hommes.

— Oui, fit Ould Cheikh.

Puis, après avoir capté le regard d'Oumar et son étrange sourire, il prit la peine de corriger :

— Les deux premières fois.

— Pas la dernière ?

— Non.

Il avait beau se donner une contenance avec son verre, il ne parvenait pas à dissimuler son embarras. Au bout d'un long silence, Oumar soupira bruyamment et lui dit enfin :

— Je crois que tu ferais mieux de tout raconter, maintenant.

*

Farid ne comprenait pas. Ils avaient arrêté la Mercedes en plein désert. Vingt kilomètres avant, ils étaient pourtant passés à côté d'une belle oasis. Un bouquet de palmiers, de l'herbe, quelques maisons et deux beaux puits auraient offert une meilleure halte. Mais ils avaient continué leur chemin et, maintenant, ils étaient assis dans l'ombre étroite d'un grand cube de parpaings. Les alentours étaient parsemés de déjections recuites au soleil, preuve d'une certaine fréquentation. Mais à quoi pouvait servir cette boîte en ciment couverte de tôles rouillées ? Elle était percée d'une seule ouverture, obturée par une porte en acier que fermait un cadenas. Pas une brindille ne poussait aux alentours, pas un arbuste. Pour faire le thé, Sid'Ahmed avait sorti du coffre les restes d'un vieux cageot, qu'ils avaient coupé en petits morceaux.

Jasmine était calme. Elle avait bu le thé en se tenant un peu à l'écart, tournée vers le désert. Le soleil avait décliné lentement. Une lune presque pleine s'était levée tôt. La nuit n'était pas très obscure. Des phares étaient apparus tout de suite après. C'était une autre Mercedes, qui arrivait en sens inverse. Elle s'était garée à côté de la leur. Trois hommes en étaient descendus. Ils portaient des chèches enroulés autour de la tête mais aussi autour du cou et de la bouche. Il était impossible de les reconnaître, dans la pénombre et avec cet accoutrement. Pourtant, Jasmine se dirigea sans hésiter vers l'un d'entre eux. Il la saisit aux épaules et, tout en la tenant à distance, la salua sans dire un mot.

Le chauffeur, pendant ce temps, avait sorti une clef de sa poche. Avec difficulté, il ôta le cadenas qui verrouillait la porte et l'ouvrit. À l'intérieur, Farid crut apercevoir des cartons empilés. Une odeur sèche de ballots de jute se répandit dans l'air pur de la nuit. Le chauffeur avait allumé une lampe tempête. Il fit signe à ses deux compagnons. Ceux-ci entrèrent dans l'entrepôt, en poussant Jasmine devant eux. La porte se referma sur le groupe.

Farid était dehors avec ses collègues médecins et le chauffeur de la seconde voiture. Celui-ci sortit un réchaud à pétrole, une caisse de victuailles et des gamelles. Il commença à préparer un dîner en silence. En se déplaçant, il avait laissé son foulard retomber sur sa poitrine. On pouvait voir son visage. Apparemment, personne ne le connaissait. Mais ses traits burinés d'homme du désert lui donnaient un ascendant visible sur les jeunes médecins, malgré son âge voisin du leur. Du coup, Sid'Ahmed ne chercha plus à jouer au chef. Il s'adressa même assez timidement au nouveau venu.

— Je m'appelle Sid'Ahmed, lui c'est Hamidou, et l'autre là-bas, Farid.

— Mon nom est Béchir, dit l'homme laconiquement.

Il remplit une casserole avec l'eau d'un jerrycan et la posa sur le feu.

— Vous n'avez pas rencontré de patrouilles ? hasarda Sid'Ahmed qui cherchait à amorcer une conversation.

— Non, fit Béchir.

— Nous non plus. De toute façon, on savait ce qu'il fallait faire.

Son désir de se montrer intéressant le rendait pitoyable aux yeux de Farid. Il était content que Béchir ne réagisse pas. Malgré tous les efforts du jeune médecin, l'homme du désert ne montrait aucun empressement à prolonger le dialogue. Il se contentait de soulever de temps en temps le couvercle de la casserole et guettait l'ébullition. Farid s'était installé tout près de la porte. À travers le silence, il essayait de guetter, à l'intérieur, les bruits d'une conversation. Mais il n'entendait rien et se demandait si Jasmine était en danger.

*

Marion évitait de regarder Ould Cheikh pour ne pas troubler l'ancien policier au moment décisif de son témoignage.

— Les deux premières fois…, commença-t-il en hésitant, quand Jasmine est revenue en Mauritanie…, elle n'avait pas particulièrement cherché à me voir. Au contraire, je vous l'ai dit, nous nous étions reconnus par hasard. Elle n'avait même pas paru très contente de me retrouver.

Il se tourna un instant vers Oumar qui plissa les yeux pour l'encourager.

— Les deux premières fois, j'ai eu la vague impression que ça la dérangeait presque de tomber sur moi. J'ai contrôlé son passeport. Je lui ai demandé des nouvelles de son mari et elle m'a donc répondu qu'il était mort. Quand j'ai voulu lui présenter mes condoléances, elle a repris son passeport d'un air affairé et elle est partie.

— Excusez-moi. Est-ce que vous avez remarqué s'il y avait beaucoup d'autres tampons dans le passeport ?

— Pas beaucoup, non.

— Pas beaucoup ou peu ?

— Peu. Je crois même qu'il n'y avait que des tampons mauritaniens. Peut-être aussi le Maroc mais je n'en suis pas sûr.

— Et vous n'avez pas été surpris qu'elle dispose toujours d'un passeport diplomatique alors que son mari n'était plus en fonction — et même qu'il était mort ?

— Non, c'est assez courant. Les gens gardent leur passeport jusqu'à ce qu'il arrive à échéance. En général, la validité de ces documents correspond à la durée supposée de la mission. Comme ils avaient été rapatriés avant le terme, il lui restait une période à couvrir. C'est assez banal.

— Pardon, je vous ai interrompu. Vous me parliez des deux premières fois...

— Oui, c'étaient de brèves rencontres. À peine plus qu'un contrôle de routine. Je crois même que personne ne s'est aperçu de rien autour de nous. Tandis que la troisième fois...

— Quand était-ce ?

— Il y a un peu moins d'un an. Je me souviens que l'avion avait failli ne pas atterrir à cause des vents de sable. On y voyait à peine. Les voitures roulaient phares allumés en plein jour. J'étais de service l'après-midi à cette époque. Je suivais un traitement médical le matin. Ensuite, je devais me reposer. J'arrivais à l'aéroport vers quinze heures. Ce jour-là, pendant que je mettais mes affaires dans mon placard et que je disposais mes tampons et tout mon matériel de contrôle, un collègue des douanes est venu me trouver. Il m'a expliqué qu'une Française avait été emmenée à la fouille et qu'elle demandait à me voir. Je suis allé jusqu'à la zone douanière, et là, je l'ai reconnue tout de suite. C'était Jasmine. Elle avait l'air hors d'elle. Les douaniers avaient peur de l'approcher. Ils étaient intimidés. C'était une femme. Elle était très belle. Et, en plus, elle avait fait état de hautes protections. Ils m'ont vu arriver avec soulagement. Avant d'aller la trouver, j'ai pris quelques renseignements. Elle était en partance pour la France. Son vol était prévu pour dix-huit heures quarante-cinq. L'embarquement était presque terminé. Mon collègue des douanes me dit qu'elle avait été interceptée pour un contrôle de routine. C'est encore assez artisanal, chez nous.

Les douaniers fouillent à la main. Le plus souvent, ils opèrent au hasard, à l'intuition. Mais ils ont parfois des renseignements.

— Ils avaient trouvé quelque chose sur elle ?

— Elle leur avait interdit de toucher à ses bagages. Elle prétendait jouir de l'immunité diplomatique. Elle criait qu'elle était la femme du consul de France à Nouadhibou. Elle les prenait de haut, mais refusait de présenter ses papiers. Elle ne voulait avoir affaire qu'à moi. Quand je suis arrivé, elle s'est montrée excessivement empressée. Elle n'avait pas été aussi aimable les premières fois. J'ai voulu régler le problème tout de suite mais elle a insisté pour s'isoler avec moi. Nous nous sommes mis un peu à l'écart. Alors, elle m'a expliqué que son passeport diplomatique était arrivé à échéance. Elle avait désormais un document de voyage normal. Mais elle comptait sur moi pour faire valoir sa qualité, *au nom de l'amitié que j'avais pour son mari disparu*, etc.

— Elle avait peur.

— Certainement. Cela se manifestait par une sorte d'arrogance et un peu d'agitation.

— Qu'avez-vous fait ?

— J'ai hésité un instant. Ce qui me gênait, c'était son insistance. Mon soutien lui était acquis et j'aurais préféré qu'elle me laisse le choix. Mais finalement, j'ai pensé que c'était une femme éprouvée, que je devais la comprendre et l'aider. Je suis allé voir le douanier. Je lui ai expliqué que tout était en règle, que je la connaissais et qu'elle bénéficiait en effet des privilèges diplomatiques. Elle a été autorisée à embarquer. Je l'ai vue disparaître dans le hall des départs. Elle s'est retournée pour me saluer.

— C'est tout ?

— Oui, fit le policier en se renfrognant.

Oumar, qui était resté silencieux pendant ce récit, intervint avec douceur.

— Au point où tu en es...

Ould Cheikh jeta un coup d'œil craintif vers Marion, qui attendait.

— Je suis allé voir mon collègue de la douane, après... On a reparlé de l'affaire.

— Alors ?

— Alors, il m'a appris qu'en réalité ce n'était pas un contrôle de routine.

— C'est-à-dire ?

— Ils avaient suivi un stage le mois précédent, avec des agents des douanes français et espagnols. Un stage de formation aux techniques de contrôle. Et ils disposaient depuis peu d'un maître-chien qui inspectait les bagages. Ce douanier est un ami. Nous sommes de la même tribu. Il n'avait pas bougé pour s'opposer à ma décision. Mais il était catégorique.

Il hésita une dernière fois puis se lança.

— Jasmine transportait une importante quantité de cocaïne dans ses bagages.

TROISIÈME PARTIE

I

Sarah s'était mariée avec la même énergie aveugle qu'elle mettait à sauter en parachute ou à tirer à la mitraillette. À vingt-neuf ans, elle se voyait vieille fille et sans enfant, ce qui ne cadrait pas avec l'idée qu'elle se faisait de la vie. Elle avait croisé un jeune Écossais, professeur de grec, érudit et solitaire, chez une amie dont il était le cousin. Ils avaient fait deux enfants et divorcé. La suite s'était passée à merveille. Chacun d'eux avait le plaisir de rester célibataire la moitié de son temps et la satisfaction d'avoir de beaux enfants. En prévision des semaines difficiles qu'imposerait l'opération Zam-Zam, Sarah les avait conduits à Mons, d'où ils avaient pris le train pour Bruxelles et, de là, l'avion pour rejoindre leur père à Édimbourg.

Elle s'était précipitée dès son retour dans la salle des opérations, sans même s'arrêter chez elle. L'équipe de garde était avachie devant une collection de canettes de Coca ouvertes et de bouteilles de bière vides.

— À quoi correspond ce point ?

Sarah, devant les écrans de la salle des opérations, désignait du doigt un carré lumineux rouge sur la carte satellite du désert. L'écran, uniformément blanc, était griffé de stries plus sombres qui figuraient de vagues ondulations du sol. L'observation satellitaire est excessivement bavarde au-dessus des zones urbaines. Mais elle est muette ou presque sur les immensités arides. Les millions de kilomètres carrés de vide du Sahara ont quelque chose d'angoissant. Ils avaient l'impression de suivre un navire en haute mer.

— C'est la voiture de Jasmine et des médecins. Ils sont arrêtés depuis huit heures.

— C'est trop pour une halte. Qu'est-ce qu'ils fabriquent ?

— Si on avait un satellite dédié, on zoomerait et on verrait s'il y a quelqu'un d'autre.

Bernie était un ancien des services hollandais, habitué à travailler aux États-Unis où il avait été formé. Il avait été recruté l'année précédente à Providence, dans le département de Tadeusz, pour s'occuper des programmes graphiques.

— On *n'a pas* de satellite dédié, répliqua méchamment Sarah. Et on fera sans.

— L'étonnant, remarqua Bernie sans se vexer, c'est que ce lieu porte un nom alors qu'il n'y a pas d'oasis. Juste un cube de ciment. Aucun rocher, aucune vallée. Rien. Mais il a un nom quand même.

Il fit un zoom arrière. À quelques centaines de mètres du point figurant la voiture de Sid'Ahmed était indiqué : « Redoute. »

— C'est en français, fit Sarah. Une dénomination qui doit dater de la période coloniale.

Sur un autre écran, Sarah déroula la liste d'un moteur de recherche en français.

— Regarde, dit tout à coup Bernie.

Il avait fait subir diverses transformations au cliché satellite. Le point où était localisée Jasmine n'apparaissait plus seulement comme un espace uniforme sur lequel était posée une baraque de ciment. Le sol, autour du cube, laissait apercevoir des lignes de couleur légèrement différentes. Elles se croisaient à angle droit et formaient de petits carrés de taille inégale, reliés les uns aux autres.

— On dirait un champ de fouilles, fit Sarah.

— Des ruines.

— J'ai vu ça en Sicile. Les anciennes villas romaines dont il ne reste que quelques rangs de pierres au-dessus des fondations.

Bernie continuait ses manipulations. Il avait donné maintenant un angle de gîte à la carte. La perspective apparaissait en biais.

— À moins, reprit-il, que ce ne soit plutôt le *haut* d'une construction.

— Que veux-tu dire ?

— En surface, il n'y a peut-être qu'un cube de parpaings mais, en souterrain, il est possible que se trouvent des pièces enfouies. Le sable, en se déposant, aurait moulé légèrement les reliefs qu'il recouvre.

— Tu penses à un bunker enterré ?

— Pourquoi pas ?

Sarah avait ouvert un dictionnaire en ligne et atteint le mot qu'elle cherchait.

— « Redoute » : « ouvrage de terre servant de fortification avancée ».

— Cela signifierait qu'il y a peut-être quelque chose *en dessous* ? dit Bernie. Des galeries, par exemple ?

— C'est une hypothèse.

*

Hobbs n'avait jamais été un agent de terrain. Mais ses hautes fonctions au Pentagone l'avaient fait vivre dans la proximité des hommes d'action, toujours traqués, toujours méfiants et, en définitive, facilement repérables. Il considérait ces singeries d'espion avec mépris. La meilleure méthode, à ses yeux, consistait à rester naturel.

Il avait déçu son interlocuteur algérien en déclinant ses offres de rencontres dans des squares ou des ferry-boats reliant Manhattan. Et il lui avait donné tout bonnement rendez-vous dans un bar de l'East-Side où il n'y avait pas trop de bruit.

Rachid Bou Reggane — c'était le nom qu'il utilisait aux États-Unis et sous lequel il était connu dans l'immeuble de l'ONU où il avait un bureau — était un homme parfaitement passe-partout. Rond, court sur pattes, le cheveu rare tiré en arrière, il ressemblait plus à un petit-bourgeois français qu'à un Arabe d'Algérie. Il avait d'ailleurs expliqué à Hobbs qu'il n'était pas arabe mais kabyle. Ce genre de subtilité n'éveillait absolument aucune curiosité chez l'Américain.

— Alors, commença Hobbs quand ils eurent commandé leurs bières, comment jugez-vous l'action de votre ami Barack Hussein ?

Avec ses gros yeux ronds derrière des lunettes en forme de téléviseur, Bou Reggane esquissait des mimiques qui réjouissaient Hobbs.

— Très inquiétant, vraiment ! fit l'Algérien en haussant les sourcils.

Son petit front se couvrit de plis comme un golfe marin agité par une brusque tempête.

— Il a proposé la paix aux musulmans, le taquina Hobbs. Vous vous souvenez de son discours au Caire ? Ça devrait vous plaire.

Bou Reggane se pencha en avant et jeta des coups d'œil de chaque côté.

— Cet homme est fou, croyez-moi. Tout cela va mal finir. Il ne comprend pas la nature des menaces qui traversent le monde arabe.

Hobbs ronronnait de plaisir. Il adorait entendre quelqu'un lui dire sur Obama des choses qu'il pensait lui-même. Pour le reste, il traitait Bou Reggane comme un brave type mais qui n'avait pas inventé la poudre. Et c'était exactement l'effet que Bou Reggane recherchait. Quarante-cinq ans d'action secrète, depuis son entrée dans les maquis du FLN à l'âge de seize ans jusqu'aux plus hauts sommets du DRS, les services de renseignements algériens, supposaient d'être capable de dissimuler toutes ses qualités. Hobbs le savait. Bou Reggane savait qu'il le savait. La comédie qu'ils jouaient depuis des années donnait à l'un la sécurité et à l'autre du plaisir. On peut dire qu'ils s'entendaient bien.

— Venons-en au fait, fit l'Algérien en piquant une grosse olive noire, plissée et juteuse. Comment se débrouillent vos amis ? Ont-ils bien exploité le renseignement que je vous ai fourni ?

— Pas mal, il me semble.

Bou Reggane s'était calé dans son fauteuil. Il avait le ventre rebondi et posait les avant-bras dessus. C'était la position qu'il adoptait pendant des heures, sur les bancs des délégations, dans la salle du Conseil de sécurité, et personne ne savait s'il dormait.

— Je suis un peu préoccupé quand même, ajouta Hobbs.

— Ah bon ?

— Notre ami, l'agent immobilier, vous voyez de qui je parle… ?

Ce code plus que rudimentaire, concession au monde des agents secrets, l'amusait. Il aurait pu dire « Archie » ou « Providence », personne dans la pièce n'aurait entendu. Et si quelqu'un perdait son temps à l'enregistrer, pure hypothèse paranoïaque, que pourrait-il en conclure ? Hobbs sourit.

— … Eh bien, son agence n'est pas encore très spécialisée sur vos régions. C'est un peu nouveau pour eux. Au temps du président Bush, nous ne l'avions jamais laissé approcher de ces sujets, la guerre contre le terrorisme, etc. Trop sensible à l'époque.

— Vous me l'aviez dit. Mais ils s'y mettent, n'est-ce pas ?

— Et comment ! En fait, notre homme en rêvait depuis longtemps. C'est son entrée dans la cour des grands. Quand cette première affaire sera conclue, je suis sûr qu'il sera bien installé sur ce créneau. Et même, je ne lui donne pas deux ans avant d'être devenu leader sur ce marché.

— Tout est pour le mieux, alors.

Hobbs fit une grimace.

— Non, je crois qu'ils n'y sont pas encore. Ils butent sur des détails, mais ça compte, au démarrage.

— Vous pourriez être plus précis ?

Derrière ses hublots, les petits yeux de Bou

Reggane balayaient le bar. Il était à la fois parfaitement impassible et toujours en alerte.

— Ils ont des faiblesses côté carnet d'adresses. Il leur arrive de ne pas connaître des numéros de téléphone, par exemple. Récemment, ils ont même dû appeler les renseignements en Angleterre, si vous voyez à quoi je fais allusion. C'est cher, aujourd'hui, les renseignements. Et nous leur avions demandé de n'impliquer personne.

— Vous avez raison.

— Ils l'ont fait discrètement et ça n'aura pas de conséquence. Mais, quand même, c'est préoccupant. Cela veut dire qu'ils ont besoin de l'aide de gens silencieux et compétents. Comme vous, par exemple.

L'Algérien, les bras toujours posés sur le ventre, regardait ses doigts.

— Vous savez que nous tenons à rester en dehors de l'affaire. C'est indispensable. Vous l'avez bien compris.

Hobbs secouait la tête. Il avait essayé, lui aussi, le coup des mains sur le ventre. Mais le sien n'était pas assez rebondi : elles retombaient sur ses cuisses.

— Cela dit, reprit Bou Reggane, je partage votre préoccupation. Il ne faudrait pas qu'ils fassent des erreurs par manque de moyens. Le domaine dans lequel ils sont en train de s'installer est assez particulier. Il a son histoire. Les relations de voisinage, les embrouilles de famille, tout cela ne peut pas être connu de but en blanc.

Il parlait doucement, avec son air patenôtre. On aurait dit un vieux confesseur. *Un comble, tout de même.*

— Je vais vous faire parvenir les coordonnées de quelqu'un qui peut vous être utile.

— À moi ! s'étonna Hobbs.

— Pas à vous directement. À vos amis, je veux dire.

Hobbs émit un grognement de satisfaction.

— Merci, j'apprécie.

— Mais c'est un garçon très occupé. Il ne faudra le consulter que sur des questions bien précises. Vitales, oserai-je dire.

Bou Reggane, à ces mots, s'esclaffa. Il arbora soudain un grand sourire de tavernier méditerranéen qui vous propose son meilleur plat.

— Je réponds de lui comme de moi-même. Bien sûr, il y a certaines précautions à prendre pour le joindre.

Il baissa d'un ton et roula les yeux :

— Il faut qu'il n'ait qu'un correspondant et un seul. En même temps que vous recevrez ses coordonnées, vous me ferez connaître l'identité de celui ou celle qui l'appellera. Je m'occuperai de tous les détails.

— Les détails ?

Hobbs se rappela tout à coup à qui il parlait. Le petit monde grouillant des agents secrets avec leurs codes, leurs rites, leurs simagrées lui revint. Il répondit d'un sourire entendu.

*

La nuit avait été très froide dans le désert. Farid, enroulé dans une couverture, était resté couché à même le sol, près de ses compagnons. Mais il n'avait trouvé le sommeil qu'au petit matin. Il était agité, inquiet, sans savoir vraiment pourquoi. Jasmine n'était pas ressortie de la guérite, ni les deux hommes qui l'y avaient conduite. La seule chose qui rassurait un peu Farid, c'était la sérénité avec laquelle Jasmine avait participé à tout. Mais cela ne lui donnait pas l'explication.

Les autres le réveillèrent pour la prière de l'aube. Il y participa dans un état de somnolence quasi totale. En se relevant, il prit soudain conscience que les deux hommes arrivés la veille étaient agenouillés derrière lui. Jasmine aussi était ressortie de la redoute. Elle s'était assise à l'avant de la Mercedes, portière ouverte, les jambes à l'extérieur, et peignait ses cheveux. La lumière et la chaleur augmentaient vite. À cette heure, la violence du désert pivotait et passait de la glace au feu. Mais pendant quelques instants, tout était pur, transparent, contrasté. Baigné dans cette eau limpide qui amortissait les sons et ralentissait les mouvements, Farid, abruti par la veille, capta des images sans les comprendre. Il nota avec une précision extrême les traits des deux hommes qui s'étaient enfermés avec Jasmine. Il imprima en lui les moindres détails de leur véhicule. Il remarqua l'expression sereine de Jasmine. Il vit Sid'Ahmed passer près des deux autres, puis le coup d'œil mauvais qu'ils jetèrent tous vers lui, Farid, qui pourtant se tenait à l'écart et n'avait pas bronché.

Puis tout alla très vite. Sans prendre le temps de boire le thé, Sid'Ahmed avait donné le signal du départ pour son groupe. Ils étaient remontés en voiture et avaient démarré sans un mot d'adieu. Les hommes qui avaient passé la nuit dans le bâtiment avec Jasmine étaient, eux, restés sur place.

La Mercedes qui emportait Farid, Jasmine et les autres fit un large demi-tour et reprit la piste vers l'ouest, par laquelle ils étaient arrivés. Moins d'une demi-heure plus tard, Jasmine s'était assoupie. Elle dormait la tête posée sur l'épaule de Sid'Ahmed qui murmurait des prières et, gêné, regardait droit devant lui.

II

Dave et Luis avaient loué un appartement dans le quartier des Mamelles, à Dakar : deux pièces, au dernier étage d'un petit immeuble en parpaings. Quand ils se tenaient sur le toit en terrasse, le vieux phare perché au sommet de son mamelon de terre les dominait.

Ils étaient basés en Belgique mais avaient rejoint Dakar trois jours plus tôt par le vol direct de Brussel Airlines. Providence leur avait donné pour consigne de s'installer et de réunir tous les contacts nécessaires à une éventuelle action, sans préciser laquelle. Ils savaient toutefois que l'affaire concernait la Mauritanie. Leur premier soin, bien sûr, avait été d'aller traîner du côté de l'aéro-club.

Situé à l'extrême bout de l'aéroport, l'aéro-club de Dakar rappelle les temps héroïques. Les inscriptions qui ornent les murs sont tracées, comme autrefois, à la peinture : « défense de fumer » est un chef-d'œuvre noir et rouge, réalisé au pinceau à trois poils, qui, malheureusement, s'écaille. Le club est organisé autour de deux centres névralgiques : le hangar et le bar. Dans le hangar s'alignent une demi-douzaine de petits avions à hélices, entretenus avec soin. Quelques autres, privés, sont dispersés aux alentours.

Au bar, surnommé l'Apéroclub, tout le monde se retrouve. Pilotes amateurs et professionnels étanchent leur soif ensemble. Ils ont raconté si souvent leurs aventures qu'il finit par régner un calme complet, meublé seulement de plaisanteries gauloises ou de potins de la ville. L'arrivée d'un nouveau venu est toujours une fête. Elle ressoude le groupe et lui fournit sinon de nouvelles histoires, du moins un nouveau public pour les écouter.

Les deux agents de Providence avaient tout de suite eu du succès. Ils étaient jeunes mais pas trop, la bonne trentaine. Ils étaient américains, et ça, les membres de l'aéro-club, français comme sénégalais, avaient l'air d'apprécier. L'Amérique suscitait une admiration naïve, qui, comme tout le décor, fleurait bon les années soixante. Enfin, ils semblaient avoir de l'argent et se renseignaient sur un contrat.

Ils s'étaient présentés comme des biologistes, spécialisés dans l'écologie des zones arides. Les offres de service n'avaient pas manqué. Six pilotes au moins avaient proposé de les emmener dans le désert. Ils avaient noté leurs coordonnées et leurs jours de disponibilité.

Ensuite, ils n'avaient plus reparlé de rien. Ils attendaient du matériel des États-Unis, avant de pouvoir travailler. Ils continuaient pourtant à passer chaque jour à l'aéro-club. Et, bien sûr, ils avaient fini par tomber sur Albert.

C'était un ancien pilote de chasse de l'armée française. Il s'était ensuite reconverti dans le transport civil et avait commencé à boire. À cinquante-cinq ans, il s'était installé au Sénégal avec une bonne retraite. Il vivait seul. À l'aéro-club, il ne parlait à personne. Il entrait et buvait deux whiskies dans son coin. Puis il montait dans un mono-moteur blanc crème qu'il avait acheté dix ans auparavant. Il l'entretenait lui-même. Les légendes les plus folles couraient à son propos. On disait qu'il atterrissait dans le désert et y passait souvent plusieurs jours. On le soupçonnait de contrebande avec la Guinée-Bissau, le Mali, la Mauritanie. La seule chose dont on était certain, c'est qu'il ne touchait pas à la drogue. Sa fille en était morte.

Dave et Luis étaient extrêmement intéressés. Ils se procurèrent son téléphone et lui fixèrent un rendez-vous dans un bar des Almadies. À la différence de tous les autres pilotes, Albert n'avait posé aucune condition. Seuls importaient pour lui l'argent et la difficulté de l'opération. C'était à l'évidence un fou, du genre soldat, qui aimait exécuter les ordres, remplir les missions les plus dures et ensuite boire sa paie. Mais on sentait qu'il ne poserait pas de questions et ne raconterait rien. Dans un tel milieu, c'était rare.

Les hommes de Providence l'avaient pris à part et lui avaient demandé de se tenir prêt. Albert avait empoché l'acompte sans discuter.

*

La voiture qui transportait Jasmine avait quitté le lieu où ils avaient passé la nuit à sept heures du matin. Il avait fallu cinq bonnes minutes au permanencier de Providence pour détecter ce mouvement. Il avait aussitôt donné l'alerte.

— La voiture rebrousse chemin.

À l'autre bout du téléphone, Sarah avait la voix pâteuse de sa courte nuit, mais elle s'était vite reprise.

— J'arrive. En attendant, fais décoller Dave et Luis.

*

Mis en alerte par le centre opérationnel de Providence, Dave et Luis avaient déjà appelé Albert la veille. Il avait immédiatement déposé un plan de vol fantaisiste : un transport de chasseurs dans la zone aride du Fouta. Dès réception de l'ordre de Sarah, Dave avait donné le top départ. Albert s'était rendu seul à l'aéro-club. Les deux Américains l'attendaient en bout de piste. Ils avaient caché leur matériel dans un angle mort de la tour de contrôle, derrière le mur d'enceinte d'une nouvelle cité.

L'avion tourna à l'extrémité de la piste pour se placer en position de décollage. Pendant ce point fixe, il chargea les deux hommes et leur matériel.

Le soleil se levait à droite, tandis qu'ils survolaient la plage rectiligne en direction de Saint-Louis. À l'arrière, Luis était gêné par son harnachement. Il tenait son sac à dos entre les jambes et regardait l'horizon qui s'illuminait, du côté de la terre.

*

Kader ne s'était pas pressé, après le départ de Jasmine et des jeunes médecins. Il avait demandé à Béchir de préparer du thé. Ensuite, ils s'étaient assoupis tous les trois, dans l'ombre étroite d'un des pans de mur de la redoute.

— Alors, Anouar, ton opinion ?

Le prédicateur triturait son chapelet.

— Favorable.

— Dans ce cas, tout ira bien, murmura Kader.

— Si Dieu le veut, corrigea Anouar sans conviction.

Ils restèrent encore deux heures, hébétés, entre veille et sommeil. De temps en temps, Béchir se levait et versait l'eau d'un jerrycan jaune.

— C'est l'heure du contact avec Abou Moussa annonça-t-il en revenant.

Kader s'anima. Il alla chercher lui-même le téléphone satellite dans le coffre. Il le brancha, fit les réglages et composa le numéro.

— Tu es en sécurité ? demanda-t-il, quand il eut reconnu la voix d'Abou Moussa.

— On a passé tous les hommes au crible. Il y en avait deux qui pouvaient être suspects. On a réglé le problème. Je crois qu'on est tranquilles maintenant.

— Vous avez bougé ?

— Oui, on est dans un endroit bien protégé. Je suis presque sûr que les autres ne le connaissent pas. De toute façon, ils ne nous piégeront pas par surprise. On est sur nos gardes. Et vous ?

— Je te passe l'imam. Il va te dire ce qu'il en pense.

Kader tendit l'appareil à Anouar. Celui-ci le colla contre sa barbe.

— Alors ?

— Ça va.

— Tu te portes garant de la fille ?

Anouar eut un petit rire qu'il conclut par une invocation.

— Tu sais mieux que moi, répondit-il, qui est Le Seul Garant. Tout ce que je peux dire, c'est que j'ai confiance. Je pense qu'elle est l'instrument, Son instrument et le nôtre.

— Bien. Repasse-moi le Lynx.

C'était un vieux surnom, qui datait de sa jeunesse, quand Kader chassait avec son père. Il l'avait repris dans le maquis mais ne l'utilisait que pour les conversations téléphoniques.

— Voilà, dit Kader le Lynx.

Il y eut un long silence au bout du fil.

— Tu as perdu beaucoup de moyens de transmission, avec le départ de ces chiens ?

— Non, pas trop.

— Tu peux toujours accéder à Internet ?

— Oui.

— Avec le cryptage ?

— Celui qui faisait ça est parti avec les autres. Mais j'ai encore un gamin qui s'y connaît.

— Essaie de mettre au point une bonne liaison Internet cryptée d'ici à ce que j'arrive.

— Quand seras-tu là ?

— Tout dépend où tu es. Ne donne aucune indication précise au téléphone mais dis-moi comment je peux te rejoindre.

— Je t'envoie quelqu'un au point 9. Il te conduira.

Kader coupa la ligne et alla consulter le GPS. Ils étaient à deux jours de piste du « point 9 ».

Un petit avion passa, très haut dans le ciel, à

la verticale de leur abri. Ils n'y prêtèrent aucune attention. Ils se levèrent doucement et commencèrent leurs ablutions.

*

Dans la voiture surchauffée, tout le monde restait silencieux. Jasmine était toujours assoupie. Et Sid'Ahmed continuait de regarder fixement devant lui. Farid scrutait sa mémoire. Il cherchait où il avait déjà pu rencontrer l'homme qui était sorti du bâtiment avec Jasmine. Ce visage lui était vaguement familier.

Au bout d'un moment, il finit, lui aussi, par s'endormir. Et là, dans le désordre du demi-sommeil, il vit apparaître la photo. Elle avait fait, plusieurs jours durant, la une du quotidien national. L'individu était pris de face. Et la légende, en dessous, disait : « Kader Bel Kader, le chef du commando qui a enlevé les deux Suisses ». Ce Kader Bel Kader était recherché par la police pour cet acte de banditisme. Personne n'avait jamais très bien su si une rançon avait été versée. Le fait est que les deux touristes avaient été retrouvés un mois plus tard, libres et très affaiblis, près de la frontière du Mali.

Farid trembla rétrospectivement pour Jasmine. Il avait contribué à la livrer à un trafiquant, un kidnappeur sans scrupules. Mais le mystère s'épaississait. Pourquoi n'avait-elle pas paru surprise de rencontrer cet homme ? Pourquoi avait-elle accepté de le suivre sans crainte ? Pourquoi avait-elle même eu l'air de le reconnaître ? Et surtout pourquoi l'avait-il libérée ?

Sid'Ahmed, de temps en temps, jetait un regard vers lui. Farid s'efforçait de sourire. Mais l'ambiance était lourde et il avait peur.

*

Fraîchement arrivé de l'université de Louvain-la-Neuve où il dirigeait un département de psychiatrie, le professeur Alexis Roth trônait au centre de la grande table, en veste de tweed avec des pièces de cuir aux manches, les cheveux blancs en pétard. Il avait sous les yeux un dossier complet sur l'opération.

— Je vous présente notre nouveau profileur, dit Helmut. Un éminent correspondant du docteur Wilkes. Il va s'installer ici pour la durée de l'enquête. Merci, professeur, de nous consacrer un peu de votre temps. Je vous cède immédiatement la parole.

Roth se racla la gorge et commença :

— Ce qu'on connaît du parcours de cette Jasmine est assez rectiligne, finalement.

Sarah soupira. Elle avait toujours considéré les profileurs, et plus généralement tous les experts en bla-bla, comme malvenus dans des salles opérationnelles. C'était le genre de gens qu'il fallait peut-être écouter, mais dehors, sans leur laisser toucher à rien. À Providence, elle avait dû s'habituer à une autre méthode. Ce vieux cinglé d'Archie adorait les sciences, et en particulier ce qui concernait la médecine.

— On n'a pas encore beaucoup d'éléments biographiques, poursuivit le psychiatre en secouant la tête. Rien sur son enfance ; pas grand-chose sur sa famille, son histoire personnelle. On doit donc rester en surface. Et en surface, oui, ça me paraît assez simple.

Jorge partageait les préventions de Sarah. Il cassa nerveusement un stylo qu'il tripotait. Le psy lui jeta un regard sans expression qui l'agaça encore plus.

— Voilà une jeune Française de trente ans qui a vécu avec un diplomate ambitieux et prometteur. Jusqu'à preuve du contraire, ce sont l'un et l'autre des gens de bonne famille, en tout cas bien élevés, du genre que les Français savent encore produire et qu'ils exportent, notamment dans leur diplomatie.

Il parlait lentement. Ses yeux verts, derrière ses lunettes de myope, allaient de l'un à l'autre sans craindre de soutenir les regards.

— On leur confie un poste en Afrique. Ils se démènent, abattent un travail extraordinaire jusqu'à en être de leur poche et même à y laisser la santé. D'ailleurs, il meurt. Pas de ça. Mais peut-être *aussi* de ça. Du moins sa femme le pense. Retour en France. L'Administration se comporte mal. Personne ne soutient la veuve, qui n'est même pas veuve, officiellement. Elle supplie qu'on lui trouve un emploi. Sans résultat.

— Mais, docteur Roth, interrompit Helmut qui n'avait jamais caché ses convictions libérales, pourquoi est-ce qu'une administration devrait trouver du travail à une veuve ?

— En France, les gens sont attachés à ce qu'ils appellent la *protection sociale*. C'est une des fonctions de l'État. Ils attendent beaucoup de l'Administration. J'ajoute que, dans le cas de Jasmine, il devait y avoir aussi le sentiment d'une dette

193

affective. Elle estimait avoir droit à une reconnaissance. Et surtout, elle avait besoin d'argent.

— Apparemment, elle en a trouvé ailleurs, coupa
Sarah.

— En effet, et voici comment je vois l'affaire.
L'État français se montre ingrat. Jasmine n'obtient
rien sauf — par oubli ou par faveur — de conser-
ver son passeport diplomatique. En Mauritanie,
le couple avait rencontré toutes sortes de gens,
nous le savons. Jasmine a dû garder des relations
avec nombre d'entre eux, par téléphone ou par
lettre. Quelqu'un apprend ses difficultés. Et un
jour, un rabatteur vient lui faire une proposition.
Elle a une immunité, elle a une réputation sans
tache. En tant que veuve de consul, elle est insoup-
çonnable : on lui demande de transporter quelque chose. Elle se doute du contenu. Peut-être
même le lui dit-on. C'est très bien payé.

— Le cheveu qu'il a sur la langue…, chuchota
Audrey à l'attention de son voisin.

— Eh bien ?

— Tu crois qu'il est blanc aussi ?

Ils pouffèrent de rire et Helmut les regarda
sévèrement.

— Elle est révoltée contre la France, continua
Roth. Par bravade, par revanche, par défi — je
ne peux pas encore préciser son caractère —, elle
accepte. Et voilà comment elle gagne sa vie. Un
voyage, sans problème. Deux voyages, tout va bien.
On sait par votre enquêtrice qu'il y a eu au moins
trois voyages. Avant le dernier voyage, on lui a
malheureusement retiré son passeport diplomatique (ou simplement, il était arrivé à échéance).
Elle décide de tenter le coup quand même. Un

vieux policier la sauve. Ça passe encore mais elle a eu peur et décide de se ranger.

Une détente suivit la fin de cet exposé. Jorge se leva pour aller chercher un café et Sarah lui demanda de prendre en même temps un verre d'eau à la fontaine.

— C'est vrai, confirma Helmut, l'Afrique de l'Ouest aujourd'hui est un carrefour du trafic de la cocaïne. Les narcos colombiens la livrent par bateau sur les côtes. Ensuite, elle remonte vers l'Europe avec des gens qui transportent la marchandise sur eux ou dans leurs bagages.

— On les appelle des mules. Quelle meilleure mule qu'une veuve de consul, avec un passeport diplomatique ?

— Admettons, riposta Sarah. Ça n'explique pas le voyage actuel. Est-ce qu'il s'agit d'un nouveau passage de drogue ? Si c'est le cas, l'affaire change de nature pour nous. On prévient Interpol ou la FDA. Et on se retire du jeu.

— Ou bien ? la poussa Helmut.

— Ou bien, cette fois, il s'agit d'autre chose et il faut qu'on comprenne ce qui a changé.

— Je vous rappelle, coupa Jorge qui avait regagné sa place, qu'entre-temps elle a été engagée au ministère des Affaires étrangères. Ça ne cadre pas très bien avec la théorie du ressentiment contre la France que nous a présentée le docteur Roth.

— Il faudrait d'ailleurs savoir si elle possède de nouveau un passeport diplomatique.

— OK, Helmut, c'est noté, dit Audrey. On vérifie.

— Les types qui l'ont prise en charge à Nouakchott ont l'air de tout sauf de trafiquants de drogue, insista Jorge. Ce sont des idéologues islamistes.

— Il y a des liens entre ces mouvements et les mafias, répliqua Helmut qui tenait à laisser toutes les hypothèses en suspens et surtout à ne pas trop ouvertement contredire le profileur.

— Possible, dit Jorge. Mais dans leur cas, ça reste à démontrer.

— À creuser tout de même.

— Et il y a ce voyage vers l'est. Qu'est-ce qu'elle a pu aller chercher ou voir dans ce trou au milieu du désert ?

— On a des trucs, là-dessus, intervint Audrey. On a fait des recherches dans les archives coloniales françaises.

— Et alors ?

— Alors, sur ce point géodésique, on a retrouvé la trace d'un fortin construit pendant la conquête au XIXe siècle. Vous savez que les Français ont eu beaucoup de mal à contrôler la Mauritanie. En réalité, ils n'y sont jamais parvenus. Les tribus attaquaient les postes coloniaux et se repliaient dans le désert. L'armée avait construit un réseau de positions fortifiées pour tenir le terrain. À l'endroit où Jasmine est allée passer la nuit, il y en avait une. Un genre de casemate avec quatre ou cinq pièces partiellement enfouies dans le sable.

— Tu veux dire que le fort était construit sous terre ?

— Il est recouvert par le sable, oui. En partie.

— D'où les traces que l'on voit du ciel ? fit Helmut.

— Le petit bâtiment en surface...

— Ce serait l'ancienne tour du fortin, qui, aujourd'hui, servirait d'entrée.

— Il faut que l'on sache si l'armée mauritanienne connaît ce lieu et le contrôle.

— Noté, dit Audrey.

— À quoi penses-tu, Helmut ? demanda Jorge. Un dépôt de drogue ? On serait toujours dans l'hypothèse du Doc.

— Je n'ai fait aucune hypothèse en ce qui concerne ce voyage, corrigea celui-ci.

— D'après la première observation aérienne, il y avait un autre véhicule ce matin, à côté du point de rencontre. Et il n'est pas reparti tout de suite. Au moins trois types étaient allongés à côté.

Marti Hudson, qui avait parlé, était le chef du service action de Providence, le patron des deux agents envoyés à l'aéro-club de Dakar. C'était un ancien Marine-Seal néo-zélandais, taillé comme un champion de boxe poids lourd. Quand il était sur une opération, cela annonçait des développements intéressants : action en milieu hostile, neutralisation de cible, infiltrations en zone dangereuse. Bref, on était sûr de ne pas s'ennuyer.

— Tes gars les ont suivis ?

— Sans renseignement satellite, on est obligés de rester assez prudents. Mais, oui, ils s'occupent de la deuxième voiture.

Quand Marti disait qu'il s'occupait d'une affaire, il était *vraiment* inutile de lui en demander plus. Inutile et dangereux.

*

Avec leurs optiques perfectionnées, Dave pouvait procéder à des repérages de qualité en haute altitude. Il avait demandé à Albert d'effectuer deux autres passages sur la zone, qui permirent de localiser la voiture sur une piste direction nord-est. C'était effectivement le même véhicule vert qu'ils avaient repéré près de la redoute lors de leur premier survol.

Il était peu probable que ses occupants se soucient d'un avion volant très haut et sans intention hostile. Toutefois, ils se limitèrent à un dernier passage à deux heures d'intervalle. Il confirma que la voiture suivait bien la piste peu marquée qu'ils avaient identifiée. La phase 2 pouvait démarrer.

III

Les instructions dont disposait Dim étaient assez sommaires. Il devait retrouver Jasmine après son retour à Nouakchott, tenter de savoir ce qu'elle ferait et qui elle verrait. Il craignait surtout de ne pas être informé à temps de son arrivée. Pour ne pas la manquer, le mieux était de rester le plus possible à l'hôpital, là où les médecins qui l'avaient accompagnée se manifesteraient sûrement dès leur arrivée.

Aïssatou s'était absentée pendant deux jours sans prévenir. Dim la vit revenir un matin. Elle lui dit à peine bonjour. Elle avait visiblement peur qu'il ne soit trop familier depuis leur conversation en voiture. Il prit bien garde à rester naturel et distant.

Les médecins du groupe de Sid'Ahmed qui n'étaient pas partis avec lui avaient l'air nerveux ce matin-là. Ils téléphonaient sans arrêt, faisaient des apartés entre eux. Et soudain, vers quinze heures, alors que les urgences étaient pleines de monde, ils disparurent tous ensemble. Dim tenta d'interroger Aïssatou du regard mais celle-ci l'évitait toujours. Vers seize heures, il y eut une accalmie. Les patients les plus sérieux étaient sous traitement ; plusieurs autres passaient des radios, la chaleur de l'après-midi ralentissait le rythme. Dim alla s'asseoir dans le poste infirmier. Une fille de salle lui présenta un plateau de thé. Il but lentement le petit verre sucré. Aïssatou entra dans le poste et se dirigea vers la paillasse pour se laver les mains. Une vitre, en face d'elle, faisait miroir. Dim la vit lever la tête et s'assurer qu'il n'y avait personne dans la pièce.

— Ils sont rentrés, dit-elle.

— Elle aussi ?

— Oui.

— Où est-ce que je la trouve ?

— À l'hôtel. Elle prendra l'avion d'Air France pour Paris demain.

Aïssatou avait terminé de se rincer les mains. Elle les tint en l'air et quitta le poste sans un mot.

*

Il était treize heures. La Mercedes roulait à vive allure dans le désert. Kader avait sorti la tête par la fenêtre et tenait dans les mains une mitraillette courte. Il scrutait le ciel.

— Qu'est-ce qu'il fait, celui-là ?

— Ralentis.

Béchir, tout en conduisant, se penchait en avant pour suivre les évolutions de l'avion qui tournait, à basse altitude. C'était un monomoteur. Il devait pouvoir transporter quatre passagers face à face mais les hublots arrière étaient obturés par des films de plastique opaque. Le type même de petit cargo clandestin comme il en passait souvent à travers le Sahara. L'arrière était à coup sûr bourré de marchandises. Il ne fallait pas beaucoup d'imagination pour deviner ce qu'il contenait. Certainement pas des carottes, en tout cas.

— Arrête-toi, intima Kader.

Béchir ralentit puis stoppa la Mercedes. Le nuage de poussière empêcha un instant de distinguer l'avion. Puis il réapparut.

— Il fait du rase-mottes, dit Anouar, terrorisé. C'est un avion de l'armée ?

— Non, fit Kader. Les Maliens ont quelques zincs dans ce genre-là mais ils ne les utilisent pas par ici. Et ils n'ont pas d'immatriculation civile comme celui-là.

Les avions qui effectuent le trajet saharien avec des cargaisons de drogue volent en général très bas, pour éviter la détection radar. D'habitude, ce genre d'oiseau ne s'attarde pas. Or celui-là faisait des cercles dans le ciel, il allait et venait autour d'un point que l'on ne pouvait pas distinguer depuis la voiture.

— Il cherche quelque chose, dit Béchir.

Kader avait maintenant passé tout le haut du corps par la portière et se tenait assis sur le rebord de la fenêtre, les jambes à l'intérieur, la mitraillette posée sur le toit.

Le centre du cercle autour duquel tournait l'avion était situé à deux ou trois kilomètres au nord de la piste qu'ils suivaient. On apercevait des reliefs montagneux dans cette direction. Soudain, alors que l'avion s'était encore approché du sol, les passagers de la Mercedes virent distinctement des paquets tomber au sol.

— Il largue sa cargaison ! cria Béchir.

Deux autres paquets, encore plus volumineux, furent lancés de l'appareil.

— Tu es au courant d'une livraison qui devrait se faire par ici ? interrogea Kader, en se penchant vers l'habitacle.

— Pas du tout.

L'avion avait repris de la hauteur et se dirigeait maintenant vers le sud. En quelques instants, il disparut à l'horizon.

— Pour en avoir le cœur net, dit Kader, le mieux est d'aller vérifier. On n'est pas à deux heures près.

Il rentra à l'intérieur de la voiture. Ils mirent le cap en direction du largage.

*

Marion était rentrée la veille à Nouakchott. Elle avait juste eu le temps de lire en arrivant les dernières instructions de Providence. Dès le lendemain après-midi, elle recevait le top départ. Avec ses deux agents locaux, elle monta un scénario rapide. Elle réserva une chambre à son nom à l'hôtel où descendait Jasmine. Ses deux comparses étaient en faction. Un dans la rue et l'autre dans le hall de l'hôtel où il faisait mine d'être son chauffeur et de l'attendre. Jasmine, d'après le message de Providence, était revenue en fin de matinée. Elle était d'abord passée à l'hôtel et, à quatorze heures trente, elle était partie déjeuner. Sid'Ahmed l'attendait dans le hall. À sa suite, elle était montée dans la Mercedes et ils avaient disparu. Un autre agent de Providence les prit en filature et confirma qu'ils étaient dans un restaurant, du côté du quartier administratif. Marion sortit de sa chambre et gagna celle de Jasmine, à l'étage supérieur.

La porte était facile à ouvrir. Les serrures étaient de type ancien, sans aucune sophistication. Les affaires de Jasmine étaient regroupées dans un sac de voyage. Marion enfila des gants et fouilla le sac. Elle ne découvrit rien de suspect. Sur le lit était jetée une petite besace en toile rouge. Sans doute ce qu'elle avait emporté avec elle pendant son périple dans le désert. Rien dedans non plus. Marion jeta un coup d'œil sous le lit, examina le sol, chercha une éventuelle cachette dans les plinthes. Dans la salle de bains, elle découvrit, sur un carreau du faux plafond, une liasse de billets de cinquante euros et un passeport français de type ordinaire au nom de Jasmine. Il avait été délivré récemment et ne comportait qu'un tampon d'entrée mauritanien, daté de son arrivée la semaine précédente.

L'air était moite. Un rideau voletait devant la fenêtre. Le cri d'un muezzin résonna avec un peu d'avance. Marion accéléra ses recherches. Bientôt l'appel à la prière retentissait dans toute la rue. Elle se dépêcha de passer à la seconde étape de l'opération. Plantée au milieu de la pièce, elle chercha l'endroit propice. Elle choisit une des lampes de chevet. Facile à démonter d'un coup de tournevis, elle offrait un support commode pour un micro-émetteur. Le bricolage avait duré quatre minutes.

Au moment où elle sortait, une femme de ménage descendait l'escalier, en tenant à la main un seau plein d'eau sale. Marion lutta contre une réaction de surprise. Mais, elle ne laissa paraître aucun trouble et referma la porte doucement. La femme de chambre lui sourit et passa son chemin. Marion prit alors tout son temps pour crocheter la serrure dans le sens de la fermeture.

Elle avait dix ans d'expérience dont quatre à Providence. Un instant, elle se laissa aller à savourer son professionnalisme. Cela lui permit, par contrecoup, de mesurer combien ce métier réservait peu de satisfactions.

*

— Passe par la droite, reste à couvert autant que tu peux. On se rejoint en haut.

Kader tenait sa mitraillette au bout d'un bras et marchait courbé, derrière une ligne de rochers. De l'autre côté, Béchir faisait de même. Anouar les attendait dans la Mercedes.

On ne voyait pas l'endroit où étaient tombés les paquets. Le terrain se soulevait et formait comme un cratère surélevé. Parvenu en haut de la bordure rocheuse, Kader découvrit l'étendue du plateau désertique. Aucune voiture, aucun homme n'était visible. Les paquets, sur le sol, étaient répartis en deux groupes, au gré des largages.

Kader descendit vers le centre du plateau et Béchir le rejoignit.

— Ce n'est pas une livraison, dit-il avec un grand sourire.

— Plutôt une opération catastrophe, alors ?

— Probablement.

Quand les trafiquants sont prévenus, d'une manière ou d'une autre, qu'ils ont été repérés, ils se débarrassent en toute hâte de leur cargaison en la larguant en plein vol. Si l'équipage en a le temps, il cherche un point remarquable et protégé, de façon à retrouver éventuellement son bien plus tard. Mais souvent, ces largages sauvages sont déclenchés au hasard, pour le plus grand bonheur des camionneurs de passage.

Kader et Béchir marchaient maintenant côte à côte vers les ballots. L'un d'eux avait été éventré au moment du choc sur le sol. De petites briquettes emballées de plastique s'en échappaient. C'était bon signe. Béchir en saisit une et sortit un couteau de sa poche. Il montrait une certaine fébrilité. Kader le calma d'un geste. Il lui prit le couteau et la briquette des mains. Avec beaucoup de soin, il piqua la surface plastifiée, entre deux bandes du ruban adhésif qui quadrillait le paquet. Une poudre blanche sortit par l'entaille. Kader l'effleura du doigt. Béchir avait les yeux brillants. Kader porta le doigt à la bouche et goûta. Son expression changea et il cracha un jet de salive teinté de blanc. Béchir haussa les sourcils et Kader lui tendit la brique pour qu'il goûte à son tour.

— Du plâtre ? dit Béchir, incrédule.

Ils hésitèrent un instant puis se mirent à éventrer tout le paquet, à fouailler les autres briques avec leur couteau : du plâtre partout, sans aucun doute possible. Ils firent de même avec tous les ballots, sans plus de succès.

Kader et Béchir se redressèrent, haletants et couverts de sueur. Ils regardèrent le désert tout autour d'eux. La bordure du plateau était formée d'escarpements rocheux. Tout était vide. Béchir se mit à donner des coups de pied rageurs dans les paquets. Kader le tira par la manche. Ils rentrèrent la tête basse vers la voiture. Avant d'atteindre le rebord du plateau, ils rencontrèrent Anouar qui s'inquiétait. Il avait quitté la voiture pour aller à leur rencontre.

— Alors ? demanda-t-il, essoufflé d'avoir monté la côte.

— Alors, rien.

*

Le temps pour Dim de repasser chez lui, de prendre une douche et de se changer, l'appel du soir s'élevait des minarets. Il se faufila avec sa Mobylette dans des rues encombrées d'hommes en prière. Il arrêta son engin devant une petite épicerie et chargea un gamin de le garder.

Le hall de l'hôtel était désert. Le réceptionniste était occupé à faire ses ablutions avec une bouilloire en plastique. Il tournait le dos à l'entrée. Dimitri traversa le vestibule et s'engagea dans l'escalier. Il disposait grâce à Providence d'une description des lieux et connaissait le numéro de la chambre de Jasmine. Cette fois, il se sentait mieux préparé. Il avait étudié mentalement plusieurs entrées en matière et craignait moins d'être pris de court. Arrivé devant la porte, il écouta un instant puis frappa.

Personne n'ouvrit mais il entendit une voix lointaine :

— Entrez.

Il tourna la poignée. La chambre était plongée dans une pénombre rouge : celle du crépuscule, encore assombrie par des voilages écarlates à demi tirés. La baie vitrée donnait sur une terrasse invisible depuis le couloir. Dim avança vers l'ouverture, écarta le rideau et découvrit Jasmine assise sur la balustrade de pierre, le dos appuyé au mur de la chambre et les jambes étendues devant elle.

— Bonjour.

— Bonjour.

Elle portait sur un jean élégant un chemisier strict, mais avait relevé les manches et ouvert largement le col. Son visage était toujours empreint d'une noblesse un peu hautaine. Mais ses cheveux en désordre, une absence de maquillage et surtout un éclat de défi et de gouaille dans le regard laissaient toute la place à l'autre personnage que Dimitri avait aperçu la première fois.

Elle tenait à la main une cigarette roulée et la porta à sa bouche. Dim vit la lueur rouge du tabac qui se consumait. Elle lui tendit la cigarette. Il eut un mouvement de surprise. D'ores et déjà, elle avait réussi à faire voler en éclats le rempart des scénarios tout préparés. Curieusement, il s'en réjouit. Il saisit la cigarette et en tira deux longues bouffées. La fumée lui tournait la tête et l'odeur de l'herbe lui rappelait ses années de routard.

— Vous pouvez tousser, dit-elle en souriant.

Il lui rendit le joint. La chaleur, à cette heure, semblait émaner de la terre. Les objets, le sol, les murs irradiaient leur tiédeur dans l'air un peu rafraîchi du soir tombant. Les lointains, chargés de poussière, fondaient le ciel et la ligne des toits en une bordure floue qui ressemblait à de la brume. Seuls les minarets étaient tracés net dans le ciel rose, dégagés du magma pulvérulent de la ville.

Dim s'assit à son tour sur la balustrade. Il pivota, fit passer ses jambes à l'extérieur et les laissa pendre dans le vide. Sa main droite, posée sur le rebord de pierre, effleurait presque les pieds nus de Jasmine.

— Vous avez fait bon voyage ?

Elle souffla un long nuage de fumée par le nez.

— Pas mauvais, fit-elle.

Ils rirent tous les deux.

— OK, admit-il. De quoi voulez-vous que l'on parle ?

— Allez plutôt chercher quelque chose à boire. Il y a un frigo à l'intérieur.

L'hôtel était assez médiocre. La peinture s'écaillait, les tringles étaient posées de travers mais une télé dans un angle et un frigobar conféraient tout de même trois étoiles à l'établissement. Dim revint avec deux bouteilles de Sprite. L'alcool était interdit dans les chambres.

Jasmine avait changé de place, toujours sur la terrasse. Elle s'était assise sur un grand canapé de jardin, placé en face de la fenêtre. Ses pieds étaient posés sur une table basse. Elle était presque allongée et observait le ciel. Dim s'installa à côté d'elle. En quelques minutes, un bleu sombre avait remplacé le rougeoiement du crépuscule. De grandes étoiles scintillaient. On sentait qu'avec la montée de l'obscurité bien d'autres allaient apparaître, que l'espace tenait en réserve.

— J'ai mis longtemps à accepter l'idée que les étoiles étaient fixes.

Jasmine parlait lentement, d'une voix douce, un peu rauque.

— Je croyais que c'était un décor, comme les feuilles dans une forêt, comme les vagues sur la mer. L'écume du ciel. Des bulles de lumière qui sortaient du noir, grossissaient et crevaient.

Elle rit sans bruit, juste en soulevant la poitrine.

Dim, à côté d'elle, regardait la nuit. Il hésitait à répondre. Il avait peur de rompre le charme. Et elle-même lui avait suggéré de se taire. Elle glissa la main dans la poche de son jean et en tira un paquet de tabac chiffonné.

— Tu ne veux pas en rouler un ? Il y a ce qu'il faut dedans.

Dim se redressa.

— Je n'ai jamais été très bon pour ça.

— Essaie, ça va te revenir.

Il ouvrit la blague, laissa échapper la pochette de papier et la ramassa.

— L'herbe est dans le rabat, dit-elle.

Il étala le matériel sur la table, fit le mélange et tenta de rouler le tout sans trop de dégâts.

— Christ ! Ça fait belle lurette que je n'ai pas fait ça.

Elle rit, plus fort cette fois.

— Tu as dit : « Christ ! » Tu es québécois ?

— J'ai fait une partie de mes études à Montréal. Mais ma famille est d'origine ukrainienne. Et j'ai aussi vécu en Tchécoslovaquie...

Jasmine s'était retournée en roulant sur elle-même. Elle s'était retrouvée tout contre Dimitri. De la main droite, l'index dressé, elle lui fit signe de fermer la bouche.

— Tu parles trop. Je m'en fous, de ta famille. Tu as fini le joint ?

Il était en train de glisser laborieusement un cylindre de carton à un bout de la cigarette. L'ensemble était cabossé et mal tassé, mais ça se fumerait. Il gratta une allumette. Le papier en excès s'enflamma puis le tabac rougit. Il tira une bouffée et passa son œuvre à Jasmine.

— C'est vrai que tu n'es pas doué.

Dim aurait pu se vexer mais ces mots étaient prononcés avec douceur et un complet détachement. Il s'étendit à son tour et ils fumèrent en silence.

— Tu aimes ce pays ? dit-elle à voix basse.

— Je ne le connais pas.

— Si tu le connaissais, tu l'aimerais.

Des bruits de voix montaient de la rue. De temps en temps un moteur, l'aboiement d'un chien, un klaxon assourdi.

— Je ne sais pas ce que tu cherches avec moi, murmura-t-elle.

— Rien.

— Ce n'est pas vrai, mais ça m'est égal.

La fatigue d'une journée de garde, l'effet du tabac et de l'herbe, la puissance quasi hypnotique du ciel criblé d'étoiles produisaient leur effet sur Dimitri. Il était complètement détendu, indifférent et optimiste. Une torpeur lucide et voluptueuse le gagnait. Une idée lui traversa l'esprit : heureusement qu'il n'avait pas de micro. Un flash qui le quitta aussitôt, et il éclata de rire sans se souvenir pourquoi. La tête lui tournait trop pour qu'il tente de se redresser. Les yeux grands ouverts, il eut l'impression d'être projeté dans l'obscurité. Et quand il les referma, il rêvait déjà.

Allongé dans la rocaille recouverte de sable, Luis observa longtemps à la jumelle le panache de fumée que soulevait la Mercedes verte. Quand il fut bien sûr que la voiture avait disparu à l'horizon, il se redressa. Son uniforme beige de commando était couvert de poussière. Il marcha jusqu'au rocher derrière lequel il avait dissimulé son parachute et son paquetage. À quelques mètres, une pierre plate formait une table naturelle. Il y installa son matériel. La valise Immarsat et l'antenne ne demandaient pas beaucoup de réglages. Il avait été largué sur la zone quatre heures plus tôt par l'avion d'Albert et avait eu le temps de faire des essais en attendant la voiture. Tout fonctionnait parfaitement. Il transféra les clichés pris au téléobjectif sur un petit logiciel de compression. Une fois la ligne téléphonique établie, il se connecta à Internet et transmit les fichiers. La lourdeur des images exigea un temps assez long. Il attendit confirmation de la bonne réception. Puis, il referma le matériel et le remballa dans son sac à dos.

Sa montre indiquait quinze heures. Il fallait

compter encore une bonne heure avant que l'avion d'Albert n'atterrisse sur le plateau, en contrebas. Il sortit un sandwich et une canette de bière d'une poche latérale et s'installa pour attendre.

*

Le bruit des mosquées ne réveillait plus Dimitri. Mais celle qui était construite à côté de l'hôtel était vraiment impossible à ignorer. L'appel du muezzin rebondit dans sa tête comme une balle de flipper. Il se dressa sur un coude et se frotta les yeux.

Il mit un instant à se rappeler où il était. La baie vitrée était ouverte. La lumière pâle de l'aube caressait les objets : le frigo-bar, la table bancale, les rideaux mal fixés. Jasmine n'était pas à côté de lui. Il s'assit dans le lit et la chercha des yeux. Elle était accroupie par terre et se releva quand elle vit qu'il était réveillé. Au fait, était-elle accroupie ou à genoux ?

— Tu priais ?

Elle ignora la question, alla jusqu'au fauteuil et tria ses vêtements posés sur l'accoudoir. Elle avait enroulé une serviette autour de sa poitrine. Dimitri la regarda et ressentit une bouffée de désir. Mais elle l'interpella sans ménagement.

— Lève-toi.

Elle s'éloigna et sortit sur la terrasse. Il la rejoignit. Elle regardait le lever du soleil sur les toits. Il s'approcha d'elle et contempla lui aussi la ville en se frottant les yeux.

— Que s'est-il passé, exactement ?

— Tu as dormi, dit-elle avec un sourire ironique.

Sa voix était douce, sereine. Mais aussitôt, elle se raidit.

— Maintenant, il faut que tu t'en ailles. Le réceptionniste doit être au fond, dans son gourbi. Passe quand il ne regarde pas. Allez !

Dimitri, machinalement, tâta ses clefs dans sa poche.

— On se revoit ?

— Qui sait ?

— C'est bête, mais je ne connais même pas ton nom de famille...

— Je te fais confiance. Tu trouveras.

Il voulut protester mais elle avait ouvert la porte. Il se laissa pousser dehors. Avant qu'elle ne referme, il la regarda droit dans les yeux. Elle secoua la tête.

— Vas-y !

Il se retourna brusquement et descendit l'escalier

*

Howard dirigeait depuis cinq ans l'antenne de Bruxelles. Malgré la proximité du centre opérationnel de Providence, Archie avait tenu à disposer d'un bureau indépendant dans la capitale belge. On le sollicitait beaucoup pour des contacts avec l'Union européenne, l'OTAN, et toutes les organisations qui avaient leur siège à Bruxelles. Howard connaissait parfaitement les agents, informateurs, lobbyistes et autres personnages interlopes qui gravitaient autour de ces institutions.

Bruxelles est une ville où rien n'apparaît suspect. À côté de la vie locale, celle des Belges de souche, tant de milieux, de pays, de cultures s'y côtoient que personne ne s'étonne des rencontres les plus improbables. Howard se sentait à l'aise dans ce mélange de rues cossues et de faune cosmopolite. Il avait pris lui-même l'allure d'un bourgeois belge. Il boutonnait son pardessus et n'oubliait jamais son écharpe par temps incertain, c'est-à-dire à peu près toute l'année. Au bureau, il vivait au rythme qu'imposait Providence, souvent trépidant. Mais, dès qu'il se retrouvait dans la rue, il sortait le ventre et marchait avec dignité.

Cette fois-ci, il était pourtant contraint de forcer le pas. Il avait reçu les documents en pleine nuit. On lui avait envoyé deux fichiers sur chaque homme, en lui conseillant de choisir le meilleur. *Ne montre les autres que si le premier ne suffit pas.*

Le rendez-vous avait été pris dans une brasserie de la place du Jeu-de-Balle, dans le quartier des Marolles. C'était un bistrot bruxellois ouvert uniquement le matin, aux mêmes heures que le marché aux puces qui se tient quotidiennement sur la place. Bruyant, bondé, l'établissement était fréquenté par toutes sortes de gens. Pour la plupart, c'étaient des collectionneurs à la recherche de pièces rares. Qu'elles soient coûteuses ou de vil prix n'y changeait rien. L'essentiel était le besoin compulsif qu'ils avaient de se les procurer. Ils se refilaient des catalogues et des adresses. Une impatience pathétique et dérisoire faisait briller les regards et trembler les mains.

Le contact d'Howard était en avance. Il attendait à une table du fond, devant un ballon de vin blanc.

— Je vous ai fait attendre, excusez-moi.

Howard enleva son écharpe et son manteau.

— Non, vous voyez, je n'ai pas perdu mon temps.

L'homme montra le verre de vin devant lui.

— Vous avez bien fait. Qu'est-ce que c'est ? Un muscadet. Pourquoi pas ? Je prendrai la même chose. Garçon !

Howard passa sa commande.

— Mohamed Ben Hamida, dit l'homme en tendant la main. Vous êtes Tom Hawk ?

— En effet, répondit Howard sans ciller.

Tom Hawk était le nom que Hobbs avait transmis à Bou Reggane pour désigner Howard. L'utilisation d'un pseudo était l'un de ces « détails » chers aux agents secrets. Bou Reggane en avait fait une condition pour que Ben Hamida, « son homme à Bruxelles », entre en contact avec quelqu'un de Providence.

— Enchanté.

Une franche poignée de main scella cet échange de fausses identités.

— Vous travaillez à Bruxelles depuis longtemps ?

— Cinq ans.

— Toujours pour l'Office du tourisme algérien ?

— Oui.

L'homme sourit. Howard lui répondit avec le même air entendu. Ils savaient l'un et l'autre à quoi s'en tenir.

— Et vous ?

— Presque cinq ans aussi.

— Alors, santé !

Ils trinquèrent. L'homme était plus jeune que Howard ne l'avait imaginé. Lui aussi avait l'air belge, se dit Howard, à supposer que ces mots aient un sens. Vêtu de gris, le cheveu rare mais bien coiffé, de taille moyenne, c'était l'agent idéal, celui qu'on ne reconnaît pas, même si on l'a dévi-

sagé pendant des heures. Pourtant, Howard déce-
lait en lui quelque chose de raide, de brutal.
L'homme ne s'était rendu banal qu'au prix d'un
grand effort sur lui-même. Nul doute qu'il avait
servi son État d'autres manières et sans la retenue qu'il s'imposait désormais. Howard flairait
en lui le flic, peut-être même le tortionnaire.

— Je vous remercie d'avoir accepté cette rencontre, dit-il.

— En quoi puis-je vous être utile ?

— Nous avons besoin d'identifier trois hommes à
partir de photos dont nous disposons. Et nous
avons de bonnes raisons de penser qu'ils ne vous
sont pas inconnus.

Il posa sur la table les clichés qu'il avait choisis.

— Voilà, ce sont eux.

L'homme les saisit calmement. L'un après
l'autre, il les haussa jusqu'à la lumière qui tombait d'une applique en cuivre. Howard était sûr
de l'avoir vu tressaillir. Mais il se contrôlait bien
et réfléchissait à sa réponse.

— Vous pouvez me les laisser. Il faut que je
procède à des vérifications.

— N'y en a-t-il aucun que vous reconnaissiez
spontanément ?

— Un seul, si. Les autres, je dois vérifier.

— Lequel est-ce ?

— Celui-ci.

Sur la photo que Luis avait prise, l'homme
était à demi penché. Il relevait la tête avec une
expression de rage. À la main, il tenait un couteau
avec lequel il était en train d'éventrer des paquets
d'où sortait une poudre blanche. On apercevait
quelques rochers dénudés derrière lui et, au-delà,
le désert.

— Il s'appelle Kader Bel Kader. C'est le chef d'un groupe armé qui opère dans le triangle Algérie-Mali-Mauritanie.

*

Le petit-déjeuner à l'hôtel était servi dans la salle à manger. Il n'y avait aucun téléphone dans la chambre pour le commander. Mais en interpellant une femme de ménage dans la coursive, Jasmine avait réussi à se faire monter un thé. Elle l'avait bu sur la terrasse en prenant son temps. Ensuite, elle avait sorti un jean blanc bien repassé et un chemisier propre, conservés dans son bagage de retour.

Elle s'était attardée dans la salle de bains. Pour le brushing, il fallait tenir la prise si l'on voulait que le courant alimente le séchoir : c'était coup de brosse ou air chaud, mais pas les deux en même temps. Puis, elle s'était habillée. Elle plaça ses affaires sales et ses effets de toilette en vrac dans la valise et la boucla. Elle jeta le paquet de tabac et l'herbe dans le seau de la salle de bains qui servait de poubelle. Enfin elle descendit.

Sid'Ahmed et un autre médecin attendaient dans le hall. Elle les salua distraitement et gagna la réception pour payer sa note. Le concierge lui remit sa facture, établie comme elle l'avait demandé au nom de l'association.

Sid'Ahmed dansait d'un pied sur l'autre.

— On est en retard ou quoi ?

Il regarda sa montre.

— Non, on a encore deux bonnes heures.

— Alors pourquoi t'agites-tu ?

Dès qu'elle eut terminé ses formalités de sortie, il l'entraîna dehors. Elle accepta de le suivre mais, d'un air hautain, tendit sa valise à l'autre garçon. Il ne fit pas de difficulté pour la prendre. Ils partirent en file indienne dans la rue : Sid'Ahmed en tête, suivi de Jasmine et enfin du porteur, qui avait calé la valise sur son épaule. Ils parcoururent ainsi une centaine de mètres et entrèrent dans un café maure. Les tables au rez-de-chaussée étaient occupées par des hommes, la plupart seuls, qui attaquaient la journée devant un thé. Ils traversèrent la pièce et empruntèrent un petit escalier au fond qui menait à l'étage. La grande salle du premier était vide à cette heure-là. Une femme de ménage couverte d'un fin voile jaune et rouge achevait de passer la serpillière sur le sol. L'air sentait le savon noir et l'eau de Javel. Ils s'assirent à une table. Le patron les avait accompagnés, certainement prévenu de leur arrivée. Il fit signe à la femme de disparaître, nota les commandes et redescendit.

Jasmine changea plusieurs fois de position sur la banquette recouverte d'un tapis rêche. Comment tous ces hommes faisaient-ils pour rester assis là des heures ? Elle bâilla.

— Tu es fatiguée, commença Sid'Ahmed d'un air mauvais.

— Un peu.

Le détachement de Jasmine le mettait en rage.

— Normal, grinça le médecin.

— Pourquoi « normal » ?

Il se pencha en avant et découvrit ses dents dans un rictus de mépris.

— Le petit copain avec qui tu as passé la nuit a

essayé de sortir sans se faire voir. Mais on a du monde dehors, figure-toi.

Jasmine, d'un coup, ne sentait plus l'inconfort de la banquette ni la fatigue de la nuit. Elle prit une expression de fureur qui balayait toutes ses manières policées. Sid'Ahmed se redressa, impressionné par la métamorphose.

— Dis-toi que je n'ai aucun compte à te rendre. Je fais ce qu'on attend de moi et personne d'autre n'en est capable. Le reste, c'est ma vie. Tu en penses ce que tu veux, tu le dis à tes chefs si tu veux. Mais, crois-moi, je leur suis plus utile comme ça que si je portais une burqa.

Le patron était remonté lui-même avec le thé. Il posa les petits verres remplis de mousse fine sur la table. Sid'Ahmed saisit le sien et baissa la tête pour humer la vapeur odorante. Jasmine se laissa aller en arrière jusqu'à s'appuyer sur le coussin de cuir rond, coincé entre la banquette et le mur. C'était une manière de se retirer de la conversation. Ils restèrent ainsi à écouter les bruits de la rue qui entraient par les fenêtres ouvertes.

Il s'était écoulé ainsi près d'une demi-heure quand ils entendirent des pas dans l'escalier. Ils virent arriver deux des jeunes collègues de Sid'Ahmed.

— C'est bientôt l'heure. Il faut partir pour l'aéroport.

Jasmine ferma les yeux et écouta une dernière fois les bruits de la rue arabe. Puis elle se leva et marcha la première vers la sortie.

V

Les rues de Nouakchott sont larges et rectilignes, comme dans toutes les villes créées pour être des capitales. Autour du Palais présidentiel, construit par les Chinois, rayonnent de grandes avenues sans trottoirs ni verdure. Une seule place était ombragée par de grands arbres. Elle a été défigurée par un édile qui a fait couper les troncs à hauteur d'homme...

Cet urbanisme géométrique ne préserve pas des bidonvilles. Ils sont cachés derrière les façades en parpaings, au cœur des carrés que forment les avenues qui se croisent. Cette ville intérieure, invisible au passant, est la ville véritable. Dans ces quartiers de tôle et de chiffons que les Mauritaniens appellent *gazra*, le cheminement se fait par des sentes étroites. On y retrouve la vie de l'Afrique et du désert : fourneaux à bois, linge suspendu, enfants qui courent.

Sid'Ahmed et sa petite bande rentraient de l'aéroport où ils avaient déposé Jasmine quand un de leurs collègues les avait alertés. Ils s'étaient aussitôt engouffrés dans un taxi. Les passants les virent débarquer peu après devant le portail bleu d'un réparateur de vélos. Ils se précipitèrent dans le hall obscur, aux murs tapissés de boîtes aux lettres déglinguées. Au bout du corridor, une porte ouvrait sur le réseau de venelles d'une gazra. Plusieurs dizaines de personnes étaient agglutinées et bavardaient avec animation.

— Où est-il ? demanda Sid'Ahmed à un homme qui se détachait du groupe. Nous sommes médecins.

— Venez.

L'homme les entraîna dans la profondeur du bidonville. Ils traversèrent des fumées bleues de grillades, des odeurs de menthe et de galettes. Ils découvrirent enfin un corps qui gisait à un endroit où l'espace entre les cabanes dessinait un cul-de-sac. Il était recroquevillé sur lui-même et baignait dans une flaque de sang. Elle s'était étalée dans le sol sablonneux pour former une grande auréole noire.

Sid'Ahmed s'agenouilla. L'homme avait l'air de protéger quelque chose en le tenant sur son ventre. Sid'Ahmed lui écarta les bras, souleva les plis du boubou. Quand il eut ainsi dégagé le corps, il découvrit ce que la victime cachait devant elle : un couteau planté dans son flanc.

Sid'Ahmed se releva, le visage déformé par la colère. La foule des curieux se bousculait autour de lui. Il cria pour la repousser.

— Appelez l'ambulance, dit-il à ses collègues.

Le brouhaha de la foule couvrait sa voix. Sid'Ahmed se mit à hurler.

— Qui a vu quelque chose ? Qui le connaissait ?

Les badauds prirent peur et les premiers rangs reculèrent. Sid'Ahmed les repoussa encore. Il parvint ainsi jusqu'au croisement d'une autre ruelle.

Il l'emprunta en marchant à grands pas, arriva à la première porte et frappa du plat de la main. La mince paroi était en planches de caisse, recouverte de boîtes de conserve martelées. Personne n'ouvrit.

— Qui habite là ? Qui ?

Une femme encore jeune se détacha de la foule.

— C'est moi et ma famille.

— Tu le connais ?

Sid'Ahmed était en nage, hors de lui. Il toisait la femme mais elle le fixait sans ciller.

— Il a habité un moment chez nous quand il est arrivé à Nouakchott. C'est un cousin éloigné.

— Qu'est-ce qu'il est venu faire aujourd'hui ? Hein ? Qu'est-ce qu'il vous a dit ?

La femme resta un temps muette. Elle tenait à reprendre le contrôle. C'était une vraie femme mauritanienne : capable de mourir au travail ou au combat mais par sa propre volonté. Jamais pour obéir à un homme.

— Il ne nous a rien dit. Il n'est jamais arrivé jusqu'ici. Ce sont les gamins du quartier qui l'ont découvert, en jouant au ballon dans l'impasse.

— L'ambulance est là, cria quelqu'un.

Sid'Ahmed retourna vers la victime.

*

Dim communiquait avec Providence sous forme de rapports cryptés. Il tapait le texte en clair sur son ordinateur et y appliquait un programme de codage. La bouillie de signes pouvait ensuite cheminer sans dommages par courrier électronique.

Mais ce matin, après être rentré dans sa chambre à l'aube, il restait perplexe devant son ordinateur. Quel récit faire de sa nuit ? Il formula les choses en termes vagues. Le siège l'avait spécifiquement interrogé sur un point, qu'il développa : les relations de Jasmine avec la drogue. Ce fut pour affirmer que, si elle fumait volontiers un peu d'herbe, elle n'était certainement pas toxicomane et ne l'avait jamais été. Il réfléchit. Inconsciemment, il prenait sa défense... Il retira sa dernière remarque concernant le passé. Après tout, que savait-il d'elle ?

Il rêvassait. Le temps passa. Il s'avisa qu'il était l'heure d'aller à l'hôpital. Il termina rapidement son message et l'envoya.

Personne ne remarqua son retard au travail. Les horaires des médecins restaient assez fantaisistes et, pour une fois, les urgences ne comptaient pas beaucoup de patients. Aïssatou n'était pas de service. Dim eut un instant de déception. Avec son vague à l'âme, il avait plus que jamais besoin de compagnie, même s'il était inconcevable qu'il fasse des confidences à l'infirmière.

Tout en accomplissant les gestes mécaniques de son travail, il se mit à penser à sa vie. Avec un cœur d'artichaut comme ça, il n'avait pas choisi le bon métier. L'idée qu'il se faisait d'un agent secret et probablement l'idée qu'on s'en faisait à Providence était tout autre. Mais laquelle, au juste ? Il s'amusa à se décrire pour lui-même l'agent secret idéal, en utilisant des catégories médicales.

Il décida qu'il en existait deux formes cliniques bien distinctes. La première c'est l'agent gris, passe-muraille, malheureux en ménage, qui trompe sa solitude en plongeant avec perversité et délectation dans les complications et les mensonges du métier d'espion. L'autre figure romanesque, encore plus classique, c'est le coureur, cynique, consommateur de chair fraîche. Entre Smiley et James Bond, il fallait choisir. Or, il devait se rendre à l'évidence : son caractère mêlait, pour son malheur, un peu de ces deux archétypes. Il avait l'audace du play-boy et la délectation morose du névrosé. Incapable de considérer Jasmine comme un trophée qu'il voulait ajouter à son tableau de chasse, l'idée de son absence le tenaillait déjà. *Vraiment pas de quoi se vanter.*

Vers onze heures, alors qu'il examinait un patient, Dim entendit un grand vacarme dans le hall. Du côté où entraient les ambulances et les voitures, les blessés étaient déchargés sur des brancards roulants piqués de rouille, puis introduits dans un vaste espace de triage. Les jours d'affluence, il était encombré. Malgré les règles que Dim tentait de faire respecter, les familles entouraient leur malade, s'allongeaient sur le carrelage. Certains mangeaient par terre. Il fallait être vigilant pour que personne n'allume de réchaud à thé. Dimitri sortit de son box pour voir quelle était la cause du trouble. Il vit passer une cohorte braillant et gesticulant. Il reconnut avec stupéfaction Sid'Ahmed, à la tête de ses collègues mauritaniens. Le petit groupe portait un corps sur un brancard et bousculait la foule en vociférant. Infirmières, aides-soignantes, tout le personnel de l'accueil les suivait en se tenant la tête entre les mains et en gémissant de douleur. Le cortège investit un box. Dans la mêlée, le carreau de la porte vitrée se brisa. Les hurlements redoublèrent.

Dim parvint difficilement à se frayer un chemin jusqu'au patient. Quand Sid'Ahmed l'aperçut, il cria pour écarter le public. Ses traits étaient déformés par un rictus de peur et d'accablement. Mais, face à Dimitri, il changea d'expression, comme saisi d'un fol espoir.

— Ton avis, Dim ? Viens. Laissez-le passer vous autres ! Ton diagnostic ?

Dim s'approcha du corps étendu. La tête, rejetée sur le côté, lui était cachée par une serviette. Une énorme tache de sang imbibait les vêtements, vaguement centrée sur l'abdomen. Dim saisit la main qui pendait. Elle était froide. L'intuition qu'il avait eue en voyant passer le brancard devenait une évidence. L'homme était mort. Dim regarda Sid'Ahmed. Aucun médecin ne pouvait avoir le moindre doute sur la réalité de la situation. Sid'Ahmed le savait. Pourtant, une expression d'attente et d'espoir tendait son visage. Dim n'eut pas le cœur de répondre tout de suite. Il se pencha sur le cadavre et découvrit la tête.

Lui aussi eut un mouvement d'horreur. Il recula. L'angoisse de Sid'Ahmed devenait enfin compréhensible. Le mort était son ami. Son collègue, engagé dans le même travail et militant de la même foi. L'homme qui l'avait accompagné dans le désert avec Jasmine. Le grave, le timide, le si jeune Farid.

*

Dim avait paniqué lui aussi et s'était enfui. Il n'avait pensé qu'à une chose en découvrant le corps de Farid : le danger que courait peut-être Jasmine. Il n'avait même pas enlevé sa blouse avant d'enfourcher sa Mobylette. Il faillit percuter un camion à un carrefour. La priorité en Mauritanie est une simple question de taille. Un poids lourd sait qu'un deux-roues lui cédera toujours le passage. Dim ne tint compte ni du crissement des freins ni des cris de frayeur des passants. Il roulait, bien trop lentement à son goût, et se demandait s'il n'aurait pas plutôt dû abandonner sa bécane et courir. Il arriva à l'hôtel en dix longues minutes.

Le gamin qui gardait d'habitude sa Mobylette sortit en courant du petit magasin de son père. Dim lâcha l'engin avant même que le gosse eût le temps de le saisir. Il tomba sur le côté et l'essence commença à se répandre sur le sable.

Dim avait une seule idée en tête : retrouver Jasmine, savoir si elle était vivante. Derrière ces faux prétextes, l'épisode de Farid avait libéré en lui un ressort : l'envie de la revoir. Mais à mesure qu'il approchait de la porte de l'hôtel, le désir se heurtait au mur de la réalité. Qu'allait-il lui dire ? Qu'attendait-il d'elle ? Il se mit à marcher plus lentement. Il reprit quelques réflexes opérationnels. Personne ne le suivait. Aucun groupe suspect ne stationnait dans les alentours. Plusieurs véhicules étaient garés devant l'hôtel. C'étaient des taxis ou des voitures privées d'allure banale. Il remarqua seulement un break aux vitres fumées qu'il lui semblait vaguement avoir déjà vu. Son moteur était allumé. À l'instant où Dim faisait ce constat, les portières s'ouvrirent. Il eut une réaction d'alerte. Il s'arrêta, prêt à fuir ou même à se jeter à plat ventre. Mais il reconnut le conducteur. C'était le frère d'Aïssatou, et la voiture, celle avec laquelle ils étaient déjà venus le chercher. Dim tourna la tête et aperçut Aïssatou assise, comme la fois précédente, à l'arrière de la voiture. Elle ouvrit la portière et lui fit signe de la rejoindre.

Il passa la tête à l'intérieur mais resta dehors.

— Où est-elle ?

— Elle est partie.

— Vous pouvez m'emmener à l'aéroport ?

— Montez.

Dim sauta dans la voiture. Le chauffeur démarra.

— Vous ne la trouverez pas à l'aéroport, dit Aïssatou, elle a déjà embarqué.

— Elle a passé la police ? La douane ?

— Sans problème.

Dim regarda l'infirmière. Il aurait dû être soulagé, puisque Jasmine était en sécurité. Pourtant, il ne parvenait pas à dissimuler la déception que lui causait son départ. Aïssatou rajusta son voile. Il lui sembla qu'elle avait souri.

— Vous êtes au courant pour Farid ?

Elle fit signe que oui.

— Qui a fait ça ?

Elle regardait droit devant elle.

— Les services mauritaniens ? suggéra-t-il.

L'infirmière secoua la tête.

— Ils les surveillent mais pourquoi chercheraient-ils à les tuer ?

— Je ne sais pas. Dans certains pays, le pouvoir dispose d'escadrons de la mort pour éliminer les opposants…

— Il y a des gens plus dangereux qu'eux et personne ne les inquiète.

— Alors qui ?

— Je pencherais plutôt pour un règlement de comptes.

— Entre qui et qui ?

— Les groupes islamistes sont très divisés, vous savez. Il y a des luttes de chefs, des scissions. Il faut plutôt chercher de ce côté-là.

Dimitri se tut. Il n'avait même pas réfléchi à l'endroit où on le conduisait. Quand il reprit ses esprits, il comprit qu'ils ne se dirigeaient pas du tout vers l'aéroport. La voiture le ramenait chez lui. Il ne protesta pas.

— Vous devriez prendre des vacances, dit Aïssatou.

Elle s'était tournée vers lui. Ses yeux étaient durs. Ce n'était pas un conseil mais un ordre.

— Il y aura d'autres meurtres ?

— On ne peut rien exclure. Ce n'est pas très sûr ici, pour les Occidentaux, en ce moment. Surtout s'ils s'intéressent aux islamistes.

— Vous pensez qu'ils s'en prendraient à moi ?

— C'est possible. Mais, vous, ils vous enlèveront d'abord, pour toucher une rançon. Ils vous tueront après.

— J'espère qu'ils m'emmèneront un peu dans le désert. Depuis que je suis arrivé, je n'ai pas encore eu le temps de faire un tour dans les dunes.

Dimitri eut un rire amer. Aïssatou fixait toujours sur lui ce même regard énigmatique. Elle glissa une main dans sa robe et en sortit une enveloppe.

— Une réservation sur le vol Tunisair pour Dakar demain matin, dit-elle en la lui tendant. Votre billet de retour part de là-bas, n'est-ce pas ?

Dim saisit l'enveloppe. Avec le pouce, il caressa le filigrane puis ses yeux revinrent sur le visage d'Aïssatou.

— Merci, dit-il.

Il est très difficile de trouver un geste pour quitter quelqu'un qu'on ne reverra jamais. Il ébaucha à peine un mouvement de la main dans sa direction. Elle éloigna son bras et rajusta sa robe. Il ramena sa main.

— OK, fit-il en hochant la tête.

Et il choisit un grand sourire, en guise d'adieu.

*

Premier signe d'une grosse affaire à Providence : la perte des horaires. L'opération Zam-Zam contraignait certains à travailler de nuit, d'autres de jour. Il y avait quelqu'un dans l'agence à tout moment. Revenait le temps des futons déroulés dans les bureaux. Le quartier opérationnel commençait à ressembler à un sous-marin en alerte.

Helmut croyait de son devoir de maintenir une vague synchronisation. La réunion de huit heures était le meilleur moyen qu'il avait trouvé pour y parvenir.

Ce samedi matin, l'étage des opérations était au grand complet et les chefs des autres services n'auraient pas voulu manquer le spectacle. Certains avaient apporté leur chaise et d'autres restaient debout. Helmut ouvrit la réunion sur une courte synthèse, histoire de calmer son monde et d'ordonner la prise de parole.

— Tadeusz, fais-nous un point sur les interceptions, si tu veux bien.

Avec sa peau grasse sujette à l'acné, la frange qui lui tombait sur les yeux et ses grands bras maladroits, Tadeusz avait plus que jamais l'air d'un étudiant en plein bachotage.

— Ça bouge beaucoup, expliqua-t-il en rougissant par plaques sur les joues. Côté écoutes téléphoniques, on a maintenant une chaîne complète. Les étudiants en médecine sont reliés à ce Kader, que Dave et Luis ont pris en photo. Et Kader, lui, est relié à un groupe armé qui nomadise dans la zone Nord-Mali, Sud-Algérie, Est-Mauritanie.

— Une katiba ?

— Oui, précisa Sarah. Notre contact algérien à Bruxelles l'a confirmé.

— Niveau de trafic téléphonique ?

— Très intense en ce moment.

— Contenu ?

— Intéressant. Entre eux, ils utilisent un petit code contextuel qui n'est pas trop difficile à traduire. Ça nous a permis de comprendre que Kader était en train de rejoindre la katiba, que la katiba avait des soucis avec un autre groupe armé qu'on n'identifie pas bien et que les médecins de Nouakchott s'affolaient après l'assassinat de l'un d'entre eux.

— Pas mal, déjà.

— Oui, coupa Tadeusz qui, comme tous les timides, ne s'arrêtait plus quand il était lancé, mais il y a d'autres communications qui, elles, sont carrément cryptées avec des logiciels complexes.

— En plein désert, ils font du cryptage ?

— Il leur suffit d'avoir un micro-ordinateur et une connexion Internet par téléphone satellitaire. Les logiciels de cryptage qui se vendent sur la Toile sont très performants. Celui qu'ils utilisent est particulièrement coriace.

— Tu penses pouvoir le casser ?

— On essaie. Ça prendra du temps. Pour l'instant, tout ce qu'on peut récupérer, ce sont des adresses.

— Alors ?

— Alors, évidemment, ça ne mène pas à des particuliers. Ils utilisent toujours des cybercafés, des postes à consultation libre dans les centres d'orientation pour la jeunesse ou les médiathèques. Mais il y a quand même quelque chose d'intéressant. Une bonne partie des messages va vers la France. Une autre vers les Pays-Bas.

— Qu'est-ce que tu en déduis ?

— La France, c'est là où vit Jasmine, non ? Il doit y avoir un environnement lié à la katiba dans les parages.

— Et la Hollande ?

— C'est un pays très libre pour Internet. Beaucoup de sites interdits ailleurs sont installés là-bas.

— Et AQMI en a un ?

— Le système est plus compliqué que cela.

— Explique.

— Il n'y a pas une adresse d'AQMI, comme il y en a une pour Amazon ou e-Bay. Les groupes terroristes utilisent une nébuleuse complexe de sites à contenu religieux qui vont des plus anodins aux plus engagés. Certains sont d'accès libre, d'autres demandent des codes et l'entrée est soumise à une autorisation. Il faut s'identifier. Les webmaîtres ont le droit de vous refuser.

— Et toi, tu peux y entrer ?

— Oui, c'est possible. De toute façon, les sites ouverts nous intéressent déjà beaucoup. Ce sont eux, la plupart du temps, qui annoncent les actions violentes, qui diffusent des déclarations de chefs terroristes. Mais il faut comprendre que les sites ne sont pas l'émanation *directe* des groupes armés. Ce sont des outils faits par des militants. Ils servent de vecteurs aux messages qui leur sont

envoyés par les groupes avec lesquels ils correspondent. Si tu préfères, ce sont des trains vides
et toutes sortes de voyageurs montent dedans.

— Qu'est-ce qu'ils racontent en ce moment, ces
sites ?

— Ce que je peux dire, c'est qu'on a vu apparaître ces derniers jours des proclamations issues
de la zone qui nous intéresse. Elles sont signées
par « l'émir du front sud ».

— Et dans le détail ?

— Hum ! bredouilla Tadeusz. Mon département
s'occupe de recueillir des messages, mais pour
leur analyse détaillée, il vaudrait mieux voir ça
avec Dan.

— Tiens, où est-il, celui-là ?

— Il arrive.

Dan Andreïev était le chef du département de
la stratégie. À peine embauché à Providence, Helmut avait demandé que ce secteur soit renforcé.
Auparavant, Archie estimait que les affaires
traitées ne justifiaient pas un tel investissement.
Depuis qu'ils étaient entrés dans l'univers des barbus, il avait changé d'avis et avait recruté Dan.
C'était un ancien professeur de l'Institut des hautes études internationales de Genève. Sa femme
l'avait quitté l'année précédente pour un jour-
naliste en vue, grand reporter de guerre. Il avait
décidé de se reprendre en main. Une agence
d'espionnage privée lui avait paru le meilleur lieu
pour atteindre ses nouveaux objectifs : gagner de
l'argent et surtout exercer une fonction plus en
prise avec la réalité. « Vous voulez dire : plus sédui-
sante pour les femmes ? » avait plaisanté Archie,
avec un mauvais goût certain, quand il l'avait
engagé.

— En l'attendant, voyons le reste, reprit Helmut. On se dirige plutôt vers la piste terroriste, on dirait. Mais, du coup, l'affaire du trafic de drogue, vous en faites quoi ?

— C'est assez bizarre, répondit Sarah. La fille n'a pas l'air du tout d'une toxico, même si Dim nous dit qu'elle fume des joints. D'un autre côté, Marion a rebouclé l'info à Nouakchott. L'ancien douanier a parlé et il est catégorique. Elle a bien servi de mule pour une quantité importante de cocaïne, le jour où il l'a interceptée. Et il a retrouvé une note écrite par un de ses collègues, à l'occasion d'un voyage précédent. Celui-là aussi avait déjà eu de sérieux doutes. Mais, à l'époque, elle avait encore un passeport diplomatique.

— Elle a peut-être trempé dans cette histoire de drogue pour le compte de ses amis islamistes. Les mouvements terroristes se financent souvent comme ça.

Helmut s'interrompit car Dan était entré dans la pièce. Il résuma la conversation et lui passa tout de suite la parole.

— Le personnage clef, commença Dan, c'est Kader Bel Kader.

Il avait gardé la diction pédagogique du professeur, mais dans l'enceinte feutrée de la salle des opérations, entouré par ces personnes dont le métier lui semblait encore mystérieux et fascinant, il s'efforçait de baisser la voix et de prendre un ton assez comique de conspirateur.

— Je viens d'apprendre que les services algériens nous ont finalement répondu, à propos des autres photos prises par le commando.

Il aurait pu mentionner Dave et Luis, mais le

mot « commando » le remplissait visiblement d'aise.

— Ils ont confirmé Kader. Normal : il est connu comme le loup blanc. Mais le plus intéressant, ce sont les deux types qui l'accompagnent. L'un d'entre eux est un de ses lieutenants. Ils travaillent ensemble depuis plusieurs années. C'était un petit voyou originaire d'Aleg. Il seconde Kader dans ses opérations de contrebande.

Il avait installé son ordinateur portable devant lui et l'avait connecté au réseau local. La photo de Béchir s'afficha sur tous les écrans.

— Et voilà l'autre. Pas le même genre !

On voyait, moins net car pris de plus loin, Anouar avançant les genoux pliés, une expression de crainte sur le visage.

— Celui-là est un pur jihadiste, un type passé par les maquis de la zone nord puis envoyé dans le Sud pour encadrer spirituellement le groupe qui occupe la zone saharienne. Apparemment, c'est un conseiller religieux, le genre petit imam rigoriste, interprétant à la lettre des textes que, d'ailleurs, il connaît mal. Décrit comme assez lâche, ne s'exposant jamais. Vous remarquerez que, sur la photo, il n'a pas l'air très heureux de son sort. Avec ça, impitoyable envers les otages, applaudissant à tous les attentats-suicides, même s'ils tuent des civils.

— Un personnage attachant, ricana Audrey en tripotant son piercing à l'oreille.

Dan ignora la remarque et poursuivit.

— Et voici Kader.

Il avait affiché sa photo. Agrandi, le cliché était impressionnant. Kader, son poignard à la main, les yeux au loin, le menton relevé, se détachait sur le désert avec une grande noblesse. Son visage jeune avait quelque chose de sympathique et d'attirant. Il dégageait une impression de force et de courage.

— C'est Robin des Bois ! s'exclama Audrey.

— Tu ne crois pas si bien dire, fit Dan. C'est le bandit d'honneur, l'Arsène Lupin des sables.

Jorge siffla d'admiration et se balança en arrière, les mains sur la nuque.

— Kader Bel Kader, poursuivit Dan en lisant sa fiche, est né en 1977 dans une tribu commerçante de l'intérieur du Sahara occidental. C'était au lendemain de l'indépendance de la colonie espagnole. Après l'intervention marocaine, il s'est retrouvé avec sa famille dans un camp de réfugiés en Algérie, du côté de Tindouf. Jusqu'à vingt ans, on ne sait pas grand-chose de lui. J'imagine qu'on l'a préparé à devenir un vrai nomade. Ces pauvres gens ne rêvent que de rentrer chez eux. Il a dû apprendre aussi à se battre. Un mouvement de résistance armé, le Polisario, recrute les garçons dans ces camps et les forme à la lutte pour l'indépendance. Mais, à vingt ans, Kader et un de ses frères s'échappent. Ils vont d'abord dans le Mzab, à Ghardaïa. Son frère s'y fixe mais Kader continue sa route et se retrouve à Alger. Il fait des petits boulots sur le port mais ce qu'il veut, c'est étudier. Il passe le bac en candidat libre et entre à l'Université. On est en 2000. Il prépare une licence de droit. On se demande bien ce qu'il cherche. Lui aussi, peut-être, car en 2003 il plaque tout sans raison apparente et retourne dans le désert.

Tout le monde gardait les yeux fixés sur la photo de Kader. Le portrait qu'en faisait Dan lui donnait une épaisseur humaine de plus en plus attirante.

— Quand il quitte Alger, il passe d'abord dans le camp où il a été élevé. Son père vient de mourir. Il console sa mère quelques jours, puis repart plus au sud. C'est à ce moment-là qu'il est devenu commerçant. Mais d'un genre un peu particulier. Avec quelques hommes de confiance, dont ce Béchir, il s'est attaqué aux bandes armées qui infestent le Sahara, attaquent les convois et les pillent. Kader a développé une activité originale : son idée, c'était de vendre de la protection à grande échelle.

— Un peu comme ce que nous faisons avec le bureau de Johannesburg, commenta Audrey qui ne portait pas dans son cœur ceux qu'elle appelait les Rambos de Providence.

— Malheureusement, c'est un peu ça.

Dan Andreïev n'aimait pas trop qu'on évoque le côté noir et violent de l'agence. Il n'était pas prêt à regarder en face la réalité de son nouvel employeur.

— Bref, reprit-il en chassant ces idées déplaisantes d'un geste de la main, en s'entourant d'un groupe assez sûr, réduit, mais très fidèle, Kader a éradiqué les menaces qui pesaient sur les caravanes dans une très vaste zone.

— C'est mère Teresa ! ironisa Sarah.

— Pas vraiment. Plutôt Don Corleone. Ceux qu'il n'a pas éliminés physiquement, il les a neutralisés par des alliances. En échange de la sécurité qu'il assure dans sa zone, les marchands le rétribuent. Et il reverse une part de ces prélèvements aux groupes armés qui ont fait allégeance. C'est un système à la fois féodal et très moderne, qui assure la liberté de circulation dans ce carrefour désertique.

— Ingénieux, commenta Helmut. Et pas si risqué que cela, finalement.

— Longtemps, il a été considéré comme utile par les autorités. L'argent qu'il gagne sert à soutenir sa famille restée au camp. Le surplus, il l'investit dans le commerce. Il affrète des caravanes pour son propre compte et profite lui-même des routes sahariennes qu'il protège. Il y a encore deux ans, il se promenait comme un brave commerçant dans les rues de Nouakchott sans être inquiété.

— Et de Nouadhibou ?

— Tout juste, Sarah. Et c'est là que Jasmine a dû le rencontrer.

— Mais qu'est-ce qu'il fricote maintenant avec les islamistes ? demanda Helmut.

— Voilà la question. Tout ce qu'on sait de Kader montre que c'est un bon musulman mais pas particulièrement pieux. Bien sûr, il y a toujours des vocations tardives. Pourtant, l'hypothèse la plus probable est qu'il a traité avec les islamistes comme il traite avec tout le monde. Les itinéraires qu'il sécurise, il les délivre aussi du contrôle des autorités. On l'a toujours soupçonné d'avoir passé un accord avec les polices des pays où il rayonne : vous ne venez pas par ici et je vous garantis qu'il n'y aura aucun incident. Les islamistes, quand ils ont installé une katiba dans le coin, ont dû, comme tout le monde, s'entendre avec lui.

Dan tendit le bras pour saisir une canette de Coca-light.

— Il est en mesure de leur offrir une gamme assez large de services. Par exemple, on est presque sûrs que Kader est intervenu dans la capture des deux touristes belges, l'an dernier.

— Mais leur libération a été négociée avec AQMI...

— Bien sûr ! C'est le système classique. La prise d'otages est commandée à une bande criminelle. Ensuite, elle revend son butin à des islamistes.

— Kader aurait *vendu* des otages ?

Sarah, qui avait rêvé pendant de longues minutes sur le beau visage du hors-la-loi, était troublée.

— C'est très probable, confirma Dan.

— Et Jasmine dans tout ça ? coupa Jorge.

En bon officier traitant, il ne perdait pas de vue la mission et ses objectifs.

— Elle s'intéresse au Kader trafiquant, renchérit Audrey, ou au Kader ami des islamistes ?

— Le fait qu'elle ait joué la mule pour passer de la cocaïne plaide plutôt pour le trafic.

— De son plein gré ?

— Elle ne pouvait pas ignorer ce qu'elle transportait. C'est bien pour ça qu'elle a demandé de l'aide au vieux flic.

— Mais cette fois, intervint Helmut, elle fait tout un voyage sans rien rapporter et elle a rencontré un idéologue d'al-Qaida.

Cette remarque provoqua le silence. Dan jouait avec l'ordinateur. Il s'amusait à faire alterner sur les écrans les photos des trois suspects. Chaque fois qu'il s'attardait sur Anouar, l'évidence du mystère s'imposait.

— Au fait, tu ne nous as pas parlé de ce que Tadeusz a pêché sur les sites Internet.

— Pas grand-chose, à vrai dire. Si ce n'est un long texte assez bizarre, émanant, comme il l'a dit, de l'émir du front sud. C'est une dénomination inconnue. Jusqu'ici, chaque katiba n'avait pas d'identité propre. Il y avait des communiqués d'AQMI, un point c'est tout. Cela signifie que le chef de la katiba du Sud cesse de se considérer comme un simple lieutenant d'Abdelmalek Droukdal, le chef suprême d'AQMI. Cet émir du Sud se nomme Abou Moussa. D'après les spécialistes, c'est un personnage assez falot. Il faut croire qu'il a pris de la bouteille.

— Ou que son association avec Kader lui a donné des idées, suggéra Audrey qui ne quittait pas des yeux la photo de son Robin des Sables.

— Et qu'est-ce qu'il raconte dans sa proclamation, « l'émir du front sud » ? demanda Jorge d'une voix méprisante.

Il avait eu deux camarades tués en Irak. Depuis lors, il vouait une haine violente au monde arabe en général.

— Il explique que son combat est le seul à être dans la ligne d'al-Qaida. Cela laisse penser que le texte a été publié dans un but polémique, pour discréditer une faction adverse.

— En quoi consiste la « ligne » d'al-Qaida ?

— Al-Qaida a pour principe d'agir contre l'ennemi lointain, le seul, le vrai : l'Occident corrompu et ses valets, comme Israël, la France ou… les États-Unis.

— C'est bien ce que font tous les jihadistes, non ?

— Apparemment, le rédacteur du texte n'est pas de cet avis. Il accuse le mouvement d'Abdelmalek de s'être enfermé dans une lutte purement nationale. Ce n'est pas tout à fait faux. Al-Qaida, au nord de l'Algérie, ce sont des maquisards planqués dans leurs montagnes. Ils jouent à cache-cache avec l'armée et la police algériennes, font de la prise d'otages à grande échelle (essentiellement des nationaux qu'ils rançonnent en fonction de leur fortune). De temps en temps, ils organisent un attentat contre une caserne. Mais ça n'a plus grand-chose à voir avec le 11 septembre.

— Et l'émir du front sud, il propose quoi ?

— Il ne le dit pas. Mais il est clair qu'il entend frapper loin. La France est citée deux fois dans le texte comme l'ennemi principal.

Tout le monde réfléchissait.

— C'est quand même troublant qu'un appel comme ça apparaisse juste au moment où ils font venir dans leur zone une fille qui travaille au ministère français des Affaires étrangères.

Helmut se leva et marcha nerveusement jusqu'à la fenêtre.

— On fait fausse route, j'en suis sûr. Tout ça ne colle pas avec ce qu'on sait de cette fille : une petite Française bien élevée, femme de diplomate. Qu'elle se soit laissé séduire par un trafiquant avec une belle gueule, à la rigueur. Qu'elle ait pris des risques pour se sortir de la dèche, on en a vu d'autres. Il paraît qu'il y a de plus en plus de retraités européens qui passent du hasch ou de la cocaïne dans leur camping-car. Mais la transformer en terroriste islamiste, qui va rencontrer de son plein gré le pire du pire des jihadistes fanatiques, je n'y crois pas une seconde.

Pendant qu'il parlait, Roth, le profileur, s'était glissé jusqu'à la table de conférence. Avec des gestes de souris, il avait tiré une chaise et s'était assis. Il avait pu entendre la tirade d'Helmut.

Quand le silence se fit, très calmement, avec les mains à plat sur le bureau comme à son habitude, il intervint d'une voix douce.

— Eh bien, moi, j'y crois totalement. Si vous m'y autorisez, je peux vous apporter quelques éléments qui changeront sans doute votre façon de la considérer.

VI

Kader avait multiplié les précautions pour rejoindre la katiba d'Abou Moussa. Il craignait d'avoir été repéré. L'épisode de l'avion qui avait largué des paquets de plâtre était resté sans explication et l'avait troublé. Après avoir changé deux fois de véhicule, il était finalement arrivé sur le site encaissé choisi par l'émir pour établir son nouveau campement. Anouar avait été particulièrement soulagé de retrouver la protection du groupe armé. Après le dîner, Kader et Abou Moussa étaient restés dans la tente, accroupis face à face, à la lumière d'une lampe tempête.

— C'est Saïf lui-même qui a mené l'attaque contre toi ?

— Oui, ce chien a tout planifié.

Abou Moussa tripotait un petit chapelet de pierres du désert, qu'il portait d'ordinaire au poignet.

— Avec l'expérience qu'il a, c'est un miracle que j'aie pu en réchapper. Au moment où il est entré dans ma tente pour me mettre une balle dans la tête, j'étais sorti marcher dans le désert. Je ne trouvais pas le sommeil. Il y avait un beau croissant de lune. Je suis sûr que c'est Dieu Lui-même qui m'a appelé. Qu'Il en soit mille fois glorifié.

— Qu'a-t-il fait quand il ne t'a pas trouvé ?

— Il a fouillé la tente. Heureusement, il a heurté une théière avec le pied. Mon garde du corps s'est réveillé. Il a vu Saïf avec son arme à la main. Il a poussé un cri. Les hommes se sont levés. Je veux dire mes hommes. Parce que les traîtres, ceux qui devaient partir avec Saïf, ils étaient déjà sur pied, eux. Ils avaient chargé dans les voitures ce qu'ils voulaient emporter. Tout était prêt pour le départ. Les chauffeurs étaient au volant. Ils devaient attendre que Saïf donne le signal, en m'éliminant. Mais certains avaient commencé à tuer mes gars dans leur sommeil.

— Et ensuite ?

— Ça a tourné à la confusion. Nabil a tout de suite compris ce qui se passait. Quand il a vu les voitures démarrer et Saïf sauter dedans, il a aussitôt ordonné de tirer sur les fuyards.

— Ils comptaient prendre combien de voitures ?

— Toutes ! Ils voulaient condamner la katiba à mort, c'est clair.

Abou Moussa souriait. Un sourire de rage et de haine. Sa denture métallique renvoyait les éclats de lumière de la mèche.

— Heureusement, à peu près deux tiers des hommes sont restés loyaux et ont obéi à Nabil. En pleine nuit, ils tiraient à l'aveugle. Ils ont réussi à crever les pneus de quatre Jeeps. Deux pick-up se sont enlisés dans le sable et deux autres ont embouti des rochers, à force de mauvaises manœuvres.

— Au total, vous en avez sauvé combien ?

— Plus de la moitié. Et on leur a tué dix gars.

Kader hocha la tête. Au-dehors, on entendait le pas sourd d'une sentinelle qui déambulait dans le campement. Depuis l'attaque, Abou Moussa avait renforcé sa garde.

— Tu crois qu'ils ont encore des gens à eux ici ?

— Tout est possible.

— Comment se fait-il que tu ne te sois douté de rien, pour Saïf ?

— Au fond, je ne lui ai jamais fait confiance. Mais je savais qu'il était proche d'Abdelmalek et, bêtement, ça me rassurait.

Il fit tourner deux fois son chapelet autour de son poignet.

— En réalité, il était jaloux de la confiance qu'Abdelmalek avait placée en moi. J'avais moins d'ancienneté que lui dans le mouvement et il ne comprenait pas pourquoi j'avais été choisi pour diriger cette katiba. Il voulait être le chef. Il est content, maintenant. Il a son groupe bien à lui.

— Où sont-ils ?

— D'après mes renseignements, ils sont descendus vers Tombouctou. Saïf a de la famille dans les tribus arabes du Nord-Mali.

— Ils vont se faire attaquer par l'armée malienne.

— Tu plaisantes ! Les Maliens ne s'aventurent plus par là. Pour lutter contre les Touaregs, ils ont armé les tribus. Et maintenant, ils ne les contrôlent plus. Si Saïf les a pour lui, il sera comme un poisson dans l'eau.

— Que va-t-il faire maintenant, à ton avis ?

— D'abord, il a besoin d'argent.

— J'ai entendu à la radio que trois ingénieurs coréens ont été enlevés là-bas la semaine dernière.

— Je suis sûr que c'est lui.

— À ton avis, il est toujours aux ordres d'Abdelmalek ?

— Je n'en sais rien.

— Qu'est-ce qu'ils savent de notre opération ? demanda Kader.

— Ils savent que tu es derrière. Le grand coup que nous annonçons sur les sites Internet, ils se doutent que je ne pourrais pas l'organiser sans tes contacts.

— Ils connaissent l'identité de la fille ?

— Je ne la leur ai jamais donnée. Mais il y a pas mal de Mauritaniens dans le groupe de Saïf. Il est possible qu'ils l'aient repérée à Nouakchott.

— Tu sais qu'un de mes jeunes médecins a été assassiné, un de ceux qui avaient accompagné la fille pour la rencontre.

Abou Moussa eut un mouvement de stupeur.

— Ils n'ont pas perdu de temps !

— Au moins, c'est clair, renchérit Kader. Si l'on avait encore des doutes, maintenant on sait qu'ils ne vont plus nous lâcher. Leur intention est de nous détruire jusqu'au dernier. Impossible de reculer. Il faut se battre et gagner.

Abou Moussa ricana.

— Gagner ! répéta-t-il en secouant la tête.

À voir son visage, on comprenait qu'il avait perdu confiance. Kader lui saisit le bras par-dessus la lampe.

— Écoute, souffla-t-il en serrant son poignet, tout ça, on le savait. C'était le prix à payer. Mais, oui, on va gagner. Et même bien plus que ce qu'on a perdu. Pour commencer, Béchir est parti faire la tournée des puits. Il va revenir avec des vivres et beaucoup d'argent. Ça nous permettra de tenir. Mais la solution, la vraie, elle viendra un peu plus tard. Tout se jouera loin, très loin d'ici, tu le sais. En attendant, il faut faire avancer l'opération. On va travailler dès demain matin sur les prochains messages que tu dois envoyer au monde.

*

Roth était satisfait. En laissant entendre que Jasmine pouvait avoir le profil d'une terroriste, il avait lancé un pavé dans la mare. L'assistance était tout entière suspendue à ses lèvres. *D'abord, prendre son temps*. Il détacha une petite peau autour d'un ongle et choisit son moment pour se lancer.

— Pour raisonner sur un profil, il faut avoir le plus d'éléments possible. Il est trop facile de réduire quelqu'un à ce qu'il n'est pas. Ou à ce qu'il n'est pas *seulement*. Nous aimons tellement l'unité...

— Allez-y, doc, soupira Helmut. On n'a pas le temps...

— Le temps, il faut le prendre.

Roth avait quitté son air de chat qui dort et sorti ses griffes.

— Il n'y a qu'une clef dans cette affaire, une seule, vous m'entendez. Il s'agit de répondre à la question : qui est cette fille ? Si on y parvient, alors, on comprendra tout le reste.

Il considéra tour à tour ses adversaires vaincus. Puis il croisa de nouveau les bras ; ses paupières flottaient comme s'il atteignait un état inspiré, entre la veille et le sommeil.

— Jasmine n'est *pas* une petite Française de province bien élevée. Pas *seulement*.

D'un coup d'œil furtif, il attendit le moment favorable puis lâcha :

— D'abord, elle est algérienne.

Tout le monde releva la tête. Il était heureux de son effet.

— Algérienne par sa mère. Et son histoire est loin d'être simple. Nos amis à Paris ont bien travaillé. Personne ici ne semble malheureusement s'être soucié de ce qu'ils ont découvert. Leurs premiers rapports datent de la semaine dernière.

— C'est ton boulot, bougonna Jorge.

Le profileur évita de relever l'insolence.

— Jasmine est née en 1979 à Aubagne, dans les Bouches-du-Rhône. Son père, Henri Lacretelle, était un agent d'assurances de Saint-Quentin, une ville moyenne du nord de la France, pas loin d'ici. Grosse fortune bourgeoise. Une maison de vacances dans les Calanques.

— Et la mère ? demanda Sarah.

— Algérienne, fille d'un Kabyle, ancien soldat de l'armée française, vendeur de fruits de son état. Il avait longtemps travaillé sur les marchés et avait fini par acheter sa boutique. Une petite épicerie arabe, près de la Porte d'Aix à Marseille.

— C'est sympa, ton histoire, fit Audrey. On se sent un peu en vacances.

— « La misère est moins pénible au soleil », chantonna Roth, en imitant Aznavour.

Son humour tomba à plat. Il toussa et reprit.

— Huit enfants dans la famille. La mère de Jasmine est la cinquième. Pas spécialement jolie. Intelligente et active mais pas question de faire des études. Destin : femme de ménage.

— Dans la maison de l'assureur !

— Tout juste. Le drame bourgeois français par excellence. L'homme fait un enfant à la bonne.

— Et la congédie ?

— Non, Sarah, tu vas trop vite. Les choses ne sont pas aussi simples. Le père est lâche mais ce n'est pas tout à fait un salaud. Il accepte de reconnaître la petite. Il a deux autres enfants, un fils et une fille, pas encore majeurs à l'époque. Et sa femme est très malade. Il explique à la mère de Jasmine qu'assez rapidement il sera libre. Alors, ils pourront vivre ensemble. En attendant, il lui donne de l'argent et la pousse à s'installer ailleurs. Elle part pour Toulouse.

Roth avait ouvert un dossier devant lui et suivait des repères marqués au Stabilo jaune sur le texte.

— Jusqu'en 87, Toulouse. L'argent qu'elle reçoit, la mère de Jasmine l'utilise pour offrir à sa fille la meilleure éducation possible. Elle l'inscrit dans un cours catholique. Au fond d'elle-même, elle croit encore qu'elle revivra avec le père. Mais, un jour, elle apprend que sa femme est morte depuis déjà deux ans et qu'il a rencontré quelqu'un d'autre. Plus d'espoir. Mais il paie toujours. Peut-être un peu plus, pour éviter le scandale. La mère se fait une raison. Elle s'installe de son côté avec quelqu'un.

— J'adore ces histoires, exulta Audrey. Ça nous change de nos affaires d'espions, de nos guéguerres...

— Pas tellement, tu vas voir. Le beau-père de Jasmine est un Kabyle aussi, musulman pratiquant, veuf depuis deux ans. Une des sœurs de la mère de Jasmine vit dans le même bled que lui en Algérie. Elle va arranger le mariage. C'est ainsi que Jasmine et sa mère quittent la France au début de l'année 90. Ils s'installent à Boumerdes, dans la banlieue d'Alger. J'attends les rapports sur cette période. Tout ce qu'on en sait, c'est que la mère met au monde deux jumeaux de son nouveau conjoint. Ils meurent peu après et elle n'aura pas d'autres enfants. Elle porte le hijab, mais cette transformation est la conséquence du changement de pays. On peut imaginer — *je* peux imaginer — que Jasmine n'a vu là qu'un trait d'exotisme, dans l'environnement nouveau où elle était plongée.

— Pardon, interrompit Andreïev, mais quelle est sa religion ? Le père devait être catholique.

— Les gars de Paris sont en train de vérifier tout cela. Ils ont déjà abattu un sacré boulot. Il faut leur laisser un peu de temps, justifia Jorge.

Il était en rage. De s'être trompé, peut-être. Mais surtout de devoir subir des leçons de ce profileur, ce toubib raté.

— Continuez votre histoire, docteur Roth, intervint Audrey.

— J'arrive bientôt au bout. Le séjour algérien de Jasmine va durer jusqu'à la fin de l'année 92. À ce moment-là, sa mère la renvoie en France. On n'a pas d'indication précise sur ce qui est arrivé.

— C'est le début de la guerre civile, intervint Dan Andreïev. Le moment où les islamistes sont passés à la lutte armée, après l'annulation des élections.

Jorge était écœuré. Bientôt, il n'y en aurait plus dans cette salle opérationnelle que pour les bavardages de ces deux charlatans.

— Elle a retrouvé son père ? demanda Sarah, passionnée par le feuilleton.

— Non. Son père était remarié, je vous l'ai dit. Sauf que c'est l'homme des cotes mal taillées. Il repousse sa fille mais, en même temps, il trouve une solution pour elle. Il a une cousine issue de germain un peu plus âgée que lui. Elle n'avait pas eu d'enfant et c'était le drame de sa vie. Jasmine lui sera confiée.

— En France.

— Oui, près de Montaigu, en Charentes. La femme vivait seule, avec des domestiques, dans une grande maison bourgeoise, presque un château. C'est là que Jasmine grandira, à partir de l'âge de treize ans et jusqu'à ses études. Maintenant, ne m'en demandez pas plus. C'est tout ce que je sais.

Ce récit déclencha des discussions dans tous les sens. Chacun donnait son avis. Cela dépassait la curiosité futile des amateurs de faits divers : ces informations changeaient l'image que l'on pouvait avoir de cette jeune femme, mais dans quel sens ?

Helmut réfléchissait intensément.

— Qu'est-ce que vous en concluez, docteur ?

— Avoir des origines algériennes et avoir séjourné en Algérie avec sa mère ne fait pas nécessairement de Jasmine la complice de terroristes, concéda Roth.

— Nous sommes bien d'accord.

— Mais cela modifie nettement notre façon de la considérer. On comprend pourquoi elle a toutes les apparences d'une jeune fille française de bonne famille. Mais, en même temps, on se rend compte qu'il y a d'autres héritages culturels en elle. Des détails plus ciblés sur la partie algérienne de la famille devraient nous parvenir aujourd'hui. Je travaillerai sur un nouveau profil qui intégrera tout cela et je vous le présenterai dès que possible.

— Ce serait bien que tu interroges aussi Dim. C'est lui qui l'a vue de plus près.

— Il arrive ce soir, fit Sarah en regardant sa montre.

*

— Il a... Enfin, ils ont... ?

— Couché ensemble ? trancha Wilkes.

Archie gloussa. C'était exactement ce qu'il aimait chez les médecins : leur réalisme froid, leur manière de considérer les choses de la vie comme des phénomènes naturels. Il rougit.

— À vrai dire, nous n'en savons rien. L'enregistrement n'est pas très exploitable. Les voix sont presque inaudibles.

Archie cligna des yeux d'un air gourmand. Assis en face de Wilkes dans son bureau aux murs décorés de diplômes, il parlait à voix basse.

— Et dans quel état d'esprit est-il maintenant ?

— Stupidement amoureux.

— Comme c'était prévisible.

Archie avait du mal à contenir son excitation. Il se trémoussait sur sa chaise.

— C'était peut-être prévisible pour vous, concéda Wilkes, parce que vous êtes un homme clair-voyant. Moi, je n'avais pas pensé aussi loin. Quand j'ai envoyé Dim en Mauritanie, c'était avec l'idée de lui donner un premier entraînement pour ces missions médicales qui nous passionnent vous et moi. Mais je ne pouvais pas imaginer que l'expérience serait... comment dire ?... si complète.

— Les agents qui m'intéressent, voyez-vous, docteur, sont ceux qui entrent dans le tableau, pas ceux qui se contentent de le regarder.

— Pour entrer, il est entré. Ils ont passé la nuit ensemble, et maintenant il meurt d'envie de la revoir.

— Ooooh... Parfait. Vraiment parfait ! Nous avons été bien inspirés de faire poser un micro dans la chambre. Au moins nous savons exactement combien de temps il y est resté. Et lui qui voulait qu'on lui fasse confiance...

— Je ne sais pas à quoi ressemblent vos autres agents, fit Wilkes en secouant la tête d'un air réprobateur. Mais il faut reconnaître que Dimitri s'engage totalement.

— Totalement ! Oui, oui, totalement...

Wilkes ne riait pas et Archie reprit son sérieux.

— Quelle conscience a-t-il de son... engagement total ?

— Il n'est pas cynique. Il n'est pas calculateur. Il est loyal et cherche d'abord à accomplir sa mission.

— Et, au point où il en est, comment la voit-il, sa mission ?

— Il attend des ordres et les suivra.

— Bien sûr, bien sûr. Mais son désir personnel ?

Wilkes joignit les mains devant lui. Chacun de ses doigts fins touchait son symétrique par l'extrême pointe de la pulpe. Archie le contemplait avec délectation. *Ce savant est un extra-terrestre. On dirait E.T. adulte.*

— Son désir personnel, c'est de la revoir.

Archie se détendit et se leva. Il inspecta un des cadres accrochés au mur : un diplôme, avec cachet de cire et ruban. Doctorat honoris causa de l'Université Laval au Québec.

— Merveilleux ! dit-il. C'est merveilleux lorsque nous pouvons réaliser les désirs de nos agents, n'est-ce pas ?

Il revint vers Wilkes et lui sourit. Ce dernier fit de son mieux pour lui retourner cette grimace.

*

Jasmine avait choisi de rentrer un mardi soir pour être présente le mercredi à la première heure lors de la réunion de service hebdomadaire.

Le chef du Protocole, en déplacement avec le ministre, avait laissé le soin à Cupelin, son adjoint, de conduire la réunion. Celui-ci félicita lourdement Jasmine pour son teint.

— Les vacances vous ont réussi, mes compliments.

Elle voulut répondre, préciser qu'elle était en mission pour une ONG. C'était totalement inutile.

Cupelin était très fier d'une chevalière qu'il portait à la main droite et qui représentait ses initiales entrecroisées. Il la jugeait du meilleur goût et ne cessait de la tripoter, de l'ôter, de la poser devant lui.

Il commença par un bref compte rendu concernant la semaine écoulée. Puis il aborda le vrai et en réalité le seul sujet de la réunion : le calendrier des cérémonies à venir. Le Protocole vivait au rythme des repas ministériels. Si on avait pu y ajouter des pompes telles qu'on en offrait jadis au roi — coucher, réveil, bain, etc. —, la plupart des membres du service auraient été très heureux. Hélas, les ministres ne les laissaient s'occuper que de leur bouche. Autre sujet de regret pour Cupelin : la piètre condition des hôtes qu'ils recevaient. Pour une délégation convenable, anglaise ou espagnole par exemple, combien d'hommes politiques mal élevés voire carrément infréquentables. Même les capitales raffinées de l'Empire austro-hongrois, après être passées à la moulinette du communisme, avaient produit une espèce d'hommes politiques d'une affligeante grossièreté. Cupelin ne manquait jamais une tirade sur les mauvaises manières de tel ou tel. Son stock d'anecdotes était aussi apprécié que les lettres entrelacées de sa chevalière.

Puis venait le sujet des anciennes colonies et de leurs potentats corrompus. Là, Cupelin jugeait préférable que sa grande douleur fût muette.

— Visite d'État du président du Malawi, le 14 mars, soupira-t-il.

Le Malawi ! Il promena son regard sur l'assistance, dans l'attente qu'un volontaire se désigne « chef de file ». Une main se leva enfin : un ancien stagiaire, recruté le mois précédent. Le Malawi ne méritait pas plus. Accepté.

Le directeur adjoint du Protocole mit aux enchères quelques autres événements du même acabit. Puis, en tournant les pages de l'Agenda, outil sacerdotal reçu des mains bénies du chef de cabinet en personne, il tomba sur plus intéressant.

— Tiens, le ministre du Pétrole de l'Émirat de Kheir.

Il y avait pour Cupelin deux sortes de pays arabes. D'un côté, ceux que la France avait colonisés. Ils ressortissaient à la catégorie décourageante des parvenus. De l'autre, les États du Moyen-

Orient, et ceux-là, il fallait tout de même leur reconnaître de la noblesse. Après tout, ils avaient reçu les Croisés. Mal, c'est entendu. Mais enfin ils leur avaient parlé d'égal à égal. Pétrole mis à part, ils en étaient restés à l'époque du roi Arthur avec couronne, faucons, vaisselle d'or, etc. C'étaient des gens avec qui l'on pouvait s'entendre.

— Le prince Abdullah bin Khalifa al-Thani est un homme remarquable, dit Cupelin.

Il était heureux de pouvoir apporter sa garantie de bon goût à un personnage sur la qualité duquel d'aucuns auraient été en droit de s'interroger.

— Qui se propose ?

— Quel jour est-ce ? demanda un des chefs de service.

— Samedi.

L'homme tiqua. Les week-ends avaient mauvaise presse.

— Allons, c'est dans quinze jours, encouragea Cupelin en commissaire-priseur.

— Je prends.

Tous les regards se tournèrent vers Jasmine, qui avait parlé d'une voix ferme. Le chef adjoint hésita un instant. Un prince des Émirats ? Pour cette jeunette ? Un gros morceau pour quelqu'un qui n'était là que depuis six mois à peine. Mais Jasmine était compétente et les volontaires ne se bousculaient pas. Après tout, il ne s'agissait que d'un dîner, pas d'une visite complète. Le prince serait en transit depuis Londres et partirait le soir même pour une réunion de l'OPEP au Mexique. Il n'y avait pas d'hébergement à prévoir, pas de programme à organiser. Un simple dîner.

— Ma chère amie, c'est entendu. Le prince sera très honoré.

Cette saillie fut accompagnée d'un gloussement. Les regards brillèrent. Cupelin y lut de l'ironie, aux dépens de Jasmine, bien entendu.

Elle baissa les yeux et nota la date sur son agenda.

QUATRIÈME PARTIE

I

Après la mort de Farid, Providence ne s'était pas opposée à ce que Dim quitte la Mauritanie, comme Aïssatou le lui avait suggéré. Le rôle des médecins islamistes, dans cette opération, semblait terminé. Ils restaient sur écoute et Marion maintenait une surveillance à Nouakchott. Mais l'essentiel s'était maintenant déplacé vers les katibas et Kader. Et Jasmine était rentrée à Paris.

Dim prit le vol Tunisair pour Dakar que l'infirmière lui avait réservé. De là, il continua vers Bruxelles. Il se sentait accablé par ce qui lui parut d'abord une intense fatigue. Puis, il prit conscience que c'était plutôt une tristesse, un manque douloureux. La Mauritanie venait de lui être arrachée. Ce bizarre pays de sable, dénué de tout, exerce sur quiconque y séjourne une fascination quasi obsessionnelle. Le lieu est si fort que son absence provoque une frustration déchirante. Et, surtout, il pensait à Jasmine.

À l'arrivée, dans l'aérogare, il acheta un pull-over. Même après l'avoir enfilé, il frissonnait. Une voiture l'attendait pour le conduire à Providence. Sur le campus de l'agence, il posa ses affaires dans un des appartements réservés aux agents en transit. Il était confortable et anonyme, soigné et froid. Le contraire de la Mauritanie, en somme.

L'équipe lui avait laissé l'après-midi libre pour dormir et se remettre en forme. Sa première réunion avec Helmut était fixée à dix-neuf heures. Il rejoignit la salle des opérations en traversant les bureaux. Personne ne prêta attention à lui.

Helmut reçut Dimitri sans prendre la peine de refermer la porte. Il le félicita, lui posa quelques questions polies sur son expérience mauritanienne. Pour lui, la mission du médecin était terminée. Dans le but de s'en débarrasser, il lui recommanda d'aller voir Roth, le profileur. Il aurait certainement des questions à lui poser sur les protagonistes de l'affaire, et en particulier sur Jasmine…

Dim prit congé et chercha Roth. Le psychiatre avait des horaires encore plus imprévisibles que les autres. On lui signala qu'il était allé se coucher deux heures plus tôt. Mais il faisait des nuits courtes. À vrai dire, il dormait rarement plus de quatre heures d'affilée. Dim traîna dans les bureaux. Il tomba sur Audrey qu'il avait côtoyée pendant sa formation. Elle l'invita à la cafétéria.

— Tu as fait un superbe travail. Tout le monde te tire son chapeau.

Audrey, avec son caractère de chien et sa perpétuelle agressivité contre les machos, pouvait être très aimable quand elle avait quelqu'un à la bonne. Elle avait toujours apprécié ce toubib bizarre, aussi égaré dans le renseignement que dans la vie. Au fond, c'était comme ça qu'elle aimait les hommes. Paumés, intelligents. Et beaux.

— Merci, murmura lugubrement Dimitri.

— Ça n'a pas l'air de te rendre très heureux. C'est le retour qui te fait ça ?

— Peut-être. Mais je crois surtout que c'est le boulot.

— Il ne te plaît pas ?

— Je le trouve trop morcelé. On n'a pas de vision d'ensemble. Sauf vous, ici. Moi, je ne sais pas qui a tué Farid, je ne sais pas pour qui roulent les médecins que j'ai pistés à Nouakchott. Je ne sais même pas ce que Jasmine est allée faire dans le désert…

Audrey sourit et regarda autour d'elle. Deux filles du département logistique discutaient un peu plus loin.

— Farid, dit-elle en baissant la voix, on ne sait pas qui l'a tué. Les médecins, ils roulent pour des maquis islamistes du Sahara. Quant à Jasmine, elle est allée rencontrer un personnage assez mystérieux, mi-trafiquant, mi-terroriste, et on ne connaît pas grand-chose sur lui. Maintenant, dois-je te rappeler qu'on n'a pas le droit de parler boulot ici ?

— Comment il s'appelle, ce trafiquant ?

— Kader. Maintenant, tu vas plutôt me raconter ce que tu comptes faire les jours prochains.

Dim prit un ton faussement enjoué pour décrire ses projets. Il ne pouvait s'empêcher de penser à ce Kader et se demandait ce que Jasmine faisait avec lui. Il ressentait une douleur inconnue et nouvelle. Il la jugea aussi absurde que le manque dont il souffrait, mais elle en était le compagnon prévisible. Il n'y a pas d'amour sans jalousie. *C'était donc de l'amour ?*

Audrey l'observait avec amusement. Son trouble ne lui avait pas échappé. Il n'était pas encore

de ce monde, le joueur de poker qui parviendrait
à la bluffer.

*

La foule des touristes se pressait devant les célè-
bres écorchés. Dans la grande salle de l'amphi-
théâtre d'anatomie de Bologne, deux statues de
cadavres en bois, soulevant élégamment le bras,
soutiennent la chaire occupée jadis par les pro-
fesseurs.

— Ce musée était un hôpital autrefois. Et
sais-tu comment s'appelaient les religieux qui le
tenaient ?

L'homme qui était interrogé ne pouvait déta-
cher son regard des statues.

— « La compagnie de la mort » ! Tu vois qu'ils
ont beau jeu de nous reprocher *à nous* d'être des
fanatiques.

— Je comprends surtout pourquoi le Prophète,
que Son nom soit mille fois béni, a interdit les
représentations humaines. C'est... c'est...

Moktar saisit le jeune homme par le bras et
l'éloigna. Ils se fondirent dans le flot des touristes.
On parlait toutes les langues autour d'eux. Moktar avait pris bien soin de déjouer une éventuelle
filature. Il savait que l'autre avait fait de même.

— Saïd, mon frère, lui dit-il à l'oreille, notre faiblesse à nous, les Arabes, c'est le regard. Au fond,
nous sommes des poètes. Nous vénérons les mots.
Mais les images, nous ne les supportons pas.

Moktar s'arrêta et retint le jeune homme par
le bras. Le courant dans la foule se fendit autour
d'eux.

— Quand vous tuerez, prononça Moktar à voix

haute, sans se soucier d'être entendu mais en plongeant ses yeux dans ceux de son interlocuteur, surtout, ne les regardez pas.

Saïd déglutit laborieusement. Puis il se libéra et reprit sa marche. Moktar le suivit, en lui laissant prendre un peu d'avance. En bas d'un escalier, la foule ralentit et il le rattrapa.

— Combien êtes-vous en ce moment dans l'appartement ?

— Six.

— Et combien vont participer à l'opération ?

— Trois.

— Toi compris ?

— Non, quatre avec moi.

— Tu es sûr de chacun d'eux ?

Le garçon avait déjà gravi deux marches. Il s'arrêta et toisa Moktar.

— Ne te fâche pas ! se défendit celui-ci. Je te fais confiance et Kader aussi, tu le sais. Le matériel ?

— Je crois qu'on a le meilleur.

— Tu crois ou tu es certain ?

— Comment être certain *avant*, hein ? Comment ?

Le jeune homme était nerveux. De petite taille, vêtu d'un blouson de cuir marron fermé jusqu'au col, Saïd gardait les mains enfoncées dans les poches. Ses poings serrés formaient une bosse sous le cuir.

— Tu as une date ? demanda-t-il impatiemment.

Il était facile de comprendre que c'était la seule information qui l'intéressait.

— Bientôt, fit Moktar évasivement.

— Ça ne me suffit pas ! J'ai du mal à les tenir.

— Je croyais que tu avais confiance en eux.

— J'ai confiance mais on a conclu un marché. La plupart devaient partir ailleurs, tu le sais.

— En Irak, en Afghanistan, c'est ça ?

— En Palestine, en Tchétchénie, au Kosovo, ce ne sont pas les endroits qui manquent, pour ceux qui veulent donner leur vie... Je les ai retenus parce que je leur ai proposé quelque chose de plus difficile et de plus grand pour servir la cause. Mais ils n'attendront pas éternellement. Les gars des autres filières viennent les relancer de temps en temps sur Internet. Il faut que je leur donne une date, tu comprends ?

— La date, tu l'auras au dernier moment. Par le moyen que tu connais.

— Alors, donne-moi au moins une indication de temps : huit jours, un mois, six mois, un an...

Sans s'en rendre compte, ils avaient pénétré avec les autres touristes dans un petit cabinet où des livres rares d'anatomie étaient exposés dans des armoires en verre. Les visiteurs, à l'intérieur de cet espace clos, gardaient instinctivement le silence. Saïd avait presque crié. Tout le monde se tourna vers lui d'un air indigné. Moktar se répandit en sourires navrés.

— Dis-leur une à deux semaines, souffla-t-il.

Il mit la main sur l'épaule de Saïd et la serra. Puis, d'un mouvement décidé qui ôtait toute envie de le suivre, il prit la direction de la sortie et disparut.

*

Le bureau du docteur Roth était au dernier étage. La pièce donnait sur une perspective particulièrement dégagée du parc de Providence. Elle aurait été inondée de lumière sans les stores opaques tirés devant les fenêtres. Roth faisait volontairement régner une pénombre qui confinait à l'obscurité. Il travaillait la nuit, incapable de réfléchir avant que le soleil soit couché. Comme il ne pouvait pas imposer ce rythme à Providence, il avait organisé dans son bureau une nuit perpétuelle. Il devait être efficace à tout moment.

Dimitri entra dans ce caveau et s'assit en face de Roth. Ils se tenaient penchés en avant, le visage à la limite du cône de lumière d'un abat-jour en cuivre. La scène baignait dans une atmosphère caravagesque, propice aux apparitions. La figure qui jaillit naturellement de la lampe magique était celle de Jasmine. Elle flottait dans l'air devant eux.

Roth répéta d'abord tout ce qu'il avait exposé au cours de la dernière réunion de service. Dimitri, en retour, donna une description assez précise de leurs rencontres. Il dissimula l'essentiel, à savoir qu'il était habité par elle. Mais les yeux fatigués de Roth, cachés derrière leurs épaisses lunettes, n'eurent aucun mal à contourner cette maigre défense.

— Comme ça, demanda Dimitri sans vouloir montrer trop d'intérêt, vous voyez cette fille comme une terroriste ? Vous pensez vraiment qu'elle est complice de ces types ?

De la part d'un agent, cette question pouvait être anodine. Dans la bouche d'un homme amoureux, elle revêtait un autre sens.

— En aucun cas, je ne me suis engagé aussi loin ! Je dis que cette femme est plus complexe qu'on ne l'a cru au départ. Il y a en elle deux visages.

Dimitri acquiesça. Il ferma un instant les yeux : ces deux visages, Roth les imaginait. Lui, il les *voyait*. Il les avait vus dès le premier instant.

— Les gens, ici, n'avaient en tête que le côté Française bien élevée, femme de diplomate...

— Veuve.

— ... Bien sûr, veuve. Travaillant au service du Protocole d'un ministère français. Tout cela est vrai. On retrouve dans son enfance des éléments constitutifs de cette partie « respectable ».

Dimitri tiqua.

— Évitons les jugements de valeur, corrigea Roth, vous avez raison. Mettons « classique », si vous préférez. Le père de bonne famille, la tante qui l'a élevée, etc. Mais il y a aussi l'autre côté.

— Comment le définiriez-vous ?

— Je ne sais pas. En tout cas, une chose est sûre ; cette jeune femme ne se trouve pas mêlée à cette affaire par hasard. Sa familiarité avec le monde algérien et ses tensions, avec la question de l'islamisme et même du terrorisme vient de bien plus loin que son séjour à Nouadhibou avec son mari.

— Le fait d'avoir des origines algériennes...

— ... ne vous transforme pas automatiquement en terroriste. Je sais ! Mais vous avez parfaitement compris ce que je veux dire. Elle n'est pas étrangère à ces phénomènes. Ce n'est pas une oie blanche, sortie de son milieu français bourgeois, qui débarque dans un monde nouveau.

— Admettons. Mais qu'en déduisez-vous ?

Roth se recula légèrement, ce qui eut pour effet d'accentuer les ombres sur son visage.

— Voilà la vraie question. Dans quel sens cette

connexion avec l'Algérie a-t-elle pu l'influencer ?
C'est difficile à démêler.

— Vous avez bien votre idée ?

Roth cligna des yeux. Dim eut envie de lui dire
d'arrêter son cinéma. Le côté sphinx du psychiatre... Foutaise. Il avait étudié cette spécialité. Il
connaissait ses limites, ses usurpations. Pourtant,
malgré lui, il était suspendu aux paroles de ce
diable de profileur.

— Un enfant est toujours modelé par le désir
de ses parents. Même si c'est pour le rejeter plus
tard. Pour Jasmine, quel fut le désir commun de
son père et de sa mère ? Qu'elle s'intègre en France.
Son père pour effacer sa mésalliance, et sa mère
pour en finir avec l'exil, le mépris, la marginal-
lité de l'immigré, n'ont eu qu'une volonté : que
leur fille devienne une bonne petite Française...
Et Jasmine a certainement essayé de suivre cette
voie.

Il parlait à voix basse mais vite, en haletant,
comme sous l'empire d'un danger.

— Elle a commencé chez sa tante, en assimi-
lant tous les codes de la bourgeoise française. Elle
a poursuivi avec son couple, en choisissant pour
mari un consul de France. Et pour couronner le
tout, elle est devenue la gardienne d'un des temples
du conformisme européen : le Protocole diplomatique. Mais !

Il avait fait sursauter Dim en lançant très fort
cette interjection.

— Car il y a un mais...

Il leva un doigt impérieux.

— ... elle n'y parviendra jamais tout à fait !
Voilà ce qui me paraît essentiel chez elle. Quelque chose résiste en elle et l'empêche d'être con-

forme. Les frustrations sont trop grandes. Il y a trop d'obstacles à vaincre et ils recouvrent trop de douleurs.

— Parlez clairement.

— Malgré ses efforts, elle ne peut effacer les injustices qu'elle a vécues. Sa tante ? Elle la singe sans réussir à lui ressembler. D'ailleurs, la vieille femme le sent et Jasmine reste pour elle l'enfant d'une autre, d'une Arabe, une petite bâtarde.

— Sur quoi vous fondez-vous pour avancer ça ?

— Ne me posez plus la question ! trancha Roth sur un ton mauvais. J'élabore ! Écoutez-moi seulement. Ensuite, nous verrons ce qui résiste aux faits.

Dim acquiesça à contrecœur.

— Avec son père, tous ses efforts seront vains. Nous le savons. Elle l'a toujours vu en cachette et n'a jamais eu le droit de mettre les pieds chez lui. Avec le Quai d'Orsay, même déception. Son mari meurt, ils ont accompli ensemble un travail énorme. Personne ne lève pourtant le petit doigt pour lui venir en aide.

Roth sortit de son tiroir une pipe, instrument exotique, venu d'un temps lointain où fumer dans un bureau était autorisé. Il ne chercha pas à la charger de tabac mais se contenta de la tripoter, pour passer ses nerfs.

— Nous savons qu'un traumatisme récent, s'il réactive une expérience douloureuse de l'enfance, peut provoquer une réaction disproportionnée. À mon avis, c'est ce qui s'est passé après la mort du mari de Jasmine. Elle a revécu tous ces drames existentiels : le rejet, l'effort bafoué, l'impossible désir d'être acceptée. Et tout est remonté à la surface.

Roth fourra la pipe dans sa bouche. Il serra les mâchoires et se mit à parler comme s'il contenait une terrible colère.

— Elle a pris conscience qu'elle en voulait à son père d'avoir humilié sa mère et de l'avoir piétinée. À sa tante, qui lui a imposé ces règles de savoir-vivre absurdes, ce conformisme. À son mari, de n'avoir pas eu le temps ou peut-être le courage de l'épouser. À la France, à son administration, à sa politique toujours suspecte de colonialisme, à sa volonté civilisatrice qui cache mal, en vérité, un sentiment de supériorité envers les autres cultures. Et pour peu qu'elle ait alors croisé le chemin de gens décidés à défier la France, et plus généralement les valeurs occidentales...

Il termina en ôtant la pipe de sa bouche. Il la secoua dans le creux de la main pour en faire sortir une cendre imaginaire. Dimitri garda le silence un instant puis tendit à son tour la tête vers la lumière.

— Je vous ai bien écouté, Roth. Maintenant, pardonnez-moi si je reviens à ma question : de quels éléments *concrets* disposez-vous pour corroborer vos hypothèses ?

Le profileur considéra cette proposition avec le dépit d'un artiste à qui on demande de regarder l'envers de sa toile.

— En plus de tout ce que je vous ai raconté d'abord — et qui va dans le sens de mes hypothèses — il y a en effet quelques épisodes assez révélateurs. Je vous citerai les deux principaux.

Il avait regardé sa montre. L'heure de la réunion de service approchait.

— Nos enquêteurs en France ont retrouvé la trace d'une petite affaire dans laquelle Jasmine a été impliquée. Elle avait quatorze ans. Quelques gamins d'une cité de Montaigu avaient cambriolé une maison des environs. Ils s'y étaient introduits un samedi soir pour faire la fête. Ils étaient tombés sur de l'argent et des bijoux et n'avaient pas pu s'empêcher de repartir avec. Au cours de l'enquête, il est apparu que le lieu du recel était… la maison de la tante de Jasmine. Avec un bon avocat, l'affaire n'est pas allée très loin. Mais elle montre que la petite avait des fréquentations, disons, assez larges. Tous les jeunes impliqués dans le casse étaient d'origine nord-africaine.

— Ça contredirait plutôt votre idée qu'elle voulait s'intégrer à toute force.

— Le retour du refoulé, mon cher… Il y a ce que l'on veut consciemment et puis notre être profond qui nous rattrape.

Dim haussa les épaules.

— L'autre affaire ?

— C'est une information toute fraîche. Je l'ai reçue ce matin.

Dans cette pénombre, il était difficile de savoir quand Roth situait exactement « le matin ».

— Figurez-vous qu'en 2001, elle avait alors vingt-deux ans, Jasmine est retournée vivre en Algérie. Vous le saviez ?

— Non.

— *Personne* ne le savait. L'Algérie n'est donc pas, comme je l'avais d'abord annoncé, un souvenir d'enfance, un pays entrevu de dix à douze ans. C'est aussi un pays où elle est retournée vivre plusieurs années à un âge où l'on n'obéit plus à ses parents.

— Et pourquoi…

Roth leva la main pour devancer toute question.

— Ne me le demandez pas. Je n'en sais rien. On essaie d'avoir plus de détails. Possible qu'elle soit venue rejoindre sa mère qui s'était retrouvée seule après la mort de son deuxième mari. En tout cas, elle est restée là-bas deux ans.

— De quoi était mort le mari de sa mère ?

— On se renseigne, je vous dis.

— C'est tout ?

— Pour le moment.

Roth rassemblait ses affaires pour la réunion. Il était déjà debout.

— Je trouve tout cela assez décousu et, pardonnez-moi, pas très convaincant, fit Dimitri. Je ne vois pas ce que le retour de Jasmine en Algérie peut expliquer dans son comportement actuel.

— Votre scepticisme vous honore, mon ami. Mais moi, je résumerai les choses comme ceci (et évidemment tout est discutable) : cette jeune femme chemine sur une crête, elle est entre deux mondes. Son désir conscient est d'appartenir totalement à l'un d'entre eux, la France. Mais, d'une part, elle n'y parvient pas, d'autre part beaucoup de forces l'attirent de l'autre côté. Et, en tant que profileur, je me permets de vous dire que cette plasticité — on pourrait parler d'immaturité — est exactement ce qui prédispose à toutes les manipulations.

Au moment de quitter le bureau, il se retourna un instant, la main sur la poignée de la porte.

— Si elle est tombée sur des professionnels, croyez-moi, ils ont dû se régaler.

II

Malgré l'affaire de l'homme abattu près d'un puits, Béchir n'avait rencontré aucune résistance, dans sa nouvelle campagne de collecte de taxe.

Les trafiquants de « marchandises » destinées aux pays du Nord (cigarettes, cocaïne, migrants) s'acquittaient de leur dette en devises. Mais tous ceux qui passaient en contrebande des produits de consommation courante (vêtements, nourriture, armes) préféraient le plus souvent payer en nature. Les deux voitures et le camion avec lesquels Béchir faisait sa tournée étaient pleins des marchandises les plus hétéroclites, abandonnées en paiement.

Avant de rejoindre le camp d'Abou Moussa, Béchir devait encore attendre le convoi d'un de ses collecteurs, venu du Niger. Il s'était installé près d'un puits situé au Nord-Mali, sur un terrain très accidenté. Ses journées étaient livrées à l'ennui et il se sentait d'humeur nostalgique. Il pensait avec émotion aux débuts plus que modestes de son association avec Kader.

Si, en 2003, le vieux camion que Béchir avait reçu en héritage de son pauvre père n'avait pas été volé par des hors-la-loi sur la route du Tanezrouft, il ne se serait pas retrouvé seul et sans le sou à In-Salah. Et il n'aurait pas vu débarquer un soir un jeune Sahraoui aussi désargenté que lui mais incroyablement optimiste et sympathique. D'où sortait ce Kader Bel Kader ? Apparemment, il avait commencé des études en économie à Alger puis avait quitté la capitale pour retourner dans son Sud natal. Béchir croyait savoir qu'il y avait derrière tout cela une déception amoureuse et quelques ennuis avec la police. Kader ne semblait pas porter les forces de l'ordre dans son cœur et, en tout cas, il ne comptait pas sur elles pour faire justice. Quand Béchir lui avait raconté son histoire en se lamentant, l'autre lui avait rétorqué, avec un grand sourire : « On t'a volé ton camion, eh bien, la solution est simple : tu n'as qu'à en voler un autre. » Béchir avait protesté qu'il n'avait pas d'armes et Kader lui avait répondu : « Si tu choisis bien le camion, tu auras des armes en même temps. » Il ne fut pas très difficile de monter une embuscade. Béchir connaissait toutes les routes du Sahara ; il les avait empruntées avec son père depuis l'enfance. Kader organisa l'attaque avec une énergie impressionnante. Les camionneurs, terrorisés, n'opposèrent aucune résistance, sans se rendre compte que les pistolets brandis par les assaillants étaient en bois. Béchir et Kader gagnèrent ainsi leur premier véhicule et les deux vieux fusils qu'il contenait. Au bout d'un mois, ils avaient entreposé dans le désert une petite flotte et un arsenal conséquent d'armes légères et de grenades. Trois amis de Béchir vinrent les rejoindre. C'est à ce moment-là que Kader leur avait exposé son plan : ils cesseraient de piller les caravanes et s'attaqueraient aux bandes armées. Plutôt que du racket, même à grande échelle, ils vivraient de la protection qu'ils assureraient à ceux qui passaient dans la zone. C'était fou et visionnaire. Pour Béchir, ce fut un grand soulagement. Il ne se sentait guère à l'aise en dépouillant des hommes qui faisaient le même métier que son père. L'affaire avait finalement réussi au-delà de leurs espérances.

Béchir roulait ces pensées en sirotant son thé et en égrenant un petit chapelet en corne. S'il n'avait pas craint de blasphémer, il aurait dit que Kader était une sorte de prophète pour lui. Il avait bouleversé radicalement sa vie et le menait sur une voie dont lui seul connaissait l'issue. Il n'aurait pas conçu d'en suivre une autre.

Pendant ces heures d'attente interminable, un caravanier, venu d'un puits voisin, lui rendait visite de temps en temps. C'était pour Béchir une distraction. Il n'avait vu personne depuis deux jours quand un homme seul, monté sur un chameau, s'annonça au guetteur placé à l'entrée de la gorge. Il se laissa fouiller très minutieusement.

C'était un de ces grands vieillards du désert qui forcent le respect. Les marques de ce qu'ils ont enduré, le miracle de leur longévité, la sagesse que leur ont conférée des années de privation et de solitude, tout contribue à faire d'eux des reliques vénérables. Il est impossible de leur prêter la moindre intention hostile. Les épreuves paraissent les avoir délivrés de toute énergie pour commettre le mal.

Béchir gardait la mémoire de toutes les personnes qu'il croisait. C'était une question de survie pour lui. Il se souvint tout de suite d'avoir déjà rencontré ce vieillard une ou deux fois. Mais il ne lui avait jamais adressé la parole.

— Je m'appelle Hicham, que la miséricorde de Dieu soit sur toi.

Béchir rendit son salut à l'aîné. Il l'installa près de lui pour le thé.

— Nous nous sommes vus pour la dernière fois l'année de la grande tempête, tu ne t'en souviens peut-être pas. J'étais de ceux qui guident la caravane de sel. Désormais, c'est mon fils qui la conduit.

Maintenant, Béchir voyait bien qui était l'homme. Il appartenait à une tribu bédouine originaire de l'est du Sahara, en territoire libyen. La tribu s'était dispersée après le coup d'État du colonel Kadhafi en 1969. Une faible partie était restée sur place mais une autre, plus importante, était allée vers l'est et nomadisait maintenant au Soudan. Enfin, certains groupes, conduits par Hicham quand il était plus jeune, s'étaient joints aux caravaniers du sel. Chaque année, ils parcouraient le Sahara, de Tombouctou jusqu'au Niger, à travers le désert du Ténéré. Il leur avait fallu du temps pour se soumettre à la loi de Kader. Mais le développement des groupes armés touaregs avait poussé Hicham à accélérer sa décision. Ses hommes avaient été attaqués plusieurs fois, jusqu'à ce que Kader négocie pour eux avec les rebelles et les protège. Il était difficile de connaître les sentiments de ces commerçants. En voulaient-ils encore à Kader pour le tribut qu'ils lui payaient ? Étaient-ils devenus ses alliés sincères, maintenant que s'étaient installées entre eux des relations claires de protection ? Après tout, la vie du désert est constituée de ces rapports de force.

Les différents groupes de la tribu de Hicham, malgré leur dispersion géographique, continuaient de communiquer et conservaient entre eux une forme d'unité. Ses membres restaient en relation les uns avec les autres, sur un espace immense qui allait de l'océan Atlantique à la mer Rouge. Hicham lui-même avait circulé dans un grand nombre de pays. Il était allé jusqu'à La Mecque et ceux qui voulaient l'honorer lui donnaient son titre de « Hadj ».

La conversation s'ouvrit par plusieurs heures de généralités. Le vieillard avait une longue familiarité avec le temps, le temps du désert, dilaté à l'extrême, rythmé par des phénomènes lents, qu'ils soient minuscules comme le pas des bêtes, ou gigantesques comme le basculement des saisons. Rien ne servait de le bousculer. On ne fait pas pousser une plante en tirant sur ses feuilles. Béchir respecta les formes, attendant qu'il en vienne au fait.

À la tombée du soir, le vieillard accepta l'hospitalité que lui offrait Béchir. Ses hommes firent cuire un chevreau. Le vieillard s'en délecta silencieusement. Suivirent d'interminables minutes de rots et d'efforts divers pour délivrer les moindres recoins de sa denture des fibres animales qui s'y étaient logées.

Alors, comme inspiré par l'état d'apaisement auquel ces différentes opérations l'avaient conduit, Hicham commença à aborder les questions essentielles.

— Une caravane de ma famille a été attaquée cette semaine dans l'est, un peu au-dessus de Tombouctou.

Béchir tressaillit.

— C'est bien la zone de Kader ? Je ne me trompe pas ? À mon âge, tu sais, tout se mêle, tout se confond.

— Tu ne te trompes pas, Hadj. C'est bien notre zone. Personne ne nous a encore parlé de cet incident. Qui vous a attaqués ?

Hicham s'était allongé sur le côté, le coude posé sur un gros coussin de cuir. Il clignait des yeux, comme s'il était gagné par le sommeil. Mais Béchir savait que c'était une ruse. À ce stade de la conversation, le vieillard devait être plus que jamais en alerte.

— Il paraît qu'Abou Moussa a eu des ennuis avec Saïf, dit-il en négligeant la question. Je connais bien Saïf.

Il secoua la tête d'un air énigmatique.

— Je ne pense pas qu'Abou Moussa aurait fait quoi que ce soit contre vous, objecta Béchir. Il est l'allié de Kader et Kader vous protège.

— Tu as tout à fait raison. D'ailleurs, nous avons capturé un de ceux qui nous ont attaqués. Il nous a tout raconté.

— Alors, qui vous a attaqué ? Saïf ?

— Oui.

Hicham cligna lentement des yeux puis les fixa sur Béchir.

— Il n'empêche que cela s'est passé dans votre zone.

Était-ce une menace ? L'annonce d'une négociation pour réduire la taxe exigée par Kader ? Ou autre chose ? Béchir laissa venir le vieillard.

— Pour nous, reprit-il, la paix n'a pas de prix. Nous sommes prêts à payer très cher pour que nos frères puissent vivre et commercer honnêtement.

Depuis une dizaine d'années, les caravanes de Hicham avaient élargi leurs activités. Au transport traditionnel du sel, elles avaient ajouté bien d'autres produits moins inoffensifs. Mais dans le désert, le contenu importe peu. L'essentiel est l'activité que l'on exerce. Hicham et sa tribu continuaient de se considérer comme d' « honnêtes commerçants ».

— Je voudrais que tu portes un message à Kader.

Le vieillard s'était remis d'aplomb. Il n'usait plus d'artifices. On en était arrivé au cœur du sujet.

— Dis-lui que nous sommes prêts à l'aider. Nous irons bien au-delà du misérable petit don que nous vous demandions d'accepter chaque année. Cette somme dérisoire nous humilie tous, celui qui la donne autant que celui qui la reçoit. Je te propose d'ailleurs que nous n'en parlions plus.

Béchir sourit. Hicham ne se privait pas de faire, au passage, cette petite économie. Mais il était clair que son véritable message était plus important. Il fallait l'écouter jusqu'au bout.

— Dis-lui que ma tribu est prête à lui apporter un soutien décisif. D'abord, bien sûr, nous pouvons l'aider à localiser ce porc de Saïf et à le détruire. Nous le pouvons et nous le ferons car nous avons partout des yeux et des oreilles.

La proposition était intéressante. Mais Béchir savait qu'elle ne valait pas le prix que Hicham prétendait en tirer. Kader disposait lui aussi d'yeux et d'oreilles pour l'aider à localiser Saïf. Mais une fois qu'il serait localisé, encore faudrait-il en venir à bout. La tribu de Hicham n'était pas une tribu guerrière et serait de peu d'utilité pour cela.

Pourtant le vieillard avait l'air sûr de lui. Béchir attendit encore.

— Nous connaissons le choix difficile auquel a dû se résoudre Abou Moussa. En conservant son amitié avec Kader, il a rompu avec Abdelmalek.

C'était une des caractéristiques de la tribu de Hicham que de toujours mêler les affaires et la politique. Ces hommes vivaient dans une immensité désolée et vide mais ils connaissaient les moindres événements survenus dans les pays de la zone. Et il arrivait qu'ils y soient mêlés. On disait par exemple que la branche soudanaise de la famille était proche de Hassan El Tourabi, l'idéologue de la révolution islamiste dans ce pays.

— Nous savons ce que veut Kader, poursuivit Hicham. Il a pour le jihad une grande ambition. Il est capable de frapper l'ennemi loin et de faire mal. C'est bien.

Il hocha la tête comme s'il avait félicité un enfant pour une bonne action.

— À cette heure, Kader et Abou Moussa sont en position difficile. Abdelmalek et son chien fidèle, Saïf, vont tenter de leur faire payer leur liberté et leur ambition. Mais dis à Kader qu'il n'est pas seul. Beaucoup de gens savent ce qu'il vaut et sont prêts à l'aider.

Hicham s'arrêta et murmura une invocation. Il écarta les mains, paumes en l'air, comme pour prendre Dieu à témoin de la pureté de ses intentions.

— S'il l'accepte, nous pouvons lui faire rencontrer un homme qui lui veut beaucoup de bien.

— Qui est cet homme ?

— Quelqu'un dont l'appui sera décisif pour l'issue du combat que vous menez, répondit le vieillard évasivement. Quelqu'un qui dispose d'appuis très loin d'ici. Un homme à qui le jihad doit beaucoup.

Il vit que Béchir attendait encore des précisions. Pour lui montrer qu'il n'en donnerait pas d'autre, il lâcha :

— Je voudrais t'en dire plus, crois-moi. Mais c'est impossible.

Béchir acquiesça et attendit un long instant pour montrer l'importance qu'il accordait à ces paroles.

— Rapporte cela à Kader tel que je te l'ai dit, s'il te plaît, dit solennellement le vieillard.

— Je m'y engage, Hadj.

Hicham hocha lentement la tête.

— Et si Kader, quand je lui aurai transmis ton message, accepte de rencontrer cet homme…

— Nous nous occuperons de tout organiser, assura le vieil homme, en levant la main du serment. Dans les plus brefs délais. Et avec l'aide de Dieu, personne ne pourra nous en empêcher.

*

Helmut avait peur de presque tout : de l'obscurité, des coups, de la grippe A et de lui-même. Mais il s'estimait heureux d'être délivré depuis toujours de la peur des femmes. Il aurait vécu moins sereinement le naufrage de son mariage s'il avait été sensible aux menaces proférées par son épouse…

Aussi regardait-il Sarah très tranquillement pendant qu'elle l'injuriait, debout devant son bureau, les joues rouges.

— C'est *moi* qui suis responsable des agents,

dans cette boîte. La moindre des choses serait que l'on tienne compte de mon avis.

Helmut redressait son nœud papillon, tripotait un stylo, s'occupait les mains. Mais il était parfaitement zen, ce qui redoublait la colère de Sarah. Elle appuya un genou sur la chaise en face de lui et posa les deux mains sur le bureau.

— Je ne crois pas à l'utilité de ce Dimitri. Les agents spécialisés, c'est de la foutaise. Pour infiltrer le groupe des médecins, n'importe qui aurait fait l'affaire. Mais, admettons qu'il avait une meilleure couverture. Admettons.

— Pourquoi ne t'assieds-tu pas ? fit Helmut en décalant la pile de documents que Sarah avait déplacée.

Elle plia le genou qu'elle avait posé sur la chaise et s'assit comme un échassier, une jambe tendue, l'autre ramenée sous elle.

— En tout cas, maintenant, ça suffit. Il faut qu'il dégage. On a une piste sérieuse. La fille que l'on cible appartient à un réseau islamiste, il n'y a plus l'ombre d'un doute. Alors pourquoi devrait-on renvoyer auprès d'elle ce bon à rien, ce médecin égaré ? C'est comme si tu me demandais, à moi, de diriger une opération à cœur ouvert.

Helmut répondit par une grimace. Il n'aimait pas que l'on évoque la chirurgie cardiaque. L'année précédente on lui avait posé un stent et il était menacé d'un pontage. Cette perspective le terrifiait. Pour la première fois depuis le début de cette discussion, il perdit son calme.

— Tu sais que je pense exactement comme toi. Mais c'est une décision d'Archie. Il me l'a communiquée personnellement ce matin. J'ai essayé de le dissuader mais c'est impossible.

— Je sais bien qu'Archie protège ce type. Il adore s'amuser avec ces histoires de médecine. D'accord ! Mais qu'il tienne compte de notre avis, au moins… Quand on passe aux choses sérieuses — *et on en est aux choses sérieuses* —, on ne peut plus jouer tout seul.

— Il n'est pas en mon pouvoir de m'opposer à Archie sur ce type de sujet. Désolé.

Sarah marqua une pause et se releva.

— Je sais par Audrey que ce crétin est amoureux de la fille qu'il surveille, raide amoureux. C'est professionnel, ça ? Tu crois qu'on peut faire confiance à un type qui joue les jolis cœurs en mission ?

— Je ferai valoir tes arguments quand je serai en contact avec Archie. Mais je suis sûr que ni moi ni personne ne le poussera à revenir sur l'ordre qu'il a donné.

Helmut avait perçu une extrasystole. Il en voulait à cette agitée de l'avoir soumis à un stress qui pouvait lui être fatal. Il fallait terminer cette discussion au plus vite.

— De toute façon, Dim est parti pour Paris hier. Il doit rencontrer Jasmine ce soir.

Sarah ne le quitta pas des yeux tandis qu'elle se redressait et reculait d'un pas.

— Parfait ! Vous prenez tous les deux la responsabilité de ce qui va arriver.

*

La terrasse du café Rostand était déjà éclairée par les lampadaires. Dim contemplait le coucher du soleil à travers les arbres du jardin du Luxembourg. Il faisait tourner le pied de son verre ballon. C'était un bon choix, ce côtes-du-rhône. Il y avait des jours où il pensait, d'ailleurs, que toute sa vie était un bon choix. Ce jour-là en était un. Après la fin de ses études, il aurait pu végéter dans un hôpital ou un laboratoire, comme la plupart de ses copains de fac. Mais il avait préféré un métier qui le faisait passer des déserts mauritaniens au cœur sensuel de Paris.

La soirée chaude de juillet devait être une des premières du genre, après un début d'été pluvieux. Il flottait dans l'air une envie de sortir de soi et de communier avec les autres. Dimitri retourna son sourire à une fille. Il attaqua le côtes-du-rhône à petites gorgées.

Et soudain, il la vit. Elle le cherchait parmi les tables installées en terrasse et sur le trottoir. Il n'avait pas remarqué à Nouakchott qu'elle devait être un peu myope car elle plissait les yeux. Il se leva de sa chaise et agita le bras. Elle le rejoignit.

Il ne sut pas trop comment la saluer. Elle était un peu décoiffée par la marche, l'œil brillant de fatigue. Il y avait dans sa beauté quelque chose de relâché, de libre. Mais elle était vêtue d'un tailleur en lin rouge et blanc, très strict, et portait toujours des perles autour du cou, alignées comme des soldats. Cette tenue raide et froidement classique incitait plutôt à lui serrer la main. Finalement, Dim la laissa s'asseoir sans autre accueil qu'un « bonjour » tout à fait plat.

Elle tenait un gros porte-documents bourré de papiers qu'elle posa sur une chaise à côté d'elle.

— Je sors du travail.

— À cette heure-ci !

— Quelle heure est-il ? Neuf heures et demie. Ce n'est pas très tard. D'habitude…

Le garçon, avec son long tablier blanc, vint prendre la commande, deux doigts glissés dans une des poches de son gilet noir.

— Tu devrais goûter ce côtes-du-rhône.

— Merci, Coca-light, plutôt.

Le garçon s'éloigna. Elle releva une mèche que le vent lui avait rabattue sur l'œil et elle dit, sans regarder Dim :

— Il me semblait que tu ne devais pas rentrer si vite. Tu ne m'avais pas dit que tu travaillerais à Nouakchott au moins six mois ?

Dim nota avec satisfaction qu'elle semblait moins assurée qu'en Mauritanie et même peut-être un peu troublée.

— En fait, on n'avait pas fixé de date. J'étais en attente d'un poste ailleurs. Je devais rester en Mauritanie jusqu'à ce qu'il se débloque. Et il s'est débloqué plus tôt que prévu.

Pourquoi avait-il encore l'impression qu'elle ne croyait pas ce qu'il lui disait ? Un éclat dans les yeux de Jasmine trahissait l'ironie, le doute amusé.

— Et c'est à Paris, ce job ?

— Oui.

Il tenait prête la description complète de sa couverture. Élaborée par Wilkes sur les conseils d'Archie, elle consistait en un poste de médecin auprès de la direction commerciale d'un grand laboratoire pharmaceutique multinational. Archie siégeait à son Conseil d'administration. Grâce à lui, toutes les garanties avaient été obtenues pour que des vérifications éventuelles corroborent les affirmations de Dimitri. Mais Jasmine se désintéressa des détails et ne posa pas d'autres questions.

— Ça me fait plaisir de te revoir, dit-elle sur un ton neutre. Je ne m'y attendais pas.

Cette confidence surprenante mit de nouveau Dimitri mal à l'aise. Mais, cette fois, il s'était bien préparé et trouva l'énergie pour réagir. Il était bronzé, ses cheveux avaient blondi sous le soleil d'Afrique, une barbe rase soulignait les traits virils de son visage. Il avait acheté en arrivant une chemise de rugby et un jean bien coupé. Il avait la sensation pas tout à fait fausse d'avoir retrouvé tous ses moyens de séduction. Et cette idée lui donnait une assurance qu'il aurait d'habitude jugée présomptueuse. Mais, en la circonstance, tout encouragement était bon à prendre.

— Merci, dit-il, en plongeant ses yeux bleus dans ceux de Jasmine, moi aussi je suis très heureux de te retrouver. Tu as l'air en forme.

Pour ne pas continuer trop longtemps dans ce registre mièvre, il choisit de passer aux questions.

— Tu as reçu des nouvelles de Nouakchott ?

— Les médecins ne m'ont pas encore envoyé leur liste définitive d'équipement. Mais j'ai déjà presque terminé mon rapport de mission.

— Au fait, tu as su, pour Farid ?

Elle tressaillit.

— J'ai appris qu'il était mort, mais j'ignore de quoi.

Dim héla la femme qui passait entre les tables avec une corbeille de cigarettes

— Il a été assassiné.

Jasmine se figea mais ne fit aucun commentaire. Dim se détourna.

— Un paquet de Marlboro rouge, s'il vous plaît.

Il avait envie d'ajouter : *pour compléter la pano-
plie du cow-boy*.

— Tu vois, dit-il, je m'entraîne.

— Au tabac ? C'est un bon début.

Tout à l'heure, il l'avait troublée, et maintenant,
elle riait. Il se sentait de plus en plus détendu.

Il la fit parler de Paris. Elle ne savait pas trop
quoi en dire sinon qu'elle aimait cette ville plus
qu'aucune autre. Lui, comme tous les touristes,
était au courant des meilleurs spectacles et des
dernières expositions.

— Tu ne sors pas beaucoup ? hasarda-t-il, en
voyant qu'elle ne connaissait aucun des lieux qu'il
énumérait.

Elle le regarda en souriant. La proposition sous-
entendue dans sa question était clairement audible.

— Mon mari et moi, on est très pris par nos
quatre enfants.

Il hésita un instant puis éclata de rire.

L'air était tiède. Des oiseaux piaillaient dans les
marronniers de la place tandis que les pierres
rosissaient au crépuscule tardif.

— J'ai faim, dit-elle. On va dîner ?

Il était en train de chercher une phrase dans ce
genre-là mais il n'avait rien trouvé d'aussi simple.

— Où est-ce que tu m'emmènes ? Si tu connais
tous les spectacles, tu dois connaître aussi les
bons restaurants...

Il n'avait rien préparé mais Paris était plein de
ressources, surtout dans ce quartier et, ce soir, la
chance l'accompagnait. Ils se levèrent et traversèrent la rue de Médicis, pour longer les grilles du
Luxembourg. Une exposition de photos présentait
des visages de femmes de tous les pays. En mar-

chant à côté de Jasmine, Dim prit conscience pour la première fois qu'il la dominait d'une tête. Instinctivement, il s'écarta d'elle, pour ne pas l'incommoder de sa masse. Ils regardèrent les photos en silence. L'une d'elles représentait un dispensaire en Afrique. Une femme auscultait un enfant et le regard qu'ils échangeaient était intense. On se demandait qui était le plus vulnérable des deux.

— La médecine, c'est une tradition de famille chez toi ?

— Pas du tout. Mon père était agent d'assurances. Et de toute façon, il a disparu quand j'avais deux ans.

Dim avait répondu sans y penser. L'idée que l'atmosphère puisse être plombée par l'évocation de drames familiaux l'affola et il changea vite de sujet.

— J'ai fait plein de trucs, avant de devenir médecin.

— Quel genre ?

Jasmine gardait son regard ironique mais c'était plus une contenance qu'une attitude sérieuse. Du moins, c'est ce qu'il voulut croire. Il avait besoin de se convaincre qu'elle était réellement curieuse de le connaître. Et là, tout à coup, dans le calme de ce soir de juillet, sur ce trottoir presque vide bordé de grands arbres sombres, il sentit sa timidité l'abandonner. Il n'y avait plus ni Archie, ni Providence, ni mission. Seulement l'envie de bavarder avec une femme dont il se sentait proche et qu'il désirait.

Il raconta sa naissance à Portland, dans le Maine, au bord de la mer. Le départ de son père sur un voilier de plaisance pour une traversée de l'Atlantique dont il n'était jamais revenu. Il avait toujours cru à un naufrage. Jusqu'à ce que le hasard lui apprenne un jour que son père les avait en fait abandonnés, sa mère et lui, et qu'il avait fondé un nouveau foyer en Espagne. Il raconta ses rêves de bateau, tandis qu'ils habitaient à Philadelphie, loin de l'océan. À dix-sept ans, il s'était embarqué sur un cargo à travers le Pacifique. La réalité l'avait déçu. Il se sentait encore plus enfermé sur l'eau que sur terre et n'avait plus aucun ailleurs auquel rêver. Le capitaine du bateau, grand lecteur, un mélange d'Ezra Pound et de Conrad, lui avait fait connaître les légendes indiennes, les sagas irlandaises et toutes sortes de romans, du meilleur au pire. Il avait découvert en même temps Faulkner et Maurice Dekobra.

— En rentrant aux États-Unis, je me suis inscrit en fac de philo. Mais, un jour, un prof m'a dit : « Quand vous serez à ma place, derrière ce bureau... » Alors, j'ai compris que j'allais passer ma vie à enseigner, enfermé dans des salles de classe. Et ça, je n'en voulais pas.

Par les petites rues qui dégringolent autour de l'Odéon, ils avaient rejoint le marché Saint-Germain. Ils s'installèrent à une table en terrasse, devant un restaurant de compagnons du Tour de France.

— Finalement, j'ai choisi la médecine. En pensant que ça me ferait peut-être voyager et qu'en tout cas ça me laisserait du temps pour rêver.

— Tu parles d'une vocation !

Elle l'interrogea sur ses études, dans une fac perdue du Wyoming, puis sur l'ONG pour laquelle il travaillait en Mauritanie. Là, il flaira le danger.

Heureusement, le garçon vint prendre la commande et les interrompit.

À son tour, il lui posa des questions et, à son grand étonnement, elle ne fit aucune difficulté à évoquer ses origines algériennes. Ce que les services de Providence avaient laborieusement appris était une dimension tout à fait assumée de sa personnalité. Dim eut l'impression de marquer un point dans la controverse qui l'opposait à Roth.

L'heure avançait. Il demanda l'addition. Elle le surprit et, d'un geste plus rapide, la saisit et paya.

Elle avait refusé le café et le dernier verre. Il aurait bien laissé traîner la conversation mais le garçon se mit à plier les chaises autour des tables voisines. Elle se leva. Il la suivit. Ils passèrent dans l'ombre des arcades du marché, devant des vitrines éteintes, et s'arrêtèrent pour traverser la rue de Seine. À mesure qu'il sentait la situation lui échapper, Dim redevenait maladroit et impatient.

— Tu sais, commença-t-il, depuis notre nuit à Nouakchott, je n'ai pas cessé...

Elle lui jeta un regard en coin et retrouva son sourire énigmatique.

— Que s'est-il passé pendant « notre nuit » à Nouakchott ?

— Rien.

Il était tombé dans son piège et elle rit franchement. Non, il ne s'était rien passé, en fait : il s'était simplement endormi pendant qu'ils fumaient et qu'elle lui parlait. Pour autant, évidemment, il ne s'était pas *rien passé* et elle ne pouvait pas l'ignorer.

— Où habites-tu, à Paris ?

— À l'hôtel Polydor, rue Monsieur-le-Prince.

— Dans ce cas, je te laisse ici. Je vais rive droite.

Elle héla un taxi vide qui passait. Il retint la portière alors qu'elle était assise.

— Je t'accompagne...

Elle sourit gentiment, pour qu'il s'épargne un surcroît de ridicule.

— Merci pour cette soirée, dit-elle. Je te souhaite bonne chance dans ton nouveau poste.

— À bientôt ?

— Inch'Allah !

Le taxi démarra et il la regarda s'éloigner. Ensuite, il remonta la rue de Tournon lentement. Depuis combien de temps ne s'était-il pas senti dans cet état ? Au fond, il n'avait jamais vécu d'histoires très sérieuses et surtout personne ne lui avait jamais résisté. En tout cas personne à qui il tenait. Dans cette situation, il n'arrivait pas à démêler ce qui provenait de sa vanité blessée, de sa fragilité dans cette période incertaine ou de quelque chose de plus profond. Il se sentait misérable, incapable et sale.

Il récupéra sa clef à la réception de son hôtel, et monta. Sa chambre, au dernier étage, était mansardée. Des poutres s'entrecroisaient au gré des pentes compliquées du toit. Par la fenêtre à petits carreaux, il voyait le couvent des Cordeliers. Il prit une douche brûlante et s'allongea sur le lit, en peignoir. Il s'endormit aussitôt. Il n'avait aucune idée du temps qu'il avait passé assoupi quand on frappa deux petits coups à la porte. Il sursauta, rajusta son peignoir et alla ouvrir. Jasmine était sur le seuil. Elle jeta un coup d'œil sur la pièce baroque et entra. Il voulut l'embrasser mais elle le retint. Elle ouvrit son sac, sortit une blague à tabac et du papier.

— Roules-en un. Il y a ce qu'il faut dedans. J'arrive.

Elle disparut dans la salle de bains.

Dimitri huma l'herbe et ferma les yeux. Il était à Nouakchott. Tout lui revenait, avec, de surcroît, la promesse inattendue du plaisir.

III

Cette fois, c'était Ben Hamida — ou celui qui utilisait, entre autres, ce nom — qui avait pris l'initiative de la rencontre. Il avait proposé à Howard de le retrouver à Ixelles, banlieue chic de Bruxelles. Il existait là-bas un établissement d'aide sociale, créé sur le modèle de l'association Emmaüs. Les exclus pouvaient y obtenir du secours, en exerçant l'activité de chiffonnier. De grands entrepôts offraient leurs trouvailles à la vente.

Ben Hamida et Howard, arrivés chacun de leur côté, se rejoignirent au milieu des armoires à glace, des sommiers éreintés et des téléviseurs en panne. Les deux hommes déambulaient au hasard. Leur attention commune fut arrêtée par un bureau Louis XVI, d'époque Faubourg-Saint-Antoine. Côte à côte, ils le contemplaient avec perplexité.

— Vous avez quelque chose d'urgent ? demanda Howard.

— Nous avons reçu un renseignement qui peut vous intéresser, dit Ben Hamida, en actionnant les tiroirs.

— Sur les types dont je vous ai montré la photo ?

— Indirectement. En tout cas sur Kader.

Howard s'accroupit pour examiner les volutes en bronze qui ornaient les pieds. Ben Hamida continuait ses commentaires.

— Il dispose à Paris d'un correspondant que nous avons repéré depuis longtemps. Un certain Moktar. Le type vit modestement. Il habite un studio en banlieue nord, à Lagny. Nous savons qu'il a servi de receleur pour plusieurs des trafics auxquels se livre notre ami du désert.

Du bout de l'ongle, Howard gratta une petite tache sur le revêtement en cuir rouge du plateau.

— Le lien avec notre affaire ?

— Ce monsieur s'est rendu récemment en Italie, à Bologne.

L'Algérien désigna un autre meuble car ils avaient décidément examiné celui-là sous tous les angles possibles.

— Il y a là-bas un groupe de jeunes issus de toute l'Europe qui cherchent à s'enrôler pour combattre sur les théâtres du jihad. Bologne est une filière que nous surveillons particulièrement.

Ils avaient jeté leur dévolu sur une lampe en verre étiré de style art-déco. De loin, à condition de ne pas entendre leur conversation, ils pouvaient passer pour deux chineurs, peut-être des antiquaires. Il en venait souvent dans cette brocante, où s'égaraient parfois des objets de valeur.

— Ce Moktar aurait alerté les membres du groupe de Bologne sur l'imminence d'une action à laquelle ils devraient prendre part. Elle promet d'être meurtrière et spectaculaire, compte tenu du profil des jihadistes concernés. Moktar n'a pas précisé la cible de l'opération mais nous pensons qu'elle devrait se dérouler en France.

Howard, qui tenait la lampe à bout de bras, hocha la tête d'un air satisfait.

— Une pièce de très grande valeur, en effet. Je vous remercie d'avoir attiré mon attention sur elle.

Les deux bourgeois à la Daumier échangèrent un salut et s'éloignèrent sans se hâter.

*

Le retour de Béchir, chargé de vivres, de matériel et d'argent, auprès du groupe d'Abou Moussa, avait soulevé une joie extraordinaire parmi les combattants. Pour la première fois depuis la rupture avec Abdelmalek, Abou Moussa sentit qu'il pouvait gagner. Kader, qui l'observait, nota avec satisfaction que le chef combattant reprenait une attitude énergique, noble et sereine. Les hommes de la katiba voyaient revenir l'autorité de leur émir. Ils la craignaient car ils en connaissaient la cruauté, mais ils la désiraient aussi. Rien n'était pire que l'incertitude et la position défensive de ces dernières semaines.

Au mépris de la sécurité, Abou Moussa autorisa une nuit de fête pour célébrer l'arrivée de Béchir et de sa cargaison. On sacrifia trois beaux moutons qu'il avait rapportés et on les fit cuire sur un brasier. Les sentinelles se relayèrent pour prendre part au festin. La katiba s'offrait le luxe d'oublier pour un moment Saïf et ses embuscades, Abdelmalek tapi derrière lui et les forces de sécurité algériennes, mauritaniennes, maliennes... Qu'ils aillent au diable cette nuit-là !

Pendant que la fête se déroulait, Béchir réunit Kader et Abou Moussa pour tenir conseil. Il leur rapporta les paroles du vieux Hicham.

— Tu le connais ? demanda Kader à l'émir quand le récit fut terminé.

Abou Moussa secoua la tête.

— Pas lui. Mais ceux de sa tribu. Je n'ai aucune confiance dans ces gens-là. Ils sont bien avec tous ceux qui les paient. S'ils se mêlent de jihad, crois-moi, c'est pour trahir quelqu'un. Qui sait si Hicham n'a pas été acheté par Saïf ? J'ignore comment et pourquoi, mais je suis sûr que c'est une ruse. Tu dois refuser cette rencontre.

— Et toi, Béchir, qu'en penses-tu ?

— L'homme m'a d'abord semblé bizarre, comme le dit Abou Moussa. Je crois volontiers qu'il va au plus offrant et n'a aucune conviction, pas plus que ceux de sa famille mais…

— Mais ?

— Mais, dans cette affaire, je ne pense pas qu'il cherche à nous nuire. Mon sentiment est plutôt qu'il dit vrai. Il sert d'intermédiaire pour un groupe que nous ne connaissons pas.

Kader se tut. Le bruit des voix graves et des rires emplissait le campement et arrivait jusqu'à eux. Abou Moussa tripotait un couteau qu'il gardait toujours sur lui, un instrument à manche de bois dont il pliait et dépliait nerveusement la lame.

Alors, Kader se mit à parler sur un ton monocorde et sans élever la voix, comme s'il réfléchissait pour lui-même.

— Il me semble que tout cela est parfaitement logique. Depuis quelques semaines, notre communication sur les sites Internet a complètement changé. Nous avons renouvelé le langage d'al-Qaida au Maghreb islamique. La cassette que tu as enregistrée il y a dix jours, Abou Moussa, a été diffusée sur al Arabia. Depuis combien de temps un émir d'AQMI n'avait-il plus annoncé d'action de grande envergure contre l'ennemi lointain ? Nous n'avons pas cessé de faire monter la pression, en martelant que nous ne nous contenterions plus d'arpenter le désert et de jouer à cache-cache avec l'armée algérienne dans la montagne. Il était fatal que cela suscite l'intérêt des hommes qui ont cru, il y a plus de quatre ans, en Abdelmalek. Et qui ont été cruellement déçus.

— Il est probable aussi que cela a suscité l'intérêt de tous ceux qui combattent notre foi.

Abou Moussa n'avait pas une grande culture politique, du moins internationale. Kader fut donc étonné de l'entendre faire une remarque aussi perspicace. Et Béchir se hâta de lui donner un contenu plus précis.

— Les services algériens, français, américains ont certainement repéré nos déclarations. Ils savent sûrement (peut-être par Abdelmalek d'ailleurs) que tu es à l'origine de cette campagne. Tu deviens une cible pour eux et tout sera bon pour te capturer. Cette proposition ressemble à un piège grossier pour te faire sortir du bois. Peu importe qui le tend.

Kader secoua la tête.

— Tu veux vraiment courir ce risque ! s'écria Abou Moussa.

Un long instant, Kader fixa le sol. Puis, il se redressa et parla avec une exaltation qui surprit ses interlocuteurs.

— Il le faut ! Toute notre stratégie vise à nous imposer comme la véritable branche d'al-Qaida en Afrique occidentale : nous ne pouvons pas laisser à Abdelmalek le monopole des contacts avec ceux qui font autorité dans le jihad, les chefs historiques, compagnons de notre frère Ben Laden, qui ont seuls autorité pour décerner cette distinction suprême et reconnaître un mouvement comme digne de porter le nom d'al-Qaida.

L'enthousiasme avec lequel il s'était exprimé rappelait le Kader conteur d'histoires, évocateur de merveilles, l'homme qui avait su séduire Abou Moussa par son verbe. Cette fois encore, le charme opéra. Kader vit briller les yeux de l'émir et un sourire se former sur ses lèvres. Mais Béchir était moins facile à influencer.

— Sait-on au moins comment Abdelmalek l'a obtenue, cette fameuse patente jihadiste ?

— Non, justement. Il a toujours gardé le secret là-dessus. On sait seulement que c'est Zarkaoui, à l'époque où il avait la haute main sur al-Qaida en Irak, qui a rédigé le communiqué reconnaissant le Groupe salafiste pour la prédication et le combat (c'était le nom du mouvement d'Abdelmalek à l'époque) comme la branche d'al-Qaida au Maghreb islamique. Mais comment et surtout *par qui* s'est fait le contact entre Abdelmalek et Zarkaoui, il ne l'a jamais révélé. La proposition de Hicham nous donnera peut-être l'occasion unique de rencontrer les personnages qui ont fait le lien. Et s'ils décident maintenant de miser plutôt sur nous que sur Abdelmalek, c'est une chance que nous devons absolument saisir...

Un combattant passa une tête pour annoncer que la viande était cuite.

— La proposition de Hicham est dangereuse, conclut Kader. Mais nous avons tout à gagner et peu à perdre, si nous prenons de vraies précautions pour minimiser les risques. Il faut prendre des garanties, bien sûr, ne pas se jeter dans la gueule du loup. Mais il suffit de dicter nos conditions et de préparer soigneusement la rencontre.

Abou Moussa hocha la tête. Kader n'attendait pas de sa part un consentement explicite.

— Béchir, ordonna Kader, tu repartiras demain. Tu iras trouver le vieillard. Tu lui diras que j'accepte de rencontrer la personne qui désire me voir. Mais je pose mes conditions. Il les transmettra et te fera connaître la réponse.

— Quelles sont ces conditions ?

— Que je puisse venir avec une escorte armée. Eux n'ont rien à craindre tandis que, moi, je prends un risque en allant à un tel rendez-vous.

— Ensuite ?

— Il faut déterminer où et quand se fera la rencontre. Pour le lieu, je leur laisse le choix, à condition que ce soit dans une zone déserte. Mais pour le temps, je formule une seule exigence, et il n'y a pas de compromis possible sur ce point. Je veux que la rencontre se tienne *avant* que notre grande action lointaine soit déclenchée.

— Pourquoi ?

— Parce que, après, nous serons sans doute contraints de réduire nos déplacements, peut-être de nous cacher pendant quelque temps.

Tous pensèrent à Ben Laden après le 11 septembre, aux grottes de Tora-Bora et aux zones tribales du Pakistan où il se cachait encore. Ils avaient peur mais se sentaient fiers.

*

— Dimitri ? Bonjour, c'est Roth.

La voix dans le téléphone était légèrement lointaine. Mais Dim reconnut le cheveu sur la langue

et l'élocution caractéristique du psychologue profileur.

— Quelle heure est-il ?

— Quatre heures du matin.

Dim grogna. La veille, Jasmine l'avait quitté
peu avant l'aube. Il comptait bien récupérer cette
nuit et dormait profondément quand le téléphone
avait sonné.

— Vous avez de la chance, vous êtes au lit, à ce
que je comprends. Moi, je vous appelle avant une
réunion. Vous avez bien entendu. Ils vont tenir
une réunion à cinq heures du matin. Ça vous
donne un peu l'ambiance, à Providence.

Dim tendit le bras pour allumer la lampe de
chevet.

— Je vous appelle parce que vous êtes sans
doute le seul qui puisse s'intéresser à ce que j'ai
à dire. Ici, ils ont dépassé le stade de la psycho-
logie. Ils ont des certitudes et ça leur suffit. Ils ne
cherchent plus à comprendre mais à se forger
des outils pour l'action.

— Quelle action ?

— Je pourrai vous en dire plus après. Pour l'instant, je voudrais vous parler d'elle.

« Elle » ? Jasmine, bien sûr. Dim frissonna. Il
sentait encore son corps contre le sien, son parfum, sa bouche.

— Vous êtes toujours là ?

— Oui.

— Bon, j'ai avancé dans son profilage et je voulais lever quelques doutes. J'ai bien vu, l'autre
jour, que je ne vous avais pas convaincu.

— Allez-y !

— C'est surtout au sujet de son beau-père et de

l'Algérie. Vous vous souvenez qu'en 92, Jasmine avait été renvoyée en France par sa mère ?

— Oui.

— Et qu'elle était retournée en Algérie en 2001. Nous nous demandions ce que sa mère était devenue pendant ces neuf années.

Dimitri s'était levé et déambulait dans la chambre. Il s'approcha de la fenêtre. Des réverbères orangés éclairaient les toits de zinc. On ne voyait pas le ciel.

— Elle s'était remariée en Algérie, poursuivit Roth, ça, nous le savions. Mais on n'avait pas beaucoup d'informations sur le beau-père. Maintenant, on en a un peu plus. C'était un instituteur ; il avait fait partie de la première génération issue de la politique algérienne d'arabisation. Il avait étudié et enseignait en arabe. Son français était rudimentaire. Comme beaucoup de gens dans son cas, il avait été révolté par les excès de la libéralisation des années quatre-vingt. Et sa sympathie allait aux islamistes qui proposaient un retour aux valeurs traditionnelles.

— Ce qui ne l'avait pas empêché d'aller chercher une femme en France.

— Une femme de son bled. Et qui lui avait été « proposée » par une cousine.

— D'accord.

— En tout cas, en 92, après le coup d'arrêt au processus électoral, il avait craint la répression et avait accepté que sa femme renvoie Jasmine en France. Les années qui ont suivi ont été les pires de la guerre civile. L'homme n'a pas fait parler de lui. Il est resté bien caché dans son quartier, obéissant aux principes de l'islam et servant l'État.

Dim bâillait. Il pensait à Jasmine à quinze ans.

Comment était-elle ? À son retour d'Algérie, comment avait-elle regardé la France, ces toits métalliques, ce ciel orangé ? Où avait-elle cherché le soleil ?

— Et puis, en 97, une nuit, la police débarque encagoulée chez le beau-père de Jasmine et l'arrête. Il est interrogé de manière musclée, et il avoue être le chef d'un réseau islamiste secret. Il a commandité de nombreux assassinats. Le mouvement qu'il dirige n'est pas un maquis, plutôt une organisation salafiste ciblant les intellectuels, les milieux occidentalisés, les étrangers. Sa femme le verra une seule fois en prison. Et en 2000, on lui apprend qu'il est mort, sans doute d'une tuberculose.

— Et Jasmine dans tout ça ?

— J'y viens. Sa mère l'informe au fur et à mesure. Elles s'écrivent. Les lettres ont été interceptées par les services algériens et nous avons des copies. Très intéressant. La mère soutient son conjoint. Elle le considère comme un héros. Elle ne veut pas quitter l'Algérie. Le récit qu'elle fait de l'action de son mari est de nature à enflammer Jasmine qui se sent en exil en France. Son beau-père la venge de tout ce qu'elle subit. Elle brûle de rentrer là-bas. Sa mère le lui interdit. Elle la rejoindra quand même dès qu'elle en aura les moyens.

Une canette de bière ouverte traînait sur la table. Dim la saisit.

— Je constate que vous ne lâchez pas votre théorie : elle est fascinée par l'Algérie et son modèle est ce beau-père terroriste. Mais dans ce cas, mon cher Roth, dites-moi pourquoi elle ne reste pas là-bas et pourquoi, à peine rentrée, elle épouse un diplomate, français jusqu'aux oreilles ?

— Pour obéir à sa mère. Quand elle revient en Algérie, sa mère lui fait jurer qu'elle ne restera pas. La pauvre femme est toujours accrochée à son rêve d'intégration pour sa fille. Elle est si préoccupée par son sort qu'elle en tombe malade. Elle meurt d'un cancer de l'utérus en 2003. Et Jasmine revient en France. Elle tente une fois encore de satisfaire le désir de sa mère. Ce sera la dernière.

Dim réfléchit lentement. Il avait un peu froid ; il alla jusqu'à la salle de bains pour enfiler un peignoir.

— Vous savez, Roth, la différence entre nous, c'est que, moi, je *connais* cette fille. Et je n'arrive pas une seconde à l'imaginer en fondamentaliste radicale. Ça ne colle pas. Vous pouvez me raconter toutes les histoires que vous voulez, je ne la vois pas comme une terroriste.

— Parce que vous vous faites de fausses idées à leur sujet. Il y a plusieurs catégories de terroristes, gardez ça en tête. Les psychiatres ont produit une littérature assez consistante là-dessus depuis trente ans.

La bière s'était réchauffée dans la main de Dim. La gorgée qu'il but était tiède, écœurante.

— Des idéologues, il y en a finalement assez peu dans les groupes terroristes. Ce sont ceux qui agissent comme des gourous, qui guident les autres. Les chefs ou les prophètes, en somme. Mais le gros des troupes, comme dans les sectes d'ailleurs, ce sont des gens dont le moteur est beaucoup plus simple. Leur motivation principale est la revanche. Ce sont souvent des personnalités humiliées, soumises, niées, qui, en embrassant une cause violente, se trouvent tout à coup en position de laver toutes les offenses qu'ils ont subies.

Roth parlait doucement. Sa voix avait quelque chose d'hypnotique. L'agressivité de Dim était retombée. Il regardait dans le vide devant lui. *Laver toutes les offenses*. Oui, peut-être.

— Nous n'avons aucune information selon laquelle Jasmine aurait pratiqué une religion, continua Roth. Il semblerait que les stations debout dans le froid à la messe, avec sa tante, l'aient dégoûtée à jamais du christianisme. Et, en Algérie, personne ne se souvient de l'avoir aperçue à la mosquée. Ce qui ne signifie pas qu'elle ne prie pas seule.

Dim se souvenait d'elle à Nouakchott, se relevant un peu gênée, comme si elle s'était prosternée.

— Mais ça n'a aucune importance, en fait. Pour ces personnalités, ce qui compte, c'est la rencontre avec un groupe qui légitime la violence. Les idéologues sont les hommes des fins. Les autres, tous les autres, ne désirent que les moyens.

— Pourquoi est-ce que vous me racontez tout ça, Roth ?

— Parce que vous m'écoutez et que ça vous intéresse.

— Ça n'intéresse pas les autres, à Providence ?

— Leur opinion est arrêtée.

— La vôtre aussi.

— Non, je continue de m'interroger. Il y a encore des choses que je ne comprends pas chez cette femme.

— Par exemple ?

Roth marqua un temps.

— Par exemple, à quoi elle joue avec vous.

*

La remarque de Roth avait résonné toute la journée dans l'esprit de Dimitri. Ce charlatan avait bel et bien mis le doigt sur la plaie secrète qui le faisait souffrir depuis que Jasmine était venue le rejoindre à l'hôtel.

Pourtant, à s'en tenir aux apparences les plus triviales, on pouvait dire qu'il avait obtenu ce qu'il voulait. Il la désirait et elle s'était donnée à lui, pour parler comme le capitaine du cargo sur lequel Dim avait fait le tour du monde, un vieux célibataire nourri de clichés littéraires.

La vérité était différente : se rapprocher physiquement les avait éloignés l'un de l'autre, ou, en tout cas, l'avait, lui, éloigné d'elle.

Tout avait pourtant été parfait. Leurs corps s'étaient unis sans réticence ni retenue. On pouvait parler d'harmonie charnelle. Mais ils avaient peu parlé et il n'avait pas pu chasser l'idée qu'elle se servait de lui.

Dès le lendemain, cette seconde nuit passée ensemble ne lui apparaissait pas moins irréelle que la première, à Nouakchott. Non pas que, cette fois, il n'eût pas conservé de souvenirs. Il se remémorait chaque geste, chaque sensation. Mais l'ensemble baignait dans une atmosphère étrange : il lui semblait n'avoir disposé d'aucun contrôle sur les événements. Surtout, la femme avec qui il avait partagé ces plaisirs était bien différente de la Jasmine qu'il connaissait. Il avait déjà entrevu ce personnage impudique et volontaire dans certaines de ses mimiques. Mais, pendant ces heures d'intimité, celui-ci s'était emparé de tout son être et avait imposé sa loi.

Il la revit le surlendemain pour un petit-déjeuner. Elle était soucieuse, affairée et ne fit aucune allusion à leur dernière nuit. Quand il eut un mot pour l'évoquer, elle s'impatienta. Il accumula les tentatives, toutes plus maladroites les unes que les autres, pour proposer un autre rendez-vous. Elle refusa avec brutalité et le gratifia d'un sourire ironique qui lui rappela leur toute première rencontre en Mauritanie.

À moitié par ruse, à moitié par dépit et envie de se venger, Dim fit un effort surhumain pour ne pas lui téléphoner. Pendant les deux jours suivants, il se força à voir trois films à la suite, à lire *Libération* de la première à la dernière ligne, y compris le supplément livres et, pour mettre un comble à ses souffrances, il rédigea un rapport de mission parfaitement creux qu'il déposa au bureau de Paris de Providence, avenue de Messine. Il en était là de ses mortifications quand, le deuxième soir, il reçut un texto lui proposant de le retrouver à une heure du matin dans un hôtel près de l'église Saint-Gervais. Il accepta et s'y rendit, partagé entre le soulagement et une grande colère. Ainsi, il était clair qu'elle entendait rester maîtresse du jeu. Elle choisissait la date, l'heure et même le lieu de leurs rencontres. Dim n'avait rien contre l'idée de se montrer passif. Il avait connu d'autres relations où il avait aimé se laisser conduire et surprendre. Mais jamais il n'avait ressenti une telle impression de brutalité et de cynisme dans la façon dont on l'utilisait.

Il alla à pied jusqu'à l'hôtel où Jasmine lui avait

donné rendez-vous. La promenade dans l'air tiède des bords de Seine le calma. Il trouva une certaine consolation à se répéter qu'après tout, il était en mission. Il se souvint que c'était Providence qui lui avait demandé de se rendre à Paris et qu'en voyant Jasmine, il ne faisait finalement que son travail. C'était une manière de reprendre la main : en obéissant, il poursuivait son propre objectif, après tout.

L'hôtel était situé dans une maison étroite du Marais mais, curieusement, la chambre que Jasmine avait réservée était un petit appartement indépendant. On y accédait par la cour, ce qui n'obligeait pas à passer devant la réception pour aller et venir.

Dim avait d'abord pensé commencer par une explication, demander à Jasmine quel jeu elle jouait avec lui. Mais il trouva la porte entrouverte et, quand il entra, elle lui cria d'une pièce voisine de se verser à boire. L'appartement était vaste. C'était le genre d'espace conçu pour loger des familles de touristes, avec cuisine équipée et espaces indépendants. Dim entendait de l'eau couler dans une salle de bains. Une bouteille de Coca-Cola et deux verres attendaient sur le coin bar de la salle de séjour.

Il avait saisi la bouteille pour la déboucher quand son regard s'arrêta sur le sac que Jasmine avait jeté sur une chaise. C'était un modèle en cuir bleu sombre orné d'une plaque de cuivre gravée « Dolce & Gabbana ». Il se fermait avec un lacet de cuir mais elle n'y touchait jamais. Par l'ouverture béante, on distinguait des documents et la tranche dorée d'un Filofax.

L'eau coulait toujours au loin, rendant un bruit sonore sur le bassin d'émail de la cabine de douche. Dim hésita un instant. Avec des gestes précis et déterminés, il photographia les sept dernières pages de l'agenda, qui regroupaient le programme de deux semaines. Ensuite, il activa le téléphone portable qui n'exigeait aucun autre code que les quatre zéros d'origine. Par Bluetooth, il copia le carnet d'adresses. Pendant sa formation, il avait acquis une grande dextérité dans ces manœuvres. Il replaça tout dans le sac et revint vers la bouteille.

Jasmine mit encore un long moment à le rejoindre. Dim se sentait bizarrement soulagé et joyeux. D'abord, il avait éprouvé du plaisir à exécuter ces petits gestes d'espion qu'il avait appris sans être sûr qu'ils lui serviraient. Ensuite et surtout, il s'était délivré de toute hésitation ou culpabilité. S'il ne savait pas à quel jeu elle jouait avec lui, au moins était-il parfaitement maître de celui auquel il se livrait, lui. Il était en service commandé pour Wilkes et Archie, et n'avait plus besoin de justification supplémentaire.

Mais quand Jasmine apparut, nue, les cheveux mouillés peignés en arrière, le désir chassa tous ces raisonnements. Il eut juste le temps de penser qu'il était heureux de s'être emparé d'un peu de son mystère.

IV

La présence d'Archie dans les locaux de Providence donnait à la réunion opérationnelle un sens bien précis : c'était un aboutissement, l'heure d'annoncer les conclusions.

Archie avait voyagé toute la nuit en provenance de Johannesburg. Il observait le soleil matinal qui éclairait les arbres du parc avec un scepticisme admiratif : réalité ou fiction ?

Dès que tout le monde fut installé, il commença, avec son style inimitable.

— On raconte qu'Abraham, pour satisfaire l'exigence de sa femme, a répudié sa concubine. Eh oui ! Déjà... La pauvre, avec son bébé Ismaël, s'est retrouvée seule dans le désert, sans nourriture et sans eau. Le bébé allait mourir de soif quand soudain, elle a vu jaillir de l'eau sous sa tête : elle l'avait posé sans le savoir à l'emplacement d'un vieux puits comblé, le puits de Zam-Zam. Ainsi furent-ils sauvés tous les deux et avec eux la lignée des Arabes qui sont, dit-on, les descendants d'Ismaël.

Archie se moucha bruyamment pour ponctuer son histoire.

— Voilà, mes amis ! Quand on erre dans le désert, quand on croit que l'on va mourir, il se peut que jaillisse de l'eau sous nos pas. Je crois bien que c'est ce qui est arrivé avec l'opération Zam-Zam... Pas vrai, Helmut ?

Le directeur des opérations s'estimait heureux de n'avoir subi qu'une brève anecdote. Il s'attendait à plus verbeux.

— Tout à fait ! répondit-il. Oui, c'est un vrai miracle, si c'est ce que vous voulez dire. Nous sommes partis avec peu de renseignements. Et à l'arrivée, c'est un très, très gros poisson que nous avons pêché. Sarah va nous présenter l'affaire, telle que nous la comprenons aujourd'hui.

— Pas trop tôt, grommela Sarah, agacée par ces préliminaires. Je résume : il existe dans le nord du Sahara un mouvement fondamentaliste armé, affilié depuis 2006 à al-Qaida. Ce mouvement est dispersé en plusieurs maquis sur le territoire algérien. Ils obéissent à une direction commune. Pourtant, même si les dirigeants d'AQMI, comme ils se nomment eux-mêmes, se recommandent de Ben Laden, la réalité est moins glorieuse. Ces maquis vivotent en Algérie. Ils sont isolés, traqués et manquent de moyens. Ils recrutent dans les pays environnants mais leur action est essentiellement locale. Je parle sous le contrôle de Dan.

Le spécialiste de politique internationale inclina galamment la tête, pour signifier qu'il n'avait pas d'objections.

— Un de ces groupes vit dans des conditions particulièrement difficiles au cœur du Sahara, à cheval entre plusieurs pays, Algérie, Mali, Mauritanie, Niger, entre autres. La nouveauté est qu'il a pris ses distances avec le reste du mouvement.

Ceci s'est produit après la tentative d'enlèvement manquée des Italiens, qui a fait quatre morts il y a deux mois. Ce groupe saharien est en relation depuis longtemps avec un jeune trafiquant, un certain Kader Bel Kader.

Bien qu'Archie n'aimât pas les moyens vidéo comme support des conférences — ou peut-être *parce qu'il* ne les aimait pas —, Sarah projeta sur les écrans le grand portrait de Kader.

— Étrange personnage, ce Kader, reprit-elle. Bandit d'honneur, intelligent et cultivé, voyant loin. Pourquoi accepte-t-il de jouer le jeu du maquis ? Sans doute parce qu'il en tire profit. C'est ce que tout le monde a cru. Ce n'est peut-être pas aussi simple. Il se peut qu'il soit aussi un musulman convaincu et il veut le prouver. Mais c'est un esprit brillant, il a toujours vu grand. S'il s'allie avec un petit émir local, c'est pour le lancer dans un projet de grande envergure. Son idée est de transformer cette katiba du désert non seulement en groupe dissident mais en véritable héritier d'al-Qaida. Rien de moins ! Il va donc montrer qu'il est capable de frapper fort et loin : les infidèles, les ennemis de l'Islam, l'Occident. Le cœur. Or, à cet endroit du monde, le grand ennemi, la grande référence, c'est la France.

Archie cligna des paupières. Ce type d'envolée lyrique était tout à fait à son goût. Est-ce que Providence commencerait à se civiliser ? Sarah toussa et redescendit vers un registre plus prosaïque.

— Pour ça, il a un atout dans la manche. C'est un manipulateur. Il connaît beaucoup de monde. Il place ses pions. Quelques années auparavant, il a rencontré à Nouadhibou un petit couple de diplomates. Il est malin, il a senti la différence entre les époux. Le mari, c'est la France héroïque et idéaliste. La femme est une figure plus trouble. Elle lui a avoué ses origines. Quand le mari meurt et qu'elle se retrouve sans le sou, Kader prend de ses nouvelles. Un jour, il lui propose un marché. Transporter une cargaison de cocaïne dans ses bagages. C'est tentant, bien payé, il y a peu de risques, compte tenu de son statut. Elle accepte. Il la tient.

Elle avait maintenant projeté, en face de la photo de Kader, celle de Jasmine. La confrontation de ces deux beaux visages avait quelque chose de fascinant.

— Elle récidive. Une fois. Deux fois. Entretemps, il se renseigne sur elle. Il ne veut pas la faire agir par peur, sous la seule emprise de la menace qu'il constitue désormais pour elle. Cependant, il utilise cette menace pour la faire revenir une dernière fois. Et il organise une entrevue dans le désert avec l'imam du groupe. Il connaît le ressentiment de Jasmine à l'égard de l'Occident, l'admiration qu'elle éprouvait pour son beau-père mort en prison. Il sait sur quelle corde jouer pour la convaincre. Il la convainc. Il sait aussi que pour mettre au point ce genre d'action, il faut éviter les courriers électroniques et encore plus les communications téléphoniques. Dans le fortin souterrain où il la reçoit, Kader transmet à Jasmine les consignes de l'opération. Celle-ci est programmée pour le 28 juillet. Elle vise le ministre du Pétrole de l'Émirat de Kheir, le prince Abdullah bin Khalifa al-Thani.

— Date inscrite dans l'agenda que Dim a réussi à photocopier, ajouta fièrement Helmut qui tenait à prendre sa part du succès.

— Date qui correspond exactement à la mise en alerte d'une équipe de kamikazes. C'est un tuyau qui nous vient des Algériens.

— Où, les kamikazes ? demanda Archie.

— À Bologne, en Italie. Ils sont en contact avec Kader par le biais d'un certain Moktar.

— Le même dont nous avons retrouvé la trace dans le carnet d'adresses de Jasmine. C.Q.F.D. !

Archie fit mine d'applaudir. Puis il se figea :

— Mais quel est son rôle à elle, s'ils ont une équipe de kamikazes ?

— Les introduire dans la place. Le service du Protocole où elle travaille s'occupe des invitations, des accréditations, des badges. Grâce à elle, l'équipe de tueurs est certaine de pénétrer au cœur du dispositif et de frapper.

— C'est toujours la principale difficulté, intervint Helmut. Vous vous souvenez de l'assassinat de Massoud. Ceux qui voulaient l'éliminer ne parvenaient pas à conduire les exécuteurs jusqu'à lui. Finalement, il leur avait fallu élaborer un savant montage : déguiser les tueurs en journalistes travaillant pour une télévision islamiste imaginaire, munis de faux passeports européens et d'une lettre d'accréditation prétendument signée par le chef de l'Islamic Observation Center de Londres.

Archie se figea, les mains en l'air pour imposer le silence. Puis il se leva lentement.

— Messieurs !

Il se rappela que cette apostrophe datait d'une époque où ce genre de cénacle n'était composé que d'hommes.

— Mesdames et messieurs ! corrigea-t-il, tout en jugeant que c'était un début moins fort. Tout est clair, désormais. Je vous félicite. Vous avez accompli un travail remarquable. Dès demain, je me rendrai à Washington pour exposer ces résultats à nos commanditaires. C'est à eux qu'il reviendra de décider quand et comment nous devons remettre l'affaire entre les mains des autorités officielles. En tout cas, notre rôle s'achève.

Un étonnement un peu dépité se peignit sur les visages. On sentait l'assistance gagnée par cette impression de vide qui saisit toujours un groupe lorsque l'affaire qui l'a fédéré touche à sa fin. Archie le sentit et prit le ton d'un animateur qui propose une vente flash.

— Ce résultat est historique pour nous. Il installe désormais Providence au cœur d'une problématique que nous n'avions jamais abordée : nous faisons notre entrée sur le terrain prometteur du terrorisme islamique international.

Son enthousiasme forcé tombait à plat. Il le sentait bien. Les deux portraits de Kader et de Jasmine, répercutés sur des dizaines d'écrans à travers la pièce, continuaient d'attirer les regards. Tout le monde avait vécu pendant ces semaines dans l'intimité de ces personnages. La conclusion de l'enquête laissait chacun orphelin.

*

Hobbs avait tiré une chaise de jardin. Il invita Archie à s'asseoir en face de lui. Il était bloqué pour trois jours près de New York où il participait à un séminaire sur l'évolution des nouvelles menaces, dans le centre de conférence de Pocantico Hills. Il avait proposé comme lieu de rendez-vous les jardins de la villa Rockefeller. Archie, qui avait dû supporter le vol Paris-New York avant d'être remis du Johannesburg-Paris, était heureux de ce choix bucolique.

— Du très bon travail, dit Hobbs avec une gravité lugubre. Il avait pour le moins l'enthousiasme discret. Archie ne s'attendait pas à ce qu'il saute de joie, mais tout de même.

— Oui, vraiment, vous pouvez féliciter vos équipes.

Archie était indigné par tant de froideur. *Et lui, a-t-il jamais félicité qui que ce soit dans sa vie, ce bureaucrate.*

— Cela confirme mon intuition initiale, commenta Hobbs. Les Algériens avaient bel et bien repéré quelque chose d'intéressant. Ce sont des gens très compétents et je les tiens en haute estime. Évidemment, la CIA nouvelle manière ne les aurait pas écoutés. Heureusement, je les ai aiguillés vers vous…

Archie accueillit ces compliments avec modestie, tout en calculant ce qu'il pouvait espérer tirer de l'affaire. Hobbs disposait de moyens importants grâce aux fondations politiques avec lesquelles il était en relation.

— Maintenant qu'on leur a mâché le boulot, avança Archie, les services officiels n'ont plus qu'à se baisser pour ramasser les morceaux. Je suppose que nous pouvons passer le dossier à la CIA, pour qu'ils mettent tout ce petit monde hors de combat.

C'était une des premières fois qu'Archie rencontrait son correspondant ailleurs que devant un verre ou une assiette. À la lumière du jour, Hobbs accusait son âge. Effondré sur sa chaise en fer, il avait l'air d'un vieillard.

— Prévenir la CIA ? Oui, certainement. Mais rien ne presse.

Les sens en alerte d'Archie s'aiguisèrent encore plus.

— Comment ! Vous ne voulez pas leur passer le dossier tout de suite ?

Hobbs eut un geste de la main pour désigner la vallée de l'Hudson qui coulait en contrebas du parc.

— Pas mal, hein ? Arrivé à mon âge, je me dis que je ne me suis pas assez promené. Trop sédentaire.

Archie rentra le ventre et se redressa. Ce n'était pas l'exercice qui lui avait manqué, à lui.

— J'insiste peut-être, et vous me direz que ça ne me concerne plus, mais je ne comprends pas pourquoi vous voulez attendre. Nous connaissons la cible, la date, les protagonistes et les commanditaires...

— Vous savez, ces dernières semaines, les services occidentaux, les nôtres en particulier, ont bien repéré qu'il se passait quelque chose par là-bas. Ils lisent aussi les sites Internet, figurez-vous. Et il y a eu plusieurs assassinats d'étrangers, à Nouakchott et au Mali, qui les ont alertés.

— Vous sous-entendez qu'ils sont déjà sur le coup ? Alors nous avons travaillé pour rien ! Je croyais pourtant, en vous écoutant, que le Maghreb ne les intéressait pas.

— Je n'ai pas dit ça. Les services américains sont conscients qu'un risque terroriste de plus en plus important existe dans le Sahara. Mais ils continuent de se tromper en pensant qu'il reste local et qu'il ne menace personne à part quelques touristes égarés là-bas.

Derrière eux, une immense vasque en bronze surmontée d'une copie du *David* de Michel-Ange dominait la terrasse.

— Notre devoir, reprit Hobbs, c'est de les détromper sur ce point. Nous devons montrer que ces mouvements ont une capacité d'action lointaine, qui peut nous affecter. Et, par la même occasion, ce sera encore mieux si nous administrons la preuve que la CIA n'a rien vu venir. Ce sera bon pour vous. Pour moi et mes amis, ce serait une satisfaction, je ne vous le cache pas, d'infliger ce revers au locataire de la Maison... blanche.

Bien qu'Archie partageât les opinions politiques de Hobbs, il s'était toujours refusé à le suivre sur le terrain du racisme. Il ne releva pas cette dernière plaisanterie mais concéda un pâle sourire qu'il considéra en lui-même comme une lâcheté.

— La conséquence est claire, précisa Hobbs. Votre travail, si nous voulons qu'il soit bien compris, qu'il démontre le caractère planétaire de la menace que constitue al-Qaida au Maghreb, doit être présenté... au bon moment.

— C'est-à-dire ?

— Pas trop tôt.

Un jardinier tirant une brouette remplie de mauvaises herbes traversa l'aire de gravier d'un pas nonchalant. C'était une bonne idée, décidément, ce rendez-vous champêtre. Ailleurs, Archie se serait sans doute énervé.

— Vous n'insinuez tout de même pas...

— Non, coupa Hobbs en agitant vaguement la main. Rassurez-vous. On ne les laissera pas aller... jusqu'au bout.

— Je préfère.

— Pas jusqu'au bout, mais tout de même un peu plus loin.

Archie plissait les yeux, pas seulement parce que Hobbs lui apparaissait en contre-jour. Il scrutait son expression, cherchait à interpréter la moindre ride sur ce visage mou et cynique.

— Plus loin ?

— Je veux dire que les présomptions ne suffisent pas. Votre enquête est impeccable. Elle me convainc tout à fait mais...

Un petit voilier tirait des bords sur l'Hudson. Hobbs souleva ses lunettes pour mieux suivre son mouvement.

— Ça me rappelle une blague qu'on raconte au Brésil, dit Hobbs en ébauchant un sourire las. Vous savez que les Brésiliens ont l'habitude de tourner les Portugais en ridicule dans de petites histoires. Je trouve celle-ci assez drôle : Manuel, un brave Portugais, pense que sa femme le trompe, vous la connaissez ?

— Je ne crois pas.

— Il n'est pas tout à fait certain d'être cocu, le pauvre Manuel. Le doute le mine. Il ne sait pas quoi faire. Finalement il engage un détective privé pour surveiller sa femme. L'homme mène son enquête et vient voir Manuel. « — Alors ? — Eh bien, les nouvelles sont mauvaises. — Qu'avez-vous découvert ? — Hier, à cinq heures, votre femme avait rendez-vous avec un homme. — Et alors ? — Ils se sont rendus dans un hôtel. — Et alors ? — Ils ont loué une chambre. J'ai pu m'installer dans celle d'à côté et regarder par la serrure. — Alors ? — Ils se sont déshabillés. — Et ensuite ? — Ils se sont mis au lit. — Et après ? — Après, malheureusement, ils ont éteint la lumière. — Ils ont éteint ! s'écria Manuel. Mais c'est une catastrophe. Je ne saurai donc jamais la vérité… »

Hobbs remit ses lunettes. Le rire agitait légèrement les chairs de son visage.

— Vous pouvez remplacer Manuel par Obama. Ça marche aussi bien.

— Votre histoire est savoureuse mais je ne vois pas le rapport avec notre affaire.

— C'est pourtant simple. Si nous arrêtons l'opération maintenant, il ne se sera rien passé et nos amis pourront continuer de soutenir comme Manuel : « Le doute continue de nous habiter. »

Il y a des gens que l'exposition au grand jour révèle. Pour Hobbs, c'était le contraire. Archie avait beau scruter ses traits, il n'y lisait rien. Pourtant, le soupçon était de plus en plus fort. Une voix, au fond de lui, criait : « Il te cache quelque chose. »

— Et quelle preuve leur faut-il pour se convaincre que l'adultère est consommé ?

— Laissez l'affaire se dérouler. Maintenez votre surveillance et tenez-moi au courant. Quand le moment sera venu, je vous en informerai.

Archie hocha la tête. Jamais il ne s'était autant félicité d'avoir recruté Dim. Avec lui, il disposait vraiment d'une botte secrète. Il était temps de s'en servir.

L'urgence était de rentrer à Johannesburg pour mettre au point une stratégie avec Wilkes.

V

À Providence, l'enquête avait galvanisé les équipes au point que tout le monde refusait que les opérations s'arrêtent, mais sans savoir qu'en penser vraiment. Aussi, quand Archie, après son entrevue avec Hobbs, avait annoncé que l'agence devait rester mobilisée sur l'affaire, un malaise s'était installé. Mobilisée pour faire quoi ? Et surtout, jusqu'à quand ? La phase qui commençait, loin d'être aussi exaltante que la précédente, s'annonçait statique et angoissante.

Les écoutes, tant sur les numéros de Thurayas du Sahara que sur Jasmine ou Moktar, ne donnaient plus rien. Il semblait que, désormais, les protagonistes communiquaient le moins possible.

Howard voyait régulièrement son contact algérien à Bruxelles. Il n'était toujours pas en mesure de dire d'où partiraient les groupes radicaux qui préparaient une attaque. Le suivi des forums jihadistes sur Internet n'apportait pas grand-chose non plus. Deux nouvelles proclamations de l'émir de la zone sud confirmaient l'imminence d'une opération spectaculaire mais n'apprenaient rien de neuf.

L'attente à Providence était pénible. Certains en profitèrent pour aller prendre du repos après ces jours de mobilisation. Mais le compte à rebours indiquait désormais six jours, si les hypothèses concernant la cible de l'opération étaient justes.

Ce qui désolait le plus Sarah et son équipe, c'était que la source la mieux placée dans ce contexte délétère était encore une fois cet amateur de Dim. Elle avait espéré que l'aboutissement de l'enquête entraînerait son rappel et son retour à Johannesburg. Mais Archie avait téléphoné le jour même pour demander expressément la prolongation de sa mission à Paris. Quand seraient-ils enfin débarrassés de lui ?

*

Avec son énorme museau plein de poussière, ses deux antennes plantées de chaque côté du capot comme des moustaches de chat, son dos bâché ondulant au vent comme l'échine d'un grand félin, le camion était une vraie bête du désert, glissant entre le sable et l'air qui tremblait de chaleur, fendant l'immensité, à la recherche d'une impossible proie.

Le Sahara est parcouru par toutes sortes de véhicules. Certains sont à peine plus rapides que les chameaux, d'autres arrivent à garder une allure soutenue mais on sent qu'ils ne sont pas faits pour ce milieu hostile. Et puis, dominant la masse comme une aristocratie sûre d'elle-même, viennent les longs courriers du désert, résistants à tout. Le camion était de cette race. Son arrivée au puits le plus à l'est du Sahara malien suscita une réaction unanime de respect.

Le groupe de Kader avait comme correspondants à cet endroit les frères Dayak, deux Touaregs qui collectaient les taxes pour son compte. Les hommes en bleu observèrent le camion de loin. Quand ils le virent se diriger vers eux, ils saisirent leurs armes. Puis, ils allèrent à la rencontre de l'équipage. Le chef du convoi était un jeune Arabe vêtu à l'occidentale et coiffé d'une casquette de base-ball qu'il portait à l'envers. Il s'approcha des deux Touaregs.

— Es salam aleykoum, lança-t-il.

— Oua-aleykoum salam.

— Béchir est ici ?

— Tu le connais ?

— J'ai quelque chose à lui transmettre. En vérité, c'est la réponse à un message que Kader nous a adressé par mon vieil oncle.

— Qui es-tu ?

— Le cousin de Hicham.

— Sois le bienvenu.

Les Touaregs firent signe à l'homme de les suivre à l'ombre d'un camion et de s'asseoir pour le thé.

— Où est Kader en ce moment ?

Les hommes en bleu se regardèrent.

— Vous n'avez rien à craindre, dit le camionneur. Je comprends que vous ne vouliez pas répondre. Dites-moi seulement si vous pouvez joindre Béchir.

— Nous le pouvons.

— Par radio ?

— Oui.

— Dans ce cas, dites-lui juste qu'un messager est arrivé de l'est avec la réponse que Kader attend.

Les deux hommes réfléchirent, les doigts occupés au rituel du thé.

— Il y a une vacation radio à cinq heures, lâcha finalement l'un d'entre eux. Nous le lui dirons.

*

Helmut s'était chargé d'appeler Dim pour lui communiquer les nouvelles consignes. Il était bien certain qu'Archie devait être aussi en contact direct avec lui et cette double commande lui déplaisait. Mais, à la différence de Sarah, il préférait prendre sur lui et maintenir quand même un semblant d'autorité sur cet électron libre. Il commença par lui résumer les conclusions auxquelles ils étaient parvenus, celles qu'Archie était allé livrer à Hobbs.

— Merci, Helmut, de m'avoir dit où on en était. Quand on connaît le tableau d'ensemble, c'est plus motivant, pour un agent de terrain.

— Normal, vieux. C'est ma conception, il faut être transparent avec l'équipe. Et tu fais partie de l'équipe, n'est-ce pas ?

Helmut faisait un tel effort pour se démarquer de l'hostilité générale suscitée par Dimitri à l'agence qu'il en rajoutait un peu.

— Et donc, demanda Dim, quelles sont les consignes, maintenant ?

— Le boulot se termine ; on devrait bientôt passer la main.

— Quoi !

La réaction de dépit de Dim fit sourire Helmut. Il pensa à la remarque d'Audrey et reconnut sa pertinence.

— Non, rassure-toi : on *devrait* passer la main, mais, pour l'instant, on continue. Archie ne va

sûrement pas tarder à t'appeler lui-même pour te
donner ses ordres. Il ne l'a pas déjà fait ?

— Pas encore. De quels ordres s'agit-il ?

— Nous poursuivons la surveillance et nous
laissons leur opération se dérouler.

— Jusqu'où ?

— Nous ne le savons pas.

— Tout de même...

Helmut marqua un silence qui montrait assez
que toutes les hypothèses devaient être évoquées.

— Si j'ai bien compris, dit-il enfin, ce n'est pas
nous qui arrêterons l'affaire. Nous ne savons pas
qui le fera. Ni quand. En tout cas, pour le moment,
on continue.

— Et moi ?

— Toi aussi, tu restes au contact.

Helmut imagina un instant les grosses plaisanteries que cette expression n'aurait pas manqué de
susciter dans la salle des opérations. Il toussa.

— Tu nous rends compte de tout ce que tu
entends, tout ce qu'elle te dit, tout ce qui te paraît
suspect.

Dim ne répondit rien. La ligne resta muette un
long moment.

— Tu as entendu ? Tu es OK ?

— Je crois.

*

Le plus jeune des frères Dayak vint apporter
la réponse au cousin de Hicham qui attendait,
allongé dans la cabine du camion.

— On a parlé à Béchir à la radio. Il dit que tu
peux nous confier ton message. Rien d'écrit. Nous

nous débrouillerons pour le trouver. Il ne veut surtout pas que tu y ailles toi-même.

— Exactement ce que j'espérais ! Nous allons repartir tout de suite. Nous ne sommes pas en sécurité dans cette région.

Le camionneur descendit de sa cabine. Il emmena le jeune Touareg avec lui, à une trentaine de pas du camion. Un faible vent soulevait une poussière de sable et faisait battre les pans de leurs tuniques.

— Écoute-moi bien. Le message est simple. C'est un lieu et une date.

Dayak souleva son chèche au-dessus de l'oreille droite et s'approcha.

— Le lieu, c'est 20 47 Nord 16 00 Est.

En homme du désert, Dayak n'avait pas besoin qu'on lui traduise des coordonnées GPS. Il utilisait quotidiennement latitudes et longitudes.

— Pour la date, Kader nous a imposé un délai très rapproché. Ce n'est pas très commode mais puisqu'il ne veut pas transiger...

— En effet, il ne veut pas.

— Alors, tu lui diras que nous avons choisi le dernier des jours qu'il a proposés. À dix heures du matin.

*

Dim avait rendez-vous avec Jasmine le lendemain de sa conversation avec Helmut. Rétrospectivement, il avait compris qu'il avait failli ne jamais la revoir. Si l'agence avait décidé de refiler l'affaire aux services officiels, Jasmine aurait pu déjà être arrêtée la veille. Elle ne l'avait pas appelé depuis qu'ils s'étaient quittés. Il ne s'était pas posé de question : elle l'avait prévenu qu'elle avait beaucoup de travail.

Ils s'étaient rejoints pour déjeuner à La Terrasse, à l'angle de l'École militaire. Elle était arrivée plus élégante que jamais. Elle portait une robe blanche en lin sans manches. Sous son bras, à la naissance de ses seins, dépassait un peu de dentelle chair. La simplicité de la robe était trop parfaite pour qu'elle fût autre chose qu'un modèle de grand couturier. Ses cheveux noirs étaient coupés un peu plus court. Leur épaisseur leur permettait de tenir le volume et la forme, sans aucun artifice de peigne ou de laque. Dim avait une folle envie d'y plonger ses doigts écartés. Comme à son habitude, Jasmine avait placé tous ces délices sous la surveillance d'un collier strict.

Tout le monde l'avait regardée quand elle était arrivée. Dim sentait encore, pendant qu'ils déjeunaient, des regards tournés vers eux. Ce n'était pourtant pas la première fois qu'il sortait avec une jolie fille. Pour être tout à fait honnête, il en avait même connu de beaucoup plus belles, comme ce mannequin avec qui il avait passé plus de six mois en Floride et qu'il avait finalement quittée sans états d'âme. C'était pourtant la première fois qu'il accordait autant d'attention à la réaction des anonymes qui l'entouraient. Il prenait à témoin toute l'assistance et lui faisait constater la beauté et la vie qui éclataient dans toute la personne de Jasmine. Comme si l'approbation de toute une foule pouvait démentir ce que Roth et Helmut lui avaient dit sur elle et qu'il refusait de croire.

— Ça n'a pas l'air d'aller très fort ?

Elle posait la question en lui jetant un petit sourire en coin. Mais sa principale préoccupation semblait être de se nourrir. Elle commanda une entrecôte à point, avec des frites.

— Il y a quelque chose qui ne va pas ? Tu ne trouves pas ça assez féminin, peut-être ?

Dim s'attendait à ce qu'elle fasse une plaisanterie de ce genre.

— Non, non, vas-y ! Mange. Moi, je n'ai pas trop faim.

La serveuse, à cet instant, apporta du pain sur la table et Jasmine en saisit un morceau.

— Je n'ai pas pris de petit-déjeuner ! dit-elle, la bouche pleine.

Ils s'étaient quittés la veille au petit matin. Il eut l'idée absurde qu'elle avait peut-être passé la dernière nuit avec un autre homme. Il la chassa de son esprit.

— Je n'arrête pas de penser à toi.

Elle avala son pain, but une gorgée de Coca, avant de répondre.

— Tu ne travailles pas assez, c'est pour ça.

Un instant, il songea à sa couverture. Il ne se souvenait même plus de ce qu'il était censé faire à Paris. Il se calma aussitôt. Après tout, ça lui était égal. Il n'avait aucune envie d'aller sur ce terrain.

— Je suis le premier à qui ça paraisse bizarre mais c'est vrai : je suis amoureux de toi.

Le repas l'avait détendue. Elle se redressa sur son siège.

— Il ne faut pas, dit-elle en souriant. En plus tu le sais.

— Ça ne dépend pas de moi.

Elle haussa les épaules.

— Alors, tu as besoin des autres pour te guérir. D'accord ! Je vais t'aider. On va arrêter de se voir.

— Non, s'écria Dimitri, ce n'est pas ce dont j'ai besoin.

— Besoin ou pas, c'est comme ça. D'ailleurs, je comptais t'en parler de toute façon. C'est à cause de mon travail. Je vais être très occupée dans les semaines qui viennent. Des déplacements...

Par bribes, au cours de leurs rencontres, Jasmine avait fini par lâcher quelques informations sur son occupation professionnelle. Elle n'avait rien appris à Dimitri qu'il ne sût déjà : le Quai d'Orsay, le Protocole... Mais au moins pouvait-il désormais y faire mention dans la conversation sans éveiller ses soupçons.

— Tu dois accompagner ton ministre ? hasarda-t-il, pour stimuler d'autres confidences et voir dans quelle direction Jasmine étendrait son mensonge.

— Pour le moment, je suis surtout prise par la préparation d'une visite étrangère.

— Jour et nuit ?

— Surtout la nuit, dit-elle, et son regard pétilla. Tu n'as jamais entendu parler des folles soirées du Quai d'Orsay ?

Dim haussa les épaules et se tut. Il la laissa dévorer sa viande et continua de la dévisager. Elle venait, à sa manière, de confirmer les déductions de Providence : quelque chose se préparait qui allait la mobiliser entièrement et, ensuite, elle disparaîtrait. Comment ? Par la fuite, si son rôle devait se terminer avant l'action meurtrière ? Par l'arrestation ? Ou dans l'attentat, si elle y prenait part... Or il avait devant lui une jeune femme insouciante, gaie, pleine d'appétits et d'optimisme. Il était difficile d'accepter l'idée que Jasmine pût, de son plein gré, renier toute la vie qui était en elle et participer consciemment à une œuvre de destruction qui risquait de l'emporter. *Il est impossible qu'elle sache ce qu'elle fait*.

En public, elle prenait toujours garde à ne pas esquisser de geste intime avec lui. Cette fois, pourtant, elle lui caressa le visage et approcha sa bouche. Il l'embrassa.

— Nos chemins se séparent ici, Dim. Je te souhaite bonne chance.

C'était elle, maintenant, qui le regardait intensément. Ses yeux noirs le scrutaient, presque insoutenables. Il se demanda un instant si les siens, bleus et pâles, pouvaient cacher leurs secrets. En vérité, il ne l'espérait pas. Il désirait qu'elle pût lire en lui ce qu'il n'avait pas le droit de lui avouer : l'inquiétude qu'il éprouvait pour elle, sa volonté de la mettre en garde, l'espoir de la ramener à la raison.

Elle se leva si vite qu'il n'eut ni le temps, ni la force de la retenir. Il fixa le fond rouge de son verre de vin presque vide et ne la regarda pas s'éloigner.

VI

L'immeuble avait été édifié au début des années cinquante et avait souvent été photographié. À lui seul, il signifiait le scandale et la corruption. Coincé entre une ligne de chemin de fer et l'auto-route Bologne-Milan, il était construit en brique rouge. Ses fenêtres étaient entourées d'une bordure de ciment peinte en blanc. Il suait la tristesse et la misère. Mais un détail ajoutait à la désolation de ce décor et le rendait atrocement comique : les balcons n'étaient pas disposés en face des fenêtres. Ils étaient accrochés à des murs pleins...

Il avait été souvent question d'abattre ce monstre. Mais il n'y avait aucun profit à espérer de sa destruction : on aurait seulement pu le remplacer par un espace vert. Il était finalement resté là. L'élargissement récent de l'échangeur autoroutier en avait barré l'accès aux voitures. Pour atteindre l'entrée, il fallait passer à pied dans un tunnel plein de tags et qui sentait mauvais. Au moins, cette difficulté protégeait des descentes de police. Car à tous les étages habitaient des sans-papiers. La plupart venaient d'Afrique noire et d'Albanie. Lamine, un vieux Guinéen, vivait au rez-de-chaussée et faisait office de gardien, de logeur (il touchait une petite redevance pour le compte d'un propriétaire hypothétique) et d'indicateur pour la police.

Il aimait bien Saïd et son groupe. C'étaient des garçons sans histoires, bons musulmans (l'été, ils priaient dehors, sur l'ancien parking, là où Lamine promenait le mouton qu'il sacrifiait à la Tabaski). Dans ce petit monde où la langue commune était censée être l'italien mais où, en réalité, personne ne se comprenait, ils présentaient, à ses yeux, l'immense avantage de parler assez bien le français. Si la police s'était avisée de leur chercher des noises, Lamine aurait envoyé discrètement quelqu'un pour les prévenir, par exemple un des gamins qui traînaient toute la journée devant chez lui. Saïd et son groupe se sentaient en sécurité.

Ils recevaient souvent des nouveaux venus, qui séjournaient dans l'immeuble pendant une durée variable. Le lieu était anonyme et suffisamment surpeuplé pour que personne ne pose de questions. Le seul inconvénient, en vérité, était le vacarme incessant. En temps normal, Saïd et les autres s'en accommodaient. Mais pour ce qu'ils étaient en train de préparer, les cris des mégères et des gamins, les hurlements de la musique, les voix grasseyantes du rap, tout ce qui constituait le quotidien de l'immeuble était catastrophique. D'abord, ces bruits étaient reconnaissables. Avec les filtres dont disposaient les services de renseignement, il leur serait peut-être possible de reconstituer des voix, d'identifier les langues parlées. Surtout, le brouhaha de ce squat cadrait mal avec la solennité qu'ils voulaient donner à leur message.

Les deux kamikazes étaient nés en France et ça

avait compté dans le choix des candidats. Hassan et Tahar étaient des fils de la banlieue, stéphanoise pour l'un, lilloise pour l'autre. Un parcours classique : échec scolaire, deal, arrestation, détention préventive, rencontre d'un prédicateur, conversion et enfin engagement dans un groupe déterminé au sacrifice. Ils avaient beau être passés au tamis de la formation salafiste, il restait chez eux un côté joyeusement brutal, provocateur et hâbleur qui rappelait leurs années de cité. La prise de vue était le moment qu'ils attendaient. Ils avaient revêtu la tunique verte des élus en plaisantant.

— T'es beau, là-dedans, sa mère !

— Et le foulard, vise le foulard !

Saïd avait dû se fâcher pour qu'ils quittent leur accent racaille. C'étaient des martyrs qu'il mettait en scène, pas des voyous. Il ne voulait pas d'un chahut. C'était la troisième fois qu'il organisait une cérémonie de cette nature. Il connaissait assez la suite pour en mesurer le côté tragique. Il rêvait d'un campement dans le désert, au temps des premiers califes, d'une veillée d'armes silencieuse et fraternelle.

La petite caméra était disposée sur un pied. Hassan et Tahar devaient se tenir en tailleur par terre. Une banderole en arabe avait été tendue derrière eux. Le message était simple et classique : « Dieu est le plus grand, Mohamed est son prophète. »

Hassan avait paru un peu déçu.

— Je pensais qu'il y aurait plus de choses d'écrit. Un truc à leur mettre bien dans la gueule à ces bâtards, comme dans les manifs.

Pour l'enregistrement, il avait fallu attendre quatre heures du matin. Au creux de la nuit, les derniers bruits retombaient, un silence accablé pesait sur tous les étages. Quelqu'un avait oublié d'éteindre une radio. Mais on ne l'entendait pas trop.

Saïd avait préparé le texte très soigneusement. Il n'était pas question de laisser les deux gamins s'exprimer seuls. L'éloquence terroriste est un genre littéraire en lui-même. Il passe mieux en arabe. Sa traduction accentue son côté anachronique. L'univers salafiste est médiéval, mais d'une manière que les Occidentaux ne peuvent pas comprendre. Ils y voient un retard, une panne d'évolution alors qu'il s'agit au contraire d'une prescience de l'avenir. Pour les fondamentalistes, le temps ne s'écoule pas, il s'enroule et revient à ses origines, aux combats de l'Islam à ses débuts. Le destin de l'humanité est de revivre ces heures décisives, de rejouer les mêmes affrontements. Ainsi seront amplifiées et renouvelées les victoires, annulées et vengées les défaites. Il n'y a pas de situation présente qui ne trouve sa signification et sa justification dans la geste héroïque des premiers disciples de Mahomet et des grands hommes qui ont répandu la foi de l'islam à travers toute la terre.

Les candidats au suicide sont en fait, pour les Sunnites, des combattants. Leurs proclamations ont pour fonction de lier présent et passé, et de les rassembler dans l'éternel et l'intemporel, dans la béatitude perpétuelle des martyrs.

Hassan et Tahar connaissaient bien cette phraséologie. Ils l'entendaient quotidiennement depuis qu'ils avaient rejoint la Cause. Ils n'étaient pas capables de s'exprimer de cette façon, mais ils étaient habitués à ces notions. Elles les aidaient à se situer dans un autre univers, plus grave et plus sacré. Chaque fois qu'ils prononçaient ces mots antiques, leur ampleur, leur outrance sereine, leur origine vénérable leur imposaient le respect et les calmaient.

D'une voix soudain profonde, où ne perçait plus aucun accent de cité, ils commencèrent à lire :

— Nous sommes heureux de partir au Paradis et de permettre à soixante-dix de nos proches d'y accéder. Que la prière et le salut soient accordés au Prophète de la miséricorde. Dans le hadith authentique, ses compagnons lui demandent : « Qu'est-ce que la lâcheté, ô messager d'Allah ? », et il leur répond : « L'adoration de la vie présente et la peur de la mort... »

*

Le plus jeune frère Dayak se balançait sur son chameau. L'animal était lancé à vive allure. Il le fouettait avec une petite badine. Devant lui, le désert était uniformément plat. La saison des vents de sable avait commencé mais on ne voyait à l'horizon aucun tourbillon suspect.

Le principal danger était le sommeil. Le jeune chamelier avait monté le son de son iPod et bien ajusté les écouteurs. Depuis qu'il était revenu d'Espagne, il vivait avec du rock dans les oreilles.

Pendant les trois années passées à Saragosse pour étudier l'informatique, le jeune Dayak s'était beaucoup éloigné du désert. Finalement, il avait décidé de rentrer. Il n'aurait pas su expliquer pourquoi. Il y avait eu cette Espagnole qui avait refusé de l'épouser, mais il se disait que c'était plutôt un prétexte.

Peu après, il avait fait la connaissance de Kader, qui l'avait engagé dans son groupe. Son frère l'avait rejoint. Il vivait libre. Il était heureux.

Et maintenant, il portait un message. Lui, le brillant informaticien qui maîtrisait mieux que quiconque le vol des signes dans l'espace virtuel, lui qui savait comment faire traverser les mondes à des messages électroniques, il se prêtait à l'opération la plus ancestrale, la plus lente mais aussi la plus sûre qui soit : acheminer les mots de la bouche d'un homme à l'oreille d'un autre, en envoyant un messager au galop sur une monture. C'était la grande force de Kader que d'être capable de jouer en même temps sur ces deux registres.

À trois heures du matin, Dayak arriva en vue du campement.

*

Dim avait passé les deux derniers jours dans un état d'hébétude complète. Il errait dans les rues, s'asseyait sur les bancs publics de Paris, faisait la fermeture des cafés. Il y avait donc déjà deux jours que Jasmine lui avait annoncé qu'elle ne voulait plus le voir. L'après-midi du deuxième jour, son portable avait sonné avec un numéro caché. Il avait répondu fébrilement. C'était Archie.

— Je prenais de vos nouvelles. Pas de détail, ou alors rappelez-moi du bureau sur une ligne sûre. La seule chose qui m'intéresse, c'est ce que vous ressentez.

L'avant-veille, Dim avait envoyé un rapport succinct dans lequel il exposait honnêtement la situation. Mais sans parler de ses états d'âme.

— Je vais bien.

— J'en doute. Ça ne vous ressemblerait pas. Et même, ça me décevrait un peu.

Dim avait envie qu'il aille au diable. Pourquoi Archie l'appelait-il ? Pour se moquer de lui ?

— Je sais que l'expérience des autres ne sert à rien. Surtout lorsqu'on est jeune et que c'est un vieux crabe dans mon genre qui vous parle. Pourtant...

Dim manqua de se faire écraser en traversant la rue de Rennes. Un camion klaxonna.

— ... que se passe-t-il ?

— Rien, j'étais distrait. Vous disiez...

— Je parlais de l'expérience des autres. De la mienne, en l'occurrence. Je vais vous faire une confidence : je n'ai jamais laissé une femme me quitter. Jamais, vous m'entendez. Je suis convaincu que la séparation est, au sens propre, un droit de *l'homme*. Nous prenons le risque de la conquête, nous devons avoir le privilège de la rupture. C'est très démodé, j'en suis conscient.

— OK, Archie. Très intéressant. Maintenant, dites-moi : y a-t-il un service particulier que je puisse vous rendre ?

— Ne soyez pas agressif. Je suis votre ami. Je voulais que vous sachiez que nous pensons à vous, votre collègue de Johannesburg et moi. Nous pensons beaucoup à vous.

— Merci.

— Nous comprenons quel choix douloureux vous avez à assumer. Mais nous sommes sûrs que vous emprunterez le bon chemin.

— C'est très gentil de votre part.

— Ne me remerciez pas. C'est sincère. Au revoir, mon cher ami.

Dim avait aussitôt oublié ce coup de fil. Il avait repris sa marche. Après l'École militaire, il avait traversé le Champ de Mars, était monté jusqu'au Trocadéro. Il s'était arrêté chez Carette, une adresse qu'il connaissait parce qu'il aimait le chocolat chaud. Dans toutes les villes où il était allé, il savait où trouver le meilleur. Il s'attabla en terrasse. Et soudain les mots d'Archie lui revinrent. *Quel choix douloureux vous avez à assumer...*

Que sous-entendait-il ? La situation était justement de celles qui n'offrent aucun choix. Jasmine refusait qu'il la revoie. C'était net et sans appel. Le seul choix qui lui restait aurait été... Dim s'arrêta net de tourner son chocolat. Oui, c'était bien simple. Mais Archie voulait-il aller aussi loin ? *Le choix était de ne pas accepter.*

Cela ne lui avait même pas traversé l'esprit, tant Jasmine était déterminée. Mais c'était bien l'alternative. Imposer sa présence. La forcer à le revoir.

Compte tenu de son caractère, c'était courir à la catastrophe. Elle n'acceptait jamais ce qui lui était imposé. Dim but son chocolat. Un peu d'amertume brunâtre dessinait une étoile sombre au fond de la tasse.

— À moins que...

Il hésitait devant sa propre pensée. La voix d'Archie était encore à son oreille. Diable d'homme ! *Nous sommes sûrs que vous emprunterez le bon chemin.*

*

Le bureau de Paris avait élaboré un dispositif de filature complexe autour de Jasmine. Une camionnette stationnée devant son immeuble assurait une surveillance visuelle et une interception GSM. Près du Quai d'Orsay, il était impossible de placer quelqu'un en faction. Mais un repérage des trajets de Jasmine avait établi qu'elle sortait chaque matin du métro à la station Invalides. L'animation de l'Esplanade fournissait de nombreuses opportunités de couverture. Un couple de SDF s'installa sur un banc, en face du British Council. Ils prenaient toute la rue Esnault-Peltrie dans leur champ de vision et, à gauche, ils pouvaient guetter l'entrée du métro. Ils étaient reliés par téléphone au bureau de Providence.

L'opération Zam-Zam avait été reprise en main par Helmut. On comptait désormais les jours à rebours, à partir de la date supposée de l'attentat. Les deux SDF appelèrent le bureau à J-4. Il était neuf heures cinq.

— Ici Paul. On vient de repérer Dimitri près de la bouche de métro.

— Qu'est-ce qu'il fait là ?

— Aucune idée.

— Je te rappelle.

Le bureau de Paris vérifia auprès de Providence que Dim n'avait pas signalé de rendez-vous ce jour-là. Dans son dernier mémo, il racontait la conversation qu'il avait eue à La Terrasse avec Jasmine. Il était admis que leur relation était définitivement rompue. Cette vérification faite, le permanencier de Providence rappela le faux SDF.

— Paul, tu m'entends ?

— Oui.

— Dim est toujours là ?

— Toujours. Il fait semblant de lire un journal mais il regarde tout le temps vers l'escalator du métro.

— Rappelle-moi si ça bouge.

À neuf heures et quart, Paul rappela.

— Ça a été très vite. Elle est sortie du métro et...

— *Qui* est sorti du métro ?

— Elle. Celle que...

— Ensuite ?

— Ensuite, il lui a sauté dessus. Tu aurais vu la tête qu'elle faisait. Il lui barrait carrément la route. On n'entendait pas ce qu'il disait mais ça devait être du genre, « il faut que je te parle ».

— Comment a-t-elle réagi ?

— Elle regardait à droite et à gauche, devant et derrière. Elle avait visiblement peur du scandale et il jouait là-dessus. Finalement, elle a accepté de le suivre. Ils sont partis vers les Invalides en coupant par les pelouses.

— Vous les avez perdus ?

— Non. On marche derrière. Mais Françoise, le chien et moi, on ne peut pas aller très vite. Vu ce qu'on est censé être, si on ne veut pas attirer trop l'attention, on ne peut pas cavaler comme des cadres qui vont au boulot.

— Où sont-ils actuellement ?

— Je les aperçois de loin, ils s'engagent dans l'avenue de La Motte-Picquet.

— OK, j'envoie le scooter.

*

Devant la bouche de métro, Dimitri n'avait pas eu d'autre choix que de jouer le tout pour le tout.

338

Jasmine s'était d'abord débattue, lui avait demandé méchamment de la laisser tranquille.

— Il me semble que j'ai été claire : je ne peux plus te voir.

Elle était parvenue à contourner l'obstacle qu'il dressait devant elle. Elle allait s'échapper, quand il dit soudain à voix haute :

— Je sais tout, pour le ministre des Émirats.

Elle s'était figée. Il avait paru surpris lui-même de son audace. Il l'avait attrapée par le bras et l'avait entraînée vers l'Esplanade. Et maintenant, ils marchaient côte à côte avenue de La Motte-Picquet.

— J'ai réservé une chambre dans un hôtel à côté d'ici...

— Si c'est pour baiser, tu perds ton temps.

— Je veux te parler.

Elle avait un visage fermé, hostile, qu'il ne lui connaissait pas. Ils arrivèrent à l'hôtel. Le réceptionniste était un Indien à l'air juvénile. Il leur remit la clef sans un mot. Les clients du matin exigeaient en général de la discrétion... Ils montèrent par l'escalier. L'ascenseur était étroit et Jasmine tenait visiblement à garder ses distances. La chambre donnait sur le marché de la rue Cler. Elle ouvrit la fenêtre et fit face à Dimitri.

— Je t'écoute.

Il hésitait. En vérité, il n'avait préparé aucun plan, avant de se lancer. Il savait à peu près où il voulait en venir. Du moins, il le croyait. Mais déjà, à la station de métro, en parlant du prince Abdullah, il s'était avancé beaucoup plus loin que prévu.

— Jasmine, écoute, j'ai de bonnes raisons de penser que tu cours un grand danger...

Elle ne bougeait pas et le fixait. Un marchand

des quatre-saisons, en bas, offrait ses barquettes de fraises à dix euros les trois. Dim pensa à Archie et il eut tout à coup la conviction qu'il allait en dire beaucoup plus qu'il n'y était autorisé.

— En fait, je ne t'ai pas expliqué exactement ce que je faisais. Je suis médecin mais je n'étais pas à Nouakchott seulement pour travailler dans une ONG. Et je ne t'ai pas rencontrée par hasard.

Il garda le silence un instant puis se lança :

— On m'a demandé de te surveiller.

À quoi s'attendait-il ? À ce que le bruit de la rue s'interrompe, à ce qu'un éclair les aveugle, à ce qu'une explosion retentisse ? Son aveu lui paraissait énorme et pourtant il se réduisait à cette petite phrase sans panache qu'il n'avait même pas bien prononcée. Il s'en voulait et tenta de revenir à un registre factuel, politique.

— Nous savons que tu participes à la préparation d'un attentat contre le ministre du Pétrole d'un Émirat du Golfe.

Elle ne cilla pas. Son mutisme le déséquilibrait et le poussait à fuir plus avant.

— Ma conviction personnelle, c'est que tu es entraînée là-dedans contre ta volonté profonde. Je ne sais pas pourquoi ni comment. Mais ce dont je suis sûr, c'est que tu ne peux pas être une terroriste. Je veux… J'ai voulu… te protéger.

Il avait l'air si désemparé que cette dernière affirmation était presque comique. Elle sourit. Il se tut. Ils laissèrent le caquetage des commères et les cris des vendeurs emplir la pièce. Enfin, elle fit quelques pas en rond, dans l'espace étroit qui séparait le lit de la fenêtre. Puis, elle s'arrêta devant Dim.

— Viens à côté de moi, dit-elle doucement.

Ils s'assirent l'un près de l'autre sur le rebord de la fenêtre. Elle se mit de biais, allongea un bras sur le garde-corps, appuya son dos au côté de l'huisserie.

— Je sais qui tu es, Dim. Depuis le début. Je sais qui t'emploie et pourquoi tu as pris contact avec moi.

Elle regarda, en contrebas, la ligne verte des abris de toile cirée qui protégeaient les étals. Puis elle revint à lui.

— Je me doute aussi que tu me parles aujourd'hui de ta propre initiative. Ce n'est certainement pas ceux qui t'emploient qui te commandent cette démarche. Je le sais.

Dim sentait sa peau, entre les épaules, virer du froid au chaud et son cœur battre de façon désordonnée.

— Moi aussi, poursuivit-elle, je vais te parler franchement. Et je n'ai pas non plus reçu mandat pour ça.

Dim eut soudain peur de ce qu'il allait apprendre.

— Je travaille pour les services algériens, dit-elle. Moi aussi, je suis un agent. Toute cette opération est montée par le DRS. Je suis l'appât. Ce n'est pas très flatteur pour moi. Ils préfèrent appeler ça l'« agent provocateur ». Mais la réalité, c'est que je suis le ver qui cache l'hameçon, le canard attaché par une patte qui crie pour attirer les autres et les faire abattre.

Dimitri était abasourdi. Fini l'attendrissement. Il réfléchissait à toute allure, essayait de faire pivoter le personnage de Jasmine pour le coller à cette nouvelle interprétation.

— Quand t'ont-ils recrutée...

— C'est une histoire compliquée et nous n'avons pas le temps. Sache seulement qu'il y a longtemps que je suis en contact avec eux, si c'est cela qui t'intéresse.

— Ton mari ?

— Non, je n'ai jamais trahi Hugues. Mais après sa mort, je suis revenue vers eux. Et ils m'ont engagée pour cette opération.

Bizarrement, cette révélation avait provoqué une détente. Ils parlaient maintenant de faits et d'événements qui n'appartenaient plus à la sphère des sentiments mais simplement à l'ordre de la réalité.

— Ils m'ont demandé de reprendre contact avec Kader, un garçon que je voyais souvent chez nous à Nouadhibou. J'ai transporté de la coke pour lui. Tu es certainement au courant.

Dim confirma.

— Plus tard, un parlementaire du groupe d'amitié France-Algérie, un type que le DRS tient pour une affaire de pot-de-vin, m'a recommandée pour que j'entre au Quai. J'ai suggéré à Kader que je pourrais lui être utile à ce poste. Je lui ai parlé de mon accès aux hautes personnalités. Nous savions qu'en dehors de ses trafics, il était lié à une katiba islamiste. Je lui ai fait croire que je voulais m'engager pour la Cause. Ça lui a d'abord paru bizarre mais, en découvrant mon passé, il en est arrivé aux mêmes conclusions que ton agence… Il a pensé que je ne deviendrais peut-être pas une bonne terroriste mais qu'en tout cas, on pourrait m'utiliser à quelque chose.

Elle eut un petit sourire.

— L'idée a fait son chemin. Il m'a appelée en Mauritanie pour me présenter au guide spirituel de la katiba et me transmettre les consignes. Tu sais que, dans ces mouvements, aucune information sensible ne passe autrement que par contact humain direct. Évidemment, j'ai accepté toutes leurs propositions. Et voilà où nous en sommes.

Ils se regardèrent. Dim était si perturbé par cette révélation qu'il restait figé. Son expression la fit rire et il rit avec elle. Cette hilarité laissa place à une froide lucidité de part et d'autre.

— Donc, résuma-t-il, tout cela est une vaste provocation pour pousser les islamistes sahariens à commettre un attentat international ?

— En gros, oui.

— Et nous, je veux dire notre agence, qu'est-ce que nous faisons là-dedans ?

— Je ne le sais pas précisément. On m'avait seulement prévenue que des gens me surveilleraient et que c'était normal.

Dimitri allait lui demander si c'était aussi pour remplir sa mission qu'elle avait couché avec lui. Elle devança la question par une phrase sans appel.

— Mais il y a des choses que *personne* ne me forcera jamais à faire.

Elle revint très concrètement à l'opération en cours.

— Maintenant, dit-elle en le regardant droit dans les yeux, nous sommes dans le même bateau.

Et pour bien préciser ce que cela signifiait, elle ajouta :

— Si tu veux le quitter, tu dois savoir que tu cours un gros risque.

— Qu'est-ce que tu entends par quitter le navire ?

— Disons… révéler ce que je viens de t'avouer, par exemple.

— C'est une menace ?

— Considère ça comme tu veux. Mais si tu utilises ce que tu sais pour empêcher l'opération, tu en paieras les conséquences.

Il pensa à Farid. Elle lui souriait avec gentillesse. Mais toujours, dans ses yeux noirs, brillait l'inconnu.

— Tu ne vas pas me dire que vous comptez aller jusqu'au bout ? Vous allez *vraiment* les pousser à organiser un attentat aveugle en plein Paris ?

— Il ne sera pas aveugle.

Dimitri se leva et marcha dans l'étroit espace de la chambre. Il réfléchissait comme s'il avait à prendre une décision. Elle mit fin brutalement à cette pérégrination.

— Écoute-moi bien, coupa-t-elle. Si quelqu'un prend la responsabilité d'arrêter l'opération, ce ne sera ni toi ni moi. Il y a un plan que nous devons exécuter. Je n'en connais ni le détail ni la finalité. Mais je sais pour quoi nous nous battons. Et j'ai confiance en ceux pour qui je travaille.

— C'est effrayant ce que tu dis là.

Elle haussa les épaules. Elle était redevenue calme et presque douce. Un instant, Dim crut qu'elle allait l'embrasser. Mais elle regarda sa montre.

— Les islamistes ont beaucoup de relais à Paris. Il se peut qu'ils me surveillent. Or, ils doivent avoir entièrement confiance en moi. S'ils décèlent quelque chose de suspect, ils sont capables de tout annuler.

— Ils sont certainement au courant de ce qui s'est passé entre nous. Ce sera encore plus suspect de ne plus se voir… il n'y a pas de raison de ne pas continuer si on en a envie.

— Et tu crois que j'en ai envie ?

— Oui.

Elle se leva, ferma la fenêtre et se retourna vers lui.

— En tout cas, je t'interdis d'approcher de ma maison ou de mon travail.

— Alors, ce soir, ici. Vers vingt et une heures.

Elle le considéra sévèrement mais il soutint son regard. Elle lui donna un baiser rapide sur la bouche puis elle saisit son sac et disparut.

Dim resta longtemps planté à côté de la fenêtre, à regarder frissonner les faux acacias de la rue. En bas, on bradait les fraises à cinq euros.

Il pensa tout à coup qu'il en savait trop et qu'il était en danger.

VII

Il n'y avait aucun enthousiasme morbide dans le fait de choisir un cybercafé situé précisément en face de la gare de Bologne. D'ailleurs, Saïd était trop jeune pour se souvenir que ce lieu avait été, dans les années soixante-dix, le symbole du terrorisme aveugle.

C'était tout simplement un endroit commode où passaient beaucoup de monde et un grand nombre d'étrangers. Saïd alla sur le site de petites annonces « Autoflash ». Les offres étaient classées par prix et par marques. Les jours précédents, il avait parcouru plusieurs fois les fastidieuses colonnes d'annonces sans rien trouver. Mais, cette fois, il tomba presque immédiatement sur ce qu'il cherchait : « 500 à 7 500 euros. Audi Quattro. Sept. 2001, 11 CH. Contrôle technique positif. Visible le 28 juillet à 13 h, 113, av. Jean-Jaurès — 75019. » Il y avait un téléphone portable mais pas de photo, et pour cause.

Saïd se sentit très soulagé. Il rentra annoncer la bonne nouvelle aux autres.

*

346

— Ici Helmut. Comment allez-vous ?

— Très bien, très bien. Et vous ?

Archie voyait toujours des arrière-pensées dans cette question et n'aimait pas y répondre.

— Vous êtes toujours à Johannesburg ?

— Oui, j'ai des choses à régler avec Wilkes. Le département médical est en plein développement.

— Des choses… qui se rapportent à Dimitri ?

— Pourquoi me demandez-vous cela ?

Helmut avait perçu une petite hésitation dans la voix. Mais, avec Archie, on ne pouvait jamais savoir.

— Il a pris une initiative que nous ne comprenons pas. Je voulais savoir si, par extraordinaire, vous auriez pu lui donner un ordre sans nous en informer.

— Quel ordre ?

— De *s'imposer* auprès de notre cible.

— S'imposer ! Il me semble qu'il n'a pas besoin de s'imposer. Il couche avec elle.

— Au début de la semaine, elle lui a demandé de couper toute relation. Je croyais que vous le saviez.

— Hum… Je ne suis pas l'opération au jour le jour. Et alors, qu'est-ce qui vous inquiète ?

— Il est passé outre et l'a revue. Nous ne savons pas ce qu'il cherche. Surtout, nous ne savons pas quel moyen il a utilisé pour lui faire accepter sa présence alors qu'elle n'en voulait plus. Nous espérons qu'il n'a pas fait de révélations inconsidérées.

— Dans ces affaires sexuelles, il y a toujours une part qui nous échappe…

— C'est possible. Mais, si vous voulez notre avis, ce n'est plus seulement une affaire sexuelle. De son côté à lui, en tout cas.

— Je ne comprends pas ce que vous voulez dire.

Wilkes se tenait près du téléphone. Archie, quand il lançait une réplique naïve, lui faisait un clin d'œil. Il ne pouvait pas fermer complètement la paupière, à cause du lifting, et terminait la mimique en relevant un coin de la bouche.

— Dimitri devient incontrôlable. Qu'il utilise ses charmes pour approcher la cible, on peut l'admettre. Mais, désormais, il se comporte sans ambiguïté comme un homme… amoureux. Je dois avouer que nous en sommes tous convaincus depuis longtemps déjà. Or il n'y a rien de pire pour un agent.

Archie échangea un autre signe de connivence avec Wilkes.

— Écoutez, Helmut, vous avez tout à fait raison sur le principe. Mais, vous voyez, nous ici, on estime qu'on peut compter sur Dim. Il sait ce qu'il fait. Je vais tenter de le joindre. Il va sûrement s'expliquer. D'ici là, n'intervenez surtout pas auprès de lui. Laissez-le-nous. C'est bien compris ?

Il y eut un silence. Helmut n'était sûrement pas seul. Archie se doutait que sa réponse devait mettre la salle des opérations en émoi. *Ces petits bureaucrates n'acceptent pas de voir un agent de terrain leur échapper*. Mais ils ne pouvaient rien contre lui.

— Bien compris, murmura enfin Helmut. Je reste à votre disposition.

Archie raccrocha dans un rire sardonique. Il ébaucha la petite danse coyote qu'il exécutait toujours après une victoire. Mais il ressentit une douleur lombaire et abrégea l'exercice.

— Remettons-nous au travail, dit-il à Wilkes.

Celui-ci se rassit devant le clavier de l'ordinateur. Il cliqua sur le fichier audio. La voix de Dimitri, corrigée par les filtres, était clairement audible :

« Ma conviction, c'est que tu es entraînée là-dedans contre ta volonté profonde. Je ne sais pas pourquoi ni comment. Mais ce dont je suis sûr, c'est que tu ne peux pas être une terroriste... »

Archie secoua la tête.

— C'est quand même vrai qu'il est naïf !

Ils écoutèrent toute la bande. La voix de Jasmine, même travaillée par le logiciel, était moins compréhensible, plus lointaine. Ils repassèrent deux fois la longue séquence pendant laquelle elle s'était exprimée. Archie changea de visage quand ils eurent réussi à reconstituer sa confession. Il fit signe d'éteindre.

— Ça y est, articula-t-il. Je comprends enfin ce que mijote Hobbs.

Archie avait une confiance totale en Wilkes. C'était la seule personne avec laquelle il s'entretenait ouvertement de Hobbs. Pour les autres, il restait le mystérieux « commanditaire ».

— Quand il nous a proposé ce contrat, Hobbs a prétendu que les Algériens l'avaient alerté à partir d'un renseignement qu'ils auraient obtenu fortuitement. En réalité, il s'est entendu avec eux pour monter toute cette opération, voilà l'histoire. La fille est un agent provocateur et il était au courant. Il nous a fait enquêter mais il suit ce qui se passe depuis le début.

— Pourquoi ?

— Il veut que ça pète.

— Il irait jusque-là ?

— Pour mettre Obama en échec ? Certainement. On voit bien l'idée : les Algériens se réintroduisent dans le jeu comme l'un des pays où se déroule la guerre contre la terreur. Hobbs et ses amis politiques ridiculisent le nouveau pouvoir aux États-Unis, en montrant qu'il n'a rien compris à la menace terroriste.

— Et nous, là-dedans ?

— Nous ? On est là pour certifier qu'il s'agit bien d'un complot. Puisque c'est nous qui l'avons découvert.

— Mais nous pouvons aussi témoigner que Hobbs ne l'a pas dénoncé à la CIA.

— Il répliquera qu'il l'a fait et qu'on ne l'a pas écouté. En tout cas, maintenant, grâce à Dimitri, nous avons la preuve de ce que je soupçonnais. À savoir que c'est *lui* qui a manigancé cette provocation avec ses amis algériens.

— Qu'allez-vous faire ?

— Le lui dire. C'est le seul moyen d'obtenir qu'il arrête tout.

*

Le jeune Dayak avait retransmis fidèlement son message à Béchir. Celui-ci partit la nuit même en Jeep pour rejoindre Kader. Deux heures de pistes suffirent pour atteindre son campement. En prévision du trajet qu'il aurait à parcourir, Kader s'était déplacé lui aussi très à l'est du Nord-Mali, presque à la frontière du Niger.

— Alors ?

— Ils ont accepté la date.

— Parfait. Et le lieu ?

— 20 47 Nord 16 00 Est.

— Tu as regardé où ça tombe ?

— Dans la pointe nord du désert tchadien, entre le Ténéré et le Tibesti.

Béchir avait ouvert un ordinateur portable et affiché la carte sur Google Earth. Le Tchad enfonçait un coin entre les frontières du Niger, de la Libye et du Soudan. Un triangle de sable et de volcans éteints.

— À l'ouest du Trou au Natron.

Ce volcan noir crève comme un mauvais furoncle sur la gangrène d'un désert de basalte. Une curiosité où peu de touristes osent encore s'aventurer. Un lieu désolé. Pas de villages. Quelques garnisons tchadiennes au nord, le long de la bande d'Aozou.

— En ligne droite, dit Béchir, ça fait mille cinq cents kilomètres.

— Y a-t-il des raisons d'aller autrement qu'en ligne droite ?

Béchir regarda Kader et sourit.

— Aucune...

— Alors, quatre jours, c'est largement suffisant. Nous partirons à l'aube. Tout est prêt.

Il passa le reste de la nuit à rédiger des notes et à envoyer des messages par Internet.

*

Dim avait marché dans Paris toute la journée. Il se doutait que Providence l'avait pisté et il n'avait pas envie de s'expliquer avec Helmut. Dans les lieux qu'il occupait, en particulier sa chambre d'hôtel, il craignait les mauvaises rencontres. Si les Algériens savaient ce que Jasmine lui avait avoué, ils pouvaient être tentés de l'éliminer ou, au moins, de l'intimider.

Dans les cafés, il s'installait dans la salle et non plus en terrasse. Il avait passé la matinée à La Palette et déjeuné dans une encoignure au Café Cluny. Il pensait sans cesse à Jasmine, au coup de théâtre de sa révélation.

Il ne parvenait pas à y croire. Non pas qu'il refusât d'admettre qu'elle travaille pour les Algériens. Mais pour la même raison qu'il n'avait jamais accepté de la voir comme une terroriste, il ne pouvait se résoudre non plus à faire d'elle un agent froid, exécutant les ordres sans discuter. Il la voyait trop libre pour le nouveau rôle qu'elle prétendait jouer. Il parvenait moins que jamais à la comprendre. Les questions auxquelles il croyait trouver une réponse en appelaient d'autres, encore plus troublantes. Après le déjeuner, il avait acheté un petit carnet pour les noter.

Il songea que la seule personne à qui il pouvait essayer de parler était Archie. Il attendit que la matinée soit bien avancée pour l'appeler.

— Vous avez de la chance de me trouver. Je suis à l'aéroport. Je quitte Johannesburg et j'embarque pour Washington.

— Écoutez, la ligne n'est pas protégée… Je ne peux pas parler très clairement. Mais, il y a des choses… que je dois absolument vous expliquer…

Il bredouillait. Archie comprenait qu'il ne savait pas par où commencer.

— L'embarquement est en train de se terminer. Je n'ai pas le temps de vous écouter. Mais rassurez-vous, mon garçon : je sais tout. Ne craignez rien avec Providence. Je vais arranger les choses. Et surtout, continuez comme vous avez commencé. C'est parfait.

— Vous savez tout… qu'est-ce que vous entendez par là ?

— Quand vous raccrocherez, ouvrez la batterie de votre téléphone et vous comprendrez. J'atterris à dix heures, heure de Paris. Appelez-moi dès que j'arrive.

Archie avait coupé la communication.

Dim regarda son téléphone. Puis, fébrilement, il ôta le capot en plastique, fit sauter la pile, examina la platine puis la carte SIM. Il n'y avait pas besoin d'être un grand spécialiste pour voir le petit émetteur qui avait été placé dessous.

— Comme un bleu, murmura-t-il pour lui-même.

CINQUIÈME PARTIE

I

Saïd et un Allemand d'origine turque appelé
Murat étaient arrivés par le train de nuit. Les deux
élus par celui du matin. Chacun des groupes avait
réservé une chambre dans l'immense hôtel Mer-
cure situé en face du Parc des expositions de Paris-
Nord Villepinte. Saïd et Murat, après l'opération,
seraient ainsi tout proches de Roissy-Charles-de-
Gaulle. Leur billet pour Athènes était prêt. De là,
ils rejoindraient Bologne en car.

Dans l'hôtel, personne n'avait prêté attention
ni à Hassan ni à Tahar quand ils avaient traversé
le hall pour rejoindre Saïd et Murat dans leur
chambre. Ils avaient placé les ceintures démon-
tées dans des sacs. Saïd prit les sacs, sortit leur
contenu et étala les morceaux de bombe sur son
lit.

Murat était plombier de son état. Dans le groupe
de Bologne, il faisait office d'artificier. Il s'était
battu en Bosnie au milieu des années quatre-vingt-
dix avant de rentrer en Allemagne. Il y avait vécu
avec sa femme jusqu'à l'année précédente. C'était
une fille de Prusse-Orientale soumise et résistante
à laquelle il avait imposé de vivre recluse, sans

travailler ni voir sa famille. Un matin, peu après le départ de leur deuxième fils qui était pensionnaire à Cologne, elle avait disparu. Murat avait remué ciel et terre pour la retrouver. Sans succès. Alors, par un Marocain qu'il avait croisé sur un chantier, il s'était engagé pour le jihad et avait rejoint la filière de Saïd, en espérant pouvoir gagner l'Irak.

Il avait disposé les ceintures l'une à côté de l'autre et, avec ses mains d'ouvrier, il les assemblait pièce par pièce, comme à la chaîne. Le pain d'explosifs avait été dédoublé pour ne pas faire saillie sous les vêtements. Ils avaient décidé d'en placer un kilo par ceinture. C'était beaucoup moins qu'en Irak où l'objectif était toujours très ambitieux et où les charges explosaient en plein air. Ici, il s'agissait d'un espace clos et d'une cible précise. Cinq cents grammes auraient peut-être même suffi. Les pièces métalliques fixées à l'explosif étaient un élément incontournable mais problématique. Projetées par le souffle, elles provoqueraient les principaux dégâts. Mais elles alourdissaient le dispositif et le rendaient détectable par les portiques de sécurité. Fort de ses connaissances de plombier, Murat avait composé un alliage où les vis en cuivre et les clous de charpente étaient mélangés à des éclats de PVC, obtenus en écrasant des tuyaux.

Hassan et Tahar, debout près du lit, le regardaient avec fascination assembler le puzzle. L'âge et la formation de Murat imposaient le respect. Du coup, il prenait des airs d'importance et commentait ses gestes avec condescendance.

— Les piles. Deux fois neuf volts pour chaque ceinture. Pourquoi deux fois ? Par sécurité, bien entendu. On ne peut prendre aucun risque.

Il agrafait les deux piles à un des rebords de la ceinture. En l'espèce, la base du dispositif consistait en une simple ceinture élastique pour lombalgie achetée en pharmacie, qui se fermait par un Velcro. Les éléments de la bombe y étaient attachés par des épingles de nourrice et des sparadraps.

— Essentiel : les détonateurs. En double aussi. Pas de blague !

Hassan et Tahar approuvaient de la tête. Il s'agissait d'une affaire sérieuse. Murat sortit une petite pelote de fils électriques de deux couleurs. Il relia les bornes des piles aux détonateurs mais d'un seul côté.

— La phase +, on ne la mettra que le jour J.

— Bien sûr !

— Reste à fixer l'interrupteur.

Il sortit du sac deux olives en plastique, du type utilisé pour allumer des lampes ordinaires.

Les deux jeunes eurent l'air un peu déçu.

— Ah bon, c'est ça ?

— Tu croyais quoi ? Qu'on prenait un joystick comme pour jouer à la PlayStation ?

— Oh, non !

Hassan se récria avec d'autant plus d'énergie que c'était exactement ce qu'il avait imaginé. Il en eut honte et donna un coup de coude à Tahar comme s'il avait voulu faire porter le reproche sur lui.

— En Israël, les gars du Hamas utilisent un autre système. Ils passent un fil dans leur manche et ils tiennent le détonateur dans la main. Mais aussi, ils travaillent dans des conditions très acrobatiques. Il faut qu'ils soient capables de déclencher même si on les plaque au sol, ou si on leur saisit les bras.

Les dix mille vierges et toute l'affaire du Paradis, au fond d'eux, Hassan et Tahar avaient un peu de mal à y croire. Au contraire, la description de l'action, du combat, l'évocation du contact avec les sionistes et l'idée de leur faire exploser une charge à la figure en pleine mêlée, plaqué au sol, le bras tordu, leur parlaient vraiment. Ils étaient surexcités.

— Pourquoi est-ce que tu ne nous mets pas ça aussi à nous ?

— Ouais, pourquoi ? J'kiffrais de les regarder bien en face et paf ! de déclencher le truc...

Tahar écartait les bras et faisait mine de foncer sur l'ennemi comme un chasseur Zéro japonais à Pearl Harbour.

— Pas question ! Vous devrez avoir l'air naturel, garder les mains libres pour ouvrir des portes, présenter des papiers ou saluer des gens. Vous ne pourrez pas leur expliquer, excusez-moi, j'ai mon détonateur, je ne peux pas trop bouger la main.

— Non, c'est vrai.

— Alors, on le met où, cet interrupteur ?

— Ici, sur le ventre, dans un creux au-dessus de la ceinture et sous les côtes. Les habits sont lâches, à cet endroit-là. Il faut faire attention à ne pas appuyer dessus mais, sauf accident, il n'y a pas de risque.

Les ceintures étaient assemblées. Elles n'avaient pas l'air de grand-chose.

— On peut les essayer ?

— Pourquoi crois-tu qu'on les a montées ? dit Saïd.

Hassan et Tahar ôtèrent leur T-shirts. Ils étaient minces et musclés. Tahar avait une estafilade sur le côté droit, souvenir d'une bagarre de rue, quelques années plus tôt, quand il était encore un voyou. Il fallut ajuster les ceintures qui étaient prévues pour des hommes mûrs, un peu bedonnants. Murat mit des épingles comme un couturier. Au passage, il piqua la peau de Hassan et celui-ci poussa un cri. Ils se regardèrent. La même idée leur avait traversé l'esprit. Ils restèrent muets.

Les deux garçons étaient harnachés maintenant. Ils tournaient dans la pièce.

— Il faut imaginer que le jour J, j'enroulerai tout ça dans du ruban adhésif.

Murat avait attrapé un rouleau gris qui servait à réparer les tuyaux de vidange.

— Ça tient chaud, dit Hassan.

— Ouais, on se sent bien là-dedans. Ça donne la pêche ! Tahar relevait les épaules, tapotait sur la ceinture et se regardait dans le miroir.

— Ça, faut pas faire ! Taper sur le ventre, c'est totalement interdit. Sauf au dernier moment. Bon, maintenant, on va répéter les branchements, vous devrez être autonomes.

Saïd, d'un doigt, écarta le voilage devant la fenêtre. Le soleil se couchait sur un parking. Quelques oiseaux volaient en cercle. Le vide était plein de Dieu.

— On fera ça plus tard, les gars. C'est l'heure de la prière.

*

En descendant de l'Adrar des Iforas, le désert se vallonne. Il s'obstine à ressembler à un paysage fertile. Les coteaux et les plaines feraient presque oublier de loin qu'ils ne sont couverts ni de terre ni d'herbe, ni d'arbres ni de buissons mais seulement, à perte de vue, de cailloux. Plus encore vers l'est, l'immensité abandonne toute résistance. La roche devient sable, la colline dune. C'est le Ténéré.

Les pick-up étaient chargés de fûts de gasoil pour assurer leur autonomie aller et retour. De l'eau et des vivres complétaient le chargement. Les armes, les hommes les portaient sur eux. En se relayant, ils roulaient dix heures par jour. Kader, privilège du chef, ne conduisait pas. Il se tenait le plus souvent sur le plateau du pick-up, dans un espace laissé libre entre les bidons amarrés aux ridelles.

Il sentait venir le terme. Une exaltation telle qu'il n'en avait pas connu depuis longtemps gonflait sa poitrine. Il se souvenait de son arrivée à Alger dix ans plus tôt, perché comme aujourd'hui sur le plateau d'un camion. Il avait vingt ans et il était plein de rêves. Il ne savait pas que, dans cette ville inconnue, il allait rencontrer le grand amour. Et jamais il n'aurait pu se douter que cette histoire serait aussi violemment mêlée à la grande Histoire.

Quand il avait revu Jasmine à Nouadhibou avec son mari, il avait compris qu'il n'y aurait jamais qu'elle dans sa vie.

Ils avaient dissimulé leur émotion. Ils avaient joué la comédie de l'amitié, et tout le monde, à commencer par Hugues, avait cru qu'ils se croisaient pour la première fois. Mais lui, comme elle, n'avait pas oublié la force de leur rencontre à Alger, en 2001.

La vie les avait séparés mais, finalement, le destin s'accomplissait malgré tout. Les événements, aujourd'hui, lui donnaient le fol espoir que, peut-être, tout allait reprendre là où l'élan s'était brisé. Il allait la retrouver.

Il chantait dans le vent chaud de l'Adrar et criait le nom de l'aimée.

*

À son âge, c'est-à-dire à la veille de l'éternité, Archie s'estimait tout à fait délivré des contraintes du temps. Il se moquait bien qu'il fût cinq heures du matin. À peine arrivé à Washington, il appela Hobbs sur son portable pour lui annoncer qu'il voulait le voir séance tenante.

À six heures moins le quart, le vieux fonctionnaire sortit d'un taxi et poussa la porte à tambour du Plaza.

— Qu'est-ce qui vous prend ? Vous avez perdu la tête.

— Allons boire un café. Je vais vous expliquer.

La salle de restaurant était encore fermée ; ils s'installèrent dans un coin du bar.

— Inutile de me raconter des histoires, commença Archie. Je sais tout.

— Vous savez *quoi* ?

Hobbs dégageait une mauvaise haleine. Il ne devait pas avoir pris le temps de se brosser les dents. Archie recula un peu.

— Je résume. Toute cette opération est un montage des services secrets algériens. Une provocation pour faire sortir leurs islamistes du bois et donner à AQMI une stature internationale. Vous êtes dans le coup depuis le début. Les Algériens ne sont pas venus vous confier leurs soupçons, comme vous nous l'avez raconté. Ils vous ont proposé de vous associer à leur opération et vous y avez trouvé votre compte. Nous étions supposés authentifier la manip en « découvrant » l'affaire grâce à notre enquête. Malheureusement pour vous, nous en avons appris un peu trop.

— Bravo, fit Hobbs quand Archie eut terminé. Un point pour vous. Et après ?

— Comment « et après » ? Mais j'attends simplement que vous arrêtiez ce manège tout de suite. Je n'ai pas l'intention de révéler à quiconque le rôle que vous avez joué dans cette histoire et, si tout se termine maintenant, je ne le ferai pas. Nous resterons d'excellents amis. En revanche, si le projet va à son terme, je serai contraint de dégager ma responsabilité. Il n'est pas question pour moi d'impliquer Providence dans une opération terroriste.

La fatigue aidant, Archie en rajoutait un peu dans l'indignation. Hobbs, au contraire, s'enfonçait dans un calme de plus en plus hiératique. Tout à coup, il sourit. C'était naturellement un sourire mauvais, mais tout de même un vrai sourire, qui soulevait les chairs flasques de son visage.

— Mon cher Archie ! Vous êtes décidément un personnage étonnant. Savez-vous comment je vous définis en moi-même ? Non ? Eh bien, je crois que vous êtes un individu *baroque*. Vous savez, ce style de peinture inventé par les jésuites pour barrer la route à la Réforme. Avec des nuages roses et des petits anges, des plis, des couleurs, des yeux pâmés. Tout cela. Oui, vous êtes complètement baroque.

Et là, Archie n'en crut pas ses yeux, Hobbs alla jusqu'à éclater de rire. C'était une expression horrible, qui évoquait plutôt l'effort d'un supplicié.

— Je ne vois pas ce qui… Je vous ai parlé sérieusement.

Archie bredouillait d'étonnement, ce qui avait pour effet d'accroître encore l'hilarité de Hobbs. Et puis, soudain, l'Américain s'arrêta net et planta ses yeux humides dans ceux d'Archie.

— Avez-vous pu croire une seconde que les Algériens montaient toute cette opération dans le seul but de nous faire plaisir ?

Hobbs ne laissa pas à son interlocuteur le temps de rassembler ses idées. Il avançait vers lui comme un fauve, montrant les crocs, brandissant ses poings, au dos couvert de poils.

— Pensez-vous qu'ils vont griller un agent comme cette fille, amener des kamikazes jusqu'au sein du Quai d'Orsay, pour pouvoir simplement nous dire : « Ne nous abandonnez pas » ? Le croyez-vous vraiment ?

— Non, capitula Archie.

Hobbs simula le soulagement et soupira.

— À la bonne heure ! Parce que, si vous l'aviez cru, j'aurais perdu toute estime pour vous.

Il saisit sa tasse de café et avala une longue gorgée.

— Pour nous alerter, il y avait, évidemment, des moyens moins coûteux et moins risqués. Ils auraient pu faire état de renseignements inquiétants, ou même, tout simplement, dessouder un ou deux de nos compatriotes qui traînent dans les régions sahariennes. Plus facile et pas très cher. N'est-ce pas ?

Archie avait repris ses esprits. En examinant plus sereinement les propos de Hobbs, il dut convenir qu'il n'avait pas tort.

— S'ils se sont donné le mal de faire ce montage, c'est qu'il y a autre chose. Ils ont envie de nous réveiller, c'est sûr. Mais ils poursuivent *aussi* un autre but, sans doute infiniment plus important.

— Lequel ?

— Je l'ignore. Et ça ne m'intéresse pas.

— Tout de même, c'est...

— Laissez-moi finir. Ce but, visiblement, les concerne. Je ne veux pas m'en mêler. En revanche, je leur ai donné ma parole sur un point.

Archie était impatient. Il se contint. Hobbs tourna sa cuiller dans la tasse.

— Quand ils sont venus me proposer l'opération, ils ne m'ont pas caché qu'il y avait autre chose derrière pour eux. Ça ne me gênait pas. J'ai respecté leur volonté de garder le secret. Ils m'ont simplement demandé ceci : que je m'engage, *quoi qu'il arrive* (j'insiste), à ne pas arrêter l'opération sans qu'ils m'en aient donné le signal. Autrement dit, je ne peux pas prévenir les services officiels tant que les Algériens ne m'ont pas délivré de cet engagement.

— Et s'ils ne le font pas ?

Hobbs redevint grave.

— Croyez-moi, de toute ma carrière, je n'ai jamais sacrifié de vies innocentes...

Archie savait à quoi s'en tenir là-dessus. Il attendait la suite.

— ... sans y être absolument forcé par les circonstances.

Ils se regardèrent un long moment dans les yeux, comme deux vieux félins.

— La solution est évidente, intervint finalement Archie.

— Ah bon ? Quelle est-elle ?

— Je ne suis pas lié par votre engagement. C'est donc *moi* qui vais prévenir la CIA.

La concentration était maintenant celle d'une partie d'échecs.

— Non.

— Comment ça, non ?

— Vous ne le ferez pas.

— Pourquoi ?

— Parce que je ne le veux pas. Mon engagement vous concerne aussi, puisque je suis allé vous chercher. Je vous ai mandaté. Vous travaillez pour moi. Ce que vous savez, vous l'avez appris en menant l'enquête que *je* vous ai confiée.

— Pardonnez-moi, mais l'enquête que vous m'avez confiée nous a tenus soigneusement éloignés de la vérité. C'est parce que je suis allé au-delà que j'ai découvert la véritable nature de l'opération. Je suis donc libre.

Hobbs rajusta ses lunettes.

— Ne vous y risquez pas, Archie, je vous le conseille solennellement.

— Qu'est-ce qui m'en empêchera ?

— Le bon sens.

Pendant le silence qui suivit, Archie crut entendre le tic-tac d'une horloge invisible.

— Je ne vois pas ce que le bon sens…

— Réfléchissez. Vous allez prévenir la CIA. Mettre en cause les Algériens et moi-même.

Il secoua la tête d'un air navré.

— À ce stade, rien ne s'est encore passé. Les services américains alerteront les Français, qui ne découvriront rien, et pour cause. On me demandera des explications. Alors, malgré toute l'amitié qui nous lie, je serai obligé de dire ce que je sais.

— C'est-à-dire ?

— C'est-à-dire que votre médecin, comment s'appelle-t-il déjà, Dimitri, oui, manipule cette pauvre fille. Il couche avec elle, n'est-ce pas ? Une veuve ! Dieu sait ce qu'il lui aura laissé espérer. Et elle confirmera, ainsi que les Algériens, que vous avez tout fait pour la pousser vers un réseau islamiste. Elle a gardé de vagues relations en Mauritanie avec quelques égarés. Sur les conseils de ce Dimitri, elle leur aura fait croire qu'elle pouvait les aider à commettre un attentat. Au fond, tout cela n'a jamais été très sérieux. Je ferai remarquer que votre agence était aux abois, comme beaucoup d'officines de renseignement privé aujourd'hui. Vous avez monté cette petite manip pour pénétrer le marché juteux des barbus. Bien entendu, on me croira et vous serez définitivement discrédité. Sans compter ce que vous coûteront les poursuites pénales...

Archie était un connaisseur. Quand un coup était bien joué, il l'admettait. Il inclina la tête.

— Qu'est-ce qu'on décide, alors ?

Hobbs souleva sa tasse, comme pour trinquer.

— On attend. C'est tout.

II

Dim avait fini par s'endormir. Quand il entendit frapper doucement à la porte, il pensait encore qu'il rêvait. Il alla ouvrir, tout ébouriffé. Elle fit le geste de secouer sa tignasse. Il s'écarta, comme un enfant grognon.

— Quelle heure est-il ?

— C'est tout l'effet que ça te fait de me voir ?

Il haussa les épaules. La veille au soir, il avait pas mal bu pour tromper son angoisse mais ça n'avait rien calmé. Finalement, il s'était réfugié dans le sommeil et il s'en extrayait avec peine, comme d'une piscine aux bords trop hauts.

Jasmine était venue directement du travail, en longeant la rue Saint-Dominique. Elle portait une robe bleu nuit, en soie plissée, à la Mariano Fortuny. Le galbe de ses seins cassait les petites arêtes du tissu. C'était le genre de détail qui excitait Dim d'habitude, mais il s'étonna de ne rien ressentir.

— Elle est encore plus petite que l'autre, cette chambre ! Il y a une salle de bains, quand même ?

Jasmine poussa la porte tapissée et disparut dans les sanitaires. Dim entendit bientôt l'eau couler dans la douche. Comment pouvait-elle être aussi insouciante ? Il empila les oreillers et s'assit dans le lit. La lucidité lui revenait peu à peu. Il vit qu'il était presque minuit. Quand elle ressortit de la salle de bains, elle était vêtue du peignoir en tissu éponge blanc de l'hôtel. Elle déposa son sac et ses vêtements sur un fauteuil et vint se coucher à côté de Dim.

Il avait les bras relevés, les mains derrière la tête. Elle posa ses cheveux noirs sur son aisselle. Il tressaillit. Ils restèrent immobiles un long moment. Puis, avec la main qu'elle avait placée sur son ventre, elle commença à le caresser. Malgré son trouble, il était sans réaction. Il baissa les bras et se recala dans le lit.

— Je voudrais que tu m'écoutes, pour une fois. J'ai tourné en rond toute la journée pendant que je t'attendais. La situation m'échappe, je me sens complètement impuissant...

Elle lui tourna le dos et cala sa tête dans l'oreiller.

— C'est un problème d'homme, grogna-t-elle.

Il continua à égrener des plaintes, des questions, des reproches. Tout à coup, elle se souleva et le regarda méchamment.

— Je ne suis pas ta nurse. Si tu as des états d'âme, tire-toi.

Ses cheveux défaits semaient un désordre de mèches autour de son visage. Le bout de ses seins, effleurés par un courant d'air venu de la fenêtre entrouverte, se tendait. Cette fois, ce fut lui qui eut l'instinct de poser un doigt sur sa bouche, le geste qu'elle utilisait d'habitude pour qu'il se taise. Elle sourit de surprise et se mit à le mordre doucement, mouillant ses phalanges de salive tiède. Le désir revint.

Ils se tinrent ensuite longtemps enlacés, dans une pénombre que fendait un rai de lumière venu de la salle de bains. Il sentait qu'elle ne dormait pas, même si son souffle était apaisé.

— Jasmine, je voudrais seulement... te comprendre.

— Rien que ça, fit-elle.

L'ironie, cette fois, était tendre, sans trace de colère. Elle se retourna vers lui.

— Je sais beaucoup de choses sur toi, déjà, ajouta-t-il en souriant.

— Vraiment ?

— Mon agence a travaillé sur ton cas. Ils t'ont passée au crible, crois-moi.

— Et qu'est-ce qu'il en est sorti, du crible ?

— Tu veux vraiment que je te le dise ?

Elle se releva, alla chercher un paquet de cigarettes dans son sac et s'installa en tailleur sur le lit, un cendrier sur les genoux.

— On n'a pas le droit de fumer ici, je crois, hasarda-t-il.

— Ouvre la fenêtre en grand.

Elle tira le peignoir sur ses épaules.

— Vas-y, raconte.

Dim fit alors une présentation très complète du profil établi par Roth. Il détailla son enfance, parla de ses parents, de son éducation, du retour en Algérie.

— Voilà pourquoi ils en ont conclu que tu haïssais l'Occident et que tu étais prête à prendre part à une action violente.

Elle l'avait écouté en fumant. Au début, elle

souriait. À mesure qu'il avançait dans son récit, elle s'assombrissait.

— Elle travaille bien, ton agence.

Le long silence qui suivit inquiéta un peu Dimitri. Il n'avait pas pris garde à ses réactions pendant qu'il parlait. Maintenant, il se demandait s'il n'était pas allé trop loin.

— Tout ce que vous avez appris sur moi est exact, reprit-elle d'une voix sourde. Le problème, avec les profileurs, c'est qu'on leur demande des conclusions. Alors ils choisissent un côté : pour eux, c'est blanc ou c'est noir.

Elle ralluma une cigarette au mégot de la précédente. Elle fumait méthodiquement, hypnotisée par le point incandescent qu'elle fixait.

— La haine de l'Occident... oui, c'est bien vu. Je ne sais même pas si tu peux imaginer ça... ce que ressent une gamine à moitié métèque devant des Français comme la tante qui m'a élevée. Sûrs de leur supériorité, avec leurs ambitions minables, leurs vieux tableaux, leurs maisons désertes. On n'imagine pas ce que c'est d'entendre pendant des nuits entières ce silence mortel, de sentir ces odeurs rances, de voir ce pauvre Christ récupéré par les bourgeois.

Elle fut interrompue par une quinte de toux qu'elle traita en aspirant une large bouffée de fumée.

— C'est vrai que j'ai rêvé d'en face. Le pays de ma mère, le soleil, les enfants partout, le parfum des olives, les ruelles fraîches, la paix de l'islam. Quand je fermais les yeux chez ma tante, la nuit, il m'arrivait d'entendre le muezzin. Là-bas, il invitait à la prière, mais ici, il me semblait qu'il appelait à la guerre. Il me soufflait à l'oreille que le temps viendrait où je serais libérée. Et plus j'obéissais à ma tante, à mes profs, à tout le monde, plus j'avais confiance en lui pour me venger un jour. J'étais soumise et conforme. Mais je sentais que, plus tard, je répondrais à l'appel de la revanche et du sang.

Elle fixa Dimitri. Mais ses yeux vagues semblaient voir bien au-delà de lui.

— Seulement, il y a l'autre côté, petit Américain. Il y a toujours un autre côté. Au moins un. Les choses ne sont pas plates, crois-moi. On peut les retourner. Elles ont toujours une autre face.

Avec la pointe de sa cigarette, elle traçait pensivement une forme au fond du cendrier.

— Quand je suis partie d'Algérie, à douze ans, l'islam incarnait l'espoir. Contre les profiteurs du FLN, les corrompus, les flics, les marchands, il y avait la religion. Mais quand je suis revenue à vingt ans, c'était autre chose.

Jasmine s'arrêta, regarda en l'air. Dim comprit qu'elle refoulait des larmes.

— Ma mère… après la disparition de mon beau-père…, tu ne peux pas savoir ce qu'elle a vécu. On lui reprochait d'avoir eu une fille avec un Français. Elle parlait mal l'arabe. Des gamins de quinze ans organisaient des brigades dans le quartier pour pourchasser le vice. Ils l'insultaient, s'en prenaient à elle. Un jour, pour je ne sais quel prétexte, ils l'ont battue. Elle m'a tout raconté.

Dim était gêné de l'entendre étaler sa faiblesse. Il avait pris l'habitude de la voir sûre d'elle. Cette fragilité, tout à coup, l'inquiétait.

— Moi aussi, quand je suis revenue, ils ont essayé de me soumettre.

Elle rit nerveusement.

— Et je me suis retrouvée avec deux haines en moi. Celle de l'Occident, comme tu dis. Et puis l'autre, le négatif de mon espoir perdu. Haine de l'hypocrisie, de l'ordre machiste, haine du viol des consciences par les petits bourgeois du bazar, des bigots, jaloux, aigris, ignorants. Haine des petits voyous qu'ils utilisaient, de ces gamins qui cherchaient plus humilié qu'eux pour se donner des airs de toute-puissance. Haine de ceux qui étaient cachés dans l'ombre et qui n'avaient que la mort à semer.

La pièce était emplie de fumée. Dim avait attrapé une cigarette à son tour. Il voyait Jasmine dans un halo.

— Et le 11 septembre, j'ai compris que le monde était désormais partagé entre deux forces que je détestais tout autant l'une que l'autre.

— Tu étais en Algérie à ce moment-là ?

— Oui. C'était curieux. Quand je voyais les images à la télévision, je ressentais une joie mauvaise. Il me semblait que c'était mon père qu'on avait abattu en faisant tomber le World Trade Center. Et ça me faisait trembler de joie. C'était bon comme la vengeance, comme une justice inespérée dans sa cruauté. Bizarre, non ?

Dans l'obscurité, Dim devinait les yeux de Jasmine, rougis par le tabac et brillants d'émotion.

— Mais quand je regardais dans la rue, je voyais les jeunes barbus qui faisaient la fête, qui lançaient des youyous, qui dansaient. Leurs Nike dernier cri soulevaient les djellabas. C'étaient les mêmes qui humiliaient ma mère, les mêmes qui me traitaient de putain. J'avais envie que les Américains débarquent et les massacrent tous. Je suis restée enfermée huit jours durant avec de la fièvre. Tout m'écœurait.

— Tu n'avais pas d'amis à qui te confier ?

— À ce moment-là, pas encore. J'étais rentrée en Algérie depuis quelques semaines. Il y avait juste ma mère.

— Vous parliez ?

— Pas beaucoup. Mais quand elle s'est rendu compte que c'était grave, elle m'a supplié de lui expliquer ce qui n'allait pas. Et je lui ai tout raconté.

— Qu'est-ce qu'elle t'a dit ?

— C'était une femme simple et elle était très affaiblie. Elle est morte quelques mois après. Tu dois être au courant.

— Non.

— Au moins, tu pourras raconter ça à ton profileur.

Il y avait une vague ironie dans la voix de Jasmine mais sans aucune force. La fatigue et l'émotion du récit l'avaient épuisée. Son genou frôlait celui de Dim, assis en tailleur devant elle sur le lit. Elle tremblait.

— Elle avait vécu un moment dans un centre social, avant de rencontrer mon père. En face, dans la même rue, il y avait un foyer pour hommes. Ma mère avait connu un grand Sénégalais qui vivait là-dedans. C'était un Toucouleur, un peu marabout sur les bords. Il appartenait à la confrérie Tidjane dont le fondateur, enterré à Fez, est né en Algérie. Il avait beaucoup de respect pour ce pays et avait pris ma mère sous sa protection. Elle tenait de lui un nombre incroyable de proverbes africains. C'était toute sa culture mais elle était pertinente et profonde. Quand j'ai terminé de lui livrer ce que je ressentais, elle m'a regardé. Elle a attrapé ma main comme ça, je la vois encore. Et elle a parlé très doucement, en souriant. « Samba, le marabout, aurait dit : un chien a beau avoir quatre pattes, il ne peut pas suivre deux chemins à la fois. » Sa phrase, je l'ai emportée avec moi. Comme un médicament à avaler plusieurs fois par jour.

Jasmine se leva pour aller chercher une bouteille d'eau dans le frigobar et revint s'asseoir sur le lit. Dim sentait qu'elle était redevenue gaie.

— J'avais toujours quatre pattes qui me tiraient d'un côté et de l'autre mais, grâce à ma mère, je savais qu'il fallait que je choisisse un des deux chemins. Ensuite, tout serait facile.

— Et comment as-tu fait pour choisir ?

— Ça a pris un peu de temps, mais j'étais déjà plus sereine. Je regardais les choses avec détachement comme si je pouvais contempler mes émotions de l'extérieur. C'était drôle. Il m'arrivait pendant des journées entières de rêver aux paysages de France, à la beauté de certains tableaux et même à des choses aussi bêtes que le tracé pur d'une autoroute à travers la campagne. Et puis, l'instant d'après, si la télé montrait Ben Laden, je fondais. Il avait l'air d'un prince. Je l'admirais et j'en oubliais les petits crétins barbus qui arpentaient la rue. Je me disais que tous les chefs commandent à des soudards. Cela n'ôte rien à leur noblesse. Et lui était plus que noble. Il nous avait tous vengés, et moi la première. Grâce à lui, les musulmans pouvaient marcher la tête haute.

— Tu es musulmane ?

— Ah, ça, vous n'avez pas réussi à le savoir, hein ? Oui. Je me suis convertie à ce moment-là.

C'est-à-dire que je priais comme ma mère quand j'étais enfant, sans trop savoir qui. À mon premier séjour en Algérie, j'étais encore trop jeune pour porter le voile et aller à la mosquée. Je n'étais rien. Ou tout. Quand ma tante m'a prise avec elle, elle a décidé que je serais catholique. J'ai suivi la messe. J'ai communié. J'ai entonné ces cantiques mièvres qui me soulevaient le cœur. Ils parlaient de charité, d'amour du prochain, et moi, je savais ce qu'il en était. Le prochain, oui, mais à condition qu'il soit comme vous. Et s'il résiste, on le brise. Je n'ai pas résisté, en apparence. Mais, en septembre 2001, j'ai vraiment senti que j'étais musulmane.

— Et tu l'es toujours ?

— Oui, et alors ?

— Rien. Finis ton histoire. Comment as-tu trouvé le chemin pour t'en sortir ?

— Comme tout ce qui se fait d'important dans la vie. Par hasard. En sachant que le hasard n'existe pas.

Elle rit d'un rire rauque qui appelait le secours du tabac. Elle alluma une cigarette.

— J'ai rencontré un garçon qui venait du Sahara. Je sentais qu'il était différent. Il avait une énergie incroyable, une force de vie à laquelle personne ne peut résister. Je suis tombée passionnément amoureuse de lui. Les circonstances étaient exceptionnellement difficiles mais le danger décuplait la passion. Chaque moment que nous volions à la terreur était un bonheur immense. Un jour, nous rentrions d'Alger lui et moi — on ne s'affichait pas ensemble, il jouait au protecteur chaste et se tenait toujours à distance quand il y avait du monde. C'était au milieu du Ramadan. Une bande de jeunes barbus barrait l'entrée du quartier. Ils s'en sont pris à lui. « Tu as mangé ? — Non. — Si ! Tu as mangé. » Ils étaient agressifs, arrogants. Ils l'ont entouré. « Hé, les frères, on va regarder ses dents. — Ouais, montre-nous tes dents. » Mon ami a résisté. Alors, ils lui ont sauté dessus. Il y en avait un qui lui tenait la tête et l'autre qui fourrait ses doigts entre ses lèvres pour découvrir ses dents. Comment te dire, c'était sauvage, animal. Ils l'ont laissé partir, finalement. Le lendemain, il m'a parlé.

— Qu'est-ce qu'il t'a dit ?

— Que deux de ses frères avaient été massacrés à un faux barrage de police par un groupe islamiste. Qu'il les haïssait et qu'il travaillait pour la police comme indicateur.

— C'est comme ça que tu as choisi.

— C'est toujours stupide, un choix. Quand les deux plateaux de la balance sont presque égaux ; quand tu sais que l'État, pour combattre le crime, en commet d'autres, aussi atroces ; quand tu as autant de raisons de défendre l'Occident que de l'attaquer, d'adhérer à l'extrémisme que de le rejeter, il suffit de rien pour faire pencher l'aiguille d'un côté.

— Donc, c'est à ce moment-là que tu t'es engagée ?

— C'est à ce moment-là que j'ai choisi mon chemin. Mais, je te l'ai raconté, je ne me suis pas engagée tout de suite. Oh ! Tu as vu ?

Par la fenêtre pénétrait la lumière pâle d'une aube d'été. Jasmine tendit les bras jusqu'à la table de chevet, regarda sa montre.

— Presque six heures !

Elle se précipita dans la salle de bains, approcha son visage du miroir.

— Affreux ! J'ai quatre-vingts ans ! Et dire que je dois être au Quai à huit heures.

Elle ferma la bonde de la baignoire et ouvrit les robinets.

— Je me prépare et je file, dit-elle en revenant vers Dimitri.

Assise sur le rebord du lit, elle se pencha pour lui donner un baiser.

— C'est un jour important, aujourd'hui...

Il s'assombrit. Il voulait qu'elle termine son récit. Il voulait savoir ce qu'était devenu ce grand amour, qui il était. Mais elle partait. Il allait de nouveau connaître l'incertitude, l'attente. Au moment de fermer la porte, à son grand étonnement, elle ajouta :

— ... et je vais avoir besoin de toi.

III

À lui seul, il symbolise le monde soviétique ou ce qu'il en reste. L'Iliouchine 76 est un aigle bossu qui peut emporter des proies de plusieurs dizaines de tonnes. Il se déplace en traînant deux ailes qui s'abaissent vers le sol. Elles lui donnent l'air désemparé d'un oiseau mazouté. Avec ça, un gros ventre, des pattes courtes, une tête pointue éclairée par une verrière globuleuse qui ressemble à un œil de mouche. Cet avion a hérité du seul génie propre au monde qui l'a créé : celui de la démesure. Il atterrit sur les plus mauvaises pistes, vole par tous les temps et brûle n'importe quel carburant. Il est, par excellence, l'appareil des grandes opérations spéciales.

L'armée algérienne en possède onze. Régulièrement, elle donne le cadavre de l'un d'entre eux à dévorer aux autres, sous forme de pièces détachées.

Le capitaine Messaoud voulait que son avion survive. À chaque nouvelle mission, il était soulagé de le voir reprendre du service. Ce matin-là encore, sur le tarmac de la base d'hélicoptères de combat de Biskra, il surveillait avec une grande fierté le chargement de l'appareil. Il avait déjà eu l'occasion de participer à deux reprises à des opérations de ce type. À chaque fois, la scène lui évoquait inconsciemment la mise bas des brebis de son père, dans les collines près de Tlemcen. Sauf que là, c'était l'inverse : on faisait entrer les petits dans le ventre de la brebis.

Les bébés en question étaient deux hélicoptères Mi-19. Les mécanos avaient démonté les trains de roues, les pales d'hélices, le haut du rotor et les rampes latérales où se fixaient les missiles. Toutes ces pièces étaient disposées de chaque côté des deux grosses libellules sans ailes.

Messaoud marcha vers l'avant de l'appareil et gravit le petit escalier taché de cambouis qui menait à la cabine de pilotage. Il avait reçu le plan de vol la veille au soir, au cours d'un briefing. Le lieu d'atterrissage était approximatif. Il se situait à l'est du Nord-Niger, l'endroit où le désert du Ténéré heurte les contreforts volcaniques du Tibesti. Une bande de terre d'une cinquantaine de kilomètres était propice à une telle intrusion. Délivrée des dunes de sable et pas encore tourmentée par les reliefs de basalte, la zone était plate et solide, de surcroît hors de portée des radars de surveillance nigériens. Qui, d'ailleurs, pouvait bien avoir l'idée de se poser là, à quelques kilomètres de la frontière tchadienne ? C'était un lieu désertique où ne passaient que des caravanes ou des colonnes de rebelles qui partaient faire leurs mauvais coups ailleurs.

Messaoud devrait arriver à l'aube sur la zone et faire un premier passage à basse altitude pour repérer un espace naturel dégagé, sans obstacles fixes ou mobiles (attention aux troupeaux...). Il devrait surtout évaluer si le sable était assez dur. La carte comportait des indications géologiques mais ne remplaçait pas l'appréciation humaine. C'était un des points clefs de l'opération, en tout cas, le moment où le pilote prendrait une responsabilité décisive.

L'autre Iliouchine, qui stationnait un peu plus loin, transporterait les mécaniciens et les commandos. Il atterrirait après, si tout s'était bien déroulé pour le premier…

Messaoud, en bon soldat, n'avait posé aucune question sur les raisons de la mission. Il s'agissait sans doute d'un nouvel épisode de la guerre secrète que l'Algérie menait contre les islamistes. De toute façon, la deuxième partie de l'opération n'était plus son affaire. Les mécanos devraient assembler dans le désert les hélicoptères qu'ils avaient démontés. Ensuite, c'était aux commandos qu'il reviendrait d'aller au contact.

*

Saïd et Moktar s'étaient rencontrés avenue Jean-Jaurès, comme prévu sur l'annonce, et ils avaient fait une longue promenade, du côté du canal de l'Ourcq. Moktar avait transmis tous les détails de l'opération. Ils avaient répété ensemble, minute après minute, le scénario complet du lendemain. Saïd était rentré à l'hôtel vers vingt et une heures. Il avait dû changer plusieurs fois de rame de métro au dernier moment, revenir sur ses pas brusquement en marchant et surveiller dans les vitrines ce qui se passait derrière lui, pour échapper à une éventuelle filature.

Compte tenu des nouvelles dont il était porteur, Saïd se doutait que son retour allait provoquer une crise.

Hassan et Tahar l'attendaient en regardant un film de kung-fu. Ils étaient nerveux.

— Alors, c'est confirmé, pour demain ?

Saïd prit son temps pour répondre. L'excitation des deux jeunes garçons en augmenta d'autant.

— C'est pas annulé ?

— Nous dis pas que vous avez changé les plans.

— Ce n'est pas annulé mais on a changé les plans.

Les deux gamins se bousculaient.

— Quoi ? Qu'est-ce qu'il y a ? C'est pas ici ?

— C'est pas demain ?

Saïd recula et s'accota au mur.

— Il n'y en aura qu'un.

— Un ! un quoi ?

— Un martyr.

Ils se redressèrent et restèrent la bouche ouverte.

— Tu veux dire quoi ?

— Et l'autre, qu'est-ce qu'il fait ?

— Il n'y aura qu'une bombe. C'est tout. L'autre aura une mission aussi mais il ne pourra pas offrir son sacrifice cette fois-ci.

— Une seule bombe ! Mais... qui ?

— Justement.

Saïd les fixa l'un après l'autre dans les yeux.

— On va décider ça maintenant.

*

Les précurseurs, comme dans tout voyage officiel, étaient arrivés la veille. Deux Émiratis et un Américain. Paris était pour eux une destination

383

de vacances. Les Émiratis profitaient toujours de leur passage dans la capitale française pour faire des courses et sortir en boîte. Le travail était une formalité. Les services français ont la réputation d'être compétents. Les forces spéciales d'intervention comme le GIGN ont fait leurs preuves dans le monde entier, à commencer par l'Arabie saoudite lors de l'attaque de la Grande Mosquée en 1979. Il n'y avait pas à s'inquiéter.

L'équipe était quand même allée inspecter les lieux, pour la forme. Mais le bâtiment du Quai d'Orsay, à lui seul, rassure. Deux guerres mondiales ne sont pas venues à bout de ses dorures. C'est un palais construit pour être un ministère. Il n'a rien à voir avec les hôtels de l'Ancien Régime, entre cour et jardin, reconvertis pour abriter des administrations. Ceux-là sont imbriqués dans des immeubles d'habitation où n'importe qui peut se dissimuler et où l'on peut pénétrer par les toits ou les jardins. Le Quai d'Orsay, lui, est un monument isolé. Il règne sur son terrain, sans autre voisinage que l'Assemblée nationale et la résidence de son président.

Un peu intimidés, les Émiratis avaient inspecté les lieux sous la conduite d'une jolie femme. Elle était déléguée par le service du Protocole pour organiser cette visite. C'était la Française telle que les étrangers l'imaginent : piquante, gaie, élégante malgré la simplicité de sa robe ou peut-être à cause d'elle, délicatement parfumée, à peine maquillée, rehaussée de sobres bijoux. Ils n'avaient pas cessé d'échanger entre eux des réflexions en arabe à son propos. L'un des deux commentait sa silhouette en imaginant les voluptés qu'elle pourrait lui procurer et l'autre se

demandait s'il valait mieux l'inviter directement à dîner ou lui envoyer d'abord un cadeau.
Ils s'adressaient ces remarques sur un ton professionnel, comme s'ils discutaient de questions de
sécurité.

Jasmine souriait poliment et il était facile de
croire qu'elle ne comprenait rien. Elle les avait
conduits dans le salon de l'horloge où aurait lieu
le cocktail. Puis, elle avait soulevé une lourde
tenture écarlate. Derrière s'étendait la galerie de
l'Europe qui donnait sur les jardins. La table y
serait dressée pour trente-deux couverts, c'est-à-
dire les deux ministres et leur délégation.

Un Français du Service de protection des hautes personnalités les avait rejoints. Les Émiratis avaient déjà eu affaire à lui. Ils étaient en
confiance. Jasmine assista à l'entretien. Enfin, au
moment où tout le monde allait se séparer, un
des conseillers techniques américains de l'Émirat
avait débarqué. Irving Bell était un gaillard de
l'Ouest avec de larges épaules et des yeux bleus.

Au détour de la conversation, ils évoquèrent les
menaces proférées sur Internet contre la France
par AQMI ou, plus précisément, par celui qui se
présentait comme l'émir du Sud. Le fonctionnaire
du SPHP expliqua doctement qu'une récente réunion interministérielle avait encore relevé le niveau
d'alerte, dans le cadre du plan Vigipirate. Les cibles
répertoriées étaient nombreuses, à vrai dire tous
les lieux publics étaient concernés. Il conclut par
une dissertation bien française sur les nouvelles
formes du terrorisme.

Irving l'Américain ne quittait pas Jasmine du
regard. Il n'avait visiblement pas l'habitude que

l'on résiste à ses yeux bleus. Elle lui sourit chari-tablement, pour épargner ses illusions.

Elle raccompagna tout le monde jusqu'en bas de l'escalier d'honneur, celui qui mène au parking des voitures officielles. Rendez-vous général à dix-sept heures ; cinquante minutes avant l'arrivée des convives. Une heure avant celle du ministre du Pétrole de l'Émirat.

*

— Franchement, on n'y comprend plus rien.

Helmut avait la voix perchée des mauvais jours. Archie, à l'autre bout du fil, sentait qu'il devait redoubler de prudence s'il voulait éviter un éclat.

— Si la cible est bien celle que nous avons identifiée, l'attentat devrait avoir lieu dans moins de quatre heures maintenant. Or, il ne se passe rien. La vie continue paisiblement comme si de rien n'était. Pourtant, tout ce qu'on découvre nous inquiète.

— Qu'avez-vous découvert, mon cher ?

Helmut eut un petit rire mauvais. Il était convaincu qu'Archie en savait beaucoup plus que lui. Et, malgré tout, il allait encore se débrouiller pour le faire parler, lui !

— Nous avons tout un dispositif en place, vous le savez. Des moyens humains et techniques. Côté technique, calme plat. La katiba ne parle plus. Les médecins mauritaniens sont revenus à leurs chères études. Côté humain, nous avons pu localiser le fameux Moktar, celui qui fait le lien pour Kader entre Jasmine et les kamikazes. Ça n'a pas été facile mais on l'a trouvé. Il est pisté jour et nuit. Mais hier soir, il nous a faussé compagnie.

Disparu. Du travail de pro. Personne ne pouvait tenir la filoche derrière un type qui a un métier pareil.

— Qu'est-ce qu'il a fait, à votre avis ?

— On pense qu'il est allé accueillir ses petits camarades avec leur colis magique. Mais comment en être sûr ?

— C'est tout ?

— Non, ce n'est pas tout.

Helmut perdait son calme.

— Il y a aussi les deux autres. Mon avis, c'est que vous en connaissez beaucoup plus long sur eux que nous.

— De qui parlez-vous ?

— Dimitri ! hurla Helmut. Dimitri et sa copine, puisqu'ils ont l'air bien accrochés maintenant. Il a encore passé la nuit dernière avec elle. Je ne vous apprends rien ?

— Et alors ?

— Alors, ça pose de vrais problèmes, figurez-vous. D'abord il agit sans qu'on lui en ait donné l'ordre, remarquez-le. Ensuite, il ne nous informe plus de rien. Pourtant nous avons de sérieuses raisons de penser qu'il ne garde pas ce qu'il sait pour lui. Je me trompe ?

— Où voulez-vous en venir ?

— On n'a plus confiance, Archie, voilà le fait. Je veux que vous m'écoutiez. Ce n'est pas moi qui vous parle, c'est toute l'agence. On a l'impression d'être cocus.

Archie avait fait des efforts conséquents ces dernières années pour ne plus lâcher de mots crus. Il était choqué d'en entendre, un peu à la manière des anciens fumeurs qu'indispose la moindre odeur de tabac.

— Déjà, brailla Helmut, il n'est pas normal de ne pas avoir autorité sur *tous* les agents, quand on est, comme moi, chef des opérations. Mais, en plus, se retrouver à quelques heures d'un attentat avec pour seul contact au cœur de l'action quelqu'un qui ne vous rend aucun compte, c'est insupportable.

— Mon ami, mon cher ami, il faut que vous soyez encore un peu patient. C'est tout ce que je peux vous dire. L'opération Zam-Zam arrive à son terme.

— Il n'y a plus d'opération Zam-Zam ! protesta Helmut. Il y a vous et votre gars qui agissez en solo. Et nous, nous attendons. Pourtant, nous sommes mouillés. Si ça pète, on ira tous en tôle, vous me comprenez ?

— Je vous comprends parfaitement.

Archie entendait des voix autour d'Helmut. Des gens derrière lui le pressaient d'ajouter quelque chose.

— En fait, Archie, je ne vous ai pas appelé pour discuter.

— Non ?

— Non. Je vous ai appelé pour vous annoncer une décision. Une décision collective, prise à l'unanimité par les membres de l'équipe opérationnelle qui sont autour de moi en ce moment même.

— Laquelle ?

— Voilà… nous allons prendre l'initiative, puisque personne ne le fait… de saisir officiellement les services américains à propos de cette affaire.

Helmut avait appelé Archie sur son portable. Il pensait qu'il était toujours en Afrique du Sud. En fait, en sortant de son entretien avec Hobbs, il était allé prendre un peu de repos dans le petit appartement qu'il avait conservé en Virginie, près de Washington DC.

— N'en faites rien, Helmut. Je vous en supplie, et même, je vous l'ordonne. Rien jusqu'à ce que j'arrive.

— Où êtes-vous ?

— À Washington. Je suis venu voir nos commanditaires. J'en sors et je comptais justement vous appeler.

Un murmure d'accablement monta de l'assistance autour d'Helmut.

— Nous n'allons pas vous attendre pendant que vous traversez l'Atlantique, Archie.

— Dans vingt minutes à peine, je peux être à notre bureau d'Arlington.

Providence disposait d'une antenne permanente à Washington. Elle était chargée d'entretenir les relations institutionnelles courantes avec les autorités fédérales. La plupart du temps, Archie ne se manifestait pas lorsqu'il passait dans la capitale. Il considérait que les affaires qu'il traitait étaient d'un autre niveau. Mais ce bureau avait le mérite d'exister et il était équipé d'un système extrêmement moderne de visioconférence.

— Prévenez le chef d'antenne pour qu'il soit là quand j'arriverai. Et qu'il démarre une liaison vidéo avec vous. D'ici là, surtout, n'appelez personne d'autre. Personne, vous m'entendez !

Il conclut par un énorme juron. La transgression lui coûtait un peu mais ça soulageait.

IV

Après une journée et deux nuits de Ténéré, Kader et ses hommes étaient ivres de désert. Tout n'était plus en eux que vent brûlant et horizon plat, croûte de ciel et vapeur de sable.

Dans cette région du nord-est du Niger, il n'y avait presque aucune chance de tomber sur une patrouille militaire. Kader ne craignait ni les commerçants, quels qu'ils fussent, ni les Touaregs. En revanche, il existait toujours un risque de se heurter au groupe de Saïf. La proposition de Hicham cachait peut-être un piège. Abou Moussa avait d'ailleurs émis jusqu'au bout cette objection. Mais Kader était persuadé que son hypothèse était la bonne et il avait persévéré.

Pour autant, il restait prudent. Pendant tout le chemin, il avait veillé à ce que les hommes établissent des tours de garde, leurs armes à portée de main. Surtout, il s'était arrangé, malgré la distance, pour arriver à la frontière tchadienne avant l'heure du rendez-vous. Minimiser les haltes, rouler jour et nuit — la lune était favorable —, maintenir une allure élevée lui avaient permis d'effectuer le trajet en moins de temps que prévu.

La frontière entre Niger et Tchad n'est évidemment matérialisée par rien dans cette zone désertique. Mais l'approche du massif du Tibesti, elle, est une réalité concrète. Des silhouettes montagneuses soulèvent la brume des lointains. Un sol noueux s'extrait de la surface grise du sable, se tord en gorges, en promontoires, en falaises...

Ils atteignirent le point de rencontre à l'aube. Kader ordonna à sa caravane d'effectuer un large crochet par le Nord ; autant arriver du côté où on ne les attendait pas. Par là, le contrefort montagneux constituait un plateau doucement incliné. En le suivant, le convoi parvint à un à-pic : en contrebas, l'immensité aride s'étendait jusqu'à l'horizon. Il n'y avait aucun endroit où se dissimuler. Ceux qui, deux heures plus tard, viendraient au rendez-vous, devraient approcher à découvert. Il serait facile de s'assurer de leur nombre, avant d'aller les rejoindre... ou les affronter.

Kader, jumelles en main, attendit devant les voitures arrêtées en ligne, à peu de distance du précipice. Vingt minutes avant l'heure dite, une colonne de poussière s'éleva du sud-est. Bientôt, le groupe de véhicules amorça un grand virage, qui plaça son sillage en travers du vent. Le nuage de sable, en s'écartant, révéla que le convoi était composé en tout de deux voitures. À mesure qu'il approchait, on pouvait distinguer leurs occupants à la jumelle. Ils étaient six. Rien à voir avec un groupe armé préparant une embuscade. Kader était, malgré tout, soulagé.

*

Le tirage au sort avait désigné Hassan. Après la tempête du soir précédent, Saïd avait dû hausser la voix pour ramener le calme. Tahar félicita son ami. Hassan réagit avec une gravité inattendue. Il était, de toute manière, destiné à mourir. Le fait qu'il fût seul semblait pourtant le désemparer.

Saïd n'était pas très étonné. Il savait que les opérations suicide qui impliquent un seul kamikaze requièrent plus de soutien que celles qui envoient une équipe à la mort. La solitude expose à de subites associations d'idées, à des revirements affectifs. Certains, qui s'étaient dérobés au dernier instant, ont décrit cela dans leurs interrogatoires comme le sentiment bizarre d'être déjà mort. Ils oublient tout, obéissent à leurs pulsions, suivent une fille dans la rue et laissent échapper le moment programmé pour leur sacrifice.

Saïd était conscient qu'il faudrait mener l'opération avec beaucoup de doigté psychologique. La contrainte de l'exercice serait double : entourer Hassan jusqu'au bout. Et, en même temps, ne pas constituer autour de lui un groupe trop repérable.

La matinée fut consacrée à assembler la ceinture. Il ne s'agissait plus cette fois d'une démonstration. Tout devait être solidement fixé. La méthode finalement retenue et exposée la veille par Moktar avait conduit à réduire encore la charge explosive : cinq cents grammes au lieu du kilo prévu initialement. Le dispositif devait être le moins encombrant possible. Hassan, debout dans la chambre, les bras levés, se laissait harnacher comme un mannequin de haute couture.

Saïd et Tahar se relayaient pour réciter le Coran avec lui. Murat officiait avec lenteur.

On a beau savoir qu'un explosif nécessite des conditions particulières pour produire son effet, on ne peut s'empêcher de le manipuler avec précautions. Murat veilla à ce que tout l'appareillage soit stable et bien plaqué sur le corps. Le ruban adhésif dont il enveloppait le ventre de Hassan présentait une texture rigide. Sa couleur était métallique. À mesure que la ceinture se complétait, elle prenait l'aspect d'un plastron d'acier.

Tout fut terminé à une heure. Il fallait occuper l'après-midi jusqu'au départ. Après une prière particulièrement longue, Tahar proposa de se restaurer un peu. Murat et lui descendirent chercher des pizzas dans un centre commercial en face de l'hôtel.

Ils mangèrent d'abord silencieusement. Mais Saïd repéra avec inquiétude le regard fixe que Hassan dirigeait sur la pizza. Ce sont des détails de ce genre qui peuvent faire déraper une opération. Qu'est-ce que la nourriture, quand on va mourir ? Manger nous projette dans l'avenir, au moins proche. S'alimenter est une activité qui participe à la conservation de notre corps. Qu'en sera-t-il quelques heures plus tard, lorsqu'on a l'intention de livrer sa chair aux explosifs ?

Ces divagations sont absurdes, mais celui qui va mourir peut s'y laisser prendre. L'homme vraiment pieux en est sans doute délivré. Mais pour ces jeunes, l'islam était plus l'outil de la révolte que son but. Leur culture religieuse restait faible et leur adhésion à la foi plus intellectuelle que spirituelle.

Saïd connaissait son groupe : à ce stade, la seule force capable d'armer une conscience jusqu'au sacrifice était la haine. Il se mit à parler de la Palestine. Hassan s'anima immédiatement. Ils en vinrent à l'Arabie saoudite et au rôle d'esclave de l'Amérique que jouait le roi Abdallah, coupable d'appeler à la tolérance religieuse et d'avoir même rencontré le pape. La discussion s'engagea. Tahar y prit part avec véhémence. C'était gagné.

Le risque, désormais, était de laisser passer l'heure. Saïd gardait un œil sur sa montre. À quinze heures, il devrait impérativement donner le signal du départ.

*

Willy, le vieux maître d'hôtel, surveillait deux jeunes recrues qui s'agitaient derrière le buffet. On avait affaire ce soir à des invités musulmans. Et pas n'importe lesquels, ceux de la Péninsule arabique, la maison mère, en quelque sorte. Pas d'alcool. Pas de cochon. Willy se penchait sur les plateaux et reniflait les petits-fours et les canapés.

— Tu cherches des truffes ?

Willy se redressa et prit l'air offensé. Il se doutait bien que c'était Jasmine.

— Tu ne dois pas te croire tout permis parce que c'est la première réception que tu diriges.

— Ne te vexe pas, fit Jasmine en tirant Willy par la manche. Dis-moi plutôt comment tu vois le déroulé…

Les militaires construisent leurs cérémonies minute par minute, schéma à l'appui, en prévoyant la disposition de chacun et en traçant de petites croix sur le sol. Les diplomates cherchent à atteindre les mêmes effets mais en se gardant de toute contrainte trop rigide. Le protocole est l'art de canaliser les personnalités pour les conduire à effectuer naturellement les mouvements que l'on a prévus pour elles.

— Je suppose qu'il y aura d'abord un tête-à-tête ?

— Cela va de soi.

— Donc, sitôt arrivé, le prince traversera le hall, l'antichambre et entrera chez le ministre. Mais ensuite ?

Ils avancèrent de quelques pas et se placèrent dans le salon qui ouvre sur la double porte du ministre. C'est un espace ambigu qui a toutes les apparences d'une pièce d'apparat mais sert en vérité d'antichambre. Quelques fauteuils dorés sont tassés dans un coin. Leurs accoudoirs sont usés par la sueur qui perle aux mains des visiteurs intimidés.

— Ils vont sortir par ici et marcher vers le salon de l'horloge.

Willy prenait, pour imiter les ministres, une démarche solennelle qui lui paraissait convenir à la fonction.

— Tu as l'air d'un bedeau un jour d'enterrement.

Willy regarda Jasmine du coin de l'œil. Ses plaisanteries ne le choquaient pas. Mais il venait de remarquer qu'elle en faisait trop. Il la jugea agitée et bizarrement fébrile.

— Quand ils arriveront là, ils auront deux solutions pour saluer l'assistance : passer par la droite ou par la gauche. Le plus convenable, c'est par la droite. S'ils partent à gauche, ils auront l'air de se jeter sur le buffet.

— C'est ce qu'on appelle le bon sens.

— Il me semble que tu devrais te calmer un peu. C'est une petite réception, tu sais. Il n'y a pas de quoi se monter la tête.

Il fixa sur elle ses yeux fripés.

— Avant qu'ils entrent, reprit-il, il faudra veiller à ce que l'assistance se place bien en arc de cercle. Les ministres progresseront de l'un à l'autre, en serrant des mains et en accordant quelques mots à chacun.

Willy mimait la scène cent fois vue. Il remuait à peine les lèvres. On sentait qu'il n'aurait pas nécessairement aimé être nommé ministre mais qu'à tout le moins, il était convaincu de le mériter.

— Après, ils arriveront ici.

Ils étaient parvenus à l'extrémité du salon, juste devant l'immense cheminée que dominait l'horloge. Le pupitre y était préparé, avec un micro. Le technicien était encore à quatre pattes, en train de terminer les branchements.

— Et ils feront chacun leur petit discours.

— Où se tiendra le prince pendant que notre ministre parlera ?

— Debout à sa droite, bien sûr.

Jasmine se retourna et considéra la pièce en plissant les yeux. Elle reconstituait la position de tous les groupes, mémorisait les trajectoires.

— C'est vu ?

— Je crois, murmura-t-elle.

Elle rouvrit grands les yeux. Les bustes, les dorures, le parquet en point de Hongrie, les cheminées monumentales à la grâce un peu pataude, tout le Quai d'Orsay brillait de ses ors dérisoires et vénérables, hanté par ses fantômes. Jasmine regarda Willy, raide et digne, bien décidé à couler avec ce monde s'il devait en connaître le terme.

— Tu sais quoi, Willy ?

— Plaît-il ?

— J'ai envie de t'embrasser.

Il n'eut pas le temps de préparer une réponse à sa manière. Déjà, elle l'avait saisi dans ses bras et déposait un baiser de chaque côté du gros visage usé. Il la regarda, stupide. Allez savoir pourquoi, il sentait des larmes lui venir et il avait l'impression qu'elle était émue aussi. Alors, il tourna les talons et partit en bougonnant.

*

La salle des opérations de Providence était pleine. Tous les sièges étaient occupés et beaucoup de collaborateurs se tenaient debout contre les murs et les fenêtres. Les écrans montraient en plan fixe une table sur laquelle était posé un micro.

Soudain Archie apparut à l'image, accompagné d'une fille du bureau de Washington. Elle l'aida à s'installer puis disparut. Il ne devait pas avoir encore le retour sur son moniteur parce qu'il restait muet et se raclait la gorge. Soudain, la liaison s'établit et il sursauta. Toute la salle de réunion de Providence en Belgique surgissait devant lui, prise en enfilade, avec une double brochette de visages fermés, hostiles et déformés par le grand-angle de la caméra.

Archie s'efforçait de sourire. Personne ne le salua. L'ambiance était glaciale.

— Bonjour à tous, commença-t-il. Vous êtes inquiets. Je le sais. Mais nous devons garder notre sang-froid. Tout sera terminé dans moins de trois heures. Pour le moment, il faut attendre.

Un murmure désapprobateur parcourut l'assistance. Archie avait préparé un long plaidoyer. Il rappela l'histoire de Providence, le démarrage de l'opération Zam-Zam, les principaux événements des dernières heures. Surtout, il utilisa sans vergogne le joker que constituait le mystérieux commanditaire auquel il avait seul accès.

— Vous m'avez toujours fait confiance, conclut-il, et je crois que ça ne vous a pas trop mal réussi. Cette fois encore, je vous demande de m'écouter et de me suivre.

Il sortit son BlackBerry de sa poche et le posa devant lui.

— Je vais rester ici le temps qu'il faudra et je vous invite à faire de même. Nous allons garder la liaison. Quand ce téléphone sonnera, il sera l'heure d'agir. Pas avant.

— Et s'il ne sonne pas ? intervint Sarah.

— Faites-moi confiance, insista Archie, en fixant intensément l'œil verdâtre de la webcam. Il sonnera.

*

Kader avait donné l'ordre à tous ses chauffeurs de conduire les véhicules en contrebas, dans la plaine, et d'aller à la rencontre des voitures qui arrivaient. Les deux convois se rejoignirent au pied des falaises.

Les nouveaux venus étaient conduits par Tawfik, un cousin du vieux Hicham que Kader avait rencontré à plusieurs reprises. On le reconnaissait facilement à la cicatrice qui lui déformait tout le côté droit du visage. On disait qu'il avait combattu en Afghanistan sous les ordres de Hekmatyar. C'était le plus politique de la famille. De toutes les nationalités dont il pouvait utiliser le passeport, la Soudanaise était celle qu'il revendiquait comme la plus authentique.

Kader lui avait servi de contact pour un achat de matériel informatique sophistiqué. L'homme était brutal et irascible. Mais en affaires, on pouvait se fier à lui.

Tawfik marcha d'un pas décidé vers Kader et lui donna une chaleureuse accolade.

— Tu as pris une grande escorte, dit Tawfik, en désignant les voitures de Kader qui attendaient dix pas en arrière. Avais-tu peur de nous ?

— Pas de vous mais des mauvaises rencontres dans le désert.

Tawfik rit avec la moitié de visage qui pouvait encore exprimer ses sentiments. « À moins, pensa Kader, que ce ne soit *l'autre moitié* qui exprime ce qu'il pense vraiment. » Il continuait de se tenir sur ses gardes. Le cousin de Hicham gardait sa main dans la sienne. Sans la lâcher, il se retourna et conduisit Kader auprès de sa propre voiture. Deux hommes en descendirent. L'un d'eux était un simple combattant. Il portait une mitraillette courte à bout de bras et s'écarta respectueusement. L'autre, grand et maigre, vêtu d'une saharienne bleue à col Mao, avait le visage dissimulé par un foulard palestinien. Il avait des gestes lents et une assurance de chef.

— Kader, mon ami, commença Tawfik, en se plaçant de biais entre les deux hommes, voilà celui qui tenait absolument à te voir. Je te présente Abd al-Razzak, dont tu connais sûrement le rôle.

Abd al-Razzak, voici Kader Bel Kader. C'est bien lui que tu voulais rencontrer ?

L'homme dégagea son foulard et le laissa retomber autour de son cou. Il affichait un grand sourire. Kader lui tendit la main et il la serra. Abd al-Razzak, le mythe, l'homme le plus recherché au monde après Ben Laden et Zawahiri ! Il avait l'air modeste d'un simple fonctionnaire. Son visage n'avait rien de remarquable. Seul son regard intense trahissait sa violence et son habitude du pouvoir. Il ne portait pas de barbe, caractéristique commune aux islamistes les plus dangereux, ceux qui circulent dans tout le globe et se camouflent ainsi pour mieux tromper leurs ennemis.

— Nous avons peu de temps pour parler, prononça-t-il d'une voix très grave qui contrastait avec l'apparence fragile de son corps maigre. Autant s'y mettre tout de suite. Seul à seul, bien entendu.

En dévisageant Kader, il sortit un pistolet de sa ceinture ainsi qu'un poignard glissé contre sa cheville gauche et les posa sur le capot de la voiture. Il écarta les mains, paumes ouvertes, et sourit. Kader retira lui aussi ses armes. Il s'en voulait de sentir ses mains trembler et il évita de les présenter trop longuement à son interlocuteur.

*

Le vendeur, à genoux, pinçait l'ourlet du pantalon.

— Vous l'aimez très cassé sur le devant ?

— Je voudrais surtout savoir pour quand vous pouvez me faire la retouche, demanda Dim.

— Hum... Après-demain matin. C'est bon pour vous ?

Dimitri se récria.

— Certainement pas ! Il me faut ce costume pour aujourd'hui.

Il regarda sa montre.

— Dans deux heures, au plus tard.

— En ce cas, monsieur, c'est impossible, conclut le tailleur en se relevant.

Le miroir renvoyait son image à Dimitri : le complet lui allait parfaitement. Bleu sombre avec de très fins chevrons ton sur ton, il était strict et bien coupé. Son visage bronzé et sa tignasse blonde contrastaient avec l'austérité du vêtement. Mais quand il se coifferait, il aurait l'air d'une star de cinéma, habillée pour gravir les marches du festival de Cannes.

— Il y a sûrement une solution, pour l'ourlet, insista-t-il.

— Si vous n'avez l'usage du vêtement qu'aujourd'hui, nous pourrions éventuellement vous l'agrafer et vous reviendriez le déposer demain, pour la retouche définitive.

— Parfait !

Le vendeur appela la caissière, une fille très maquillée aux cheveux châtains, qui avait souri à Dimitri quand il était entré. Sur les indications du vendeur, elle s'accroupit, l'agrafeuse à la main. Elle tenait de côté ses jambes soigneusement épilées et bronzées et levait vers Dimitri de grands yeux papillonnants.

— Je ne voudrais pas vous faire mal, minauda-t-elle.

Depuis qu'il était à Paris, dans le climat électrique du début de l'été, il passait son temps à rencontrer des femmes qui lui signifiaient leur intérêt, souvent de manière très directe. Il n'avait aucune envie d'engager quoi que ce soit avec elles mais ces petits échanges le détournaient de la situation tragique à laquelle il était mêlé. Il répondit à la fille par un sourire encourageant.

Elle agrafa prestement le contour du bas de pantalon et recommença l'opération de l'autre côté, en lui effleurant la cheville.

— Voilà, c'est prêt ! abrégea le vendeur, en faisant déguerpir la caissière.

— Il me faut aussi une chemise et une cravate.

— C'est en bas, monsieur. Je vous accompagne.

Dim surveilla sa montre. Jasmine lui avait demandé d'être au Quai d'Orsay à dix-sept heures trente.

*

À titre de sécurité, Kader avait ordonné à un des chauffeurs de son convoi d'appeler discrètement un numéro satellite dès que le contact serait établi.

Pendant que Kader s'éloignait vers la colline en marchant côte à côte avec Abd al-Razzak, le chauffeur se dissimula derrière une voiture, sortit son appareil et appela. Une voix à l'autre bout répondit en arabe.

— Ils sont ensemble, dit l'homme, répétant scrupuleusement le message que lui avait confié Kader.

— Reçu.

Le correspondant avait déjà raccroché. Le chauffeur éteignit l'appareil et retourna s'allonger à l'ombre.

*

Le campement, en plein désert, ressemblait à une véritable base militaire. Quelques heures plus tôt, il n'y avait pourtant à cet endroit que de la pierraille brûlée par le soleil.

Les deux Iliouchine étaient stationnés côte à côte, un peu à l'écart. Les hélicoptères avaient été assemblés par les mécaniciens tard dans la nuit et jusqu'à l'aube, à la lumière de gros phares qu'alimentaient les générateurs. Les commandos d'intervention s'équipaient dans une tente d'état-major montée en un temps record. Sous un abri kaki plus petit, une unité de transmissions avait établi une liaison permanente avec le PC opérationnel, en Algérie.

Une voix, dans l'appareil, interrompit le grésillement de la ligne.

— Alerte pour unités d'intervention. Appel reçu. Cible en place. Départ immédiat !

L'ordre arriva un peu plus tôt que prévu mais tout était prêt. Les équipages des hélicoptères achevaient la check-list de départ. Les éléments de combat montèrent dans le ventre des appareils, pales tournantes. Ils décollèrent tous les deux en même temps, soulevant un tourbillon de sable.

*

L'attente continuait à Providence, dans la salle des opérations. Les agents allaient et venaient. Archie s'était fait livrer un plateau de sushi et les mangeait avec application.

Tout à coup, Helmut, qui s'était absenté une demi-heure plus tôt, rentra dans la salle. Il s'installa au centre, face à la caméra, et interpella Archie.

— Dan Andreïev, le chef du département de stratégie, sort de mon bureau.

— Oui..., grogna Archie en posant ses baguettes jetables.

— Vous savez qui est le prince Abdullah bin Khalifa al-Thani ?

— Le ministre du Pétrole de l'Émirat de Kheir, non ?

— Mais encore ?

— Où voulez-vous en venir ? dit Archie avec un soupir de mauvaise humeur.

Helmut se cala sur sa chaise et recula légèrement la tête.

— Le prince Abdullah a fait ses études à Stanford. MBA d'économie et, au passage, une licence de lettres. C'est un passionné de poésie, grand connaisseur de Walt Whitman. Un ami de l'Amérique qui cultive un énorme réseau de relations là-bas. Plutôt dans les milieux démocrates. Lors de la dernière élection, il a choisi le camp Obama dès le début des primaires et son appui financier a certainement été décisif.

— Intéressant, fit Archie en réprimant un bâillement.

— Son rival dans l'Émirat, reprit Helmut un ton au-dessus, n'est autre que son frère cadet, Omar. Tout l'opposé d'Abdullah. Études médiocres, même si l'argent du père lui a permis d'engranger quelques diplômes. Fasciné par l'Orient. Habitué de Bangkok et de ses spécialités.

— Allez au fait, je vous prie !

— Le fait, c'est qu'Omar a découvert la Chine il y a cinq ou six ans. Les Chinois ont parfaitement compris comment l'utiliser. Ils l'invitent là-bas trois ou quatre fois par an. D'après nos sources, il est complètement dans leurs mains. Si son frère Abdullah disparaît, la tradition et l'équilibre familial veulent qu'il lui succède au même poste. Dan est formel : si Omar arrive au pouvoir, étant donné l'état de santé du vieil émir qui ne gouverne plus, il fera ce qu'il voudra. Les immenses réserves pétrolières de l'Émirat pourraient alors passer sous contrôle chinois et échapper aux compagnies américaines. Le contrat qui les lie à l'État de Kheir doit être renégocié l'année prochaine...

Archie tripotait sa serviette. Tous les assistants, à Providence, avaient le sentiment qu'Helmut venait de marquer un point.

— Ils veulent le buter, Archie. C'est clair, maintenant. Le fin mot de l'histoire, c'est ça.

Un long silence suivit ces mots. Archie avait le regard dans le vague et comme l'œil de la webcam le scrutait, on aurait dit qu'il était filmé dans son sommeil. Un moment, certains crurent même qu'il allait s'effondrer. Et puis, tout à coup, ses yeux redevinrent brillants et fixes.

— Non ! éclata-t-il en frappant du plat de la main sur la table. C'est le contraire ! Le contraire !

Les agents de Providence qui assistaient à la scène se demandaient s'il n'avait pas perdu la tête. Mais l'instant d'après, il était parfaitement normal.

— Non seulement cette information ne contredit pas ma décision mais elle la renforce. Je suis plus sûr que jamais que nous devons attendre.

Le téléphone trônait toujours sur la table.

Silencieux.

V

— Je suis heureux de te rencontrer, Kader. Abou
Moussa et toi, vous faites un très beau travail.

Ils s'étaient éloignés des voitures qu'ils distin-
guaient maintenant en contrebas. Le bord ascendant du plateau dessinait un à-pic circulaire, le
long duquel ils cheminaient. Abd al-Razzak marchait vite et montait la côte sans être essoufflé. Il
regardait Kader et ses yeux le scrutaient violemment, tandis que ses paroles restaient aimables
et son ton égal.

— Tu es venu au bon moment, Kader. Quand
nous considérons notre œuvre, le mouvement
al-Qaida dans le monde, nous voyons qu'il y a
des terres fertiles comme l'Irak, le Cachemire, le
Yémen. Mais nous commencions à désespérer
du Maghreb : trop petit, trop local, manquant de
vision d'ensemble. Le combat ici n'a pas l'ampleur
qu'il mérite. C'est ton avis aussi, je suppose ?

Kader répondait par des monosyllabes. Pour
cacher son malaise, il feignait d'être essoufflé par
la montée. Abd al-Razzak mesurait bien l'aura
qui l'enveloppait auprès des groupes islamistes.
Il savait qu'il était une légende vivante. Cela pou-

vait clouer d'angoisse ceux qui le rencontraient pour la première fois. Il trouvait tout de même bizarre qu'un homme de la trempe de Kader pût être aussi impressionnable.

— Nous avons lu les proclamations signées de l'émir du Sud sur les sites Internet, poursuivit Abd al-Razzak. Et nous avons compris qu'Abou Moussa avait décidé de reprendre sa liberté sous ton influence. C'est une bonne décision. Mais, explique-moi : qu'est-ce que vous préparez, au juste ? Quelle est cette opération contre l'ennemi lointain que vous nous annoncez ?

Kader sentait Abd al-Razzak se raidir à mesure qu'il lui parlait. On ne survit pas pendant des années, traqué par les plus puissantes nations du monde, sans posséder en soi un sens du danger particulièrement développé. Et, à l'évidence, cet instinct subtil était en alerte chez Abd al-Razzak. Ce qui se passait était imperceptible, indéfinissable. Pourtant, Kader était convaincu que si tout ne se terminait pas très vite, l'homme qu'il avait en face de lui pouvait tout à coup changer de visage et devenir dangereux. Qu'avait flairé Abd al-Razzak ? Qu'avait-il compris ? La peur inattendue et irrationnelle qui paralysait Kader était certainement la principale raison de la méfiance qu'il suscitait. Malheureusement, cette émotion échappait absolument à son contrôle. Abd al-Razzak regardait Kader intensément et ne parlait plus. Ce silence et ce regard, en nourrissant le malaise de Kader, redoublaient la suspicion dont il était l'objet.

Ils s'étaient arrêtés de marcher et se faisaient face, à deux pas l'un de l'autre. Abd al-Razzak recula imperceptiblement et laissa glisser sa main vers son gilet à poches.

*

Les hélicoptères algériens, après une demi-heure de vol, avaient fait halte dans le désert sans éteindre les moteurs ni laisser descendre les équipages. Ils attendaient, rotors tournants. De l'endroit où ils s'étaient posés, il leur fallait moins de dix minutes pour rejoindre le point 20 47 Nord 16 00 Est. Ainsi, ils aborderaient le lieu de l'action par l'est, en profitant du relief pour rester invisibles jusqu'au dernier moment.

C'était la phase délicate. Elle supposait que tout se soit déroulé comme prévu et que les cibles se soient divisées en deux groupes bien distincts. Cela, malheureusement, ils ne le sauraient qu'au dernier moment.

À un signal de l'état-major, les hélicoptères redécollèrent. Les pilotes avaient répété plusieurs options, en fonction de ce qu'ils allaient découvrir. Mais, à partir d'un certain degré de danger, le choix ne fait pas bon ménage avec l'action ; il leur faudrait bientôt se décider instantanément pour un des scénarios.

Immobile sous son casque, le pare-soleil rabattu, chaque pilote, à sa place, savait ce que les autres pensaient. Le sol, à quinze mètres sous les appareils, défilait à grande vitesse. La crête se rapprochait et, avec elle, la décision.

*

Les invités commençaient à arriver. La grille située le long du Quai d'Orsay, à droite du monument à la mémoire d'Aristide Briand, était ouverte à deux battants. Plusieurs gendarmes en grande tenue s'étaient placés sur le côté pour vérifier les cartons. Ce contrôle était une simple formalité. Les consignes étaient claires : la procédure devait être rapide et courtoise. La demande des pièces d'identité, pour vérifier les noms, n'était pas systématique. Ceux qui arrivaient en voiture de fonction à plaque verte en étaient dispensés. Et tous ceux qui présentaient les signes extérieurs de respectabilité que l'on est en droit d'attendre d'invités officiels, passaient sans encombre. Il fallait à tout prix éviter que ne se forme dans la rue une file de messieurs en costume sombre et de dames en manteau de fourrure. À la différence de l'Élysée, de l'hôtel Matignon ou du ministère de l'Intérieur, le Quai d'Orsay, pour ses réceptions officielles, conservait un accès relativement libre. La sécurité reposait avant tout sur le circuit des invitations. La liste des convives, établie par les services concernés, était transmise au Protocole qui en avisait finalement les gardes. La principale vérification consistait à s'assurer que le nom inscrit sur le carton correspondait bien à un invité figurant sur la liste remise aux gendarmes. Un nom ne peut se trouver sur ces listes qu'en vertu d'une recommandation a priori fiable. Tout se passe, au fond, entre gens de bonne compagnie.

Les hommes du service de sécurité émirati, conduits par l'un de ceux qui avaient fait la reconnaissance le matin, se tenaient en retrait et dévisageaient les arrivants. Leur mine était volontairement farouche. Mais ils pensaient surtout aux rendez-vous qu'ils avaient organisés pour la nuit. Paris sera toujours Paris.

*

Tahar était arrivé en éclaireur. Il s'était installé devant l'aérogare des Invalides et lisait *L'Équipe*, assis sur une borne en béton. Il était chargé de surveiller les mouvements suspects, de détecter une éventuelle arrivée prématurée du ministre, d'observer les allées et venues à l'entrée du Quai.

Murat et Saïd entouraient Hassan, l'élu. Ils l'avaient accompagné dans le RER et s'étaient assis à ses côtés pendant le trajet. De temps en temps, ils lui souriaient. Personne ne parlait. Hassan, nerveusement, bougeait l'épaule droite, comme pris d'une démangeaison. Le ruban adhésif lui irritait la peau sous l'aisselle. À ce stade, malheureusement, Murat n'avait plus aucun moyen de le soulager.

Dans les couloirs de la station Saint-Michel, ils resserrèrent leur garde autour de Hassan. L'idée était d'empêcher qu'un passant ne le bouscule. Inconsciemment, il y avait aussi la crainte qu'il ne change d'avis, n'écarte ses anges gardiens et ne s'enfuie.

Saïd était en nage. La sueur coulait dans son cou et sa chemise l'absorbait. Le coton était glacé contre sa nuque.

Tout le monde somnolait, à Providence. À Washington, Archie contemplait avec dégoût le gobelet Starbucks dans lequel un mauvais café refroidissait.

Tout à coup, sur la table devant lui, le téléphone se mit à sonner.

Avec son costume bleu nuit, sa cravate à rayures, son col italien, Dimitri ne passait pas inaperçu. Il avait plaqué ses cheveux en arrière, après les avoir lavés. Mais le vent chaud les avait rapidement séchés et ils partaient de nouveau dans tous les sens.

Il avait décidé de parcourir le chemin à pied. Il faisait beau. Sa tenue détonnait au milieu des shorts. Il avait l'air de sortir d'une communion ou d'un mariage. Les filles étaient en robe d'été. Il leur souriait un peu bêtement. Il ne remarqua pas le couple d'amoureux qui le suivait depuis son départ de l'hôtel.

En bas du boulevard Raspail, il ôta sa veste et la porta à l'épaule, accrochée à un doigt. Il sifflotait. Tout à coup, il songea au lieu où il allait et s'assombrit. Sous ce soleil, l'idée d'un acte terroriste était inimaginable. *Et pourtant, la plupart des attentats sont commis dans des pays où il fait ce temps-là.*

Il considéra cette idée et la jugea stupide.

Une fille, de dos, ressemblait à Jasmine. Il jeta un coup d'œil en la dépassant. Ce n'était pas elle, évidemment. Le boulevard Saint-Germain était plein d'ombres. Vers Solférino, sous les platanes, il faisait même frais.

*

Irving, le conseiller technique américain, avait déjeuné chez un couple d'amis. Elle était vénézuélienne et lui texan. Il travaillait pour le bureau de la CIA en France. Irving avait pas mal bu avec eux. Il rejoignit le Quai d'Orsay en taxi.

Cette visite officielle était une corvée. Une de plus. Irving commençait sa dernière année de détachement dans l'Émirat de Kheir et espérait bien rentrer au siège après cette interminable cure de désert.

Les gendarmes français l'arrêtèrent à l'entrée du ministère et il dut produire sa carte de service. Les invités étaient déjà en train de monter les marches. Beaucoup d'Arabes parmi eux, bien sûr. De belles femmes mais aussi pas mal de bourgeoises couvertes de bijoux, pour dissimuler les dégâts de l'âge. Une seule idée mettait un peu d'enthousiasme dans la tête d'Irving : il allait revoir la jolie brune du Protocole. Il ne lui avait même pas demandé son nom. La faute aux Émirats ! Il perdait ses réflexes. Vaches maigres. Femmes voilées. Il en avait marre.

*

Dim montra son carton au gendarme. Une stagiaire du Protocole se tenait derrière les militaires.

Dim se sentait gauche. Un petit signe du gendarme vers la fille indiqua qu'il y avait un problème. Ils demandèrent à Dim de se décaler sur le côté. Après avoir vérifié de nouveau la liste, la fille s'éloigna pour appeler quelqu'un sur un portable.

Jasmine lui avait donné ce carton le matin même. Il l'avait bien regardé. Tout semblait parfaitement normal, à l'exception d'une petite croix inscrite au crayon en haut à droite.

Il se demanda s'il devait prendre la fuite.

Kader et Abd al-Razzak étaient encore face à face quand le premier hélicoptère troua le ciel. Dissimulé jusqu'au bout par la montagne, il déboucha au-dessus d'eux au dernier moment, sans qu'il fût possible de l'entendre approcher.

L'hélicoptère les survola sans s'arrêter. Abd al-Razzak se mit à plat ventre. Kader resta debout. La peur changeait de camp mais plus lentement qu'il ne l'aurait cru. Il se sentait toujours engourdi et vaguement tremblant.

Le pilote du premier appareil continua son vol et cibla, en contrebas, le groupe des voitures et les combattants. Deux missiles partirent. Ils firent exploser le *command-car* de Tawfik et un des Toyota qui avaient amené Kader. En même temps qu'il lâchait ses missiles, l'hélicoptère s'était mis à tirer avec une 12.7 montée.

Abd al-Razzak eut un moment de doute en voyant que l'hélicoptère attaquait le convoi et non Kader. L'homme qui lui avait donné rendez-vous était donc, lui aussi, traqué par l'armée. Mais, au même instant, un deuxième appareil déboucha de la montagne et se plaça à la verticale du plateau. Kader n'avait plus peur. Il fixait Abd al-Razzak et souriait. Celui-ci comprit enfin qu'il avait été trahi.

Il fit de nouveau un geste pour saisir le poignard caché dans le revers de son gilet. Mais Kader sauta sur lui et le désarma. Il passa un bras autour de sa gorge. Abd al-Razzak avait suivi de longs entraînements au corps à corps. Il parvint à se dégager. Les deux adversaires roulèrent sur le sol, non loin du précipice.

*

Pendant qu'ont lieu les réceptions dans le palais des Affaires étrangères (que l'on appelle aussi « l'hôtel du ministre »), les autres bâtiments du ministère travaillent comme à l'ordinaire. Une entrée particulière, du côté de la place des Invalides, est réservée au personnel et à tous ceux qui se rendent dans les bureaux pour des visites de travail.

Tahar attendait en face de cette entrée, près de l'aérogare d'où partent les cars Air France. Il aperçut de loin Hassan et ses deux anges gardiens, qui longeaient le quai. Au feu rouge, ils traversèrent pour s'approcher du ministère.

La rencontre avec Tahar fut la plus naturelle possible. Ils se serrèrent la main comme des amis qui se retrouvent. Ils discutèrent un instant. Tahar confirma que la réception avait commencé, que le prince n'était pas encore arrivé, que tout avait l'air normal. C'était l'heure. Ils regardèrent Hassan. Murat lui tapota l'épaule.

— Allah Akbar, prononça-t-il à voix basse.

Les trois autres répétèrent l'invocation. Hassan gardait un visage impénétrable, déterminé, extatique.

— Vas-y, fit Saïd.

Hassan le regarda, l'air égaré. Puis, il tourna la tête vers l'entrée du ministère et se redressa. D'un pas assuré, il se détacha du groupe et traversa la rue.

Saïd attendit qu'il fût entré puis se détendit. Il n'avait rien dit à Tahar mais il tenait un pistolet prêt dans sa poche, au cas où Hassan aurait rebroussé chemin...

Ils laissèrent passer un moment pour être sûrs qu'il ne ressortirait pas. Puis ils s'éloignèrent, plaçant cette fois Murat en faction, avec des cigarettes.

*

Juste quand il allait s'enfuir, la fille revint vers Dim.

— Excusez-nous, dit-elle, en lui tendant son carton. Votre nom a été ajouté. C'est pour cela que nous ne le trouvions pas sur la liste principale. Entrez, je vous en prie.

Dim reprit le carton, remercia et se dirigea vers les marches.

*

À l'entrée du personnel et des visiteurs, trois guichets d'accueil sont disposés derrière une vitre blindée. Les hôtesses communiquent avec le public au moyen d'un micro. Chaque visiteur décline le nom de la personne qu'il vient rencontrer. L'hôtesse appelle la personne en question au téléphone et, quand elle a reçu confirmation que le visiteur est attendu, elle prend sa pièce d'identité et lui remet un badge d'accès en échange.

Les ressortissants des pays les plus exotiques viennent au Quai d'Orsay. Certains, opposants, journalistes, rebelles, ne tiennent pas à ce que leur identité soit connue. D'autres sont des migrants, des réfugiés ou des demandeurs d'asile. La variété et le nombre des visiteurs rendent difficile la vérification des documents qu'ils produisent.

Les agents d'accueil saisissent les papiers qu'on leur donne et regardent la photo (s'il y en a une) pour voir si elle correspond à l'individu qui s'en prévaut. Puis ils sortent le badge « visiteur » de son petit casier et le remplacent par la pièce d'identité. À la sortie, le badge reprend sa place et le document est restitué à son propriétaire.

Hassan prit son tour dans la courte file d'attente qui s'était formée devant le guichet. À cette heure de l'après-midi, une seule hôtesse était de service. C'était une grande Antillaise aux cheveux tressés. Parvenu devant elle, Hassan baissa les yeux.

— Qui venez-vous voir ?

Hassan gardait toujours les yeux baissés.

— Vous parlez français ?

— Qui ça ? Ouam ? Bien sûr !

Elle l'avait vexé. Il retrouvait l'accent de la cité.

— Alors, dites-moi qui vous venez voir, s'il vous plaît.

— Heu... Mme Lacretelle... Au Protocole.

La fille coupa le micro et lâcha une réflexion à un huissier qui lui faisait la cour, assis derrière elle. Ils rirent. Elle reprit son sérieux.

— Votre pièce d'identité, s'il vous plaît.

Hassan tendit le passeport soudanais contrefait que lui avait donné Saïd. Mais la photo était bien la sienne. C'était l'essentiel. L'hôtesse glissa le badge par le tiroir coulissant sous la vitre.

— Mme Lacretelle arrive. Je vous laisse l'attendre sur le côté, merci.

Dim, suivant le flot des invités, monta les marches de l'entrée monumentale. Sans résister, il se retrouva dans la queue pour le vestiaire. Parvenu au réduit ouvert près de l'escalier et qui sert à remiser les manteaux et les sacs, il se rendit compte qu'il n'avait rien à ôter. Il bredouilla des mots d'excuses à un huissier gainé de mépris et rejoignit les salons.

C'était un grand cocktail : cinq cents personnes au moins. Mais parmi elles, très peu auraient ensuite l'honneur de prendre part au dîner. Dim pénétra dans les salons. Malgré leurs proportions monumentales, les salles de réception du Quai, avec leur parquet ciré et les portraits à l'huile dans des cadres dorés, affichent un petit air de maison de famille. Les visiteurs s'y sentent assez rapidement à l'aise dès lors qu'ils sont en nombre. On le constate à la vigueur des conversations. Non seulement le lieu n'impose pas le silence mais il semble au contraire stimuler les éclats de voix et les rires.

Le soleil de la fin de l'après-midi éclairait la rive d'en face et donnait de beaux reflets à la Seine. Dim cherchait Jasmine des yeux. C'était la seule personne qu'il connût. Elle n'était pas là. Il se demanda comment il la retrouverait. Elle ne lui avait fourni aucune explication sur ce point.

Dans le hall où Hassan attendait, des portillons automatiques servent pour l'entrée du personnel. Les agents du ministère les ouvrent grâce à une carte magnétique individuelle, exactement comme dans le métro.

L'accès des visiteurs se fait par un portillon spécial, plus large que les autres et qui ne peut être actionné que par le gendarme en faction de l'autre côté. À l'aide d'un interrupteur, il débloque une porte en verre quand la personne qui vient accueillir son visiteur lui en donne le signal. Les bagages doivent être déposés sur un tapis roulant. Les visiteurs les récupèrent de l'autre côté, après passage aux rayons X.

Jasmine arriva près du gendarme. Il la connaissait bien et la salua.

— Quelqu'un m'attend, dit-elle.

De l'autre côté de la porte en verre, elle scruta le hall. Elle repéra tout de suite Hassan. Elle les aurait reconnus entre mille, lui et ses semblables.

Le gendarme fit pivoter la porte en verre.

— Je suis Mme Lacretelle, dit-elle.

Hassan avança jusqu'à elle et entra sans lui tendre la main.

*

Encouragé par le sourire qu'elle lui avait adressé le matin, Irving avait cherché Jasmine partout, sans succès. De dépit, il s'était fait servir deux whiskies qu'il avait bus en vitesse. Il tenait le troisième à la main et s'était placé dans une embrasure. La fenêtre était entrouverte. Un vent frais assez bien venu passait par là. Irving s'épongeait le front.

Son téléphone vibra dans sa poche. Il décrocha. C'était le collègue de la CIA chez qui il avait déjeuné.

— Oui, Keith. C'était super de vous voir à midi. Tu… OK, pardon, je t'écoute…

Il allait porter son verre à la bouche quand il fut agité d'une brusque secousse.

— Quoi ? cracha-t-il. Qu'est-ce que tu dis ?

Il renversa la moitié de son whisky sur la savonnerie du grand salon.

*

Le bruit de l'hélicoptère était intense. Il couvrait même les détonations venues de l'autre côté. Kader et son adversaire combattaient au sol. Kader jeta un coup d'œil vers le ventre d'acier de l'appareil. Il vit que le filin avait commencé sa descente. Abd al-Razzak profita de cette diversion pour décocher un violent coup de poing qui étourdit Kader. Il se releva et allait prendre la fuite quand des rafales de pistolet-mitrailleur firent voler le sable autour de lui. Il comprit à cet instant que ses ennemis le voulaient vivant. Le couteau qu'il avait lâché gisait sur le sable à deux pas devant lui. Il se pencha pour le saisir. Sa détermination était claire : il allait s'en servir contre lui-même. À la seconde où il pointait la lame sur son ventre, un violent coup sur la nuque lui fit perdre connaissance.

*

À l'autre bout du même salon, Dim reçut lui aussi un appel.

— Ne parlez pas, Dim ! intima la voix d'Archie. Faites exactement ce que je vous dis. Repérez un point remarquable dans la pièce où vous êtes :

une cheminée, un tableau, une tapisserie, je ne sais pas, moi. C'est fait ?

— Oui.

— Placez-vous devant.

— OK, j'y suis.

— Quel point avez-vous choisi ?

— La grande table ronde en marbre, devant le bureau du ministre.

— Avez-vous bien noté, Helmut ? demanda Archie, la main sur le téléphone. Parfait. Maintenant, il y a un type aux yeux bleus avec l'accent texan qui va venir vous parler. Il s'appelle Irving. Faites ce qu'il vous dira. Compris ? Même si vous ne comprenez pas tout, ayez l'air au courant. Est-ce clair ?

— OK.

Archie avait coupé la communication.

Dim entendit un bruit de sirène croître au-dehors. Sûrement l'Émirati et ses motards qui approchaient.

VI

Jasmine conduisit le garçon dans son bureau au deuxième étage. Il la suivit sans un mot.

Quand ils entrèrent dans la pièce, elle le dévisagea et il la fixa sans baisser les yeux. Qui aurait pu décrypter ce qu'il y avait dans ces regards ? Le défi, le mépris, la haine et, pourtant aussi, enfouie mais vivante, une fraternité qui commandait l'émotion et la pitié.

— J'ai un truc à faire, dit Hassan. Faut pas qu'on nous dérange.

Jasmine ouvrit la porte du bureau voisin, commun aux secrétaires du service. Il était presque désert à cette heure-ci. L'assistante du directeur, une Asiatique, était en train de ranger ses affaires. Jasmine lui dit au revoir et referma la porte.

— Tu peux y aller, dit-elle.

Hassan avait soulevé sa chemise. Il tentait de réunir les deux fils qui unissaient le + des batteries au détonateur. Les bouts dénudés avaient été laissés libres et ils sortaient du plastron formé par le ruban adhésif. Une fois qu'ils seraient reliés, le dispositif ne dépendrait plus que de l'interrupteur.

Jasmine vit qu'il peinait avec les fils et voulut

l'aider. Il refusa d'abord puis se laissa faire. Elle souleva un peu plus la chemise et découvrit tout le système.

— Une stagiaire va m'appeler quand le prince passera la grille, précisa Jasmine. Alors, nous descendrons.

Au moment où elle terminait d'ajuster les fils, son téléphone se mit à vibrer.

— Ils sont là, dit-elle.

*

— Si vous êtes sûr de votre info, chuchotait Irving, la main protégeant le micro du téléphone, on fait évacuer la salle et on fouille tout le monde.

Les voitures officielles se garaient dans la cour. Un ballet d'huissiers, de gendarmes et d'agents de sécurité s'agitait autour de la voiture du ministre.

— OK. Je comprends. C'est impossible parce qu'ils sont déjà là.

Irving se tourna vers les salons. Il dévisageait les hommes élégants et les femmes habillées avec recherche. *Ceux qui doivent tuer sont parmi eux.*

— Ils sont *déjà* là, répéta-t-il pour lui-même.

Il colla de nouveau le téléphone à son oreille.

— Oui, dit-il, je t'écoute.

*

Dim ne voulait pas bouger. Dans la bousculade, il eut cependant du mal à garder sa place quand le cortège déboucha dans l'antichambre. Il aperçut à peine le prince. Il était plus grand et plus jeune qu'il ne l'avait imaginé. Il portait une djellaba blanche et un keffieh, comme la petite troupe de courtisans qui l'entourait. Sa barbe était impeccablement taillée, la limite de la peau blanche et des poils noirs était nette comme la bordure d'une allée de gravier le long d'une pelouse. Sa bouche était figée en un sourire mécanique qui pouvait aussi bien être un signe de mauvaise humeur.

Très vite, les invités se rapprochèrent et dissimulèrent la délégation à la vue de Dim. Il ne distingua plus rien jusqu'à ce que, tout à coup, la porte du ministre des Affaires étrangères s'ouvre en grand. Mais la foule lui cacha la rencontre des deux ministres.

Il eut envie de se frayer un chemin jusqu'à l'endroit décisif mais il se souvint de la mise en garde d'Archie. Il resta collé contre le guéridon à plateau de marbre. Soudain, il sursauta. Quelqu'un venait de lui toucher le bras. Dim se retourna et regarda l'homme qui s'était approché de lui. Le type n'avait pas ouvert la bouche mais il correspondait parfaitement à la description d'Archie.

— C'est vous, Irving ?

— Ouais.

Ils se toisèrent.

— L'info, hasarda Irving avec son accent caricatural, ça vient de votre agence ?

Tu dois avoir l'air au courant. La voix d'Archie résonnait encore aux oreilles de Dim.

— En effet.

— Bravo. Un ami de notre bureau de Paris vient de m'appeler. Il m'a tout expliqué dans les grandes lignes. C'est terrible.

Dim acquiesça sans rien dire, affectant un air modeste.

— Il est trop tard pour prévenir les policiers français. Il ne faudrait pas qu'ils débarquent comme ça maintenant, alors que les assassins sont déjà là et qu'il leur suffit d'appuyer sur un bouton.

— Je suis d'accord. Qu'est-ce que vous proposez ?

— Je vais déjà tenter de repérer le collègue qui fait partie de l'escorte. J'espère qu'il n'est pas resté dehors, avec les voitures.

Irving, dressé sur la pointe des pieds, dominait l'assistance et cherchait une tête dans la foule.

— Il est là. J'arrive.

Il fit quelques pas et saisit par la manche un brun, aux cheveux bouclés coupés assez court. Il était plus petit qu'Irving mais avait un physique de taureau avec un cou large et des muscles tendus sous le costume de rigueur. Pendant qu'ils revenaient, Irving résumait la situation à l'oreille de son collègue. Dim le voyait changer de visage, les yeux écarquillés par le stress.

— OK, lui, c'est Jason.

— Salut. Je suis Dimitri.

Il n'y eut ni poignée de main ni paroles. Le nouvel agent était visiblement en train de digérer l'information.

— Vous êtes armé ?

— Non, répondit Dimitri.

— Nous, oui. Quand on aura identifié les types, on fera le job.

L'arrivée du ministre avait électrisé la foule. Les conversations étaient montées d'un ton. Tout le monde attendait que les officiels ressortent et viennent saluer l'assistance.

— Vous les avez localisés ? demanda Irving.

Dim avait beau prétendre jouer les informés, il devait reconnaître que c'était une bonne question.

— Pas encore.

Archie avait sans doute envoyé ces types vers lui pour qu'ils interviennent à sa place et c'était bien ainsi car, malgré sa formation, il ne savait vraiment pas ce qu'il fallait faire pour neutraliser un kamikaze. Mais, en attendant, il n'était pas beaucoup plus avancé car ils n'en savaient pas plus long qu'eux sur la cible.

Dim ne cessait de scruter la foule qui s'agglutinait dans les salons.

*

Les innombrables personnes qui circulent dans les couloirs du Quai d'Orsay ont facilement accès à l'hôtel du ministre. Jusqu'à une période récente, un escalier ouvert à tous permettait de passer des services administratifs vers les bureaux du cabinet. Depuis peu, cette entrée est pourvue d'un interphone. Les personnes autorisées peuvent ouvrir avec leur badge. Ensuite, la voie est libre. Les huissiers qui sont placés en haut de l'escalier n'exercent qu'un contrôle très élémentaire. Si quelqu'un a manifestement l'air égaré, ils le remettent sur son chemin. Mais il suffit de passer avec des dossiers sous le bras, l'air affairé et, au besoin, de jeter le nom d'un des conseillers du ministre, pour entrer librement dans le saint des saints.

La transition est brutale. En quelques mètres, on quitte le crépi gris des décors administratifs pour atteindre la zone noble des dorures et des tentures. Aucun poste de garde ne contrôle ce passage.

Jasmine ouvrit la porte vitrée qui mène au palais en utilisant son badge. Elle précéda Hassan dans l'escalier, salua l'huissier qui lisait son journal et emmena son hôte vers les grands salons où se déroulait la réception.

Pour y pénétrer, il faut emprunter un corridor où s'alignent des armoires moulurées. Une gravure sous verre représente le Congrès de Vienne.

— Attends-moi là.

Docile, Hassan ferma les yeux, comme s'il fuyait le brouhaha qui venait des salons. Il s'adossa au portrait de Metternich.

— Quand les ministres sortiront du bureau, je viendrai te chercher. Si on te demande quelque chose, dis que tu es avec moi. Mais on ne te demandera rien.

Hassan ne répondit pas. Elle eut l'impression qu'il priait.

*

Aussitôt, tout en retenant Abd al-Razzak inconscient, Kader saisit l'extrémité du filin qui descendait de l'hélicoptère. Il se terminait par une large boucle matelassée qu'il passa autour du corps d'Abd al-Razzak. Il le cala par les bras et fit un signe au pilote. Le treuillage fut immédiat. Le filin redescendit et Kader s'y amarra. Ce fut son tour de rejoindre l'habitacle. L'hélicoptère s'éleva, amorça un virage et repartit. L'autre appareil avait presque terminé sa besogne. Les véhicules étaient en feu, le gros des hommes abattus. Quelques fuyards se dispersaient dans le désert. Le second hélicoptère en abattit quelques-uns puis abandonna les derniers à leur sort et prit, lui aussi, le chemin du retour.

— Tiens, la fille du Protocole.

Irving avait repéré Jasmine, près de la porte qui donnait sur le couloir du Cabinet.

— Vous la connaissez ? demanda Dim.

— On s'est croisé ce matin. Je l'ai remarquée, forcément, ajouta l'Américain avec un rire suffisant. Malheureusement, ce n'est pas le moment d'aller lui demander quels sont ses plans pour la soirée.

Dim lui décocha un regard furieux.

— Au contraire, répliqua-t-il avec un sourire en coin. Ne bougez surtout pas. Je vais lui poser la question.

Sans laisser le temps à Irving de réagir, Dim se faufila dans la direction de Jasmine. Lorsqu'il passa près d'elle, ils feignirent la surprise comme deux amis qui se reconnaissent par hasard. Elle l'embrassa.

— Il est seul, dit-elle en gardant un air absolument naturel. Je vais aller le chercher. Le détonateur est là, sur son ventre. Le système est armé.

À ces mots et sans changer sa mimique mondaine, elle l'embrassa à nouveau et continua son chemin. Dim fit le tour complet du salon et revint vers Irving.

— Vous la connaissez aussi ?

— En tout cas, ce soir, elle est prise.

— Nous n'avons pas le temps de plaisanter. Qu'est-ce qu'elle vous a dit ?

La porte des ministres était toujours fermée. La foule qui piétinait chauffait le salon. Des femmes s'éventaient.

— On ne bouge pas d'ici, annonça impérieuse-
ment Dim, sans quitter des yeux le corridor par
où Jasmine s'était éloignée. Le type arrive.

Le temps leur paraissait suspendu, l'attente interminable. Jason, la main sous l'aisselle, tripotait
nerveusement son arme.

— Il y a longtemps que votre agence travaille
sur cette affaire ? demanda Irving, pour tromper
son impatience.

— Plusieurs mois.

— Vous auriez pu nous prévenir avant.

— Ce n'est pas moi qui décide.

Dim parlait distraitement. Il haussait le cou
pour ne pas quitter la porte du corridor des yeux.
Et soudain, il aperçut Jasmine qui entrait avec
un jeune homme. Ils s'arrêtèrent sur le seuil et
marquèrent un temps. Le type clignait des yeux,
giflé par la lumière et le bruit des salons. Elle lui
murmura quelques mots à l'oreille. Il se tourna
vers elle et elle sembla répéter son message. Enfin,
il hocha la tête et elle s'écarta de lui.

L'homme avança dans le salon. Il était jeune,
les cheveux très noirs, la peau mate. Son regard
était fixe. On sentait qu'il se méfiait de tout ce qui
l'entourait et n'exécutait que des gestes lents. Il
remuait machinalement les lèvres.

— Irving, vous voyez le type là-bas ?

Au même instant, à l'autre bout du salon, la
porte à doubles battants du ministre s'ouvrit. Dim
distingua, à travers les personnes qui faisaient
écran, la djellaba de soie blanche du prince
ministre.

— Oui.

— C'est lui.

Irving et Jason échangèrent quelques mots en anglais.

— OK, les gars, lança Dim, à vous de jouer.

— Où allez-vous ?

Sans répondre, Dim s'éloigna dans la foule, en direction des fenêtres. Irving eut un geste pour le retenir mais trop tard. Alors, il glissa la main sous un pan de sa veste et fit signe à Jason de le suivre. Ils avancèrent doucement, à contre-courant de la foule.

Le kamikaze hésitait. La lumière des lustres faisait briller les dorures et les bijoux. Il était perturbé par ce magma de parfums subtils, de visages fardés, de tenues élégantes et d'uniformes d'apparat. Visiblement, il était partagé entre la nécessité de s'approcher du ministre et le danger de se mêler à la cohue qui l'entourait. Il se laissa un peu distancer. Dans le coin où il se trouvait, la pression était un peu moins forte. Les invités refluaient vers les salons situés plus loin. Soulagé par le calme relatif, Hassan avait retrouvé ses esprits. Il allait se remettre à avancer quand il s'inquiéta d'une présence toute proche derrière lui. D'instinct, il ramena ses mains vers le déclencheur.

*

Dans l'hélicoptère, deux agents des forces spéciales algériennes avaient neutralisé Abd al-Razzak. Il était menotté, les poignets derrière le dos, un bâillon adhésif sur la bouche.

Kader, à l'autre extrémité de la cabine, se tenait assis, la tête penchée en arrière, appuyée sur un arceau métallique qui vibrait au rythme de la turbine.

L'émotion refluait en lui. Il respirait profondément. Un des soldats posa la main sur son épaule. Il fit signe que tout allait bien.

Mais comme celui qui vit un instant longuement désiré, il se sentait vide et nu.

Quand l'hélicoptère atterrit près des Iliouchine, il était sur le point de pleurer.

*

Dim, coincé près des fenêtres par un groupe d'attachés militaires en grande tenue, s'efforçait d'apercevoir le couloir par où le kamikaze était entré. Entre les casquettes galonnées, il distingua furtivement la silhouette de Jasmine. Elle était revenue à l'endroit où elle avait accompagné le terroriste, au seuil des salons. Elle avait la tête tournée dans la direction de Dim et il lui sembla même qu'elle l'observait. Plus tard, il resta convaincu d'avoir vu ses lèvres bouger, comme si, malgré la distance qui les séparait, elle avait voulu lui délivrer un ultime message.

Il s'élança vers elle, n'hésitant plus à bousculer ceux qui lui faisaient obstacle. Les gens qu'il rudoyait protestaient. Des cris d'indignation et même des jurons fusaient. Il n'en tenait aucun compte et fonçait, tête baissée. Mètre par mètre, il progressait jusqu'à l'entrée du corridor où Jasmine se trouvait. Mais quand il y parvint, elle n'y était plus.

Il regarda autour de lui : il n'y avait pas trace d'elle du côté des salons. Alors, il se rua dans le corridor. Il emprunta la chicane, là où les murs abandonnaient leurs tentures d'apparat et devenaient gris. Il déboucha dans la salle des huissiers. Une lampe sourde était allumée sur le bureau mais la pièce était vide. Un long escalier rectiligne dévalait vers un rez-de-chaussée obscur. Dim hésita puis s'y engagea. Arrivé en bas, il franchit un porche et déboucha dans l'entrée du personnel et des visiteurs. C'est alors qu'il entrevit Jasmine dans la cour. Elle avait passé les portillons de sortie sans encombre avec son badge.

Mais lui n'en possédait pas.

Il avança jusqu'au gendarme qui gardait le passage et fit un effort pour lui parler sans impatience.

— Pourriez-vous m'ouvrir, s'il vous plaît !

Dim montrait la porte en verre par laquelle, tout à l'heure, Hassan était entré.

Les sorties font l'objet d'une moindre suspicion que les entrées. Le personnel part du principe que si quelqu'un se trouve à l'intérieur du bâtiment, c'est qu'il a été contrôlé pour y pénétrer. Dim était bien habillé, le sourire qu'il arborait inspirait confiance. Il fouillait dans ses poches à la recherche de son invitation et, déjà, le gendarme se dirigeait vers l'interrupteur qui commande l'ouverture de la porte.

Mais, à ce moment précis, répercutée en écho par les innombrables boyaux de la fourmilière des bureaux, retentit une forte détonation.

*

La surprise de voir un homme surgir devant lui ne permit pas à Hassan d'analyser tout de suite le phénomène inattendu qu'il ressentait : ses mains restaient bloquées derrière lui. Quelqu'un avait saisi ses poignets et les lui rabattait dans le dos.

Il n'eut pas le temps de prendre conscience de la situation : la balle l'atteignit à bout portant. Tirée par le 9 mm d'Irving, elle pénétra sur le côté, au-dessus de l'arcade sourcilière. Irving avait visé de telle sorte qu'elle traverse le crâne en biais sans atteindre Jason qui se trouvait derrière le kamikaze. Indemne, mais éclaboussé de sang, l'agent retint l'homme dans sa chute. En le saisissant par les épaules, il l'allongea précautionneusement au sol, sur le dos.

*

L'homme que le gendarme, un instant plus tôt, avait pris pour un visiteur banal, devint tout à coup suspect. Son impatience, la manière qu'il avait de regarder fébrilement dehors, tout cela prenait un sens nouveau alors que venaient de se produire des événements violents dans le palais. Le gendarme eut le réflexe de sortir son pistolet.

— Ne bougez pas, menaça-t-il. Reculez ! Mettez les mains en l'air.

Dim s'exécuta. Par la fenêtre qu'obturaient des barreaux, il vit alors Jasmine qui traversait la rue. Une voiture l'attendait devant l'aérogare des Invalides. Elle monta à l'arrière et la voiture démarra.

Dim regarda le gendarme, comprit qu'il n'y avait rien à tenter. Alors, il leva les mains et murmura :

— C'est bon. Je vais tout vous expliquer.

*

La détonation avait produit une réaction de panique dans l'assistance. Les gardes du corps

432

du prince avaient ouvert des panneaux en Kevlar et évacuaient leur ministre en lançant des cris désordonnés. Des gendarmes français en grand uniforme, entravés par leurs fourragères et leurs vestes empesées, accouraient de toutes parts. Des hurlements hystériques retentissaient dans le palais. Les gens avaient les yeux rivés sur le cadavre. Irving tenait un pistolet — tout le monde s'écartait de lui. Il s'accroupit, souleva la chemise du mort et dégagea la ceinture d'explosifs. Un cercle de regards épouvantés découvrit le blindage gris qui boursouflait le ventre du kamikaze. Chacun, plus ou moins vite selon le degré de conscience qu'il avait recouvré, sentit que, en cet instant, il avait le redoutable privilège de contempler, vivant, sa propre mort.

VII

En plein hiver austral, la Montagne de la Table était environnée de brumes froides. Le téléphérique allait et venait entre les nuages. La ville du Cap, en contrebas, émergeait par morceaux, au gré des trouées de brumes. Au-delà du port, sur la cuirasse grise de la mer, l'île de Robben Island, sinistre prison de Mandela, paraissait jaillir d'un loch écossais.

C'était ainsi qu'Archie aimait la ville. Il avait revêtu un K-way jaune et sentait l'humidité de l'air lui mouiller le visage. La balustrade de fer était froide. Il n'y avait aucun touriste japonais.

Il regarda sa montre, tira la fermeture Éclair de son imperméable jusqu'au cou et prit le chemin qui longe le sommet plat de la montagne. Autant aller à la rencontre de Dimitri, puisqu'il était en avance. Le gamin n'avait pas voulu prendre le téléphérique. Il trouvait qu'il s'encroûtait depuis son retour à Johannesburg. Il était monté par un sentier raide qui empruntait la Skeleton Gorge.

Archie tomba sur lui au bout de cinq minutes. Il avait les pieds trempés, les cheveux plaqués sur le crâne par la sueur et la pluie. Mais, avec ça, le teint rose et la mine réjouie. Archie ouvrit son petit sac à dos, sortit une gourde et un polo sec. Dim but et se changea.

— Voulez-vous marcher encore un peu ou rentrer à l'auberge tout de suite ?

— Marcher me va bien.

Ils continuèrent sur le sentier. Le sommet de la Table ressemble à une lande doucement vallonnée, avec des mares et de petites collines. Les chemins s'y ramifient à l'infini. Des promeneurs encapuchonnés passaient çà et là.

— Je vous ai à peine revu depuis la fin de l'opération Zam-Zam. Il y a combien de temps, maintenant ?

— Quinze jours.

— Déjà ! Remarquez, c'est bien ce qu'il me semblait.

Archie s'était muni d'un bâton de marche télescopique. Il scandait ses pas et ses propos en frappant le bout en caoutchouc sur les rochers qui affleuraient le long du chemin.

— Vous étiez tellement pris. Les interrogatoires, les interviews. Une affaire énorme. Vous vous en êtes très bien tiré.

— Merci.

— Sincèrement, je vous félicite. Vous avez donné une excellente image de Providence : le jeune enquêteur qui démarre sur quelques indices et découvre un grand complot. Vous avez fait un tableau parfaitement cohérent de la fille. C'était sûrement dur pour vous de ne pas vous écarter du profil établi par Roth : une femme déchirée, en quête d'identité, qui rejette l'Occident et se précipite dans les bras des islamistes, au point de devenir la complice d'un attentat. Quoi qu'il en soit, tout le monde a gobé cette version.

Ils croisèrent sur le même sentier un couple qui tentait de résister à la traction d'un labrador sur sa laisse. Le chien était trempé, les maîtres rouges et hors d'haleine. Archie laissa passer cet équipage avec un air dégoûté.

— En tout cas, pour Providence, c'est carton plein. Les contrats pleuvent. J'ai dû céder et accepter quelques interviews.

En fait de céder, Archie n'avait pas quitté les plateaux de télévision pendant une semaine, acceptant toutes les émissions auxquelles il était invité, sur les grandes chaînes comme sur les plus confidentielles.

— Heureusement, toute cette communication a préservé l'essentiel : personne n'a fait le lien entre cet attentat déjoué à Paris et l'annonce par les Algériens de l'arrestation d'Abd al-Razzak.

Dim marchait un peu trop vite à son goût. Archie était essoufflé. La nappe de nuages avait baissé. Le haut de la Table se trouvait dans l'embellie. Archie avisa un des bancs disposés de loin en loin le long du panorama.

— Asseyons-nous là un instant, vous voulez bien ?

Archie fouilla dans son sac et en sortit un paquet de biscuits au chocolat. Il se restreignait sur les sucreries à cause de son médecin. *Mais, en haute montagne, tout de même...*

— Les Algériens n'ont d'ailleurs rien fait pour valoriser leur prise. Ils ont prétendu avoir capturé Abd al-Razzak par hasard et n'ont surtout pas révélé qu'ils lui avaient tendu un piège. Du coup, cette arrestation n'a pas beaucoup retenu l'attention des médias. En soi, c'est pourtant un événement plus important que l'attentat déjoué au Quai d'Orsay.

— Oui, commenta Dim sans conviction.

— Abd al-Razzak al-Libi *alias* Abou Qotb, *alias* Kacem el-Fouat, et j'en passe. Le chaînon manquant. L'homme qui fait le lien entre le groupe dirigeant d'al-Qaida et tous ses avatars de par le monde ! C'est vraiment un très, très gros poisson.

— Je croyais qu'al-Qaida était devenu un mouvement spontané, grinça Dim. Que tout le monde pouvait se franchiser à sa guise…

— Ça, c'est la version grand public. La réalité est tout autre. Il y a des groupes spontanés, c'est entendu. Mais il y a *toujours* une direction. Et Abd al-Razzak en fait partie. Il est même du tout premier cercle. Un drôle de type, cet Abd al-Razzak. Ingénieur diplômé du Polytechnicum de Zurich, marié avec une Australienne, il a connu Ben Laden à Riyad quand il travaillait là-bas pour une boîte américaine. C'est un de ses plus anciens compagnons. Au moment des bombardements sur l'Afghanistan, il l'a suivi dans les grottes de Tora Bora. Ensuite il s'est réfugié dans les zones tribales du Pakistan. Depuis que Ben Laden se cache, il a assuré une fonction essentielle : il est le seul de son entourage proche qui continue de se déplacer. Il maintient le contact avec les mouvements terroristes locaux.

— Pourquoi ne pas l'avoir coincé plus tôt ?

— Les Indonésiens ont failli le capturer après l'attentat de Bali. On l'a localisé à plusieurs reprises dans différents endroits du globe mais il a toujours réussi à s'échapper. C'est un homme très rusé et il a une grande expérience de l'action clandestine.

Le nuage s'étendait au-dessus du Cap, comme un couvercle cabossé. La Table était maintenant au soleil. Archie ouvrit son K-way et tendit son visage vers le ciel.

— Pour le faire tomber, il n'y avait qu'une solution : infiltrer un agent, le rendre absolument indétectable, lui faire prendre une position maximaliste pour qu'il devienne intéressant aux yeux d'Abd al-Razzak et, finalement, lui tendre un piège. Les Algériens ont fait un très beau travail. Bien conçu et bien exécuté. Ce Kader est un agent exceptionnel. Sa couverture a été construite sur des années.

Dimitri gardait le silence. Archie l'observa un instant. Il avait le visage fermé, le regard sombre. À l'évocation de Kader, il s'était crispé. Archie se demanda ce qu'il savait exactement. Il préféra faire diversion.

— Je suis retourné à Washington la semaine dernière pour rencontrer notre commanditaire. Il m'a présenté un personnage excessivement intéressant. Il est l'homme qui a conçu et dirigé toute cette opération. Le nom qu'il m'a donné est Bou Reggane. Un pseudonyme, évidemment, mais peu importe. Le type ne paie pas de mine, croyez-moi. Mais c'est un maître. Un vrai.

Archie grignotait bruyamment son biscuit par le pourtour. Dim regardait la baie.

— C'est lui qui a recruté un jeune garçon du nom de Kader Bel Kader qui venait de s'engager dans l'armée, à la suite d'une déception amoureuse.

Robben Island, vert cru, se détachait dans une ouverture du nuage. Une rafale de vent fit voler au loin l'emballage vide des gâteaux. Un couple sans âge se lança à sa poursuite, trop contents de contribuer à sauver la planète. Archie haussa les épaules.

— Bou Reggane a pris Kader en main et l'a formé. Kader détestait les islamistes et il avait un peu renseigné la police sans en faire partie. À part cela, il ne savait pas très bien ce qu'il voulait. Son rêve avait été de faire des études mais il n'était pas plus heureux pour autant. Le talent de Bou Reggane, c'est de savoir quel parti tirer d'un agent. Les grands, dans ce métier, se reconnaissent à ça. Il a immédiatement compris que Kader était un animal du désert, un homme d'infini, d'absolu, de liberté. Le candidat idéal au mal d'amour comme au sacrifice.

Il jeta un petit coup d'œil dans la direction de Dim, pour voir s'il avait perçu l'ironie de cette conclusion.

— Bou Reggane affecte Kader au Sahara. En trois années, à partir de rien, il se construit un petit empire dans la région. Il sait tout, il voit tout. Et quand les islamistes se déploient au Sahara et y installent des bases, Kader est aux premières loges pour les infiltrer.

Un gros contingent de touristes, encouragé par l'embellie, avait repris son ascension et débouchait au sommet. Archie trotta vers l'auberge située derrière le téléphérique pour leur échapper. L'établissement était bondé. Ils prirent d'assaut une petite table près d'une fenêtre.

— Un jour, Kader retrouve Jasmine par hasard à Nouadhibou. Il le raconte à son officier traitant.

— Est-ce que vous savez pourquoi elle l'avait quitté la première fois ? coupa Dim.

Il était livide et Archie sentait que la conversation risquait de tourner à la confession sentimentale.

— La mère de Jasmine était malade et devait mourir peu après. Elle a fait jurer à sa fille qu'elle ne resterait pas en Algérie, qu'elle tenterait une dernière fois de s'intégrer en France. Jasmine est partie. Quand le grand bonheur vient trop tôt, on ne connaît pas son prix.

D'où est-ce que je peux sortir des phrases pareilles ? Archie s'épongea le front avec sa serviette. Une serveuse métisse, fatiguée et peu aimable, leur apporta la carte. L'endroit n'était pas fait pour s'attarder.

— Bref, ils se retrouvent par hasard à Nouadhibou, résuma Archie. Kader raconte cela à Bou Reggane.

— Qui lui demande d'espionner le mari diplomate…, fit Dimitri, avec une intonation de dégoût.

— Vous vous trompez totalement, jeune homme. Bou Reggane est un maître, je vous l'ai dit. Les maîtres ne jouent jamais les coups évidents et trop faciles.

La serveuse vint prendre les commandes sans leur accorder un regard. Archie fit de son mieux pour se montrer encore plus désagréable qu'elle.

— Kader, Jasmine et, paraît-il, Hugues, son mari, sont des passionnés et, à leur manière, des purs. Bou Reggane l'a parfaitement compris. Aucun d'eux ne se prêtera à une trahison. Non, Bou Reggane ne fait rien. Il laisse le contact se dérouler. Il sait que Kader a parlé à Jasmine de son engagement dans les services. Quand ils étaient ensemble, il travaillait un peu pour la police, par haine des islamistes, et elle le savait. Même si cela n'avait rien à voir dans les faits, elle a pensé que son activité présente était dans la ligne de son engagement antérieur. Tout en est resté là.

La serveuse revint avec les deux chopes qu'ils avaient commandées et les posa sur la nappe tachée. La bière, pâle et sans mousse, n'était pas plus engageante que l'auberge.

— Mais un jour, à la surprise générale, Hugues Montclos meurt d'une maladie foudroyante. Personne, sauf le bon Dieu, n'en est responsable. Nous avons tout vérifié et les Algériens nous l'ont confirmé.

Archie, à cet instant, marqua une imperceptible pause. Il se tassa autour de sa chope, avança les fesses au bord de son siège et tendit le cou. C'était la posture de la confidence, le signe qu'il allait entrer dans le vif du sujet.

— C'est à ce moment-là que le génie de Bou Reggane donne sa pleine mesure. Jugez un peu. Par ses capteurs, il apprend la maladie puis la mort du consul. Il fait surveiller discrètement sa femme à Paris. Elle essaie de s'en sortir seule. Mais toutes les portes se ferment. Elle s'enfonce et va perdre pied. Bou Reggane voit immédiatement le parti qu'il peut en tirer. En cette fin 2008, son principal problème, c'est Kader. Il reste de loin son meilleur agent mais il est presque grillé avec les islamistes. Abdelmalek Droukdal, le chef d'al-Qaida au Maghreb, ne veut plus entendre parler de lui : trop trafiquant, trop indépendant, trop louche. Il ordonne à Abou Moussa, son émir du Sud, de rompre tout contact avec lui. D'ici peu, Kader n'aura plus aucune utilité. Alors, Bou Reggane conçoit son plan lumineux.

La serveuse posa les plats sur la table. Archie déplia sa serviette et saisit ses couverts.

— Il imagine une opération kamikaze au cœur d'un grand ministère français. Il recrute Jasmine comme appât. Patiemment, il lui construit une légende. Les voyages en Mauritanie accréditent l'idée qu'elle a trafiqué de la drogue pour Kader et qu'elle est piégée. Ensuite, par un parlementaire du groupe d'amitié, Bou Reggane la fait engager au Quai d'Orsay. Avec elle, Kader dispose d'une carte maîtresse pour prouver à Abou Moussa qu'il est plus islamiste que les islamistes et qu'on peut continuer de lui faire confiance. Une tentative d'enlèvement organisée sans lui se termine en carnage (il semble qu'un des assassins des Italiens ait reçu de l'argent pour faire déraper l'opération). Kader est remis en selle. Au moins pour le moment. Mais il n'est pas question pour Bou Reggane d'aller jusqu'au bout et de laisser éclater la bombe. L'objectif qu'il veut atteindre, c'est celui qu'il poursuit depuis des années : mettre la main sur Abd al-Razzak. Vivant. Vous avez vu comment.

Archie faisait danser ses couverts comme un chef d'orchestre, pour rythmer ses affirmations.

— À la fin, le succès est complet. Un : les Américains sont plus que jamais convaincus que le Maghreb en général et l'Algérie en particulier doivent être aidés massivement pour contrer une menace terroriste bien réelle. Obama a été ridiculisé et il est bien obligé de reconnaître que l'Afghanistan n'est pas l'alpha et l'oméga de la lutte antiterroriste. Et que le Sahara est sans doute le plus grand terrain d'expansion de la menace. Deux : les Français ont compris qu'ils devaient compter sur les Américains pour leur sécurité car ce sont eux qui ont abattu le kamikaze au Quai d'Orsay. Tous ceux qui reprochent à Sarkozy sa politique atlantiste, de l'OTAN à l'Afghanistan, en sont pour leurs frais. Et trois : Abd al-Razzak est aux mains des Algériens. C'est une carte maîtresse, une mine de renseignements de première importance que tout le monde leur envie. Voilà pourquoi je dis et je répète que c'est un coup de génie. Comment trouvez-vous votre gigot ?

— Ça va.

— Ma côtelette de porc est immangeable. Mais je ne me risquerai pas à le dire à la serveuse.

— Comment avez-vous su qu'ils ne voulaient pas aller jusqu'au bout ? On n'est pas passé loin du désastre.

— Le pétrole, fit Archie, la bouche pleine. C'est le pétrole !

Avec ce satané dentier, il ne pouvait pas mâcher aussi vite qu'il l'aurait voulu. Dans sa hâte, il avala tout rond.

— Quand j'ai su que, s'ils tuaient le prince machin, les Américains perdraient le marché pétrolier de l'Émirat, j'ai eu la certitude que Hobbs n'irait pas jusqu'au bout. Il a des participations personnelles très importantes dans la société Oilarabian qui exploite les sites du pays...

Il plissa les yeux pour saluer la finesse de ses propres déductions.

— Je maintiens que tout cela aurait pu mal tourner, poursuivit Dim.

— Et vous avez raison. Ils ont frôlé la catastrophe plusieurs fois. Ils ont même dû sacrifier des pions, comme aux échecs.

Dim releva le nez. Archie regretta sa phrase.

— Lesquels ?

— Eh bien... Un homme qui rôdait autour de Kader dans une oasis s'est jeté dans un puits plutôt que d'être capturé. C'était un agent infiltré depuis longtemps dans la katiba d'Abdelmalek par les Algériens. Il avait été envoyé en service commandé au contact de Kader pour accréditer l'idée qu'il était menacé et accroître d'autant sa crédibilité. Le type ne savait pas ce qui allait lui arriver mais il avait reçu l'ordre de ne pas se laisser capturer vivant.

Dim secoua la tête d'un air dégoûté.

— Farid aussi, c'était eux ?

— L'étudiant de Nouakchott ? Oui, ils l'ont fait exécuter parce qu'il avait reconnu Jasmine. Surtout, Kader était persuadé qu'il les avait surpris ensemble à Nouadhibou. S'il avait parlé, tout aurait été compromis.

— Et c'est pour ça qu'ils l'ont tué ?

— Sa disparition avait un autre avantage. Elle montrait à Abou Moussa et aux étudiants qu'ils ne pouvaient plus reculer. C'était une lutte à mort avec la faction de Saïf. En réalité, Saïf s'était réfugié au nord chez Abdelmalek et il n'avait ni l'intention ni les moyens de tenter quoi que ce soit.

Dim repoussa son assiette. Elle était pourtant aux trois quarts pleine.

— Moi aussi, je suis un pion que vous avez sacrifié ?

— Qu'est-ce que vous voulez dire ?

— Jasmine était en service commandé pour coucher avec moi ?

Dim eut honte de sa phrase et, en même temps, il était soulagé de l'avoir prononcée. Archie prit le temps de poser ses couverts, de boire une longue gorgée de bière, de s'essuyer la bouche et il répondit calmement.

— Personne ne pouvait prévoir ce qui s'est passé, mon garçon. Jasmine est une fille spontanée. Elle a fait avec vous ce qu'elle a voulu.

Dim haussa les épaules. Il avait conscience de ressembler à un enfant boudeur mais c'était plus fort que lui.

— Après, c'est vrai, je le confesse, j'en ai tiré parti. Je vous ai encouragé à la revoir à Paris et même je vous ai discrètement poussé à lui faire des confidences sur votre propre rôle. Je devais savoir la vérité, vous comprenez ?

La porte de l'auberge s'ouvrit sur un groupe. Apparemment, il avait recommencé à pleuvoir. Les touristes secouaient leurs chapeaux et égouttaient les parapluies.

— Les Algériens étaient furieux qu'elle vous ait parlé. Furieux que vous vous incrustiez, si je peux utiliser ce terme. Jasmine leur a tenu tête. Finalement, ils ont changé le scénario pour vous. À l'origine, le kamikaze devait entrer par la grande grille du Quai d'Orsay comme vous l'avez fait, et être arrêté à l'extérieur du Palais par des agents de la CIA prévenus par Providence. C'était un autre montage dans lequel nous apparaissions moins. Les Algériens ont cru qu'on vous avait imposé dans le final pour nous placer en première ligne. Ce n'était pas vrai mais, en définitive, on en a profité et c'est tant mieux.

Pour caser le nouveau groupe, la serveuse avait besoin de place. Elle apporta l'addition d'autorité. Archie régla et ils sortirent.

Dehors, le vent soufflait fort et rabattait des rafales de pluie. Mais les nuages étaient plus hauts.

Le Cap était entièrement dégagé. La ville avait pris une couleur plombée, à cause de la lumière d'orage. La cabine du téléphérique était vide à la descente. Ils attendirent que les portes se ferment, accoudés, face au panorama.

— Et maintenant, dit enfin Dimitri, où est-elle ?

C'était la question qu'Archie attendait. La seule qui eût, au fond, motivé cet entretien. Il fallait à la fin que les choses soient dites.

— Kader a posé une condition avant d'accepter cette opération et tous les risques qu'elle comportait.

— Laquelle ?

— Que Bou Reggane, s'il réussissait, le laisse quitter les services.

— Il l'a fait ?

La cabine se ferma et glissa doucement vers le vide.

— Oui, il a tenu parole.

— Et... elle ?

— Elle, tout le monde la recherche comme la complice d'al-Qaida. Il faut lui forger une nouvelle identité, la changer d'histoire et de pays. Mais les Algériens sont très habiles dans ce domaine.

Lentement, les toits verts du Cap approchaient. Au centre, on voyait la trouée du jardin botanique de la Compagnie des Indes. Jadis, les navigateurs venaient y faire leur plein d'agrumes et de fruits, contre le scorbut.

— Ils vivent ensemble, voilà, et personne ne doit savoir où. C'est leur histoire, maintenant. Ils attendaient ça depuis longtemps. J'imagine qu'ils sont heureux.

— Et qu'ils auront beaucoup d'enfants, ricana Dim.

Le vent sifflait dans les fils du téléphérique et la cabine oscillait à mesure qu'ils approchaient du sol.

— Écoutez, Dim. Elle a commis une dernière imprudence. Elle m'a appelé avant de partir, pour que je vous passe un message.

Archie était bien heureux que toute cette chirurgie eût rendu son visage incapable d'une grimace. Car, vraiment, un tel rôle lui coûtait affreusement.

— Elle m'a dit qu'elle avait toujours été sincère mais qu'au moment de s'engager, elle est toujours tentée par… l'autre bord. En somme, elle est profondément double.

C'est peu de dire qu'Archie avait envie d'en finir. Il avait les joues marbrées de rouge.

— Ah, oui. Elle m'a aussi parlé d'un proverbe et m'a dit que vous comprendriez.

— Un proverbe sénégalais ?

— Je crois bien.

À cet instant, le téléphérique entra dans son logement en se balançant. Archie respira. Ils étaient enfin redescendus sur terre.

Postface

Ce livre est un roman, un pur ouvrage de fiction.

Les événements que je raconte ne se déroulent pas dans le pays où j'ai été en poste et ne sont pas tirés de mon expérience. Ils ne constituent en rien un témoignage et je n'ai utilisé, pour les décrire, aucune des informations confidentielles auxquelles mes responsabilités me donnent accès. Les faits mis en scène sont imaginaires. Cela signifie qu'ils ne peuvent être vrais que fortuitement. Car, si l'on peut affirmer que quelque chose n'est pas réel aujourd'hui, il est difficile d'exclure qu'il puisse demain le devenir...

Plus concrètement, je dirai par exemple que le rôle prêté à l'Algérie dans ce livre est de pure invention. Je recommande d'y voir seulement un hommage rendu à l'excellence de sa diplomatie et à l'extrême compétence de ses services secrets.

L'agence de renseignement Providence a été créée antérieurement à mes actuelles fonctions. Je l'avais déjà mise en scène, ainsi qu'Archie son fondateur, en 2007, pour les besoins de mon roman *Le parfum d'Adam*. Quant au personnage de Hobbs, il incarne la réaction d'une frange de l'opinion américaine face à la politique d'Obama, phénomène dont chacun peut mesurer à la fois la réalité et la violence, en regardant par exemple la chaîne de télévision Fox News.

Pour autant, un romancier ne peut ignorer ce qu'il doit au réel. Il observe, emmagasine les émotions, les images. Dans l'édifice qu'il construit, l'ordonnance est sa création, le ciment, son travail, mais les pierres sont apportées par la vie. C'est ainsi qu'à l'intérieur du cadre de fiction de ce livre, on retrouvera beaucoup d'objets collectés par l'expérience. Encore faut-il préciser que ces objets ne sont jamais bruts. À la différence de l'historien qui voue un culte aux faits et les entoure d'un respect scrupuleux, l'écrivain n'a de plaisir (et peut-être d'utilité) qu'en les trahissant. Arracher les détails à leur contexte, les mêler à d'autres auxquels ils sont étrangers, s'en servir comme tremplin pour l'imaginaire et ajouter à des événements authentiques des développements inventés, voilà quelques-unes des méthodes par lesquelles le romancier altère la réalité pour en faire le matériau de ses rêves. On peut donc dire que la plupart des détails de ce livre sont réels et affirmer, avec autant de raison, qu'ils sont tous éloignés des circonstances auxquelles ils ont été empruntés et, donc, méconnaissables.

Je citerai trois exemples de ces dettes infidèles.

Une nuit de Noël, en 2007, j'ai accueilli à Dakar le survivant de l'attentat qui a coûté la vie à une famille française au sud de la Mauritanie. L'émotion que j'ai ressentie devant cet homme blessé, souffrant et d'une admirable dignité, je ne l'ai jamais oubliée. Le récit qu'il m'a fait des événements m'a bouleversé. Par la suite, il a dû le répéter à bien d'autres que moi, au point que ces faits sont devenus publics. Mais peut-être à cause de leur grande proximité dans le temps (ils s'étaient déroulés quelques heures plus tôt), peut-être parce qu'ils étaient encore empreints d'un espoir que je savais vain (la victime n'était pas encore consciente que ses compagnons avaient succombé et nous le lui avons appris le lendemain), peut-être en raison de l'attente angoissée qui avait précédé l'évacuation du blessé, à laquelle j'avais passionnément pris part, ce récit est resté dans mon souvenir comme un des moments les plus intenses de ma vie. Par ce contact direct, le phénomène terroriste devenait pour moi une réalité concrète et presque intime. En faisant commencer ce livre par une scène de même nature, j'ai voulu restituer un peu de l'émotion que ce miraculé avait provoquée en moi et, de cette manière, être fidèle à sa souffrance. Cependant, ni les circonstances, ni même les détails de mon récit ne sont semblables à l'affaire qui coûta la vie à quatre Français ce soir de Noël.

Une autre dette, et une autre trahison, que je voudrais avouer, concernent le personnage de Jasmine. Cette femme de consul qui se retrouve sans ressources et sans appui après la mort de son mari, sonne à toutes les portes et se fait éconduire partout, je l'ai rencontrée. Elle est venue me voir, parmi toutes les démarches désespérées qu'elle avait accomplies. Je présidais à l'époque une ONG et, à mon grand regret, je n'ai pas pu l'aider. Bien plus tard, elle devait finalement être engagée… dans un service du Protocole. Je n'ai jamais oublié son histoire. Elle a tourné dans mon esprit et, comme c'était à craindre, y a fait naître des développements qui n'ont évidemment rien à voir avec la vie réelle de cette personne courageuse. J'ai imaginé ce qu'il adviendrait si, au fond de la détresse de cette femme et en jouant sur la légitime rancœur qu'elle aurait pu éprouver contre la France d'être ainsi abandonnée, quelqu'un était venu lui demander de vendre ce qui lui restait (c'est-à-dire sa respectabilité) pour couvrir une entreprise criminelle. Pure hypothèse qui ne doit bien sûr rien à la réalité. Simple divagation sur l'expression « prêt à tout » que l'on entend souvent employée par ceux qui se retrouvent dans des impasses de la vie. Rapprochement contre nature qui établit un parallèle entre l'histoire somme toute heureuse (dans sa conclusion) de cette femme et des faits divers tragiques rapportés parfois dans les journaux : tel retraité en apparence honorable est arrêté par les douaniers, parce que son camping-car est bourré de drogue...

Enfin, et là le lien entre réalité et fiction est encore plus lointain, je voudrais reconnaître la dette dont je suis redevable à l'endroit de mon ami Michel Noureddine K. Algérien par son père et de mère française, il m'a longuement parlé de sa double culture. Je lui dois cette anecdote qu'il me permettra de raconter. Un jour qu'il était dans le métro à Paris, il assiste à une scène qui le met mal à l'aise. Un Maghrébin ivre apostrophe les passagers, les traite de sales chrétiens, insulte les femmes, crache sur la France et son peuple. En face de lui, un jeune cadre s'impatiente. Dans son regard, on peut lire le mépris, l'indignation mais aussi un sentiment de supériorité. L'ivrogne titube. Il tient à peine debout. À une station, le jeune Français se saisit de lui et le jette sur le quai. Michel K. n'y tient plus. Il descend lui aussi. Le métro repart. Devant lui, l'Arabe un peu sonné et l'homme qui l'a expulsé. Michel se tourne d'abord vers le Maghrébin. Il veut l'injurier, lui dire qu'il déshonore son peuple, qu'il se conduit comme un imbécile et un lâche, qu'il doit prendre sa vie en main, suivre les grands exemples dont fourmille le monde musulman. Il a envie de lui citer Saladin, Abd El-Kader, les martyrs de la guerre d'Algérie. Mais il ne trouve pas ses mots. Alors, il se tourne vers le jeune blanc-bec. Il veut lui dire qu'il ne peut pas tirer profit de la faiblesse d'un homme pour se convaincre de sa supériorité. Il veut lui crier que le racisme affleure dans son regard et que c'est à force d'être environné de tels regards que l'autre a perdu pied et sombré dans la déchéance. En somme, il veut hurler qu'il n'est qu'un petit crétin qui ne connaît ni la souffrance ni la vie. Mais aucun son ne sort de sa bouche. Il fixe alternativement l'un puis l'autre. Les idées se bousculent mais il n'arrive toujours pas à articuler un son. Finalement, il tourne les talons et prend la fuite.

Cet homme entre deux mondes, c'est Jasmine.

Première partie   11
Deuxième partie   73
Troisième partie   173
Quatrième partie   257
Cinquième partie   355

Postface   449

DU MÊME AUTEUR

Romans et récits

   Aux Éditions Gallimard

L'ABYSSIN, 1997. Prix Méditerranée et Goncourt du premier roman (Folio n° 3137)

SAUVER ISPAHAN, 1998 (Folio n° 3394)

LES CAUSES PERDUES, 1999. Prix Interallié (Folio n° 3492 *sous le titre* ASMARA ET LES CAUSES PERDUES)

ROUGE BRÉSIL, 2001. Prix Goncourt (Folio n° 3906)

GLOBALIA, 2004 (Folio n° 4230)

LA SALAMANDRE, 2005 (Folio n° 4379)

UN LÉOPARD SUR LE GARROT. Chroniques d'un médecin nomade, *récit*, 2008 (Folio n° 4905)

SEPT HISTOIRES QUI REVIENNENT DE LOIN, *nouvelles*, 2011

Dans la collection Écoutez lire

L'ABYSSIN (5 CD)

   Aux Éditions Flammarion

LE PARFUM D'ADAM, 2007 (Folio n° 4736)

KATIBA, 2010 (Folio n° 5289)

Essais

   Aux Éditions Gallimard Jeunesse

L'AVENTURE HUMANITAIRE, 1994 (Découvertes n° 226)

   Chez d'autres éditeurs

LE PIÈGE HUMANITAIRE. Quand l'aide humanitaire remplace la guerre, *J.-Cl. Lattès*, 1986 (Poche Pluriel)

L'EMPIRE ET LES NOUVEAUX BARBARES, *J.-Cl. Lattès*, 1991 (Poche Pluriel)

LA DICTATURE LIBÉRALE, *J.-Cl. Lattès*, 1994. Prix Jean-Jacques Rousseau

ÉCONOMIE DES GUERRES CIVILES, en collaboration avec François Jean, *Hachette*, 1996 (Poche Pluriel)

COLLECTION FOLIO

Dernières parutions

5100. Jean Daniel — *Les miens*
5101. Shakespeare — *Macbeth*
5102. Anne Bragance — *Passe un ange noir*
5103. Raphaël Confiant — *L'Allée des Soupirs*
5104. Abdellatif Laâbi — *Le fond de la jarre*
5105. Lucien Suel — *Mort d'un jardinier*
5106. Antoine Bello — *Les éclaireurs*
5107. Didier Daeninckx — *Histoire et faux-semblants*
5108. Marc Dugain — *En bas, les nuages*
5109. Tristan Egolf — *Kornwolf. Le Démon de Blue Ball*
5110. Mathias Énard — *Bréviaire des artificiers*
5111. Carlos Fuentes — *Le bonheur des familles*
5112. Denis Grozdanovitch — *L'art difficile de ne presque rien faire*
5113. Claude Lanzmann — *Le lièvre de Patagonie*
5114. Michèle Lesbre — *Sur le sable*
5115. Sempé — *Multiples intentions*
5116. R. Goscinny/Sempé — *Le Petit Nicolas voyage*
5117. Hunter S. Thompson — *Las Vegas parano*
5118. Hunter S. Thompson — *Rhum express*
5119. Chantal Thomas — *La vie réelle des petites filles*
5120. Hans Christian Andersen — *La Vierge des glaces*
5121. Paul Bowles — *L'éducation de Malika*
5122. Collectif — *Au pied du sapin*
5123. Vincent Delecroix — *Petit éloge de l'ironie*
5124. Philip K. Dick — *Petit déjeuner au crépuscule*
5125. Jean-Baptiste Gendarme — *Petit éloge des voisins*
5126. Bertrand Leclair — *Petit éloge de la paternité*
5127. Musset-Sand — *« Ô mon George, ma belle maîtresse... »*
5128. Grégoire Polet — *Petit éloge de la gourmandise*

5129. Paul Verlaine — *Histoires comme ça*
5130. Collectif — *Nouvelles du Moyen Âge*
5131. Emmanuel Carrère — *D'autres vies que la mienne*
5132. Raphaël Confiant — *L'Hôtel du Bon Plaisir*
5133. Éric Fottorino — *L'homme qui m'aimait tout bas*
5134. Jérôme Garcin — *Les livres ont un visage*
5135. Jean Genet — *L'ennemi déclaré*
5136. Curzio Malaparte — *Le compagnon de voyage*
5137. Mona Ozouf — *Composition française*
5138. Orhan Pamuk — *La maison du silence*
5139. J.-B. Pontalis — *Le songe de Monomotapa*
5140. Shûsaku Endô — *Silence*
5141. Alexandra Strauss — *Les démons de Jérôme Bosch*
5142. Sylvain Tesson — *Une vie à coucher dehors*
5143. Zoé Valdés — *Danse avec la vie*
5144. François Begaudeau — *Vers la douceur*
5145. Tahar Ben Jelloun — *Au pays*
5146. Dario Franceschini — *Dans les veines ce fleuve d'argent*
5147. Diego Gary — *S. ou L'espérance de vie*
5148. Régis Jauffret — *Lacrimosa*
5149. Jean-Marie Laclavetine — *Nous voilà*
5150. Richard Millet — *La confession négative*
5151. Vladimir Nabokov — *Brisure à senestre*
5152. Irène Némirovsky — *Les vierges et autres nouvelles*
5153. Michel Quint — *Les joyeuses*
5154. Antonio Tabucchi — *Le temps vieillit vite*
5155. John Cheever — *On dirait vraiment le paradis*
5156. Alain Finkielkraut — *Un cœur intelligent*
5157. Cervantès — *Don Quichotte I*
5158. Cervantès — *Don Quichotte II*
5159. Baltasar Gracian — *L'Homme de cour*
5160. Patrick Chamoiseau — *Les neuf consciences du Malfini*
5161. François Nourissier — *Eau de feu*
5162. Salman Rushdie — *Furie*
5163. Ryûnosuke Akutagawa — *La vie d'un idiot*
5164. Anonyme — *Saga d'Eiríkr le Rouge*
5165. Antoine Bello — *Go Ganymède!*
5166. Adelbert von Chamisso — *L'étrange histoire de Peter Schlemihl*

5167. Collectif — *L'art du baiser*

5168. Guy Goffette — *Les derniers planteurs de fumée*

5169. H.P. Lovecraft — *L'horreur de Dunwich*

5170. Tolstoï — *Le Diable*

5171. J.G. Ballard — *La vie et rien d'autre*

5172. Sebastian Barry — *Le testament caché*

5173. Blaise Cendrars — *Dan Yack*

5174. Philippe Delerm — *Quelque chose en lui de Bartleby*

5175. Dave Eggers — *Le grand Quoi*

5176. Jean-Louis Ezine — *Les taiseux*

5177. David Foenkinos — *La délicatesse*

5178. Yannick Haenel — *Jan Karski*

5179. Carol Ann Lee — *La rafale des tambours*

5180. Grégoire Polet — *Chucho*

5181. J.-H. Rosny Aîné — *La guerre du feu*

5182. Philippe Sollers — *Les Voyageurs du Temps*

5183. Stendhal — *Aux âmes sensibles* (À paraître)

5184. Dumas — *La main droite du sire de Giac* et autres nouvelles

5185. Wharton — *Le Miroir* suivi de *Miss Mary Parks*

5186. Antoine Audouard — *L'Arabe*

5187. Gerbrand Bakker — *Là-haut, tout est calme*

5188. David Boratav — *Murmures à Beyoğlu*

5189. Bernard Chapuis — *Le rêve entouré d'eau*

5190. Robert Cohen — *Ici et maintenant*

5191. Ananda Devi — *Le sari vert*

5192. Pierre Dubois — *Comptines assassines*

5193. Pierre Michon — *Les Onze*

5194. Orhan Pamuk — *D'autres couleurs*

5195. Noëlle Revaz — *Efina*

5196. Salman Rushdie — *La terre sous ses pieds*

5197. Anne Wiazemsky — *Mon enfant de Berlin*

5198. Martin Winckler — *Le Chœur des femmes*

5199. Marie NDiaye — *Trois femmes puissantes*